KATHARINA KATZ

Say it with a Love Song

KATHARINA KATZ

Say it with a LOVE Song

G|U

IMPRESSUM

GU ist eine eingetragene Marke der
GRÄFE UND UNZER VERLAG GmbH,
www.gu.de

ISBN 978-3-8338- 9485-5
1. Auflage 2024

Projektleitung: Ariane Hug
Lektorat: Katrin Fillies
Umschlaggestaltung und Layout: ki36 Editorial Design, München,
Bettina Stickel, Anika Neudert
Cover: Adobe Stock, iStockphoto
Autorinnenfoto: Stef Baumüller
Illustration: GU/Anja Karboul
Adobe Stock: S. 370_1; Getty Images: S. 10, 24, 370_3, 375, Farbschnitt (Herzen);
iStockphoto: S. 370_2, 372_2, 373; Shutterstock: S. 372_1
Bildredaktion: Simone Hoffmann, Petra Ender
Herstellung: Markus Plötz
Satz: KONTRASTE, Björn Fremgen
Repro: Ludwig Media, Zell am See

Umwelthinweis:
Nachhaltigkeit ist uns sehr wichtig. Der Rohstoff Papier ist in der Buchproduktion hierfür von entscheidender Bedeutung. Daher ist dieses Buch auf FSC-zertifiziertem Papier gedruckt. FSC garantiert, dass ökologische, soziale und ökonomische Aspekte in der Verarbeitungskette unabhängig überwacht werden und lückenlos nachvollziehbar sind.

FSC MIX Papier FSC® C014496

GRÄFE UND UNZER

Ein Unternehmen der
GANSKE VERLAGSGRUPPE

Playlist

The Kooks – *Seaside*

Smoke City – *Underwater Love*

The Cardigans – *Lovefool*

Taylor Swift – *Love Story (Taylor's Version)*

Elton John – *Your Song*

Ed Sheeran – *Perfect*

Eric Clapton – *Wonderful Tonight*

Elvis Presley – *Can't help Falling in Love*

Lewis Capaldi – *Someone you loved*

Adele – *Make you feel my love*

Queen – *Crazy little thing called love*

Alicia Keys – *No One*

Florence and the Machine – *You've got the love*

The Beatles – *Something*

Sam Smith – *Stay with me*

Harry Styles – *As it was*

Beyoncé – *Best Thing I Never Had*

Ramones – *I Wanna Be Your Boyfriend*

Liebe Leser:innen,

ich freue mich von ganzem Herzen, dass ihr mein Buch in den Händen haltet. Bevor ihr in die Geschichte von Emilie und Jake eintaucht und die Reise euch nach Brighton führt, ein wichtiger Hinweis:

Es ist möglich, dass mein Buch Aspekte enthält, die euch belasten. Deshalb findet ihr auf Seite 379 eine Info zu sensiblen Themen. Achtung: Diese enthält Spoiler für die gesamte Geschichte.

Die psychologischen Ratschläge in meinem Buch, die dazu dienen, meinen Charakteren das Leben zu erleichtern, wurden von Pia Kabitzsch sorgfältig geprüft. Pia ist Psychologin, Speakerin und Bestseller-Autorin. Danke für deine Unterstützung, liebe Pia!

Ich wünsche euch viel Freude beim Lesen – passt gut auf euch auf!

Eure Katharina & euer GU-Team

FRÜH
LING

Emilie

»HALT!« Eine Hand umschließt meinen Arm und zieht mich mit einem Ruck zurück. Im letzten Moment packe ich noch mein Handy, das mir bei dem plötzlichen Stopp fast aus der Hand gefallen wäre, und dann rast auch schon eine rote Wand an mir vorbei. Schwer atmend starre ich dem Doppeldeckerbus hinterher, der mich ganz sicher erwischt hätte, wäre ich auch nur einen Schritt weitergegangen. Mein Herz klopft wie wild, während ich dem hupenden Bus hinterherblicke. Die fremde Hand liegt noch immer schwer auf meinem Arm. Als ich mich umdrehe, steht vor mir ein dunkelhaariger Typ mit den grünsten Augen, die ich je gesehen habe. Kurz treffen sich unsere Blicke. Er hebt die Augenbraue, was ihm einen überraschten Ausdruck verleiht. Mit einer schnellen Bewegung nimmt er die Hand von meinem Arm und steckt sie in die Tasche seiner Lederjacke. Obwohl der Bus längst weitergefahren ist, klopft mein Herz noch immer viel zu schnell. Ich sollte etwas sagen. Los, Emilie, sag was. Irgendwas.

»Danke.« Wow, nicht gleich alle Worte auf einmal verbrauchen, was? Mein Blick wandert auf den Boden. Ich spüre, wie mir die Röte die Wangen hinaufklettert. Vor mir an dem Übergang der Straße sind große weiße Buchstaben auf den Boden gepinselt. Der Blick des Typen folgt meinem.

»›Look left‹!, steht doch sogar da, damit ihr Touristen euch nicht umbringt«, sagt er mit tiefer Stimme. Ein amüsiertes Lächeln breitet sich auf seinem Gesicht aus und bringt seine Augen zum Leuchten. Schnell sehe ich woanders hin.

»Stimmt«, stottere ich. »Ich bin noch ganz neu in der Stadt und ich äh, ich habe gerade etwas auf meinem Handy gesucht und dabei wohl auf nichts anderes mehr geachtet.«

»Das habe ich gemerkt. Du hast genau einmal hochgeschaut. Und dann auch noch in die falsche Richtung. So schwer ist das mit dem Linksverkehr ja nun wirklich nicht.« Wieder dieses amüsierte Lächeln.

»Ja, danke«, murmele ich abgelenkt und starre auf mein Handy, das hier anscheinend auch nicht wirklich klarkommt. Ich werfe erneut einen Blick auf den kleinen blauen Punkt auf meiner Google-Karte, der hektisch hin und her hüpft. Statt mir die richtige Richtung anzuzeigen, dreht er sich sekündlich im Kreis und macht mich total kirre. So komme ich nie ans Ziel. Ob der Typ wohl die Chocolaterie kennt? Ich ziehe unschlüssig eine meiner Locken lang und wickele sie um meinen Finger.

Aber da hat er sich auch schon umgedreht und ist im Begriff zu gehen. Noch ein Blick auf den hektisch blinkenden Pfeil und ich werfe meinen letzten Rest Würde über Bord.

»Warte doch mal!«

»Was denn noch?« Er wendet sich etwas widerwillig in meine Richtung und schaut dabei auf seine Armbanduhr.

»Kennst du die Chocolaterie *Bittersweet*?«

»Vielleicht.« Er zieht eine Augenbraue hoch. »Brauchst du auf den Schock erstmal was Süßes?«

Ich ignoriere seinen Einwand. »Könntest du mir eventuell zeigen, wo ich langmuss?« Ich schlucke, es kostet mich Überwindung, ihn danach zu fragen, aber ich irre hier schon seit einer halben Ewigkeit herum.

»Also gut, du gehst einmal hier gerade aus in die Queens Gardens, dann zweimal links und einmal rechts und dann bist du schon da.« Ich lächele ihn dankbar an. »Schaffst du es allein über die Straße, Curly?«, setzt er noch hinterher und grinst.

»Danke, das sollte ich hinbekommen«, sage ich und werde rot. »Ich heiße übrigens Emilie«, füge ich noch hinzu. Er tippt sich an die Cap und überquert vor mir mit einem demonstrativen Blick nach links die große West Street.

Linksverkehr und leichte Orientierungslosigkeit … Das fängt ja alles schon so richtig gut an. Aber es nützt ja nichts. Mit einem Schulterzucken setze ich mich in die Richtung in Bewegung, die mir der Typ gezeigt hat. Wenige Minuten später laufe ich durch das Gewirr aus schmalen Gassen. Die meisten sind gerade mal so breit, dass zwei erwachsene Menschen sich aneinander vorbeischieben können. Jede Gasse sieht aus, als wäre sie direkt aus einem *Sherlock-Holmes*-Buch gefallen, fast schon erwarte ich Gehstöcke, Lupen und Pfeifen im Schaufenster, und tatsächlich gibt es hier zahlreiche Herrenausstatter mit Seidenschals, Cord- und Tweedjacketts in der Auslage, Juweliere, Süßigkeitenläden, Souvenirgeschäfte, kleine Handarbeitsshops und irgendwo eben auch die berühmte Chocolaterie *Bittersweet.* Ich betrete die die Queens Gardens und biege an der nächsten Ecke links ab. Noch einmal links und tatsächlich sehe ich schon von Weitem das Schild *Bittersweet.* Erleichterung macht sich in mir breit. Ich komme nicht zu spät. Und ich habe sogar noch genug Zeit für einen Kaffee und ein Croissant, bevor ich meinen ersten Arbeitstag beginne. Schräg gegenüber ist ein Café. *North Laine Café* steht in dunklen schwarzen Buchstaben darüber und im Schaufenster türmen sich Brote, Croissants und kleine Plunderteilchen. Mir läuft das Wasser im Mund zusammen und ich strecke die Hand aus, um die Klinke herunterzudrücken.

Das Klingeln einer Glocke ertönt, als ich die Tür aufdrücke und das Café betrete. Der Raum vor mir ist klein und sehr gemütlich eingerichtet. Genau mein Ding. Wackelige Holztische stehen im Raum verteilt, an denen die ersten Frühstücksgäste Baked Beans und Toast genießen, auf ihren Tischen thronen bauchige Teekannen und kleine Kännchen mit Milch. Typisch englisch eben. Das sieht alles so lecker aus, dass sich sofort mein Magen bemerkbar macht. Schnell trete ich an die Theke und schenke der jungen Frau dahinter ein Lächeln. »Hi, ich hätte gern einen Café Latte und ein Croissant.«

Ping!, macht das kleine Glöckchen erneut, das an einer dünnen Schnur über der Tür befestigt ist. Und dann höre ich eine spöttische Stimme, die mir vage bekannt vorkommt. »Verfolgst du mich etwa, Curly?« Erschrocken ziehe ich die Luft ein und drehe mich mit einer schnellen Bewegung um. Und wirklich, es ist tatsächlich der Typ, der mich gerade eben noch vor dem Doppeldeckerbus gerettet hat. Der Mann mit den grünsten Augen, die ich je gesehen habe. Und mit genau diesen Augen zwinkert er mir gerade zu und lehnt sich provokant langsam neben mich an den Tresen. Er schaut mich an und zieht schon wieder die Augenbraue auf eine Weise hoch, die ich irritierend sexy finde und die mich gleichzeitig wahnsinnig macht.

»Ich heiße Emilie«, sage ich und werde zu meinem eigenen Ärger rot. »Und ich war vor dir hier.« Ich hasse es, rot zu werden. Das sieht immer wie ein Schuldeingeständnis aus. Als ob ich Zeit hätte, ausgerechnet heute Morgen irgendwelchen Kerlen hinterherzulaufen. Trotzdem denkt er das. Und ich könnte im Boden versinken.

Ohne auf meine Worte einzugehen, wendet er sich an die Barista, lehnt sich über den Tresen und begrüßt sie mit einem Küsschen auf die Wange. »Hello Love, machst du mir das gleiche wie immer?«

»Sorry Jake, das letzte Croissant habe ich gerade verkauft.« Sie zeigt bedauernd auf mich. Spätestens jetzt kann ich mich von einer halbwegs normalen Gesichtsfarbe verabschieden, ich glühe inzwischen so sehr, ich könnte den Laden damit beleuchten. Mann Emilie, nun reiß dich aber mal zusammen!

Er dreht sich zu mir und sieht mich mit seinem durchdringenden Blick an. »Du willst mir das Croissant nicht zufällig als Dank für meine Rettung überlassen und dafür eines dieser herrlichen Plunderteilchen probieren?«, fragt er und grinst mich an.

»Nein, danke. Du wirst bestimmt etwas anderes finden. Mal was anderes probieren, von Routinen abweichen, soll ja gut sein«, sage ich und hoffe inständig, dass sich meine Gesichtsfarbe inzwischen wieder in einem normalen Spektrum bewegt. Flirte ich etwa gerade mit diesem, zugegeben sehr attraktiven, Kerl? Mein Blick fällt auf die große runde Uhr hinter dem Tresen. Mist. Ich muss jetzt wirklich los. Wie lange dauert der Kaffee denn noch?

Doch die Barista hat mich scheinbar direkt nach dem Auftauchen von diesem Typen vergessen. Jedenfalls steht die Tasse mit meinem fertigen Kaffee noch immer unter der Kaffeemaschine.

Stattdessen macht sie sich eifrig daran, seinen Cappuccino zuzubereiten. Ich räuspere mich, um die Aufmerksamkeit auf mich zu lenken. »Sorry, ich muss gleich weiter, machst du mir meinen Kaffee doch zum Mitnehmen?« Jetzt sieht sie mich genervt an und schüttet den Kaffee aus der Tasse in einen Pappbecher. Ich hatte eigentlich auf einen frischen gehofft, aber das traue ich mich nicht mehr zu sagen. Während ich umständlich versuche, den Plastikdeckel auf meinem To-go-Becher zu befestigen, fragt der Kerl gegen das laute Zischen des nun wieder einsetzenden Milchschäumers:

»Habe ich dich verärgert, Curly? Oder hast du den Weg noch immer nicht herausgefunden?«

»Wie schon gesagt, ich heiße Emilie«, murmele ich. »Und danke der Nachfrage, ich weiß genau, wo ich jetzt hinmuss.«

»Dachte ich es mir doch, bist ein cleveres Mädchen«, sagt er und nickt mir schmunzelnd zu. In dem Moment reicht ihm die Frau seinen Kaffee über den Tresen. Er nimmt ihn mit einem lässigen »Thanks Love« entgegen und schnappt sich mit einer schnellen Bewegung mein Croissant. »Wir sehen uns morgen!«, verabschiedet er sich von der Barista, blickt mir noch einmal kurz in die Augen, beugt sich etwas vor zu mir und sagt leise: »Danke für das Croissant, Curly! In der Chocolaterie bekommst du sicher noch etwas Gutes zum Frühstück.«

Ich öffne den Mund, um etwas zu erwidern, doch ich bin so überrumpelt, dass mir nichts Passendes einfällt.

Die Barista grinst breit. »Mach dir nichts draus, so ist er eben. Jake Albright bekommt immer, was er will.« Dann dreht sie sich um und ich verlasse mit knurrendem Magen und einem lauwarmen Kaffee den Laden.

Fünf Minuten später stehe ich vor der Chocolaterie *Bittersweet* und streiche mir zum siebten Mal meine dunkelbraunen Locken im Schaufenster glatt. Noch ist alles dunkel. Ist hier keiner? Und ich habe mich so beeilt. Ich nehme den letzten Schluck Kaffee.

Ist es wirklich erst drei Tage her, dass ich in London Gatwick gelandet und in den Zug nach Brighton gestiegen bin? Dreißig

Minuten dauerte die Fahrt in mein neues Leben. Währenddessen klebte ich mit der Nase an der Scheibe, um auch ja nichts von dem zu verpassen, was da draußen vor sich geht. Ein Jahr würde England mein Zuhause sein. Ich konnte es noch immer nicht fassen. Vor fast genau drei Monaten hatte ein Brief alles verändert. Als ich den grauen Umschlag im Briefkasten entdeckte, war mir gleich klar: Hier kommen keine guten News. Gute Neuigkeiten kommen nicht in grauen Umschlägen. Dieser war von der zentralen BAföG-Stelle, die mir höflich mitteilte, dass ich für eine Unterstützung durch Auslands-BAföG leider nicht infrage kommen würde. Das Leben ist einfach nicht fair. Meine Mutter hat kein Geld oder Möglichkeiten, um mir das Auslandspraktikum zu finanzieren, das ich brauche, um an der Baker Academy angenommen zu werden – und meinen Vater wollte ich nach all den Jahren, in denen es ihm egal war, was aus mir wird, bestimmt nicht um Geld bitten. Es musste eine andere Möglichkeit geben. Ich weiß noch genau, wie ich verzweifelt »Alternative Auslands-BAföG« in die Suchleiste meines Handybrowsers eingetippt habe. Und dann diese eine Anzeige erschien.

Die Stadt Bremen vergibt erstmals ein Stipendium für ausgelernte Fachkräfte, die ihre Kenntnisse in einem Auslandsaufenthalt vertiefen möchten, um sich so beruflich und persönlich weiterzuentwickeln.

Mein Herz klopfte wie wild, als ich auf den Link klickte. Schnell flog ich über den Text:

ein Jahr in einem Praktikumsbetrieb
der eigenen Wahl im englischsprachigen Ausland.
Teilnahmevoraussetzungen:
Unter 25 Jahre alt – CHECK!
Ausgelernte Fachkraft – CHECK!
Keine weitere Förderung
z. B. durch Auslands-BAföG – DOPPELCHECK!

Auf freiwilliger Basis gab es die Möglichkeit, sich während dieser Zeit durch ein Online-Coaching begleiten zu lassen. *»Um sein bestmögliches Potenzial zu entwickeln«* stand da. Ich hatte länger überlegt, ob ich diesen Haken setzen sollte oder nicht, habe es dann aber gemacht. Vielleicht will die Organisation diese Bereitwilligkeit sehen, dachte ich.

Anmeldefrist: Endet heute!

Das war es, mein Zeichen! Eigentlich bin ich nicht so der spontane Typ, habe immer Angst, eine falsche Entscheidung zu treffen, aber da war auch mir klar: Jetzt oder nie! Vier Wochen später lag wieder Post in meinem Briefkasten. Ein weißer, dicker Brief. Diesmal öffnete ich ihn mit meiner besten Freundin zusammen. Juli und ich sind seit dem Kindergarten unzertrennlich. Wir haben uns als Teenager die Haare in unmöglichen Farben getönt, haben uns die Hand beim ersten Liebeskummer und die Haare beim ersten Rausch gehalten. Und auch im Job haben wir einen gemeinsamen Weg eingeschlagen: Während sie die Menschen als Köchin mit gutem Essen verwöhnt, backe ich süße Köstlichkeiten, die Herzen zum Schmelzen bringen. So hat es zumindest Juli einmal ausgedrückt.

Wir hatten einen Plan! Sie würde nach der Meisterschule auf eine Culinary School hier in Bremen gehen, um sich auf die vegane Küche zu spezialisieren, und ich mein Glück in England versuchen, um danach einen Platz an der Baker Academy zu ergattern.

Juli hielt meine Hand, die vor Aufregung so sehr zitterte, dass ich fast den Umschlag nicht aufbekommen habe. »Girl, ich drücke dir fest die Daumen, und wenn das klappt, komme ich dich ganz oft besuchen und wir mischen die Engländer mal so richtig auf!« Sie strahlte mich zuversichtlich aus ihren blauen Augen an.

Ich konnte nur nicken, mein Hals war wie zugeschnürt.

»Wir freuen uns, Ihnen mitteilen zu können …«

Julis Kreischen ließ mich zusammenfahren. »Emmi, du hast es wirklich geschafft!«

Ich las den Satz noch dreimal und stieg dann in ihr Freudengeheul ein.

Drei Wochen später fuhr mein Zug in Brighton ein. Wahnsinn, es sah genau so aus, wie ich es mir vorgestellt hatte! Die Leute schoben mich den Bahnsteig entlang und ich konnte den Blick nicht von dem wunderschönen alten Bahnhof wenden. Ein Dach aus Stahlstreben und Bögen, überall waren kleine Stände, an denen man heißen Kaffee und butteriges Blätterteiggebäck kaufen konnte. Ich zog meinen schweren Koffer weiter durch die kleine Eingangshalle, hinaus auf den Bahnhofsvorplatz und quietschte vor Freude auf, während mein Herz verrückt spielte. Vor mir fuhren bestimmt zehn rote Doppeldeckerbusse ab. Das war ja wie im Film! Ein schnelles Selfie für Juli und ich reihte mich in die Schlange für die Taxis ein. Ich sog alles auf, was um mich herum geschah: Ich war tatsächlich in England. Bisher war ich mit meiner Mutter ein paar Mal in Pauschalreisebunkern in Spanien gewesen, aber das hatte sich nie so angefühlt wie dieser Moment am Bahnhof. Alle um mich herum sprachen Englisch, mit diesem herrlichen britischen Singsang.

»Wohin darf es gehen, Miss?«, unterbrach mich in dem Moment der Taxifahrer.

»Ich ... ähm ... St. James Street 14«, antwortete ich und hielt ihm mein Handy mit der Adresse hin. Der Taxifahrer schnaubte und lud grimmig meine Gepäckstücke in den Kofferraum. Was hatte ich denn nun falsch gemacht? War ich unfreundlich gewesen oder warum hatte sich seine Laune direkt so verschlechtert? Ich setzte mich auf die Rückbank und konnte mich gerade noch anschnallen, bevor er ruppig anfuhr. Wie irre es aussieht, auf der falschen Seite Auto zu fahren. Linksverkehr. Sagt einem vorher jeder, fühlt sich aber mit jeder Pore meines Körpers falsch an. Ich klammerte mich an den Griff, während der Fahrer einen kleinen Berg hinunterholperte. Ich entdeckte gleich drei Pubs nebeneinander. Alle holzvertäfelt, mit üppigen Blumenampeln, die sich vor dem Namensschild im Wind leicht hin und herbewegten. Es folgten ein Handyshop, zwei indische Restaurants, und als der Fahrer an einem Kreisel mit einem großen Uhrenturm in der Mitte abbog, sah ich es: Das Meer! Da unten befand sich tatsächlich das Meer! Der Fahrer hielt ruckartig am Straßenrand vor einer kleinen Bar an. Ich blickte mich um. Keine Ampel.

»Wir sind da«, knurrte er.

Und plötzlich wusste ich, warum er so schlecht gelaunt war. Das war eine Fahrt von nicht einmal fünf Minuten. Mir wurde heiß.

»Sorry, ich wusste nicht, dass es so eine kurze Strecke ist«, entschuldigte ich mich und entschied, es mit einem großzügigen Trinkgeld wiedergutzumachen.

Das laute Ping! der Türglocke holt mich zurück in die Gegenwart. Vor mir betritt eine Frau die Chocolaterie, in der ich das nächste Jahr arbeiten werde. Ob das Carol ist? Drinnen gehen die Lichter an. Ich versuche durch das Schaufenster einen Blick ins Innere zu erhaschen. Er bleibt an der üppigen Auslage hängen. Der Wahnsinn! Hier präsentieren sich mehrstöckige Torten neben Schokoladenfiguren, Macarons und Pralinen, die perfekt glänzen. Die Torten, die Figuren, einfach alles ist so überbordend, so lebendig, so kreativ. Mein Herzschlag erhöht sich sofort und ich spüre, wie meine Hände schwitzig werden. »Ich bin nicht so gut«, schallt es in meinem Kopf, so etwas haben wir auf der Konditorenschule nicht gelernt. Ping!, unterbricht die Türglocke meine Gedanken.

»Bist du Emilie?«, fragt die Frau und steckt ihren Kopf wieder zur Tür heraus. Sie ist vielleicht Anfang vierzig, hat kurze schwarze Haare, trägt eine Brille und ist komplett in Schwarz gekleidet.

»Jajaaa!«, stottere ich und bin mit ein paar schnellen Schritten an der Eingangstür. »Hi!«, strahle ich sie an.

»Hallo. Na komm schon rein!«, antwortet die Frau und verschwindet wieder im Inneren.

Ich erwische die Tür noch gerade so, bevor sie zufällt. Der ganze Verkaufsbereich ist dunkelgrün gestrichen, an den Wänden hängen Bilder von Blumen oder Pflanzen in schweren goldenen Brokatrahmen. Feine Lichterketten sorgen dafür, die wahnsinnigen Schokoladenkreationen, die Motivtorten und die Skulpturen ins rechte Licht zu rücken. Diese stehen in krassem Gegensatz zu dem düsteren Dekor. Sie sind bunt, glänzend und haben fast alle ein Motto. Mexikanische Totenmasken, zarte chinesische Kirschbaumblüten, Figuren aus Filmen, mir leuchtet das Gold eines riesigen *Schnatz* mit Flügeln entgegen, daneben liegt *Fuchur*, der Drache aus *Die unendliche Geschichte*, und ich entdecke drei kleine Tische mit jeweils zwei Stühlen und niedlichen Spitzendeckchen zwischen all den Torten. Dort können die Gäste bestimmt die Kreationen probieren, bevor sie eine eigene Torte in Auftrag geben. Das hatte ich auf der Website gelesen.

»Kommst du?«, fragt eine Stimme aus dem Raum hinter dem Verkaufstresen.

Ich beeile mich, schlängele mich an den Schokokreationen und Torten vorbei, peinlich darauf bedacht, bloß nichts umzustoßen, und betrete die Backstube.

Hier ist es im krassen Gegensatz zu dem dunklen Verkaufsraum hell, fast schon steril. In der Mitte des Raumes entdecke ich eine große stählerne Kücheninsel, umlaufend befindet sich eine Küchenzeile mit einem großen Gasherd mit sechs Flammen, zwei großen Öfen und mehreren Rührmaschinen. Alles wirkt, als wäre es in einem Top-Zustand und blitzblank geputzt. Nur die Frau vor mir fällt in ihrer komplett schwarzen Aufmachung ein bisschen aus dem Rahmen. Ich beeile mich, meine Jacke auszuziehen, und hole meine Schürze aus der Tasche, die ich mir sicherheitshalber eingepackt hatte. Ich streiche sie verlegen glatt, da sie durch den Transport ganz verknittert ist.

»Ihr habt es wohl nicht so mit Hygienestandards in Deutschland, was?«, knurrt die Frau, die sich mir immer noch nicht vorgestellt hat, von der ich aber ziemlich sicher bin, dass sie die Inhaberin Carol Bings ist. Ich traue mich aber nicht zu fragen.

»Ich, äh, wie bitte?«, antworte ich nicht sehr eloquent.

»Die Personalumkleide ist da.« Sie zeigt auf eine kleine Tür, die neben den Öfen von der Backstube abgeht. »Straßenkleidung wird dort ausgezogen.« Sie deutet auf meine Jacke und geht voraus in die kleine dunkle Umkleide. »Hier kannst du deine Jacke und deinen Rucksack aufhängen und dort findest du saubere Schürzen in einer Hygieneverpackung. Hier nimmst du dir bitte jeden Morgen ein frisches Exemplar und lässt dieses …« Sie nimmt meine weiße, saubere Schürze, die ich extra noch gebügelt hatte, mit spitzen Fingern hoch. »… Ding bitte in Zukunft zu Hause.« Sie atmet hörbar ein und wieder aus, was ihren Unmut nur unterstreicht. »Mein Name ist Carol und wir werden in den nächsten Wochen hauptsächlich zusammenarbeiten. Ich bitte um pünktliches Erscheinen, ich entscheide, welche Musik läuft, ich dulde keine Handys in der Backstube, und da ich gehört habe, dass du bereits in Deutschland als Konditorin gearbeitet hast, erwarte ich viel von dir und deiner Leistung. Wir haben immer mehr Aufträge als Stunden Zeit, um sie abzuarbeiten. Also, machen wir uns ans Werk. Fragen?«

Etwa eine Million. Aber das sage ich nicht. Ich ziehe mir lieber meine neue Schürze über. Mein Herz klopft wie wild. Ich hatte gehofft, ich könnte heute zunächst einmal alles kennenlernen, einen entspannten ersten Tag haben.

»Hrmhrm«, Carol räuspert sich und deutet auf meine Haare. »Bitte mach dir einen Knoten, ich möchte keine Haare in der Schokolade haben. Ansonsten müsstest du dir ein Haarnetz besorgen. Dort ist die Toilette.« Sie zeigt auf eine weitere Tür, die von dem kleinen Raum abgeht.

Ich werde rot. Ich bin erst fünf Minuten hier und fühle mich wieder wie in meinem ersten Lehrjahr. Mit zittrigen Händen drehe ich meine Locken zu einem engen Knoten, gehe danach mit weichen Knien zum Waschbecken, um mir gründlich die Hände zu reinigen, und trete dann erneut neben Carol in die Backstube.

»Wir beginnen immer mit unseren Backwaren, die vorne in den Verkauf gehen. Danach machen wir uns an die Torten und die Schokoladenkreationen. Aber ich möchte erst einmal sehen, wie dein Kenntnisstand wirklich ist. Du findest alles im Schrank.«

Wortlos legt sie mir ein Rezept hin.

Ich überfliege die Zutatenliste und werde blass.

Dripping Chocolate Scones

YIELD: 8 LARGE SCONES

- 1 and 2/3 cups all-purpose flour
- 1/3 cup unsweetened cocoa powder

Schon jetzt habe ich keine Ahnung, worum es geht. Was ist all-purpose flour und wie messe ich noch mal in cups? Was für cups? Teetassen? Kaffeetassen? Suppentassen? Hilfe!

- 1/2 cup granulated sugar
- 2 and 1/2 teaspoons baking powder
- 1/2 teaspoon salt
- 1/2 cup unsalted butter, frozen
- 1/2 cup + 1 tablespoon heavy cream

Heavy cream. Was ist heavy cream? Cream ist Sahne, heftige Sahne macht keinen Sinn. Meine eigentlich ganz guten Englischkenntnisse scheinen sich in Puderzucker aufgelöst zu haben. Ich hätte jetzt wirklich gern mein Handy, um kurz zu googeln. Meine Hände werden schwitzig und ich merke, wie diese Unruhe immer weiter in mir aufsteigt. Das ist immer so, wenn ich überfordert bin, nicht weiß, was ich jetzt tun soll. Am liebsten würde ich mich dann in einer Höhle verkriechen und abwarten. Aber hier ist keine. Immer schneller fliegen meine Augen über das Rezept. Auch die Anleitung hilft mir kein bisschen weiter.

INSTRUCTIONS

Whisk flour, cocoa powder, sugar, baking powder, and salt in a large bowl. Grate the frozen butter with a box grater. Add it to the flour mixture and mix it with your fingers until it comes together in small crumbs.

Was ist ein box grater? Und warum ist die Butter gefroren? Frozen heißt doch gefroren oder gekühlt? Mir bricht der Schweiß aus. Ich habe wirklich keine Ahnung, was die hier von mir wollen. Ich spüre Carols Blick auf mir. Ich scanne die Zutaten und die Zubereitung und merke, wie erneut die Panik in mir hochkriecht. Ich verstehe nur die Hälfte des Rezeptes. Einige Zutaten kenne ich gar nicht und diese Mengenangaben helfen auch nicht weiter. Ich hole tief Luft. »Carol? Ich habe da doch noch eine Frage.«

»Hm?« Sie hebt nicht einmal den Kopf, sondern knetet weiter einen großen Hefeteig, den sie soeben aus einer Schüssel geholt hat.

»Was ist heavy cream? Und was ist granulated sugar? Wie groß sind eure cups?«

Sie seufzt und holt mir die gewünschten Zutaten aus Schrank und Kühlschrank. Ich bin erleichtert, heavy cream ist Schlagsahne und der granulated sugar ist ganz einfacher Zucker. Okay. Ich gehe mit meinem Rezept durch die Küche und suche mir die anderen Zutaten zusammen. Dann baue ich mir meinen Platz auf, finde eine Waage und sogar einen Messbecher – auf dem Gott sei Dank auch cups als Maßeinheit vermerkt sind.

Irgendwie kriege ich das Rezept zusammen und schaffe es sogar, die Scones zu backen. Sie sind vielleicht noch nicht perfekt, aber sie sind fluffig und saftig und die Schokolade tropft herrlich daran herunter. Carol hat in der Zwischenzeit wunderbar duftende Chocolate Swirls gebacken und dekoriert gerade eine Torte, die übersät ist mit kleinen Monstern.

»Bist du fertig?«, fragt sie ungehalten.

Ich nicke. Es müsste doch schon Mittagszeit sein, mein Magen knurrt auf jeden Fall inzwischen vernehmlich.

»Gut, dann mach bitte den Laden vorne auf, gleich kommen die ersten Kunden für eine Tortenprobe.« Ich nicke wieder. Traue mich nicht, nach einer Pause zu fragen. Stattdessen gehe ich in den Verkaufsraum und habe nicht die geringste Idee, wo ich anfangen soll. Der Tisch und die Stühle stehen an ihrem Platz. Ich könnte heulen, weil ich das hier so gern gut machen möchte und gerade das Gefühl habe, Carol nur so richtig krass auf die Nerven zu gehen.

Ping! Oh, oh. Das war die Türglocke. Die Gäste sind da und ich habe immer noch keine Ahnung, was ich tun soll. Hallo sagen, nach hinten gehen und Carol holen? Wie eingefroren stehe ich hinter dem Verkaufstresen und blicke den Gästen entgegen. Zwei Frauen, ich schätze etwa in Carols Alter. Die eine hat lilafarbene aufgetürmte Haare und trägt ein schwarzes Kleid mit einem wippenden Fünfzigerjahre Rock. Die andere trägt einen Anzug und einen Spazierstock mit einem goldenen Löwen als Knauf. Sie lächeln mir freundlich zu und ich spüre, wie sich meine Mundwinkel zu einem gequälten Lächeln nach oben verziehen.

Bevor ich mich noch weiter zum Idioten machen kann, nimmt Carol mir die Entscheidung ab. Sie schiebt sich an mir vorbei und tritt mit einem strahlenden Lächeln auf die beiden Frauen zu. »Beth, Lil, wie schön, euch zu sehen, ich habe euch ein paar wundervolle Tortenproben vorbereitet, da ist ganz sicher etwas für eure Hochzeit dabei.«

Sie scheucht mich mit einer Handbewegung in die Backstube. Dort stehen auf einem Tablett aufgereiht fünf verschiedene Torten. Alle aus Schokolade und doch unterschiedlich. Neben den bereits portionierten Probierstückchen liegt jeweils ein Zettel, der die Geschmacksrichtung beschreibt. Die rosafarbene Torte ist zum Beispiel aus Ruby Chocolate mit Goji-Flavour und rotem Pfeffer. Hier ist wirklich nichts einfach oder traditionell.

Ich helfe Carol beim Teekochen, serviere die Stücke und schaffe es sogar, ihr weder im Weg zu stehen noch ihr total auf den Keks zu gehen. Als sich die Gäste zufrieden verabschieden, ist es 15 Uhr und ich bin so hungrig, dass ich gleich umfalle.

»Eine halbe Stunde Lunch!«, ruft Carol und beißt in ihr mitgebrachtes Sandwich.

Ich habe nichts dabei und will auf keinen Fall zusammen mit Carol essen. Schnell ziehe ich mir meine Jacke über die Schürze und stürme hinaus.

Jake

Was für ein beschissener Morgen. Ich rolle mich mit einem Stöhnen aus meinem großen Bett, um das die Klamotten der letzten Nacht verteilt sind. Mein Kopf dröhnt und mir ist schwindelig. Ich stütze mich mit einer Hand an dem Designertisch ab, der unter dem Fenster eigentlich als mein Schreibtisch fungieren soll. Er ist über und über mit Kram bedeckt. Der Stapel mit sauberer Wäsche, die unsere Haushälterin Matilda dort für mich abgelegt hat, gerät gefährlich ins Wanken. Probeweise hebe ich eine schwarze Jeans vom Boden auf und lasse sie direkt angeekelt wieder fallen. Die Klamotten riechen nach Bier, nach Qualm und nach Pub. Ich ziehe eine andere schwarze Jeans aus dem Schrank, schnappe mir ein schwarzes Bandshirt und einen ebenfalls schwarzen Hoodie und schlurfe in Boxershorts über den Flur unserer Einliegerwohnung ins Bad.

»Guten Morgen, Sonnenschein«, tönt Amys für diese Uhrzeit eindeutig zu fröhliche Stimme aus unserer gemeinsamen Küche. Seit unsere Eltern uns den Keller ihrer Villa zu einer kleinen Wohnung ausgebaut haben, leben wir hier in einer Geschwister-WG. Im Gegensatz zu mir kann Amy nach unserer Schicht in der Bar jedoch ganz entspannt in den Tag starten. Sie muss nicht wahllos Zahlenreihen hintereinander setzen, um Codes zu generieren, wie ich es seit zwei Semestern in meinem IT-Studium tue. Ich betrete die geräumige Wohnküche, die von einer Kücheninsel aus dunklem Marmor dominiert wird.

»Morgen«, brumme ich.

»Der letzte Shot war wohl schlecht«, grinst Amy und lässt die Beine von der Arbeitsplatte baumeln, auf der sie einen ihrer merkwürdigen grünen Säfte trinkt. Ich drücke den Knopf unserer vollautomatischen Kaffeemaschine. Während die Milch in dem Schäumer ihre Kreise zieht, sehe ich dabei zu, wie die heiße braune Flüssigkeit in meinen Becher tropft. Ohne Koffein wird das hier heute nichts. Auf dem weißen Becher prangt in großen schwarzen Lettern »Not my Circus, not my Monkeys«. Fühle ich. Heute habe ich wirklich so gar keinen Bock auf diesen ganzen Zirkus. Ich kippe die warme Milch auf den Kaffee, trinke einen großen Schluck und schlurfe ins Bad. Die Dusche wird es schon richten. Hoffe ich wenigstens. Nach fünfzehn Minuten Regendusche sehe ich zumindest wieder ein bisschen aus wie ein Mensch. Ich sollte mir angewöhnen, nicht mit jedem Gast einen Shot zu trinken.

Seufzend ziehe ich mich an und werfe einen Blick auf meine Armbanduhr. Die Zeit sollte noch für ein schnelles Frühstück in meinem Lieblingscafé in den Lanes reichen, wenn ich mich jetzt ein wenig beeile. Schnell stopfe ich die noch nassen Haare unter eine Cap, schnappe mir einen Schlüssel, den Rucksack mit Laptop und Co. und verlasse das Haus. »Bye Amy, bis heute Abend!«

Kurz drehe ich mich um und werfe einen Blick auf die große, weiß gestrichene Villa, vor der bereits die Ginsterbüsche blühen. Es riecht nach Frühling. Ich biege in die nächste Straße ein, die mit ihren kleinen altenglischen Häuschen so friedlich aussieht. Fast wie in einem dieser Kinderbücher, die Mum uns früher vorgelesen hatte. Jedes Haus ist in einer anderen Farbe gestrichen, die Haustüren sind aus dickem Holz, mit alten schmiedeeisernen Türknäufen. Brighton ist eindeutig schöner als London, das stelle ich jeden Tag aufs Neue fest. Und es hat zwei Gesichter: pittoreskes Seebad mit kleinen Cafés und Buchläden am Tag, und nachts eine echte Partymeile. Selbst aus London kommen Freunde von mir manchmal zum Feiern nach Brighton. Am liebsten in den *Tide Night Club*, den Laden, in dem ich mir seit ein paar Monaten die Nächte um die Ohren schlage. Fröstelnd ziehe ich die Schultern hoch und klappe den Kragen meiner Lederjacke nach oben. Immer wenn ich den kleinen Hügel, auf dem unser Haus liegt, nach unten laufe, gibt es diesen Moment, in dem man das Meer förmlich spüren kann. Auf einmal schreien die Möwen lauter, ein leichter Wind kommt auf und es riecht nach Salz. Eine Mischung, von der ich auch nach dem Jahr, das wir inzwischen hier leben, nicht genug bekomme.

Ich überquere den Churchill Square, einen kleinen runden Platz, in dessen Mitte der Clocktower steht, ein Denkmal mit einer großen in Stein eingelassenen Uhr, die mir einmal mehr anzeigt, dass ich mich allmählich beeilen sollte. Ich will gerade in die Lanes abbiegen, als ich ein Mädchen mit dem Handy vor den Augen direkt auf die große West Street zusteuern sehe. Nicht schon wieder. Ich beobachte noch kurz, ob sie selbst auf die Idee kommt, mal nach rechts und links zu schauen. Dann sprinte ich los.

Sechs Stunden später. Ich atme tief durch. Endlich raus hier. Wieder einen halben Tag Lebenszeit verschwendet. Diese Woche glich einem einzigen Albtraum. Jeden Tag diese dämlichen Kurse, in denen ich nichts, aber auch gar nichts lerne, das mich nur für fünf Cent interessiert. Ich frage mich, warum ich immer noch in die Uni fahre. Jeden Tag quäle ich mich aus dem Bett, um Dinge zu lernen, die nichts mit mir, meinem Leben oder dem, wie ich mir vorstelle, wie mein Leben mal aussehen könnte, zu tun haben.

Die Holztür der altehrwürdigen *Brighton University* knallt hinter mir zu. Wie symbolisch. Die hat auch keinen Bock auf mich. Ich bin unglaublich hungrig und brauche Soul Food, bevor es gleich zur Probe geht. Die nächste Straße biege ich ab und laufe die Seafront entlang. Das ist noch immer das Allerschönste an unserem Umzug nach Brighton, so nah am Meer zu sein. Ich atme tief ein: salzige Meeresluft und ein Hauch Fish & Chips, vermischt mit dem zuckrigen Duft von gebrannten Mandeln, der vom Pier zu mir herüberweht. Der Pier ist die große Amüsiermeile Brightons. Fahrgeschäfte, Spielautomaten, Donut-Läden und Eiscremeshops reihen sich nebeneinander auf einem langen Steg mitten im Meer. Schon jetzt hört man Kinder kreischen, die in kleinen Metallwagen die Achterbahn hoch- und runterrasen. Über mir schreien Möwen, neben mir rollen Wellen an den steinigen Strand und überall sitzen kleine Gruppen von Menschen auf Picknickdecken oder den zahlreichen Holzbänken und genießen ihre Mittagspause. Die ersten sonnigen Tage des Jahres haben diesen Effekt auf Menschen. Raus! Luft! Sonne! Freiheit.

Da vergessen sie doch glatt, dass sie gleich wieder in ihre stickigen Büros zu ihren stinklangweiligen Jobs zurückmüssen. Welch ein Albtraum!

Ich klappe den Kragen meiner Lederjacke hoch und halte auf den kleinen Fish-&-Chips-Laden *The Copper Clam* direkt an dem alten Pier zu, der als verbranntes Holzskelett neben dem neuen Pier aus dem Wasser ragt. Hier gibt es die leckersten Fish Buns in ganz Brighton. Natürlich bestelle ich wieder meine Lieblingskombination: Muscheln und Mayonnaise auf einem butterigen Bun, dazu ein kaltes Bier. Es ist Freitag, heute Abend spiele ich mit der Band ein Konzert im *Tide Night Club,* und so langsam bessert sich meine Laune. Ich setze meine Sonnenbrille auf, beiße in das Sandwich, sodass mir die Soße fast auf meine Jeans tropft, kaue und genieße. Die Mischung aus dem weichen, süßlichen Brioche-Brötchen, der würzigen Mayonnaise und den salzigen Muscheln ist das beste Essen der Welt.

Emilie

Ein letztes Bimmeln der kleinen Glocke über der Tür erklingt und ich verlasse das *Bittersweet.* Ich bin völlig erledigt. Carol hat eine so eigene Art zu arbeiten. Oft habe ich mich in den letzten Tagen gefragt, warum sie tut, was sie tut. Häufig kam ich mit den Maßeinheiten nicht zurecht und habe Fahrenheit falsch in Grad Celsius umgerechnet, weshalb die Schokolade zu niedrig temperiert war und nicht glänzte. Die erste Woche war wirklich kein Zuckerschlecken. Zum Glück ist jetzt Wochenende und ich muss mich erst am Montag wieder damit auseinandersetzen.

Zu Hause habe ich so gern in meinem Beruf gearbeitet. Klar, Konditorin sein, heißt früh aufstehen, aber mir gefällt die Kreativität, die Arbeit mit den Lebensmitteln und mit meinen Händen. Einen typischen Bürojob konnte ich mir nie vorstellen. In Bremen war ich Top of my Class im Abschlussjahrgang, weshalb ich ja auch den Stipendiumsplatz bekommen habe. Chocolaterie, Brighton, England, das klang alles nach großer weiter Welt und Abenteuer. Gerade fühlt es sich aber eher nach erstem Lehrjahr bei einer ausgesprochen biestigen Ausbilderin an. Dabei ist Carol nicht einmal meine Ausbilderin. Ich bin ausgelernt. Ich bin gut. Das haben mir alle gesagt. Nur glaube ich es nicht mehr so wirklich. Und wenn sie sich nun getäuscht haben? Wenn ich maximal Durchschnitt bin. Was mache ich denn dann? Schicken sie mich zurück?

Mein Gedankenkarussell läuft auf Hochtouren und wie immer drehen sich die einzelnen Karussellwagen hauptsächlich darum, was ich alles hätte besser machen können. Ich spüre erst jetzt, wie hungrig ich bin. Das Supermarkt-Sandwich, das ich mir heute Mittag schnell im Gehen in den Mund gestopft habe, war weder nahrhaft noch lecker. Meine Beine sind schwer vom vielen Stehen, und mein Kopf dröhnt von all den neuen Informationen, die auf mich eingeprasselt sind. In Bremen hätte ich mich jetzt mit Juli getroffen und wir hätten irgendwo einen Wein getrunken und über das Leben im Allgemeinen und Carol im Speziellen gelästert. Meine Hand greift in meine Jackentasche und tastet nach dem Handy. Ich öffne mein Nachrichtenprogramm und drücke auf das kleine Mikrofon.

EMILIE

🎙 Hey Juli, wie geht es dir? Was macht Bremen? Ich vermisse dich heute total. Die ersten Tage waren nur so mäßig. Ich weiß, ich weiß, du würdest dir ein Bein ausreißen, um an meiner Stelle zu sein. Aber mir fehlt einfach noch Anschluss, jemand zum Quatschen. Du eben! Ich hoffe, du sitzt gerade vor einem deiner Kochbücher und brütest über neuen Rezepten. Aber vergiss nicht: Ich möchte als Erstes deine neuen Kreationen probieren. Ich drück dich!

Mit einem Seufzen lasse ich das Handy zurück in meine Jackentasche gleiten. Es ist Freitagabend und wunderschönes Frühlingswetter, die Cafés, Bars und Restaurants haben ihre Stühle nach draußen gestellt und überall liegt ein Gewirr aus Gelächter und Gesprächsfetzen in der Luft. In meinem Bauch ziept es, ich würde jetzt auch gern mit jemandem hier sitzen, ein kühles Glas Rosé in der Hand und ein paar Tapas auf dem Tisch. Aber allein? Nein danke. Stattdessen mache ich mich auf den Rückweg zu meiner WG. Ich werde unterwegs irgendwo beim Supermarkt anhalten und mir eine Tiefkühlpizza holen oder an einem der zahlreichen Take-Away-Läden etwas mitnehmen.

Ich wandere den kleinen Berg der West Street hinauf, an der mich an meinem ersten Arbeitstag fast der Doppeldeckerbus überfahren hätte. Wenn dieser Typ mich nicht aufgehalten hätte. Ich kann mich nicht einmal an seinen Namen erinnern, obwohl die Barista im Café ihn ganz sicher gesagt hat ... Und auch sonst weiß ich nichts über ihn, außer, dass mich diese grünen Augen ganz schön aus dem Konzept gebracht haben.

Zahlreiche Boutiquen preisen gerade im Frühlings-Sale die besten Deals in ihren Schaufenstern an. In einem Laden für Kinderspielzeug stolpere ich fast über meine eigenen Füße, als ich den Preis für das »Angebot« sehe. Ein Schaukelpferd im Wert meines halben Monatsgehaltes. Als ich den Clocktower am Churchill Square schon fast erreicht habe, bleibt mein Blick an einem großen schwarz gestrichenen Haus hängen. Ein *Waterstones*! Einer der größten Book Stores in Großbritannien. Genau das brauche ich jetzt, ein bisschen nach Büchern stöbern, in der Masse untertauchen, nicht reden, nicht nachdenken müssen.

Der *Waterstones* erstreckt sich über drei Stockwerke, das Haus ist alt, mit niedrigen Decken und Holzbalken. Als ich den Laden betrete, knarzen die Holzdielen und ich nehme den Duft von frisch gebrühtem Kaffee wahr, vermischt mit dem nach Papier und Büchern. Mein Magen erinnert mich daran, dass ich eigentlich etwas essen wollte. Im unteren Bereich sind Romane und Thriller, im ersten Stock die Kinder- und Sachbücher. Ich steige weiter die Stufen hinauf und schnappe nach Luft, hier bin ich richtig! Vor mir eröffnet sich ein Paradies voll mit Koch- und Backbüchern und mittendrin: Ein kleines Café! Ich kann mein Glück gar nicht fassen. An bunt durcheinandergewürfelten Tischen, auf tiefen speckigen Ledercouchen und in gemütlich aussehenden Sesseln sitzen bereits andere Kunden mit Stapeln von Büchern und schauen sie bei einem Cappuccino und einem Stückchen Kuchen durch. Ein kleines Mädchen krabbelt gerade bei ihrem Opa auf den Schoß und lässt sich ein Buch vorlesen. Ein großer Typ kommt hinter mir die Treppe hinauf, schiebt sich an mir vorbei und steuert zielstrebig auf einen der freien Tische am Fenster zu. Er hat eine frappierende Ähnlichkeit mit Regé-Jean Page, dem eleganten Herzog aus der *Bridgerton*-Serie. Ich spüre, wie ich rot werde, als er in meine Richtung blickt. Meine Güte, laufen in Brighton heiße Männer herum. Erst der Typ mit den durchdringend grünen Augen und jetzt dieser gut aussehende Kerl. Er nickt der Barista zu, sie nickt zurück und während ich mich noch staunend in diesem Bücherparadies mit den hohen Regalen umschaue, stellt sie eine dampfende Tasse Tee vor ihm auf den Tisch. Er scheint also öfter hier zu sein. Jetzt zieht er ein zerlesenes Taschenbuch aus dem Rucksack und vertieft sich darin.

Ich suche mir einen ganzen Stapel Backbücher zusammen und stelle mich an die Schlange am Cafétresen an. »Hi, was kann ich für dich tun?«, fragt mich die Barista routiniert. Ich bestelle mir einen großen Milchkaffee und einen heißen Panino mit Cheddar, Zwiebeln und Pickles. »Den Kaffee stelle ich dir hier auf den Counter und den Panino bringt dir mein Kollege gleich an den Tisch. Wo sitzt du denn?«

Suchend lasse ich den Blick schweifen und bleibe an dem *Bridgerton*-Typ hängen. Der Platz neben ihm wird gerade frei.

»Wie wär's mit Tisch drei?«, sagt sie da und zeigt in seine Richtung. Ich werde schon wieder rot. Die Barista notiert sich die Tischnummer auf meinem Bestellzettel und ich steuere mit meinem Cappuccino und den Backbüchern auf den freien Platz zu. Verstohlen blicke ich an den Nebentisch. Keine Reaktion, der Typ ist voll und ganz in sein Buch vertieft. Ich nehme einen Schluck von dem Kaffee und merke, wie ich mich ein wenig entspanne. Herrlich! Mein Handy vibriert in meiner Hosentasche. Eine neue Nachricht von Juli.

JULI
Girl! Ich trete dir jetzt durch das Telefon in deinen niedlichen kleinen Hintern. Du bist in England, Baby! Und du hattest deine erste Woche im neuen Job, da kann doch gar nicht alles perfekt laufen. Wirklich, Emmi, du musst dich unbedingt mal entspannen! Sonst verpasst du alles. Grüß das Meer von mir, hörst du?!

Ich grinse. Jeder sollte eine beste Freundin wie Juli haben! Als dann noch mein Panino gebracht wird und einen köstlichen Duft nach Käse und karamellisierten Zwiebeln verströmt, läuft mir das Wasser im Mund zusammen. Mein Handy vibriert erneut und ich beiße genüsslich in mein Sandwich, während ich mich auf eine weitere Prep-Talk-Nachricht von Juli einstimme. Doch die Nachricht ist von einer unbekannten Nummer. Ich lege meinen Panino auf den kleinen Teller vor mir, wische meine Hände an der Serviette ab und lese neugierig:

UNBEKANNTE NUMMER
Liebe Emilie Michels. Ich freue mich auf unseren ersten Coaching-Termin am morgigen Samstag um 14 Uhr, alles Weitere besprechen bei unserem Videocall, den Einwahllink erhältst du mit einer separaten Mail. Ich freue mich darauf. Deine Isabelle Winter von Workchangenow.

Den Termin hatte ich ganz vergessen. Natürlich war mir klar, dass die Einladung kommen würde, schließlich hatte ich bei »Online-Coaching erwünscht« einen Haken gesetzt. Die Organisation hat mich bei der Suche nach einem geeigneten Arbeitsplatz unterstützt, bezahlt mein Zimmer für ein Jahr in Brighton und stellt mir einen Coach. Aber ich habe noch nie ein Persönlichkeitscoaching gemacht und keine Ahnung, was da auf mich zukommt.

Mein Herz klopft schnell, ich habe Bammel vor diesem Termin. Rasch öffne ich den Browser auf dem Handy und gebe »Isabelle Winter« in die Suche ein.

Ich lande auf der Webseite Workchangenow.de Dort werden die Coaches für das Stipendium vorgestellt und meines findet anscheinend bei Dr. Isabelle Winter statt.

> Isabelle Winter ist zertifizierte Systemische Coachin für Positive Psychologie. Sie arbeitet seit mehr als zehn Jahren mit jungen Erwachsenen daran, Resilienz im (Berufs)-Alltag zu entwickeln, um mit ihrem Alltag und beruflichen Herausforderungen besser umgehen zu können.

Nervös beiße ich erneut in meinen Panino. Eine kribbelige Anspannung macht sich in mir breit. Vielleicht hilft mir das Coaching ja sogar, besser mit Carol und der Arbeitssituation umzugehen. Allein wenn ich an Montag denke, wird mir wieder ganz flau im Magen. Aber jetzt ist noch nicht Montag! Ich spüle die letzten Bissen mit einem großen Schluck Kaffee herunter und wende mich erst mal den Backbüchern zu, die sich noch immer auf meinem Tisch stapeln.

Zwei Stunden später habe ich mich für ein *Basic-British*-Backbuch entschieden. Der *Bridgerton*-Typ mit seinem zerlesenen Taschenbuch nickt mir zum Abschied zu. Ich werde schon wieder rot, nicke aber zurück. Beim Hinausgehen überspringe ich einige Stufen auf der alten geschwungenen Holztreppe, wie früher als Kind. Ich muss lächeln. Wird schon alles, Emilie!

Als ich den Schlüssel im Schloss zu meiner WG umdrehe, ist es draußen bereits dunkel, innen brennt gemütliches Licht. Ich schließe vorsichtig die Haustür hinter mir und steige die fünf Treppenstufen zur gemeinsamen Wohnküche hinauf. Der erste Blick in dem Wohnzimmer fällt auf den schönen alten Kamin, der in die Wand gegenüber der bunt gestrichenen Küchenzeile eingelassen ist. Davor steht eine kleine braune Couch mit einer grob gestrickten Wolldecke und kleinen Kissen. Die Wände sind hell gestrichen und behangen mit gerahmten Kunstdrucken. Meine Mitbewohnerin Polly hat mir schon bei meinem Einzug stolz erzählt: »Die Bilder sind von einigen Künstlern, die unten an der Seafront ihre Werke zeigen. Ich mag es, ein bisschen lokalpatriotisch zu sein, daher wirst du in der Wohnung viel aus Brighton finden. So wie mich.« Sie kicherte. »Ich bin nämlich auch ein echtes Original, born and raised hier, das findest du wirklich selten, sage ich dir!«

Polly und ich hatten einen etwas holprigen Start, da mir bei meiner Ankunft der Code für die Schlüsselbox, in der Polly den Haustürschlüssel für mich hinterlegt hatte, nicht mehr einfallen wollte und ich den Mechanismus nicht begriffen habe. Sie musste extra wegen mir eine Pause bei ihrer Arbeit einlegen, um vorbeizukommen und mich hereinzulassen. Wir hatten davor nur einmal gezoomt, dabei hatte sie mir die Wohnung gezeigt und mir etwas über sich erzählt. All diese Infos waren an mir vorbeigerauscht, weil ich so darauf konzentriert war, wie sehr ich dieses Zimmer haben wollte.

Hinter dem Kamin geht eine schmale Treppe nach oben. Auf der nächsten Etage sind zwei Zimmertüren. Die linke gehört mir, die rechte führt in das gemeinschaftlich genutzte Bad. Pollys Zimmer ist noch ein Stockwerk über meinem. Obwohl sie bei meinem Einzug unter Zeitdruck stand, hat sie mir alles gezeigt. Ihr Zimmer ist etwas größer als meines. Die Vorhänge waren zugezogen, auf ihrem Schreibtisch leuchtete ein Bildschirm. Daneben lagen Tastatur, Maus, Kopfhörer und zahlreiche Chipstüten. Polly hob die Schultern. »Wie du siehst, liebe ich Gaming und Chips und ich habe es nicht so mit aufräumen.«

Ich grinste und antwortete ihr: »Ich habe noch nie ein Computerspiel zu Ende gespielt, esse aber ebenfalls gern Chips und finde, nur die Intelligenten beherrschen das Chaos.« Damit war das Eis zwischen uns gebrochen.

Auch wenn wir erst ein paar Tage zusammenwohnen, kann ich schon sagen: Polly ist eine Erscheinung. Sie ist eine dieser

Frauen, nach der sich jeder Mann auf der Straße umdreht, weil sie einfach umwerfend schön ist, und mit der jede Frau befreundet sein möchte, weil sie unfassbar cool ist. Sie ist fröhlich und unbeschwert, man kann sich in ihrer Gegenwart eigentlich nur wohlfühlen. Trotzdem oder gerade deswegen sorgen Frauen wie Polly bei mir auch schnell für ein Gefühl der Unsicherheit. Wie soll man sich neben einem solchen Atomkraftwerk voll positiver Energie auch nicht unscheinbar und verloren fühlen?

Heute sitzen drei mir unbekannte Menschen um unseren Tisch vor der Küchenzeile und spielen, wie es scheint, ein Brettspiel. Aus der Entfernung kann ich es nur schwer erkennen. Jeder hat ein Glas Wein vor sich stehen und laute Musik begleitet ihre Anfeuerungs- und Jubelrufe. Pollys trägt wieder einen lilafarbenen Onesie mit kleinen Ohren an der Kapuze. Jetzt dröhnt ihr fröhliches Lachen durch den Raum. Ich habe noch nie jemanden so laut und gleichzeitig einnehmend lachen gehört. Die Freunde sind bestimmt lustig und nett, aber ich bin so unfassbar kaputt von meinem Tag, dass ich mir einfach nur ein bisschen Ruhe und eine heiße Dusche herbeisehne. Das Letzte, was ich jetzt möchte, ist, Smalltalk mit fremden Leuten zu halten und mir womöglich noch ein neues Brettspiel erklären zu lassen. Reflexartig taste ich nach einer meiner Haarsträhnen und wickele sie um meinen Finger. Noch immer stehe ich unschlüssig an der Eingangstreppe.

»Hey Emilie«, begrüßt Polly mich und dreht sich zu mir um. »Steh da nicht herum, komm her, ich stelle dir die anderen vor!« Sie zieht den Stuhl neben sich heran. Dann fordert das Spielgeschehen erneut ihre Aufmerksamkeit. Ihre grünen Augen blitzen. »Nein, Ben, das geht gar nicht, nimm die Karte wieder auf, du ruinierst mich«, ruft sie.

Ich weiß jetzt nicht so richtig, was ich machen soll. Eigentlich möchte ich nur in mein Bett und noch eine Runde lesen. Aber wäre das nicht unhöflich? Ich möchte auf keinen Fall desinteressiert wirken. Zögerlich gehe ich in den Küchenbereich und setze heißes Wasser für einen Tee auf. Keiner beachtet mich mehr so richtig, sie sind alle in ihr Spiel vertieft. Neben dem Toaster steht ein kleines braunes Paket. Es ist aus Deutschland und an mich adressiert. Neugierig drehe ich es hin und her, während ich darauf warte, dass mein Wasser kocht. Hinter mir bricht Jubel aus, ich mustere die Spieler noch einmal genauer. Polly ist wie immer fröhlich und zwinkert mir zu, als sie sieht, dass ich zu ihnen hinüberblicke. Sie würde sich wahrscheinlich freuen, wenn ich mich ein bisschen dazusetze. Der blonde Typ sieht eher verbissen aus. Gerade wirft er die Karten auf den Tisch und schenkt sich mit einer schnellen Bewegung noch mal nach.

»Mann, Polly, wie kann man nur so ein verdammtes Glück haben?« Während sie ihn anlächelt, knurrt er: »Du kannst froh sein, dass ich dich so gern mag, sonst würde ich nicht mehr mit dir spielen.«

Das andere Mädchen im Bunde starrt den blonden Typen unverwandt an. Sie hängt an seinen Lippen und als er sich Zustimmung suchend zu ihr umdreht, nickt sie, dass ihre Haare nur so fliegen. Piep. Mein Wasser kocht.

Polly taucht neben mir in der Küchenzeile auf. »Ist vorhin für dich gekommen«, sagt sie und zeigt auf das Paket.

»Ja, danke«, antworte ich. Weil ich auch nicht so richtig weiß, was ich sonst sagen soll.

»Hattest du einen guten Tag in der Chocolaterie?«, fragt Polly freundlich weiter.

»Ich, ja, es lief schon ein bisschen besser.« Ich muss ihr ja nicht direkt auf die Nase binden, dass ich heute eine Rezeptur verbockt habe und am liebsten direkt gekündigt hätte, so sehr hat Carol mich eingeschüchtert. »Und ihr spielt?«, frage ich, um auch etwas zum Gespräch beizutragen.

»Ja, habe ich ganz vergessen dir zu sagen. Freitags treffen wir uns immer hier zum Zocken. Meine letzte Mitbewohnerin hat sich ständig darüber beschwert. Ich hoffe du bist cool damit? Du kannst auch gerne mitspielen, wenn du magst!«

»Klar, macht ruhig.« Ich versuche, ganz locker zu wirken. »Und gern beim nächsten Mal, ich muss heute noch was für die Arbeit lesen und bin ziemlich fertig von der Woche«, sage ich und zucke bedauernd die Schultern. Und irgendwie stimmt das ja auch.

Ich nehme mir meine Tasse Tee, klemme mir mein Paket unter den Arm und steuere auf die kleine Treppe zu, die zu meinem Zimmer führt. »Viel Spaß noch, Leute!«, rufe ich und winke unbeholfen. Die anderen wünschen mir einen schönen Abend und ich kann endlich in die Ruhe meines Zimmers fliehen.

Jake

Zwei-Drei-Vier! Ich zähle den Takt ein und wir legen mit dem ersten Song los. Endlich Freitag, endlich Wochenende. Endlich wieder Ich-selbst sein. Ich liebe es, mit der Band aufzutreten. Mit Kraft und Hingabe auf die Drums zu schlagen, den Beat durch die Füße pulsieren zu spüren und Maleks Stimme, die mir immer wieder einen Schauer über den Rücken rieseln lässt. Unter dem Namen *B.Heights* spielen wir seit knapp einem Jahr in dieser Formation. Ich bin noch immer so unglaublich froh, in der Bar den Aushang der Band gesehen zu haben, in der sie einen neuen Schlagzeuger suchten. Ein Treffen und wir wussten, der Beat stimmt, die Chemie stimmt. Seitdem spielen wir jeden zweiten Freitag und Samstag im *Tide Night Club* und haben bereits eine kleine Fanbase. Der Laden ist einer der größten Nachtclubs an der Seafront. Er besteht aus zwei Räumen, dem großen vorderen Raum mit dem Dancefloor und dem kleineren Liveroom, in dem eine provisorische Holzbühne steht, auf der Malek gerade seine Gitarre spielt, Liam seinen Bass zupft und ich auf meinen Drums den Takt vorgebe. Ich mag dieses Gefühl, auf einer Bühne zu stehen, die Menschen schauen zu dir auf, die Mädels himmeln dich an. Ich lasse die Sticks durch die Luft wirbeln und fange sie gekonnt wieder auf. Auf der Bühne kann ich alles loslassen und vergessen: Wie sehr ich mein Studium hasse, wie sehr mir der Druck meiner Eltern auf den Keks geht, einfach alles. Ich vergesse die schlechten Noten und ich will einfach nur Spaß haben. Und den habe ich nicht nur auf der Bühne. Schon während des Sets schaue ich mir unauffällig die Mädels in den ersten Reihen an. Heute hat es mir eines der Girls in Reihe zwei angetan. Sie hat lange blonde Haare und lächelt mich an. Grübchen. Süß. Ich zwinkere ihr zu. Nach der Hälfte des Sets machen wir eine kleine Pause. Mit einem lässigen Sprung von der Bühne lande ich im Publikum und schiebe mich durch die Zuschauer Richtung Bar. Im Vorbeigehen zwinkere ich der süßen Blonden noch einmal zu und hoffe, sie folgt mir, damit ich sie ansprechen kann.

Ich lehne mich lässig an die Theke, die die komplette linke Raumseite einnimmt. Hier wirbeln zwei Barkeeper hinter dem Tresen, nach dem zweiten Set werde auch ich sie wieder unterstützen. Dann wird der große schwere Samtvorhang gelüftet und die beiden Räume so miteinander zu einer großen Tanzfläche verbunden. Nachdem Amy mich absichtlich zwei Minuten ignoriert hat, wirft sie ihre langen Haare nach hinten und poliert mit einem süffisanten Grinsen das Pintglas in ihrer Hand. »Na, wer darf es denn heute sein?« Sie stellt das Glas auf die Ablage hinter dem Tresen und beugt sich grinsend zu mir vor. Meine Schwester sieht aus wie immer, wenn sie hier arbeitet: Sie trägt Jeans, ein schwarzes lässiges Shirt und knallroten Lippenstift. Ich weiß, wie viele Kerle in diesem Club auf sie stehen, sie hat diese Ausstrahlung, die andere in den Bann zieht. Vor allem, weil sie sich genauso mag, wie sie ist, und das merkt man ihr an.

»Falsche Frage, Schwesterherz. Du musst mich fragen, WAS es denn sein darf«, kontere ich. »Ein Pint *Camden Lager*.« Sie kennt mich einfach zu gut. Natürlich weiß sie, dass ich meinen Ruf als »heißer Drummer« gern dazu nutze, um mir das ein oder andere kleine Abenteuer mit einem der Mädels aus dem Publikum zu gönnen. »Und wenn ich Glück habe, gibt es zum Pint die süße Blonde da vorn noch dazu.« Amy verdreht die Augen und reicht mir mein Bier rüber. »Schick mir eine Nachricht, falls ich Oropax brauche. Du weißt, ich mag meinen Schönheitsschlaf.«

Als ob sie jemals Oropax brauchen würde. So weit gehe ich

nun auch nicht. Ab und zu ein heißer Flirt, etwas Knutschen, vielleicht auch mal mehr. Ich will im Moment einfach ein bisschen Spaß haben, ohne Verpflichtungen. Und das mache ich den Mädels auch immer sehr klar. Keine falschen Versprechungen, keine falschen Hoffnungen. Für alle einvernehmlich, ganz easy.

Als ich mich wieder umdrehe, sehe ich die Blondine mit den Grübchen direkt auf mich zusteuern. »Hi! Ich bin Tammy.« Sie blickt mich von unten aus gesenkten Wimpern an und macht einen Schmollmund.

Ich schenke ihr mein schönstes Lächeln. »Hi Tammy, schön, dich kennenzulernen. Wie gefällt dir das Konzert bisher?«

Ehrlicherweise sind es meist ähnliche Gespräche. Man lernt sich oberflächlich kennen und beide wissen eigentlich schon, was sie am Ende voneinander möchten. So einfach ist es manchmal. Und genau das finde ich daran so angenehm. Genau mein Ding.

»Jake! Mann, beweg deinen Hintern hier rüber, es geht gleich weiter!«, höre ich Malek rufen. Seufzend stoße ich mich mit einem Fuß von der Bar ab, an der ich bis eben noch so lässig gelehnt habe, und mache Amy ein Zeichen, mir noch ein Pint zu zapfen.

»Sorry Terry, ich muss jetzt leider weiterspielen. Sehen wir uns nach der Show?«, frage ich. Sie sieht von Nahem noch besser aus und duftet leicht nach einem blumigen Parfum, als ich mich zu ihr herüberbeuge, um ihr ins Ohr zu flüstern. »Ich würde mich freuen …« Doch irgendwas geht schief. Ihr Blick verdunkelt sich und sie sieht mich wütend an.

»Tammy. Ich heiße Tammy.«

Shit. Oh nein, nicht schon wieder. Ich habe es nicht so mit Namen. Ich kann sie mir einfach nicht merken. Aber das ist jetzt wirklich superpeinlich.

»Oh Mann, sorry. Tammy natürlich. Es war gerade so laut und da habe ich es wohl nicht ganz richtig …« Doch da hat sie sich schon umgedreht, wirft ihre Haare in den Nacken und zeigt mir in der Luft noch den Mittelfinger, während sie abhaut. Verdient. Mann Jake, du Idiot!

Fuck.

»Na Jakey, das lief wohl nicht so, wie du wolltest«, flötet Amy zuckersüß und drückt mir breit grinsend mein Pint in die Hand. »Ich habe dir schon tausendmal gesagt, du sollst dich nicht wie ein Arsch benehmen, das zieht nicht bei den Mädels. Lässiger Rockstar: gut. Versoffener Drummer-Arsch: nicht gut. Ist ganz leicht zu merken. Sogar für einen Holzkopf wie dich.«

Ich muss lachen. Sie hat ja recht. »Ist notiert: Lässiger Rockstar, kein Drummer-Arsch. Ich versuch es mal, danke für den Tipp«, erwidere ich sarkastisch und schnappe mir mein Bier. Ich lande mit einem lässigen Sprung wieder auf der Bühne und schaffe es sogar, dabei nicht die Hälfte des Pints über dem Boden zu verteilen.

Emilie

Heute ist Samstag und ich wache zum ersten Mal an einem Wochenende in meinem Zimmer in Brighton auf. Meine Matratze ist ein kleines bisschen zu weich, dafür sind die Kissen ausladend und gemütlich. Das Zimmer selbst ist nicht groß, von meinem Bett blicke ich links auf den großen Holzschrank, in dem ich locker all meine Klamotten untergebracht bekommen habe. Direkt gegenüber von meinem Bett ist das kleine Fenster, unter dem der wackelige Holzschreibtisch steht. Ich habe die Vorhänge zurückgezogen und das Fenster weit geöffnet. Jetzt liege ich bis zum Hals eingekuschelt unter der Bettdecke und schaue den Wolken dabei zu, wie sie über den blauen Himmel jagen. Heute ist mein erster freier Tag. Und ich habe keinen Plan, was ich damit anfangen soll. Eine Möwe fliegt an meinem Fenster vorbei.
Mein Magen meldet sich und fragt nach Frühstück. Fröstelnd stehe ich auf und schließe schnell das Fenster. Ich werfe mir meine dicke blaue Strickjacke über und tapse barfuß in die Küche. Dort duftet es verführerisch nach Kaffee. Polly sitzt mit einer dampfenden Tasse auf dem Sofa. Und ich muss sagen, sie sieht sogar verpennt noch atemberaubend aus. Sie trägt eine weite, mintgrüne

Schlafanzughose und ein passendes enges Schlafshirt. Verstohlen ziehe ich meine Strickjacke enger um mich. Während meine Haare wie ein Nest verknotet an meinem Kopf kleben, fallen Pollys rote Wellen seicht über den Rücken. Das Leben ist ungerecht.

»Em! Guten Morgen, magst du auch einen Kaffee?«

»Klar, gern, danke!« Ich schenke mir ein und lasse mich neben sie auf die Couch plumpsen. Natürlich kleckere ich dabei auf mein T-Shirt. Innerlich verdrehe ich die Augen.

»Und, was hast du an deinem ersten freien Tag vor?«, fragt Polly, nachdem wir eine Weile einträchtig unseren Kaffee getrunken haben.

»Keine Ahnung«, gestehe ich. »Vielleicht mal ein bisschen die Gegend erkunden.«

Polly nennt mir eine Liste cooler Cafés und rät mir, auf den Flohmarkt in die North Lanes zu gehe. Eigentlich wollte ich sie gerade fragen, ob sie mich nicht begleiten mag, da springt sie plötzlich auf. Sie ist mit einer Freundin zum Frühstücken verabredet. Ich trinke meinen Kaffee zu Ende und kurz darauf kommt Polly auch schon die Treppe von ihrem Zimmer heruntergestürzt. Sie sieht aus wie aus einem Modemagazin entsprungen.

Eine Stunde später schlendere ich durch die kleinen Gassen, die sich durch die ganze Stadt ziehen, wie ein Gewirr aus Fäden in einem Wollknäuel. Die Läden in den Lanes sind alle so hip. Ich mustere mich in einem der Schaufenster. Blümchenkleid und Jeansjacke mit Fellkragen, dazu meine Sneaker. Ein Look, den ich in Bremen sehr geliebt habe, der sich hier aber irgendwie fehl am Platz anfühlt. Wie ein Schuh, der nicht mehr richtig passt. Suchend drehe ich mich um und entscheide mich spontan, in einen der Läden zu gehen und einfach mal mein Glück zu versuchen. Eine halbe Stunde später stolpere ich knallrot wieder raus. Sogar die Größen in den Kleidungsstücken sind hier anders. Statt zu fragen, habe ich einfach wahllos Kleider in irgendeiner Größe von der Stange gezogen und bin in kein einziges Kleid auch nur mit den Schultern hereingekommen. Als die freundliche Verkäuferin mich fragte, ob ich eine andere Größe brauche, habe ich einen Anruf vorgetäuscht und bin aus dem Laden geflüchtet. Ich kann das einfach nicht. Ich will nicht beraten werden, ich will ganz in Ruhe meine Sachen anprobieren. Verkäuferinnen machen mir ein schlechtes Gewissen. Wie oft habe ich Klamotten gekauft, bei denen ich im Spiegel bereits gesehen habe, dass sie nicht richtig sitzen oder mir nicht stehen. Wenn eine Verkäuferin sich aber viel Zeit für mich nimmt und dann noch begeistert von dem Look ist, kaufe ich ihn. Ich kann die Enttäuschung nicht aushalten. Also ergreife ich lieber direkt die Flucht nach vorn, bevor sie noch anfängt, mich zu löchern.

Etwas lustlos bummle ich noch an zwei Läden vorbei, gehe schließlich in einen der großen Supermärkte und sorge so zumindest in meinem Kühlschrankfach für Zuwachs.

Zurück in der WG koche ich mir eine Pasta mit cremiger Pilz-Rahm-Soße. Ich schiebe mir eine Gabel in den Mund, während ich auf dem Laptop eine neue Folge *Gilmore Girls* ansehe. Wenn ich nur auch so eine Beziehung zu meiner Mutter hätte. Rory kann Lorelai alles sagen – und ich?

Ich seufze, schaufle noch eine große Portion Pasta auf die Gabel. In dem Moment pingt eine Erinnerung in meinem Kalender auf: Coaching Isabelle Winter. Shit. Shit. Shit. Das habe ich total vergessen. In knapp einer halben Stunde habe ich mein erstes Coaching und sitze mit Pasta im Bett. Rasch stopfe ich mir den Rest Nudeln in den Mund.

Eine Viertelstunde später öffne ich meinen Laptop erneut und mein Herz pocht, als ich mich in den Videocall einlogge. Erste Arbeitswoche und dann direkt der erste Call. Ich bin eigentlich viel zu erledigt. Möchte gar nicht reden. Der Bildschirm ist noch dunkel, ich sehe nur mein kleines Bild in der Ecke. Die Uhrzeit auf dem Laptop zeigt an, ich bin fünf Minuten zu früh. Hat sich der Stress wenigstens gelohnt. Ich bin eigentlich immer zu früh, zu Verabredungen, zu Dates, zu Jobs, zu groß ist die Angst, einmal zu spät zu kommen und damit jemanden zu verärgern. Langsam ziehe ich eine meiner langen dunklen Locken lang und wickele sie um meinen Finger. Das beruhigt mich normalerweise immer, aber heute ist die Nervosität zu groß. Diese Unsicherheit, was mich in dem Call erwartet, macht mich ganz verrückt.

Ein ploppendes Geräusch unterbricht meine Gedanken. Erschrocken lasse ich meine Haarsträhne los und strecke meinen Rücken durch, dann wird das Schwarz des Bildschirms zu dem Gesicht einer Frau. Sie mag vielleicht zehn Jahre älter sein als ich. Ihre langen blonden Haare hat sie sorgsam zu einem Zopf nach hinten gebunden. Sie sitzt vor einer hellen Wand, hinter ihr sind einige schmale Stringregale angebracht, auf denen vereinzelnd Bücher, aber auch Figuren stehen. Ihr knallpinker Pullover steht in krassem Kontrast zu dem schlichten und eher farblosen Raum, in dem sie sitzt. Das ist bestimmt ein Homeoffice, irgendwie passt Isabelle mit den bunten baumelnden Ohrringen und dem pinken Pulli nicht in ein klassisches Büro. Aus blauen Augen blickt sie mich interessiert an. »Hallo, ich bin Isabelle Winter. Schön, dass du da bist, Emilie.«

Mein Mund ist trocken und ich versuche zu schlucken. »Hi«, sage ich und versuche zu lächeln.

»Ich freue mich total, dich kennenzulernen. Ich werde dich während deines Praktikums in Brighton begleiten. Wir können über deine Arbeitserfahrungen sprechen, aber auch private Themen haben Raum, wenn du etwas auf dem Herzen hast. Diese 90 Minuten pro Session gehören nur dir. Ich höre dir zu, stelle Fragen und helfe dir dabei, Strategien und Lösungen für mögliche Herausforderungen während deines Aufenthalts in England zu erarbeiten. So, dass du für dich das Optimale aus dieser Zeit herausziehen kannst. Wenn du dich mit einem Thema, was wir besprechen, nicht wohlfühlst, sag jederzeit Bescheid.«

Ich nicke.

Der Knoten in meinem Bauch löst sich ein kleines bisschen. Ich kann sagen, wenn ich etwas nicht möchte. Das tut gut zu hören.

»Wir treffen uns in unseren Videocoachings einmal im Quartal. Zusätzlich stehe ich dir während der ganzen Zeit als Ansprechpartnerin zur Verfügung. Du kannst mir eine Mail schreiben, wenn dich etwas beschäftigt, oder wir können auch zwischendurch telefonieren, wenn dir das hilft.«

Wieder nicke ich.

»Also Emilie, magst du mir einfach mal von deiner ersten Woche in Brighton erzählen?« Isabelle setzt sich aufrecht hin und schaut mich erwartungsvoll an.

»Ich, äh, bin gut angekommen. Ich habe eine nette Mitbewohnerin und Brighton gefällt mir bisher sehr gut.« Ich merke selbst, dass ich völlig oberflächlichen Small Talk betreibe. Aber ich habe keine Ahnung, wo ich anfangen soll und was Isabelle eigentlich von mir hören will.

»Fang doch vielleicht mal bei deiner Arbeit an. Du arbeitest in einer Chocolaterie, richtig?«

»Ja. Also ...« Ich schlucke. »Carol, meine Chefin, hat einen sehr hohen Anspruch«, sage ich und meine Stimme bricht. »Hier ist vieles anders als zu Hause, anders als ich es kenne und gelernt habe.« Ich atme einmal tief ein. »Aber ich bemühe mich sehr, um diesen Ansprüchen möglichst schnell gerecht zu werden. Ich habe mir schon ein englisches Backbuch gekauft, mit dem ich die anderen Maßeinheiten besser verstehen und einschätzen lernen möchte. Und ... schreibst du das alles mit?«, unterbreche ich mich selbst. Als ich ein wenig ins Sprechen gekommen bin, hat Isabelle angefangen, sich mit einem Stift Notizen zu machen. Sie hat mich dabei zwar die ganze Zeit angesehen, aber trotzdem verunsichert es mich.

»Stört es dich? Ich mache mir gern bei meinen Coachings Notizen, damit ich Anknüpfungspunkte habe, wo wir vielleicht noch einmal drauf eingehen wollen. Wenn du möchtest, zeige ich sie dir einmal.« Sie hält das Papier ganz nah an die Kamera. Sie hat sich einige Stichpunkte gemacht und ein, zwei Worte mit Fragezeichen versehen. Völlig wertfrei. Ich atme aus. »Alles, was wir hier besprechen, bleibt auch hier in diesem Raum. Ist das okay für dich?«

Ich nicke und schlucke den Kloß in meinem Hals hinunter.

»Ich habe aber schon herausgehört, dass du dich in deiner ersten Woche sehr bemüht hast bei der Arbeit?«

»Ja, ich will Carol unbedingt zeigen, dass ich gut in meinem Handwerk bin, dass sie sich für die Richtige entschieden hat.«

»Was müsstest du denn deiner Meinung nach leisten, damit klar ist, dass Carol sich für die Richtige entschieden hat?«, fragt Isabelle ruhig und mustert mich durch ihre Brille.

»Ich habe in einem traditionellen, alteingesessenen Betrieb gelernt und da war Perfektion das Minimum. Meine Ausbilderin war sehr streng und penibel. Wenn ich bei nur einer Zuckerrose die Blätter zu dick gezogen habe, hat sie mich zehn neue Rosen formen lassen. Damit ich lernen kann. Ich habe immer unter sehr strengen Augen gearbeitet, dafür wurde mir nie eigenständige Kreativität zugetraut. Bis zu meiner Prüfung durfte ich kein einziges Mal ein eigenes Rezept ausprobieren. Und selbst in der Prüfung musste ich ein Traditionsrezept nachbacken, wie alle Lehrlinge vor mir auch. Carol erinnert mich mit ihrer strikten Art manchmal an meine Ausbilderin und dann denke ich, dass auch hier wieder absolute Perfektion von mir gefordert wird.«

Isabelle fragt weiter: »Was denkst du denn passiert, wenn du diese Leistung nicht erbringst?«

»Carol ist dann ganz sicher enttäuscht von mir. So, wie sie mich manchmal ansieht, habe ich das Gefühl, sie bereut schon jetzt, mich überhaupt eingestellt zu haben.« Ich schlucke hart.

»Gibt es noch andere Personen, die enttäuscht von dir sind, wenn du es ihnen nicht recht machen kannst?«

Ich denke an zu Hause. Das ist immer so ein Wort, das ich nur schwer mit meinem Leben in Verbindung bringe. Zu Hause, das klingt nach einem Reihenhaus, durch das zwei glückliche Kinder springen, wo abends der Vater nach Hause kommt und die Mutter das Essen bereits fertig gekocht und den Tisch eingedeckt hat. Alle essen gemeinsam, und die Kinder haben keine andere Aufgabe, als Kind zu sein und zu spielen.

Bei mir zu Hause gab es keine anderen Kinder außer mir. Ich bin Einzelkind und wir haben in einer kleinen Wohnung in einem anonymen Wohnblock gelebt. Die einzige Nachbarin, die ich kannte, war die alte Frau Meyer, die unter uns gelebt hat und die einen

Notschlüssel von uns hatte, falls ich mich doch mal aussperre. Wenn ich von der Schule nach Hause gekommen bin, hat auf mich eine sehr leise Wohnung gewartet. Meine Mutter ist den ganzen Tag arbeiten gegangen, um das Geld für uns zu verdienen, und mein Vater hat uns verlassen, als ich noch superklein war. Außer dem Geburtstagsgeschenk, das jedes Jahr verlässlich eine Woche zu spät bei mir ankam, habe ich von meinem Vater nichts gesehen.

Meine Mutter arbeitet als Krankenschwester im Schichtdienst. Manchmal musste ich mich also morgens allein für die Schule fertig machen, mir meine Schulbrote schmieren und an die Sportsachen denken. Frühdienst war nicht schön, aber okay. Während bei anderen Kindern die Eltern morgens an Sportbeutel und Mathebuch erinnerten, war ich selbst dafür verantwortlich – und bekam den gleichen Ärger wie alle anderen, falls ich doch mal etwas vergessen hatte. Also lernte ich früh, mich gut zu organisieren. An diesen Tagen war Mom aber abends da und wir haben gemeinsam unsere Lieblingsserie *Gilmore Girls* geschaut und vor dem Fernseher die besten Schnittchenplatten der Welt oder Frühlingsrollen aus der Asia Box gegessen. Das waren gute Abende.

Schlimm waren dafür die Spätdienste, die habe ich immer gehasst. Meine Mutter bereitete mir zwar immer ein liebevolles Abendbrot vor, aber ich war eben allein. Allein beim Abendessen und ich habe mich auch selbst ins Bett gebracht. Aber ich wusste immer: Wenn ich mich darüber beschwere oder mal sage, dass ich mir wünschte, sie wäre bei mir, würde ich sie verletzen. Sie machte es ja nicht mit Absicht und wäre sicherlich enttäuscht von mir gewesen, wenn ich nicht meinen Beitrag zu unserem kleinen Familien-Ding geleistet hätte. Sie ging arbeiten und sicherte so unseren Lebensunterhalt, und ich, ich ermöglichte ihr die Zeit. Ich wollte Mom auf keinen Fall enttäuschen.

»Meine Mutter und ich stehen uns sehr nah. Sie war anfangs ein bisschen enttäuscht, dass ich nicht weiter bei ihr wohne. Und ich habe mich ziemlich schlecht gefühlt. Wir sind wie eine Einheit und ich wollte sie auf keinen Fall kränken.«

»Das klingt belastend. Was hat dich dazu ermutigt, trotzdem

diesen Schritt zu gehen?« Isabelle macht sich erneut eine Notiz und blickt mich interessiert an.

»Ich war in einer totalen Zwickmühle. Ich brauche diesen Auslandsaufenthalt für die Bewerbung um meinem Traumjob. Aber ich wollte Mom nicht vor den Kopf stoßen, vor allem aber will ich allein für mich sorgen können, sie nicht belasten, und dafür muss ich diesen Schritt gehen. Wenn ich meine Freundin Juli nicht gehabt hätte, die mich so sehr unterstützt und ermutigt hat, hätte ich mich wahrscheinlich nicht getraut. Ich fühlte mich total schlecht deswegen und hab mir dann gesagt: Wenn ich genommen werde, gehe ich, wenn nicht, dann bleibe ich in Bremen.«

»Ich freue mich, dass du dich für Brighton entschieden hast. Lass uns noch mal auf deine Arbeit mit Carol zurückkommen – ist es denn realistisch, dass du in deiner ersten Woche schon alle Arbeitsschritte und Abläufe kennst?«

Ich zögere. »Die Praktikanten, die wir in unserer Konditorei in Bremen hatten, durften in der ersten Woche noch gar nicht backen. Sie sind erst einmal mitgelaufen und haben die Abläufe gelernt.«

»Und warum glaubst du, dass Carol von dir schon mehr erwartet?«

»Sie hat mir direkt am ersten Tag ein Rezept in die Hand gedrückt. Aber vielleicht wollte sie damit auch einfach meinen Stand überprüfen, damit sie weiß, was sie mir zutrauen kann. Vielleicht sollte ich einfach häufiger fragen, wenn ich etwas nicht direkt verstehe.«

»Ja, das könntest du versuchen.«

»Ich kann ja backen! Ich muss mich nur erst einmal an alles gewöhnen. Vielleicht habe ich auch einfach zu viel von mir erwartet.«

»Das ist gut möglich. Ich bin gespannt, wie du die nächsten Wochen erlebst. Danke dir für deine Offenheit und die schöne erste Stunde, liebe Emilie!«

Ich bin erleichtert, bedanke mich bei Isabelle für das Gespräch und atme noch einmal tief durch. Meine Hände gleiten über den geschlossenen Laptop. Es hat gutgetan, mit jemandem zu sprechen, der nichts von mir wollte. Isabelle war einfach nur da und hat zugehört. Ich muss nichts zurückgeben. Ich werde mir jetzt ein schönes Bad einlassen, mir mein liebstes Hörbuch anmachen und mir ein Glas Rotwein gönnen.

Jake

Das Brummen des Entsafters in der Küche weckt mich. Wie spät ist es? Gefühlt bin ich gerade erst ins Bett gefallen. Meine Hand tastet nach meinem Handy auf dem Nachtisch. 14 Uhr, Shit, ich sollte wirklich so langsam mal aufstehen. Ich muss noch diese dämliche Hausarbeit fertig machen und in nicht mal sechs Stunden stehe ich schon wieder im Club. Das Brummen stoppt. Ich schlurfe aus meinem Zimmer in die Küche. Dort sitzt eine gut gelaunte Amy auf der Küchenzeile neben dem Entsafter und schüttet sich gerade das pinkfarbene Ergebnis ihres Lärms in ein großes Glas. »Guten Morgen Sonnenschein«, flötet sie mit einem falschen Lächeln. Sie weiß ganz genau, dass mich diese Höllenmaschine aufweckt. »Auch ein Glas? Rote Bete-Orange-Goji-Ingwer.«

Mein Magen antwortet mit einem Geräusch, das nicht gerade nach Zustimmung klingt. Bäh, allein die Vorstellung, mir so eine pinke Saftbrühe einzuverleiben. »Ich verzichte dankend«, sage ich nicht weniger sarkastisch.

»Und, was habe ich gestern noch verpasst?« Erwartungsvoll blickt meine Schwester mich aus ihren grünen Augen an. Die Augen sind unsere einzige Gemeinsamkeit. Wir haben beide die grünen Katzenaugen unseres Vaters geerbt. Aber während ich auch seine dunklen Haare mitgenommen habe, ist Amy blond wie unsere Mutter. Und auch sonst könnten wir unterschiedlicher kaum sein. Amy ist ein totaler Sonnenschein, sie liebt es, draußen und in Bewegung zu sein. Ihre Passion ist gesunde Ernährung, aber man kann sie auch mit einem Bier und einem Burger glücklich machen. Worte wie Quinoa oder Buchweizen kommen ihr ganz natürlich über die Lippen.

Bei meiner Ernährung kann ich mich nur bei unseren guten Genen bedanken, dass ich außer eines kleinen Bäuchleins noch nicht völlig in die Binsen gegangen bin. Mein Tag startet meist mit einer Schüssel Choco Pops oder irgendeiner anderen Industriescheiße. Wenn unsere Haushälterin Matilda nicht ab und zu frische Bagels und bergeweise Obst direkt vor meine Nase stellen würde, wäre das der Hauptbestandteil meiner Ernährung. Sport mache ich nur, um unser Bühnenpensum überhaupt zu schaffen.

Selbst morgens hat Amy gute Laune. Obwohl auch sie gestern lange in der Bar stand, ist sie wahrscheinlich seit 10 Uhr wach und hat schon die Welt gerettet oder so.

Seufzend stelle ich die große Kaffeemaschine an, die ratternd zum Leben erwacht. »Deine Energie möchte ich mal haben«, murmle ich.

»Dann solltest du vielleicht doch mal meinen Smoothie probieren«, sagt Amy, klopft mir im Vorbeigehen auf die Schulter und verschwindet im Bad. Immer noch murrend fülle ich meine Schokoflocken in eine Schüssel, gebe Milch darüber und setze mich mit beidem an den Tresen.

Als Amy eine halbe Stunde später frisch geduscht aus dem Bad kommt, bin ich völlig in mich zusammengesunken. Vor mir steht mein Laptop mit der neusten Programmieraufgabe und ich habe wie immer keine Ahnung, was die eigentlich von mir wollen. Amy tritt neben mich und blickt über meinen Kopf, der auf meinen verschränkten Armen liegt, auf den Bildschirm.

Amy liest laut vor:

*Das Alphabet besteht aus den Symbolen 0 und 1. Unmittelbar nebeneinander geschriebene Symbole (wie 00 und 111) werden nacheinander erkannt. Bei Symbolen, die mit einem senkrechten Strich (|) getrennt sind, wird nur die eine oder die andere Seite erkannt. Ein Stern (*) zeigt an, dass die markierten Symbole oder die Symbole in den Klammern beliebig oft vorkommen können. Gegeben ist der folgende Reguläre Ausdruck:*

*(1 | (00 | 01))**

Welches der folgenden Wörter lässt sich durch den regulären Ausdruck konstruieren?

011

0

110

»Ach Jake, komm schon, das ist echt kein Hexenwerk. Alle Wörter, die durch den gegebenen regulären Ausdruck konstruiert werden können, müssen mit 1, 00 oder 01 beginnen. Darauf folgend können sich diese Symbolketten beliebig oft wiederholen. Auf diese Weise kann das Wort 011 konstruiert werden, nicht aber die anderen Wörter.«

Ich starre meine Schwester an, als ob sie geradewegs vom Mars neben mir in der Küche gelandet wäre. »Woher weißt du das bitte?«

»Ich lese viel«, grinst Amy und schnappt sich einen weiteren Apfel aus der Obstschale.

Dass meine Schwester smart ist, ist nichts Neues. Sie war schon in der Schule top of the class, dass sie dazu auch noch hübsch und nett ist, hat es mir manchmal wirklich nicht leicht gemacht, sie zu mögen. Aber klar, Mathe ist ihr Steckenpferd, sie hat in einem Schulprojekt schon einmal eine App programmiert. Ich weiß gar nicht, warum ich diesen Schwachsinn studiere. Am besten schreibe ich Amy für meine Prüfungen nächste Woche ein.

Zwei Stunden später verlassen Amy und ich gemeinsam das Haus. Während ich mich in meine schwarze Drummer-Uniform geschmissen habe, trägt Amy wie immer Jeans und ein lässiges Printshirt, diesmal mit einer Figur aus einem Computerspiel, die mir nichts sagt.

»Kann ich dich mal was fragen, Jake?«, fragt Amy, während wir auf unser Essen warten. Wir haben uns spontan für einen Besuch auf dem Street Food Markt unten an der Seafront entschieden. Hier reihen sich mindestens zehn verschiedene Food Trucks aneinander. Von kalifornischer Lobsterroll bis zu peruanischer Ceviche gibt es hier nichts, was es nicht gibt. Das gesamte Hipstervolk Brightons tummelt sich auf diesem Markt. Es ist einer der ersten warmen Tage, die ersten T-Shirts und blassen Arme blitzen in der Sonne auf. Ich zücke meine Sonnenbrille und versuche mich für ein Angebot an dem Burgertruck zu entscheiden. Das Mädchen vor mir in der Schlange dreht sich immer wieder zu mir um. Ich hebe eine Augenbraue und lächele ihr zu. Sie lächelt zurück und ich schaue sie mir etwas genauer an. Nicht schlecht. Süße Figur, Kurven an genau den richtigen Stellen und ein schönes Lächeln. Ihre Augen sind hinter einer dunkeln Cat-Eye-Sonnenbrille verborgen, die gut zu ihrer schwarzen Lederjacke, den langen braunen Haaren und dem roten Lippenstift passt. Ich zwinkere ihr zu.

In dem Moment zupft Amy an meinem Ärmel. »Hey Casanova, ich setz mich da drüben auf die blau gestrichene Holzbank.« Sie balanciert ihre Healthy Bowl vom Hawaiian Stand in der einen und einen hausgemachten Eistee in der anderen Hand zu der angezeigten Bank direkt am Strand mit Blick auf das Meer.

Das Mädchen vor mir mustert mich erneut. »Meine Schwester«, sage ich mit dunkler Stimme.

Sie kichert. »Na, dann ist es ja gut.«

»Ich spiele heute Abend mit meiner Band im *Tide Night Club*, komm gern vorbei!«

Sie lächelt mich an und rauscht tuschelnd und kichernd mit ihrer Freundin davon. Als ich mich zu Amy setze, hat sie das Gesicht zur Sonne gedreht und trinkt genüsslich von ihrem Eistee. Ich beiße in meinen Burger.

»Was ich dich fragen wollte …« Sie stochert gedankenverloren mit ihrer Gabel in der bunten Bowl herum. »Vermisst du London eigentlich manchmal?«

Ich zucke mit den Schultern und beiße noch einmal in den saftigen Burger. Die Soße läuft mir über die Hand und ich wische sie mit einer Serviette ab. Mhhh, das Ding ist wirklich gut. »Nicht mehr«, nuschele ich. »Seit ich die Band habe, ist es besser geworden. Warum fragst du?«

Amy schaut auf den Boden. »Ach, ich weiß auch nicht. Es gab

da gerade so ein Treffen mit der alten Stufe und ich bin nicht hingegangen.«

»Warum nicht?«, frage ich erstaunt. Amy ist so ziemlich der selbstbewussteste Mensch, den ich kenne, das passt gar nicht zu ihr.

»Wegen Jess. Sie hat das mit Dad und Tracy rausgekriegt und erzählt jetzt überall herum, Mom hätte ihn gezwungen, aufs Land zu ziehen, weil sie glaubt, jede andere Frau könnte die Nächste sein.«

Tracy ist unsere ehemalige Haushälterin. Mein Vater hat vor ein paar Jahren urplötzlich durch die Corona-Pandemie recht viel zu Hause gearbeitet. Eine ungewohnte Situation für uns alle. Normalerweise sind wir viel unterwegs. Streit und Nervereien waren also vorprogrammiert. Unser Haus in London war zwar sehr groß, eine Villa, hier wäre es eigentlich möglich gewesen, sich auch zu viert nicht auf die Füße zu treten. Dad hatte sich im Gästezimmer ein Büro eingerichtet. Und in diesem Büro hat unsere Haushälterin dann wohl ein bisschen zu gründlich sauber gemacht. Oder keine Ahnung, was da los war. Will ich mir auch wirklich nicht näher vorstellen. Jedenfalls hatten die beiden eine Affäre, meine Mom hat sie erwischt und die Hölle brach los.

»Pff. Jess war schon immer eine alte Tratschtante. Sie ist doch nur sauer, weil ich sie damals nach dem Abschlussball habe abblitzen lassen. Weil sie echt anstrengend war! Glaub nichts davon, Amy. Wir sind nach Brighton gezogen, weil die Seeluft für Moms Bronchien gut ist, und weil es noch nah genug an London ist, sodass Dad zur Arbeit pendeln kann.«

Das ist die Version, die wir Amy vor drei Jahren erzählt haben und dabei bleibe ich jetzt auch. Sie war damals mitten im Abschlussstress und sollte nicht durch diese Affärenkiste durcheinandergebracht werden. Sie weiß zwar, dass Dad und unsere Haushälterin einen Ausrutscher hatten, aber dass sie über Monate in unserem Haus Sex hatten, während Mom in ihrem Zimmer mit ihr für den Schulabschluss gepaukt hat, weiß sie nicht. Muss sie auch nicht wissen. Mich hat meine Mutter damals zur Seite genommen und mir alles erzählt. Und warum sie dennoch bei meinem Vater bleibt. Die beiden lieben sich, obwohl dieser Mist passiert ist. Und Dad tut das alles furchtbar leid, das weiß ich. Unser Verhältnis hat seitdem trotzdem einen Knacks. Und Mom konnte in dem Haus nicht mehr bleiben. Sie wollte schon ewig raus aus London, mehr an den Rand. Und sie wollte einfach nicht, dass die anderen über sie reden, dass der Skandal die Runde macht, dass Amy davon erfährt. Also sind wir nach Brighton gezogen.

»Meinst du wirklich, Jake? Ich lebe inzwischen so viel lieber in Brighton. Ich finde es schön, dass wir so viel Zeit zusammen verbringen!« Sie drückt ganz kurz meine ketchupverschmierte Hand. »Ihhh, das ist ja widerlich«, sagt sie lachend und wischt ihre Finger an meiner Jacke ab. »Iss auf, wir müssen gleich in den Club, die erste Schicht an der Bar fängt in einer halben Stunde an.«

Emilie

»Hey Em, wir gehen heute Abend alle in den *Tide Night Club*, komm doch mit!« Polly steckt ihren roten Wuschelkopf durch die Tür und strahlt mich an.

Ich zucke zusammen. Ich hatte mich auf einen gemütlichen Abend in meinem Zimmer eingestellt. Mein kleiner Shoppingtrip war mir eigentlich schon genug an Action.

»Komm schon, du kannst doch nicht immer nur zu Hause sitzen, Brighton ist eine Feierstadt, zieh dir was Schickes an und dann ziehen wir gemeinsam los. Das wird lustig!« Erwartungsvoll sieht sie mich an. Und ich? Kann mal wieder nicht Nein sagen. Was soll ich auch sagen? Sorry, ich möchte lieber ein Buch lesen? Also nicke ich schicksalsergeben. Polly quietscht vor Begeisterung.

»Klasse, ich öffne uns schon mal einen Sekt und dann machen wir uns fertig, ja?«

»Sicher! Ich komme gleich. Springe nur kurz unter die Dusche.« Zeit schinden. Ich muss mich jetzt erst einmal darauf einstellen, gleich rauszugehen. Sehnsüchtig blicke ich auf den Stapel Bücher neben meinem Bett. Reiß dich zusammen, Emilie! Das ist eine super Gelegenheit! Und wie hat Isabelle so schön gesagt, bei diesem Stipendium geht es auch darum, Land und Leute kennenzulernen und sich aus der eigenen Komfortzone herauszubewegen.

Eine Stunde später sitze ich mit Polly in unserem Wohnzimmer. Sie hat einen großen Spiegel aus ihrem Zimmer geholt, damit wir ein paar Outfits probieren können. Allerdings kann ich jetzt schon festhalten: Ausgeh-Looks sehen in England definitiv anders aus als bei uns. Ich habe mir meine Lieblingshose gegriffen und dazu ein schlichtes weißes Shirt kombiniert, ein paar meiner Ketten gelayert und die Boots mit dem Absatz angezogen. Polly hingegen zieht sich bereits das zwölfte Mal um! Hauptunterscheidungsmerkmal ist dabei die Länge ihrer Röcke: Sie variieren von knielang über zu kurz bis zu einem etwas breiteren Gürtel, bei dem man die Falte unter ihrem runden Po sehen kann. Sie dreht und wendet sich schon seit einer gefühlten Ewigkeit vor dem Spiegel. Und sieht in allem umwerfend aus. Polly ist ein Phänomen, sie könnte in einem beigen Leinensack einen Raum betreten und am Ende weiß trotzdem jeder, wie sie heißt, und eine Woche später würden wahrscheinlich alle so einen Leinensack tragen wollen. Ihre langen roten Haare hat sie sich zu zwei Schnecken aufgedreht, die eng an ihrem Kopf anliegen. Dazu hat sie sich für ein sehr glitzerndes Top und sehr hohe High Heels entschieden. Jetzt geht es praktisch nur noch um die Rocklänge.

»Der hier wird es. Kurz genug, um ein paar Drinks ausgegeben zu bekommen, lang genug, damit niemand ihn als Freifahrtschein zum Angrabbeln betrachtet.«

Ich mache den Mund auf, um zu sagen, dass, egal was sie anhat, es niemals ein Freifahrtschein zum Grabbeln sein darf, doch da lacht sie schon ihr lautes Polly-Lachen. »Keine Sorge, Em, ich weiß das auch: Mein Körper gehört mir, keiner fasst mich ohne meine Erlaubnis an. Hast du eine Ahnung, was man hier als Kindergarden Teacher verdient? Genau, nicht viel. Ich freue mich, wenn mich heute ein, zwei nette Jungs auf ein Getränk einladen. Mehr nicht. Alles andere entscheide ich. Und nur ich!«, sagt sie bestimmt und zwinkert mir zu.

So ein Selbstbewusstsein hätte ich auch gern. Und dann auch gleich noch Pollys kurvige Figur, wenn wir hier schon bei Wünsch-dir-was sind. Ich blicke an mir hinunter und fühle mich wie eine graue Maus. Oder eine weiße, wenn ich mir die Farbe des T-Shirts so anschaue. Polly bemerkt meinen Blick.

»Willst du dir etwas von mir leihen?«

»Ich ähm, nein danke, ich glaube, ich bleibe erst einmal so, danke.« Als wenn ich in Pollys Klamotten passen würde. Ich bin das genaue Gegenteil von kurvig.

»Okay, los geht's!«

Ich schaue auf die Uhr: Wir haben für unser Styling eine Stunde, drei Make-up-Tutorials und zwei Sektflaschen gebraucht. Und ich sehe aus wie am Anfang, nur die Wangen sind etwas röter, dank des Alkohols. Polly trippelt mit ihren High Heels die Treppe vor mir hinunter und ich habe keine Ahnung, wie sie damit den Abend im Club überstehen will.

Vor unserer Tür hält ein Auto. Darin sitzen ihre Freundinnen. Moment, wir fahren mit dem Auto zum Club? Lauter Jubel klingt aus dem Wagen, Polly springt sofort hinein und lässt sich von ihren Freundinnen drücken und ihr Outfit bewundern. Ich zögere. Hinten ist kein Platz mehr, soll ich mich nach vorn zu dem Fahrer setzen? Ich fühle mich so unwohl.

»Komm schon Em, schwing deinen süßen Hintern ins Uber!«, grölt Polly. Ich werde knallrot und öffne die Beifahrertür. Kaum sitze ich, fährt der Kerl auch schon los. Die Girls hinter mir kreischen und ich kann sehen, wie der Fahrer Polly mit unverhohlenem Interesse im Rückspiegel mustert. Ich werde immer kleiner in meinem Sitz und möchte wirklich gern, dass diese Fahrt und dieser Moment vorbeigehen. Der Wunsch wird schneller erfüllt als gedacht: Das Auto fährt die Main Road herunter, am Churchill Square vorbei Richtung Seafront. Dort hält der Fahrer an.

Die giggelnden Mädchen stolpern aus dem Wagen. Als ich gerade die Tür öffnen will, hält der Fahrer mir das Kartenlesegerät unter die Nase. Ich seufze. Die anderen sind schon weg. Als ich den Betrag sehe, schlucke ich. Aber halte meine Karte davor, um zu zahlen. Vierzig Pfund. Für fünf Minuten Fahrt. Die anderen müssen aus Hove gekommen sein, sonst würde nie so eine Summe zusammenkommen. Hätte ich gewusst, dass der Club direkt um die Ecke ist, wäre ich gelaufen. Jetzt ist es auch zu spät.

Nachdem ich bezahlt habe und endlich aus dem Wagen klettere, sind die Mädels untergehakt und kichernd schon ein ganzes Stück vorgelaufen. Als ich sie fast eingeholt habe, dreht sich Polly zu mir um und strahlt mich an. »Da bist du ja, Em!«

Ich mache den Mund auf und wieder zu, wie ein Fisch auf dem Trocknen, und sage: nichts.

Doch Polly merkt, dass etwas nicht stimmt. Sie lässt sich ein kleines Stück zurückfallen. »Alles okay?«

»Ich, ach das Taxi war recht teuer, damit hatte ich einfach nicht gerechnet.«

»Shit, na klar, die anderen sind ja aus Hove gekommen. Ich sagen ihnen, sie sollen dir das Geld paypalen«, beschließt sie und will schon zu ihren Freundinnen laufen. Aber ich komme mir dabei plötzlich so spießig vor und halte sie zurück. Fragend sieht sie mich an. Aber dann hellt sich ihr Gesicht auf. »Pass auf, ich übernehme deinen Eintritt und dann soll Ruby uns einfach eine Runde schmeißen. Ich regle das. Alles wieder gut?«, fragt sie mich und hakt sich bei mir unter. Erleichtert lasse ich mich von ihr mitziehen.

Als wir ankommen, sehe ich die Schlange vor dem Club schon von Weitem. Die halbe Promenade hoch stehen die Mädels und Jungs, um reinzukommen. Wo tagsüber Softeis gegessen und am Strand gespielt wird, warten jetzt Feierwütige darauf, eingelassen zu werden. Als wir endlich dran sind, öffnet der bullige Türsteher die schwere Metalltür für uns und wünscht uns murmelnd einen schönen Abend, allerdings mehr in Pollys Richtung als in meine.

Hinter der Tür führen fünf Steinstufen in die Tiefe. Neugierig gehe ich hinunter und staune nicht schlecht: Vor mir öffnet sich ein großer Raum, der von einer langen, dunkelrot gestrichenen Bar dominiert wird. Hinter der Bar prangt in Leuchtschrift der Name des Clubs *Tide Night Club*. Die Wände sind schwarz gestrichen, über der Bar hängen fünf große Discokugeln. Der Rest des Raumes besteht aus der Tanzfläche. Dort ist schon mächtig was los. Mädels in Röcken, gegen den Pollys richtig züchtig wirkt, Jungs in engen Jeans und T-Shirts. Viel Glitzer bei den Mädels, breite Silberketten bei den Boys. Alle bewegen sich zu der Musik des DJs, der sein Podest in der rechten Ecke des Raumes hat. Auch über der Tanzfläche leuchten Discokugeln. Gerade dröhnt ein Chart-Hit aus den Boxen, von dem ich den Namen nicht weiß. Polly wird sofort von einer weiteren Traube Menschen in Beschlag genommen, ich schaue mich um und kann auch die anderen nicht mehr entdecken. Na toll, nach nur drei Minuten in diesem Club stehe ich allein da.

Ich blicke mich suchend um. Es ist so schummrig, ich habe Schwierigkeiten, mich zu orientieren. Wo ist Polly nur hin? Ich stelle mich auf die Zehenspitzen. Hinter mir ist die große Eingangstreppe, an der Seite verläuft die lange Bar und in der Mitte drängen sich immer mehr Menschen auf der Tanzfläche. Es dröhnt Popmusik aus den Boxen. Mir ist das alles zu laut, zu voll, zu viel. Die meisten der Tanzenden sind schon ziemlich angetrunken, ich werde angerempelt und lande mitten in der Menge. Ein Mädchen in einem sehr kurzen Rock reibt sich an einem Kerl, dahinter tanzen zwei Männer eng miteinander. Langsam schiebe ich mich weiter und halte weiter Ausschau nach Polly. Gerade meine ich noch ihre roten Haare aufleuchten gesehen zu haben, doch im nächsten Moment ist sie schon nicht mehr zu sehen. Ich bin genervt und frustriert. Was mache ich hier? Ich sollte zu Hause sein und endlich *Iron Flame* weiterlesen. Schlimmer als dieser Abend kann das Gauntlet für *Violet* auch nicht sein.

Als ich mich endlich zur Bar durchgekämpft habe, versuche ich die Aufmerksamkeit der Leute hinter der Bar auf mich zu ziehen. Ein komplett tätowierter Typ mit polierter Glatze ignoriert mich völlig. Er hat mich schon dreimal angesehen, doch immer, wenn ich meinen Mund geöffnet habe, um ihm meine Bestellung entgegenzubrüllen, hat er sich demonstrativ wieder jemand anderem zugewandt.

»Mach dir nichts draus«, sagt da plötzlich eine Stimme neben mir. »Kev bedient grundsätzlich nur die Gays und checkt dabei ab, wen er heute Abend mit nach Hause nehmen möchte.«

Neben mir steht ein dunkelhaariger Typ mit einem bildschönen Gesicht, kleinen Grübchen und dunklen Augen, die von den längsten Wimpern umrahmt werden, die ich je bei einem Mann gesehen habe. Er ist nur ein kleines Stück größer als ich und trägt ein weißes Tanktop, unter dem ein beachtliches Ausmaß an Brusthaaren hervorschaut.

»Pass auf, ich beweise es dir.« Er drängelt sich leicht an mir vorbei und macht dem Tätowierten ein Zeichen.

Drei Sekunden später lehnt dieser vor uns an der Bar. »Was kann ich dir bringen, Love?«

»Ich hätte gern einen Espresso Martini, und für dich?«, er dreht sich zu mir um.

»Den nehme ich auch«, sage ich schnell.

Der Tätowierte nickt mir gnädig zu und zwinkert meinem Retter zu: »Kommt sofort, Love!«

»Siehst du, hat nichts mit dir zu tun. Das ist Gay-Energy! Ich bin übrigens Álvaro«, sagt er. »Und die Drinks gehen auf mich, Schätzchen. Meine gute Tat für heute, du siehst ein bisschen lost aus, Honey.«

Ich lächle ihn an und sage: »Ich bin Emilie. Und danke!«

Wir bekommen zwei Martinigläser mit einer dunklen, sahnigen Flüssigkeit gereicht. Álvaro drückt mir eines der beiden in die Hand und stößt mit mir an. »So Em, und jetzt verrate mir doch mal, warum du wie eine verlorene Seele in dem angesagtesten Club der Stadt stehst?«

Ist das so offensichtlich? »Ich, ähm, ich bin mit meiner neuen Mitbewohnerin hier, aber die habe ich irgendwie im Gedrängel verloren. Ich bin erst letzte Woche aus Deutschland hergezogen«, sage ich und nehme noch einen Schluck von meinem Espresso Martini. Süß, herb und mit ordentlich Bums zum Vergessen, so hat Juli mir das Getränk im letzten Winter vorgestellt, als wir mal wieder in unserer Lieblingsbar saßen und über ihren Ex-Freund geredet haben. Diese Abende fühlen sich an wie aus einem anderen Leben. Ein Leben, in dem ich Freunde hatte. Und nicht allein in einem Club an der Bar gestrandet bin. Oh Juli, wenn du jetzt hier wärst, würdest du mit mir die Tanzfläche rocken.

»Ach deswegen der süße Akzent. Heiß! Na, dann müssen wir dir das Nachtleben hier mal ein bisschen schmackhaft machen. Brighton ist schließlich bekannt für seine Clubs! Meine Mission ist heute Happiness, und die kannst du offensichtlich gut gebrauchen. Trink aus, wir beide gehen jetzt tanzen.«

Ich schaffe es gerade noch, den Espresso Martini herunterzustürzen, da zieht Álvaro mich auch schon auf die Tanzfläche. Es läuft einer meiner Lieblingssongs und ich lasse mich einfach von ihm treiben. In meinem Kopf wirbelt der Wodka aus dem Drink, Álvaro umtanzt mich, als wäre ich das heißeste Mädchen im Raum. So langsam entspanne ich mich. Mir kommt die Musik nicht mehr zu laut vor, ich lache die anderen Tanzenden an und fühle mich nicht mehr länger wie ein Fremdkörper. »Bist du eigentlich allein hier?«, brülle ich Álvaro nach ein paar Songs zu.

»Wenn ich auf der Jagd bin, immer, Honey!« Er zwinkert mir zu. Ich schaue ihn so fragend an, dass er laut loslacht. »Ich jage mir einen heißen Kerl fürs Bett, Liebes.«

Ich grinse und hebe einen Daumen. Was für eine bescheuerte Geste. Aber ich weiß gerade nicht, wie ich darauf passend reagieren soll. Álvaro lacht sich kaputt und schnappt sich meine Hand. Er dreht mich zu sich ein, sodass mein Rücken an seine Brust gedrückt wird. »Aber das hat noch Zeit, jetzt zeige ich dir erst mal, was diese Stadt so zu bieten hat!« Und ich fühle mich wohl. Angekommen. So, wie ich gern wäre. Ich mag Álvaro. Ich kenne den Kerl seit zwei Minuten und trotzdem fühlt sich alles wunderbar vertraut an.

Als wir nach ein paar Songs eine Pause machen und uns noch einen Drink holen wollen, tippt mir Polly auf die Schulter. Sie hat schon ganz glasige Augen.

»Hier bist du, Em! Ich will nach Hause, hier ist nichts Ordentliches zum Knutschen dabei, und meine Füße tun mir weh.« Sie lallt leicht und ihr so sorgsam aufgetragenes Make-up ist verschmiert.

Ich sollte wahrscheinlich mitgehen, aber ich habe gerade so viel Spaß. Und Polly hat mich schließlich vorhin einfach irgendwo abgestellt und vergessen, wie einen Drink, den man doch nicht mehr mag.

Ich schaue Álvaro an. Der zwinkert mir zu, trotzdem kann ich Polly jetzt nicht einfach hängen lassen. »Klar, ich komme mit«, sage ich zu Polly gewandt.

Doch diese schaut von Álvaro zu mir und zurück. »Ihr scheint doch echt Spaß zu haben. Bleib ruhig noch, du sollst ja was von der Brighton Night Scene sehen. Ich finde den Weg schon allein.« Sie drückt mich und murmelt in mein Ohr: »Du weiß schon, dass der Kerl schwul ist, oder?«

Ich lache laut auf und nicke.

Sie zuckt mit den Schultern. »Dann hab Spaß, Honey, wir sehen uns morgen!« Und wankt Richtung Ausgang. Kurz habe ich ein schlechtes Gewissen. Sollte ich sie nicht doch lieber nach Hause bringen? Aber dann sehe ich, wie ihre Freundin sie unterhakt, und Álvaro winkt schon den tätowierten Barkeeper heran. »Noch zwei Espresso Martini!«

Schnell hole ich meine Kreditkarte aus der Tasche. Diese Runde geht auf mich.

Jake

Als wir den *Tide Night Club* betreten, ist er schon gut gefüllt. Ich schiebe mich durch die Menschen, die sich vor der langen Holztheke drängeln, bis hin zu dem roten Samtvorhang, der den zweiten Bereich von dem Hauptraum abtrennt. Hier ist die Garderobe für die Gäste und ein kleiner Personalraum, in dem wir unsere Jacken und Wertsachen einschließen können. Ich werfe einen schnellen Blick in den deutlich kleineren Bandraum. Die

Bühne liegt noch dunkel da, aber unsere Instrumente sind bereits aufgebaut. Die Discokugel in der Mitte wird von einem schwachen Licht angeleuchtet und wirft eine Armee kleiner Glanzpunkte durch den Raum.

»Jake, kommst du?«, höre ich Amy hinter mir.

Vier Stunden später ist der Laden brechend voll, und ich spüre meine Arme vom vielen Pint-Zapfen ganz ordentlich. Trotz des guten Wetters drängen die Leute in den Club. Ich schaue auf die Uhr, bald beginnen wir mit unserem Gig. Ich gebe Amy ein Zeichen, dass sie die Bar in dem kleineren Raum, in dem wir gleich auftreten, aufmachen soll, und suche Malek und Liam, um mit ihnen letzte Details zur Show zu besprechen.

Eine halbe Stunde später greift Malek zum Mikrofon und kündigt unsere Show an. Zufrieden sehe ich, wie sich immer mehr Leute vom Dancefloor in Richtung des kleineren Raumes und damit in Richtung unserer Bühne schieben. An der Bar hat Amy ordentlich zu tun, um die Feierwütigen mit Pints und Drinks zu versorgen. Auf Maleks Kopfnicken zähle ich ein. Zwei-Drei-Vier. Ich schlage auf die Drums und merke, wie die Energie durch meinen Körper fließt. Ich spüre das Sirren, den Rhythmus der Musik, ich sehe die Blicke der Mädels in der ersten Reihe. Und ich sehe, wie sie jedes Wort von Malek mitsingen. Niemand weiß, dass der Song eigentlich von mir ist. Ich habe die Melodie und den Text geschrieben, als ich an meinem tiefsten Punkt war. Ich fing damals ein Studium an, von dem ich schon vorher wusste, dass es nicht zu mir passt. Fühlte mich in ein Leben gedrängt, das nicht meins ist. Klar, meine Eltern meinen es nur gut. Aber gut gemeint ist eben nicht gut gemacht. Und mich so zu etwas zu drängen, das ich nicht bin, ist ganz sicher nicht gut. Ich spüre bei der schnellen Nummer immer wieder meine Wut, hier kann ich sie wunderbar kanalisieren. Die ersten Schweißtropfen stehen auf meiner Stirn und ich merke, wie ich mich immer leichter fühle.

Caught in this moment, a heartbeat's cry,
A dreamer's soul reaching for the sky.

Between the rhythms and the pouring rain,
I'm more than the roles, I'm more than the pain.

(Chorus)
This is now, my silent vow,
Not just a tune, not just somehow.
Beyond the drums, the drinks I serve,
A heart that yearns, a will to preserve.
I won't bury my heart in a pit so deep,
I'll live my dreams, not just in my sleep.

I refuse to be confined by fate's design,
I'll paint my path, let my spirit shine.
I won't surrender to a scripted role,
I'll break the chains, reclaim control.

(Chorus)
This is now, my silent vow,
Not just a tune, not just somehow.
Beyond the drums, the drinks I serve,
A heart that yearns, a will to preserve.
I won't bury my heart in a pit so deep,
I'll live my dreams, not just in my sleep.

So here I stand, breaking free somehow,
This is now, I declare it now.
I'll forge my tale, write my decree,
This is now, the real me.

This is now mag wie ein Lovesong klingen, aber es ist eigentlich meine Botschaft an die Welt. Ich kann mehr sein als ein Freizeit-Drummer, Barkeeper und mieser Student. Ich möchte mein Herz nicht zu einer Mördergrube machen, ich möchte so gern so leben, wie ich es mir wünsche. Die letzten Takte des Songs holen mich in die Wirklichkeit zurück. Das Publikum jubelt. Ich streife mir mit einer schnellen Bewegung das durchgeschwitzte Shirt vom Körper. Jetzt und hier. Nicht an morgen denken. Jetzt und hier.

Emilie

Álvaro zieht mich von der Tanzfläche in Richtung eines zweiten Raumes in dem Club, den ich noch gar nicht gesehen habe. »Komm mit, das wird dir gefallen«, verspricht er mir und zwinkert mir verschwörerisch zu.

Ich habe keine Ahnung, was mich hinter dem dunkelroten Samtvorhang erwartet. Zunächst sehe ich eine Bühne, auf der ein Schlagzeug steht. Ein Bass und eine Gitarre lehnen daran. Der Raum ist kleiner als der vorherige. Am Rand verläuft eine lange Bar aus dunklem Holz. Es sind auffallend viele Frauen im Publikum und als die Band wenige Minuten später unter Jubel auf die Bühne tritt, weiß ich auch, warum. Der Sänger hat eine gewisse Ähnlichkeit mit *Zayn Malik* und mit viel gutem Willen könnte der Bassist als junge Version von *Robbie Williams* durchgehen. Doch ich kann die Augen nicht von dem Drummer nehmen. Die dunklen Haare, die ihm immer wieder ins Gesicht fallen, die Art, sich zu bewegen. Er hat die Augen geschlossen, ist voll konzentriert und zählt jetzt mit viel Energie ein. Da er hinter seinem großen Schlagzeug sitzt, kann ich nicht erkennen, wie groß er ist, aber er scheint groß zu sein, seine Arme sind muskulös und auf seinem Unterarm erkenne ich das große Tattoo einer Schwalbe im Flug.

Die ersten Takte des Songs erklingen. Ein typischer Britpop-Sound, der sofort in die Beine geht. Ich habe zwei große musikalische Leidenschaften: *Taylor Swift* und *The Kooks*. Und an genau die erinnert mich der Sound der Band. Gitarre, Bass, der Sänger hat eine wunderbar raue, kratzige Stimme. Und auch der Song holt mich ab, er berührt etwas in mir. Ganz automatisch bewege ich mich im Takt der Musik und lasse dabei den Drummer nicht aus den Augen.

»Die sind gut, oder?«, fragt Álvaro neben mir.

Ich nicke, ohne den Blick von der Bühne zu lassen.

»Spielen seit einem Jahr alle zwei Wochen hier im Club, und es ist jedes Mal supervoll. Sind aber auch einfach heiß, die Jungs.«

Wieder nicke ich. Am liebsten würde ich ihm sagen, er solle leise sein, ich fühle den Song wirklich sehr und würde gern noch weiter zuhören.

»Bist du Team Malek oder Team Jake?«, fragt mich Álvaro weiter.

»Was?«

»Na, stehst du auf den Sänger oder den Drummer?«, feixt er. »Ich persönlich würde ja den Bassisten nehmen, aber das scheint so ein Gay-Ding zu sein. Alle Mädels, die ich kennen, stehen entweder auf Malek, den Sänger, oder Jake am Schlagzeug.«

In dem Moment endet der Song. Die Girls in der ersten Reihe kreischen und ich stelle mich auf die Zehenspitzen, um zu sehen, was los ist. Ich erkenne gerade noch, wie ein schwarzes Shirt durch die Luft fliegt und in der ersten Reihe landet. Und dann sehe ich ihn zum ersten Mal ganz. Jake ist hinter seinen Drums aufgestanden und zeigt grinsend auf ein Mädchen, das sein Shirt gefangen hat. Er ist groß, wie ich schon vermutet habe, und als er sich jetzt mit einer Hand durch die verschwitzten halblangen Haare fährt und die Augenbraue hebt, weiß ich plötzlich, woher ich ihn kenne.

»Das ist doch der Typ, der verhindert hat, dass ich von einem Doppeldeckerbus überfahren werde.«

»Was?« Álvaro dreht sich mit einem verwirrten Gesichtsausdruck zu mir um.

»Der Drummer! An meinem ersten Arbeitstag habe ich verzweifelt die Chocolaterie gesucht, in der ich arbeite, und wäre fast vor einen Bus gelaufen, weil ich gar nicht oder in die falsche Richtung geschaut habe. So genau weiß ich das nicht mehr.«

»Und Mr. Superhot Jake Albright hat dich praktisch vor dem Tod durch Überfahren gerettet?« kreischt Álvaro.

»Na ja, das ist jetzt vielleicht etwas übertrieben, aber ja, er hat mich zurückgehalten.«

»Oh mein Gott, das klingt wie der perfekte Anfang einer Lovestory! Du musst nachher unbedingt noch Hallo sagen, wenn sie fertig sind. Ich komme mit und flirte mit dem Bassisten!«

»Äh, ich glaube eher nicht.« Ich will auf keinen Fall wie ein Groupie wirken. Davon gibt es hier auch wahrlich schon genug. Ich seufze. Er würde sich eh nicht an mich erinnern.

Jake

Wir sind heute Abend richtig gut, das merke ich an der Reaktion des Publikums und daran, wie immer mehr Leute zur Bühne drängen. Ich fühle mich besser, der Frust der letzten Tage lässt sich wunderbar über die Sticks auf die Drums übertragen und ich spiele mit mehr Wucht als sonst, bleibe aber im Rhythmus und spüre, warum die Musik so ein wichtiger Teil meines Lebens ist. Sie befreit meinen Kopf, ich bin konzentriert und fokussiert. Das hier sollte es sein, was ich mit meinem Leben mache. Ich sollte diese Energie nicht in einem Hörsaal verschwenden, um Dinge zu lernen, die ich nicht lernen will. Hier bin ich richtig, in dem was ich hier tue, bin ich gut.

Wir spielen die Zugabe und ich springe beim Applaus mit einem Satz von der Bühne und lande direkt vor der kleinen Blonden, die ich schon seit einer halben Stunde mit den Augen ausgezogen habe. Jetzt wird keine Zeit verschwendet. Ohne etwas zu sagen, bleibe ich ganz nah vor ihr stehen. Ihre Augen sind strahlend blau und auf ihrer Nase sind kleine Sommersprossen. Nach dem dämlichen Vorfall mit Tammy gestern will ich kein Risiko mehr eingehen. Bevor ich womöglich noch einmal einen Namen vergesse oder verwechsle, sage ich einfach gar nichts. Ich schaue sie nur an. Sie legt ihre Hand auf meine verschwitzte Brust und blickt zu mir hoch. Ich lächele mein Grübchen-Lächeln und streiche ihr mit der Hand die Wange entlang. Sie geht mir gerade mal bis zur Schulter. Perfekt. Ich beuge mich zu ihr hinunter.

Prüfe, ob sie das, was jetzt kommt, auch will. Ihre Augen sind schon halb geschlossen und sie streckt sich mir entgegen. Schon berühren ihre Lippen meine und ich merke, wie sie fordernder wird. Und wie! Sie erobert meinen Mund mit ihrer Zunge und ich spüre ihre Hand an meinem Hintern. Sehr schön! Ich küsse sie zurück und hebe sie mit einer schnellen Bewegung auf den Rand der Bühne.

Jetzt sitzt sie in einer perfekten Position: Ich küsse sie weiter und streiche mit meiner Hand langsam ihren Oberschenkel herauf. Sie unterbricht den Kuss und flüstert mir ins Ohr, wie sehr sie mich will. Oh Lord. Schnell hebe ich sie von der Bühne und dirigiere sie in Richtung Toiletten und wir beide wissen, was jetzt passieren wird. Hinter mir höre ich ihre Freundinnen tuscheln. Aber das ist mir egal.

Ich hebe sie auf das Waschbecken, schiebe den Rock hoch und sie öffnet ihre Beine. Sofort ziehe ich ihr das Höschen über ihre Oberschenkel. Sie schiebt ihr Becken nach vorn. Ich küsse sie und fahre mit meiner Hand unter ihr Shirt. Ich massiere ihre kleinen festen Brüste. Jemand rüttelt an der abgeschlossenen Tür. Sorry, besetzt! Sie küsst meinen Hals und zieht dabei geschickt ein Kondom aus der Tasche ihres Rockes. Ich öffne meine Hose und nehme ihr das Kondom ab. Sie schließt ihre Hand fest um meinen Schaft und fährt daran entlang. Ich stöhne. Wir brauchen kein Vorspiel. Wir sind beide scharf, und ich will das jetzt. Ich ziehe mir das Kondom über, kurz halte ich inne, schaue sie an, als sie nickt, gleite ich mit einer schnellen Bewegung in sie hinein. Sie beugt ihren Oberkörper nach hinten und ich sehe mein eigenes Gesicht im Spiegel. Verschwitzt von der Show und mit diesem leeren Blick. Schnell gucke ich weg und konzentriere mich auf ihren Körper. Sie stöhnt bei dem nächsten tieferen Stoß. Ich umfasse ihre Brüste mit der einen Hand, mit der anderen stütze ich mich an der Wand hinter ihr ab. Ich werde immer schneller und merke, wie sie sich mir immer wieder entgegendrückt. Ihr Atem wird ebenfalls schneller. Ich spüre, wie die Welle auf mich zurauscht. Ich schließe die Augen und finde einen guten Rhythmus.

Kurze Zeit später komme ich. Erschöpft öffne ich die Augen und sie lächelt mich fast schon schüchtern an. Dieser Moment ist für mich immer wieder unangenehm, gerade noch haben wir etwas so Intimes miteinander geteilt. Und dann ist der Rausch vorbei und man ist sich wieder so fremd wie zuvor.

Ich ziehe mich aus ihr zurück und rolle das Kondom ab. Dann reiche ich ihr das Höschen, das auf den Boden gefallen ist. Sie gleitet vom Waschbecken und zieht sich wieder an. Ich schließe meine Jeans. Ich weiß danach nie, was ich sagen soll. Danke fühlt sich unangebracht an. Nach dem Namen fragen aber auch. Also schweige ich, fahre mir durch die Haare und warte, bis sie sich fertig angezogen hat. »Ich heiße übrigens Clara«, sagt sie und lächelt mich schief an.

»Ich bin Jake«, antworte ich und fühle mich im gleichen Moment ziemlich dämlich. Sie lacht auf. Ein süßes Lachen mit einem kleinen Schnauber am Anfang. »Das weiß ich schon.« Klar weiß sie das, sie kennt mich ja. Auch wieder eine komische Begleiterscheinung. Ich weiß manchmal nichts über die Mädchen, aber sie meinen, mich gut zu kennen.

»Klar, sorry. Hi Clara … das war … großartig!«, stottere ich.

Sie lächelt.

»Wenn du magst, können wir das ja mal wiederholen«, sage ich.

Sie nickt. Dann wird laut gegen die Tür der Toilette geklopft. Wir fahren zusammen und prusten beide los.

»Wir sollten wohl mal wieder«, sagt Clara und deutet zur Tür.

Ich nicke und wir verlassen unter lautem Gejohle der Wartenden in der Schlange die Toilette.

Emilie

Ich sehe, wie Jake das blonde Mädchen hinter sich her zur Toilette zieht. Ich beiße mir auf die Lippen. Álvaro sieht mich an und beordert mich zur Bar.

»Mach dir nichts draus, Darling. So sind sie, die Musiker. Ich wette, die beiden tauchen in maximal zehn Minuten wieder auf. Pass auf.«

Er bestellt uns einen Shot und wir drehen uns in Richtung Toiletten. Und tatsächlich, nicht einmal zehn Minuten später taucht die Blondine etwas derangiert, aber offensichtlich happy, wieder hinter der dunkelgrün gestrichenen Holztür auf. Die Blicke der Männer in der Schlange ignoriert sie und steuert direkt auf ihre Freundinnen zu. Sie gestikuliert wild, strahlt übers ganze Gesicht, trinkt ihr Glas in einem Zug leer und zeigt auf den Ausgang. Die Mädelsclique folgt ihr. Jake steuert direkt neben uns die Bar an und winkt der Barkeeperin zu, bestellt ein Pint und einen Jägermeister. Der Rest des Gespräches geht in der einsetzenden Musik unter. Aber sie schenkt sich ebenfalls einen Shot ein und stößt mit ihm an. Dann wuschelt sie ihm durch die verschwitzten Haare und lächelt ihn an.

Die beiden sind so vertraut miteinander. Hat sie nicht gesehen, wie er gerade mit einer anderen abgezogen ist? Oder stört es sie nicht? Das wird doch nicht seine Freundin sein? Jetzt klirren die Jägermeistergläser erneut gegeneinander und ich höre Gesprächsfetzen, die klingen, als ob sie von einem gemeinsamen Zuhause sprechen. In meinem Kopf schwirren die Gedanken und die zahlreichen Espresso Martini durcheinander. Sie wirbeln so sehr umeinander, ich kann gar keinen klaren Gedanken mehr fassen.

Álvaro legt seine Hand auf meine Schulter. »Ich glaube, wir bringen dich mal hier raus, Darling. Du siehst aus, als ob du gleich auf den Tresen kotzt.« Er zieht mich vom Barhocker hoch und gemeinsam holen wir meine Jacke von der Garderobe.

Die frische Luft vor dem Club trifft mich wie eine Wand. Erst jetzt merke ich, wie betrunken ich bin. Ich versuche mich zu erinnern, wie ich nach Hause komme. Aber mir will und will die Adresse nicht einfallen. Seufzend schnappt sich Álvaro meinen Arm und hakt mich unter. »Ich hatte mir eigentlich vorgestellt, heute einen heißen Kerl aufzureißen, aber komm, so kann man dich ja nicht allein lassen.«

Ich lasse mich von Álvaro mitziehen und der Rest ist Nebel. Wir sind nicht weit gegangen, das weiß ich noch, und dass ich mich gründlich in seinem Bad übergeben habe. Er hat mir die Haare gehalten und mich unter die Dusche gestellt. Und dann bin ich eingeschlafen.

Mein Schädel dröhnt. Ich öffne vorsichtig die Augen und versuche mich zu orientieren. Es ist hell. Licht fällt durch die weißen Vorhänge vor dem Fenster, das nicht zu meinem Zimmer gehört. Ruckartig setze ich mich auf und bereue es sofort. Mir wird schwindelig und mein Kopf droht zu zerplatzen. Oh Shit, mir wird übel.

»Erste Tür links«, brummt es neben mir.

»Was?«, frage ich und versuche zu verstehen, warum ein fremder Kerl neben mir in einem fremden Bett liegt. Aber dann fällt es mir wieder ein: Álvaro. Ich muss bei Álvaro sein. Gedankenfetzen zucken durch meinen Kopf. Eine neue Welle Übelkeit überflutet mich.

»Das Bad. Die Tür direkt neben dir«, brummt er wieder und setzt sich seufzend neben mir auf.

Oh Gott, ich muss … Panisch stürze ich auf die Tür zu. Dahinter liegt ein kleines Badezimmer, an das ich vage Erinnerungen habe, hier eventuell schon mehrfach gewesen zu sein. Da muss ich mich auch schon übergeben. Als ich fertig bin, wasche ich mir den Mund mit Wasser aus und mache den Fehler, einen Blick in den Spiegel zu werfen. Mir starrt ein blasses Mädchen mit tiefen Augenringen entgegen, deren Haare wie bei Tingeltangelbob in alle Richtungen stehen. Fassungslos starre ich zurück.

»Em, willst du Kaffee?«, ruft Álvaro aus einem anderen Zimmer. Mir rumort sofort der Magen. Auf keinen Fall kann ich jetzt Kaffee trinken oder auch nur an Kaffee denken. Ich fahre mir mit etwas Wasser über die Haare und versuche sie zumindest ein wenig im Zaum zu halten, dann wasche ich mir noch einmal das Gesicht und rubbele meine Wangen. Danach sehe ich zwar nicht viel besser aus, aber zumindest fühle ich mich einen Tick lebendiger.

Das muss erst mal reichen. Ich öffne die Tür zum Schlafzimmer. Es ist ziemlich spartanisch eingerichtet. Kein Tisch, kein Regal, keine Pflanzen. Nur das große zerwühlte Bett und an der langen Wand gegenüber steht ein großer eleganter Kleiderschrank mit einem großen Spiegel. Mein Anblick ist schon fast lächerlich. Ich trage meine schwarze Baumwollunterhose, ein Männershirt, das mir zwar zu weit ist, aber nicht einmal bis über meinen Hintern reicht. Auf dem Shirt küssen sich *Ernie und Bert* aus der *Sesamstraße* leidenschaftlich. Der Versuch, meine Locken zu bändigen, ist offensichtlich gnadenlos gescheitert. Ich blicke mich suchend nach meinen Klamotten um. Auf der einen Seite des Bettes steht ein Stuhl, über dem sorgfältig mein Shirt und meine Hose hängen. Álvaro, er muss die Sachen für mich aufgehängt haben. Eine warme Welle der Dankbarkeit durchströmt mich.

»Em, ist alles okay?«, höre ich ihn wieder rufen.

Ich schlüpfe schnell in die Klamotten, stecke meinen Kopf durch die Zimmertür, die zum Flur führt, und versuche mich zurechtzufinden. Von dem Flur gehen zwei weitere Türen ab. Die eine scheint die Haustür zu sein, daneben sind ein Schlüsselbrett und eine Garderobe mit einer beachtlichen Anzahl an Jacken und Mänteln angebracht. Die andere Tür scheint zur Küche zu gehören, jedenfalls riecht es verführerisch nach frisch geröstetem Toast und Eiern. Mein Magen hat sich zum Glück beruhigt und rumort erneut, diesmal aber vor Hunger.

»Ich komme!«, rufe ich und tapse in die Küche. In T-Shirt und Hose von gestern Abend gehe ich barfuß über die kalten Fliesen. Eine Gänsehaut zieht sich über meinen Rücken.

»Hier, zieh den über«, sagt Álvaro und wirft mir einen dicken, kuscheligen Strickpullover zu. Er riecht nach ihm. Nach diesem leicht süßlichen Herrenduft, den ich normalerweise nicht riechen mag, der aber bei Álvaro irgendwie Sinn ergibt. Er selbst trägt eine Jogginghose und einen blauen dicken Strickpullover sowie eine dieser kleinen Wollmützen, die gerade den Kopf bedecken, die Ohren jedoch freilassen. Noch so eine Sache, die ich sonst albern finde, bei Álvaro aber einfach nur liebenswert. Und die Küche ist der gemütlichste Ort, den ich je gesehen habe. In der Ecke steht ein kleiner Ofen, in dem tatsächlich ein Feuer brennt, daneben steht ein eleganter, dunkel gebeizter Holztisch mit zwei Metallstühlen, auf dem zwei dampfende Tassen Tee auf uns warten.

»Setz dich ruhig schon hin. Ich dachte, Tee ist vielleicht besser für deinen Magen.« Álvaro nickt mit dem Kopf Richtung Tisch. Ich lasse mich auf den Metallstuhl fallen und versuche, meine Erinnerungen ein wenig zusammenzusetzen. So langsam fällt mir alles wieder ein. Die Band. Jake. Das Mädchen. Die vielen Drinks. Bei dem Gedanken daran, wird mir wieder ein wenig übel. In dem Moment stellt Álvaro mir einen Teller vor die Nase. Darauf liegen zwei goldbraune Scheiben Toast, eine großzügige Portion Rührei und ein Klecks gelbe Marmelade.

»Iss, dann geht es dir besser«, verspricht er mir und lässt sich auf den Stuhl mir gegenüber fallen. Ich probiere vorsichtig von dem Ei und tatsächlich, ich merke, wie so langsam die Lebensgeister in meinen Körper zurückkehren. Die Marmelade entpuppt sich als bittere Orangenkonfitüre, die mir irritierenderweise richtig gut schmeckt.

»Danke«, sage ich zwischen zwei Bissen. »Und sorry, du hattest dir den Abend, na ja, und die Nacht, wahrscheinlich auch ein bisschen anders vorgestellt.«

»Anders als dir die Haare zu halten und mich von dir im Schlaf treten zu lassen? Auf keinen Fall!«, lacht Álvaro.

Ich werde knallrot. »Oh Mann, sorry! Ich hoffe, ich habe mich nicht zu sehr danebenbenommen?«

»Definiere daneben«, sagt Álvaro und grinst mich breit an. Ich zucke zusammen. Er spürt wohl mein Unbehagen. »Keine Sorge, Darling, du warst die bezauberndste betrunkene Lady, die je auf meinem Badezimmerteppich eingeschlafen ist. Es war tatsächlich schwer, dich davon zu überzeugen, dich zu mir ins Bett zu legen. Hätte ich gewusst, wie du im Schlaf wühlst, hätte ich dich allerdings einfach auf dem Teppich deinen Rausch ausschlafen lassen.«

Er lacht und drückt meine Hand. Ich lache mit und plötzlich macht sich ein warmes Kribbeln in meinem Bauch breit. Álvaro ist ein richtig toller Kerl und vielleicht werden wir so etwas wie Freunde. Mein erster Freund in Brighton. Ich trinke einen großen Schluck von meinem Tee und verkünde: »Ich wäre jetzt auch bereit für was Stärkeres.«

Er steht auf und holt eine Flasche Prosecco aus dem Kühlschrank, in der anderen Hand hält er die Kaffeedose: »Wie stark darf es denn sein?« Er grinst mich an und entkorkt den Prosecco.

Jake

Mein Zimmer ist dank der Jalousien vollkommen dunkel. Es könnte 3 Uhr nachts sein oder 11 Uhr morgens, ich würde es nicht merken. Nur so kann ich schlafen, ich brauche es dunkel und kühl. Ich taste nach meinem Handy, das auf dem Nachttisch liegt. Es ist bereits Mittag. Ich habe den halben Tag verpennt. Morgen ist Montag, morgen startet die Prüfungswoche. Schnell schließe ich die Augen und versuche noch ein wenig zu dösen. Aber zu spät. Mein Gedankenkarussell ist bereits angesprungen. Seufzend schiebe ich mich aus dem Bett.

Ich müsste mich noch mal an meine Sachen setzen. Müsste. Später. Jetzt erst einmal Kaffee. Ich schlurfe in die Küche. Dort steht wie immer ein liebevoll gedecktes Tablett von unserer Haushälterin Matilda. Ein Korb mit Bagels und Donuts, einige Marmeladen und zwei gekochte Eier. Dann ist Amy heute auch noch nicht wach. Sonst würde ein Ei fehlen. Ich drücke auf den Kaffeevollautomaten, dröhnend werden die Bohnen in die Maschine gezogen. Das Mahlen setzt den Duft von frischem Kaffee frei. Ich beiße in einen Bagel und schaue dabei zu, wie die dunkle Flüssigkeit in den Becher tropft. Ich sollte dringend duschen, ich kann noch das Mädchen von gestern an mir riechen. Der Kaffee ist durchgelaufen und ich nehme den Becher mit ins Bad. Ein

Blick in den Spiegel sagt mir, es war gestern spät und ich sehe auch danach aus. Auf der Waschmaschine liegt mein schwarzer Sporthoodie. Das ist es. Das wird mir guttun. Spontan entschließe ich mich, eine Runde joggen zu gehen, das macht den Kopf frei. Ich trinke den Kaffee in einem Zug aus und steige in meine Sportklamotten, dann fahre ich mir dreimal mit der Zahnbürste über die Zähne, packe mein Handy und die Kopfhörer ein. Leise ziehe ich die Haustür hinter mir ins Schloss. Kurz bin ich geblendet von dem Sonnenlicht. Heute ist ein richtig schöner Frühlingstag. So langsam wird es wärmer. Ich drücke auf meine Running Playlist, stöpsele die Kopfhörer in meine Ohren und laufe los. An den noblen Häusern unserer Nachbarn vorbei in Richtung Wasser. Als ich am Meer ankomme, drehe ich mich nach links und laufe die lange Promenade entlang. Das Wasser glitzert in der Sonne und ich komme schnell in einen guten Rhythmus. Durch die Nase einatmen, Schritt, Schritt, durch den Mund wieder aus. So laufe ich mich in einen fast schon meditativen Zustand. Ich muss gar nichts. Nur atmen und einen Fuß vor den anderen setzen.

Als ich nach vierzig Minuten verschwitzt zu Hause ankomme, ist Amy wach. Wir trinken noch einen Kaffee zusammen, bevor sie mich unter die Dusche scheucht, mit dem Argument, ich rieche nach »schnellem Sex, Restalkohol und getrocknetem Schweiß«. Ich werfe ihr als Dank für diesen Hinweis mein durchgeschwitztes Sportshirt an den Kopf, was sie mit einem entsprechend angeekelten Geräusch quittiert.

Emilie

Kaffee und Prosecco neigen sich dem Ende zu. Ich strecke mich. Wir sitzen schon seit Stunden in Álvaros Wohnküche. Er hat mir von seinem Leben in Brighton erzählt und welche Befreiung es für ihn ist, in dieser offenen Stadt zu leben, in der er sich und seine Sexualität nicht verstecken muss. Er ist Illustrator, hat im deutlich konservativeren Norden Englands studiert und ist direkt nach dem Studium in den liberaleren Süden zurückgekehrt. Er ist offensichtlich sehr erfolgreich in seinem Job, wenn ich mir so anschaue, wie er wohnt. Direkt an der Seafront mit Blick aufs Meer.

»Meine liebe Emilie, so gern ich noch den Rest des Tages mit dir hier am Küchentisch auskatern würde, muss ich doch so langsam mal unter die Dusche. Sonntagnachmittags bin ich traditionell bei meiner Mutter zum Tee eingeladen.«

»Wohnt deine Mutter auch in Brighton?«, frage ich neugierig, während ich ihm helfe, den Frühstückstisch abzuräumen.

»Nein, in Eastbourne, das ist ein kleines Dörfchen ein Stückchen weiter die Küste hoch. Ist ein bisschen wie Brighton – nur für Rentner«, lacht Álvaro. »Es gibt Bingo-Abende und kleine Theateraufführungen. Meine Mom liebt es dort.«

»Und dein Dad?«, frage ich. Álvaros Gesicht verdüstert sich.

»Mein Vater ist vor ein paar Jahren verstorben.«

»Das tut mir leid«, sage ich erschrocken.

»Mir nicht«, antwortet Álvaro kurz angebunden. »Er hat nie akzeptiert, wer ich bin, wen ich liebe und wie ich leben möchte. Das Verhältnis zu meiner Mutter ist so viel besser geworden, seitdem er nicht mehr da ist. Er war kein netter Mann, sagen wir mal so.«

Ich muss bei seinen Worten an meine Mutter denken. Als ich noch in Bremen gewohnt habe, hatten wir sonntags auch unsere ganz eigene Tradition. Abends gab es meistens Spaghetti und ich durfte länger wach bleiben und einen Film mit Mama schauen. Ich habe diese Sonntage geliebt. Ganz plötzlich vermisse ich sie sehr. Als ich mich von Álvaro verabschiedet habe, nehme ich mein Handy aus der Tasche und wähle ihre Nummer.

»Das ist die Mailbox von Tina Michels, ich bin gerade nicht …« Etwas enttäuscht lege ich auf. Hätte ja klappen können.

Als ich Álvaros Wohnung verlasse, bin ich ganz überrascht, wie spät und sonnig es schon ist. Ich laufe die Seafront entlang und genieße das Geschrei der Möwen. Vor mir dreht ein Jogger in schwarzem Hoodie seine Runden. Ich zücke mein Handy und schicke Juli eine Sprachnachricht.

EMILIE
🎙 Juli! Ich war gestern in einem tollen Club und habe einen richtig netten Mann kennengelernt, in dessen Bett ich heute morgen aufgewacht bin! … Aber bevor du gleich ausflippst, Álvaro ist schwul und die Nacht habe ich nur bei ihm verbracht, weil ich eventuell den ein oder anderen Espresso Martini zu viel hatte – woran ich dir die Schuld gebe, schließlich hast du mich mit dem Teufelszeug bekannt gemacht. Wirklich Juli, es ist richtig schön hier. Ich kann es gar nicht erwarten, wenn du im Sommer für das *Taylor-Swift*-Konzert nach London kommst und ich dir alles zeigen kann. Ich drücke dich!

Als ich die Tür zu unserer Wohnung aufschließe, kündigt ein Ping! eine neue Nachricht auf meinem Handy an. Ich laufe die Stufen zu unserem Wohnzimmer hoch und stelle erleichtert fest: Ich bin allein. Herrlich. Ein bisschen Zeit für mich ist genau das, was ich jetzt brauche. Ich schenke mir ein großes Glas Orangensaft ein, befülle den Kessel mit Wasser und stelle ihn auf die Herdplatte. Dann entsperre ich mein Handy. Noch an der Küchenzeile lehnend, lese ich:

JULI
Girl! Mama ist stolz auf dich! Weiter so! XX

Recht kurz die Nachricht, das passt so gar nicht zu Juli, die sonst immer einen halben Roman schreibt. Ich antworte direkt.

EMILIE
Alles okay bei dir?

JULI
…

Die Punkte tauchen auf und verschwinden wieder. Es macht mich ganz verrückt. Überlegt sie, was sie schreiben soll? Vielleicht ist sie sauer? Wegen dem Kommentar mit den Espresso Martini? Das war doch nur ein Scherz! Jetzt sind die Punkte wieder weg. Ich kann das Handy gar nicht aus der Hand legen. Mit einer Hand gieße ich das heiße Wasser über meinen Teebeutel, mit der anderen refreshe ich das Chatprogramm. Doch der Chat bleibt still.

Ich sitze mit meiner Tasse Tee da und starre das Handy an. Dann halte ich es nicht mehr aus.

EMILIE
Juli? Bist du sauer oder so?

Mein Herz klopft wie verrückt. Doch diesmal bleiben die Haken grau. Sie hat die Nachricht nicht gelesen. Ich höre mir noch mal meine Sprachnachricht an. Habe ich etwas Blödes gesagt? Etwas, das sie verletzten könnte? Nach einer halben Stunde gebe ich auf und stelle mich unter die Dusche. Meine Hochstimmung, der Prosecco, alles wäscht sich mit dem Duschgel von mir ab, wie der Geruch von letzter Nacht. Zurück bleibt die Unsicherheit, ob ich etwas Dummes gesagt habe.

Als ich aus der Dusche steige, gilt mein erster Blick meinem Handy. Eine Sprachnachricht von Juli. Endlich.

JULI
🎙 Emmi, entspann dich, ich fahre gerade Auto und habe nur schnell deine Nachricht beantwortet. Es ist alles okay, und du solltest dir jetzt einen richtig faulen Sonntag gönnen! Back was Leckeres! Aber stress dich nicht immer gleich so! Ich drück dich, Süße!

Erleichtert lasse ich das Handy sinken. Eine halbe Stunde später liege ich in meinen liebsten Schlabberklamotten auf der Couch und habe das Holz im Kamin angezündet. Auf dem kleinen Hocker daneben liegen mein Buch und mein Handy. Als ich gerade genüsslich die Augen schließe und die Wärme durch meinen Körper ziehen lasse, pingt mein Handy erneut.

MOM
Hallo Emilie, ich hoffe, du genießt deine Zeit in der großen weiten Welt. Hier ist alles wie immer, nur ein wenig leiser ohne dich. Ich koche heute Spaghetti mit deiner Lieblingssoße, wie früher, weißt du noch? Allein ist es allerdings nicht so schön wie mit dir. Aber du wolltest ja weg. Da muss eine Mutter eben auch mal zurückstecken. Hab einen schönen Sonntag. Mom

Kaum habe ich die Nachricht fertiggelesen, kullern Tränen aus meinen Augen. Mein Magen fühlt sich an wie zugeschnürt, ich kann kaum richtig atmen. Ich habe sie alleingelassen, im Stich gelassen. Alle fahren heute zu ihren Eltern, nur ich Rabentochter sitze in einem anderen Land und betrinke mich in Clubs, während meine Mutter einsam ihre Spaghetti isst. Ein Schluchzer bahnt sich den Weg durch meine Brust und dann gibt es kein Halten mehr. Die salzigen Tränen landen auf der kuscheligen Decke. Meine Hochstimmung ist dahin. Ich bin ein schlechtes Gewissen auf zwei Beinen. Ich kann es nicht aushalten, dass es meiner Mutter wegen mir nicht gut geht. Als ich erneut ihre Nummer wähle, geht wieder nur die Mailbox dran.

EMILIE
🎙 Hey Mom, ich hoffe, du machst es dir trotzdem ein bisschen schön. Vielleicht triffst du dich mal wieder mit Tante Ida oder einer deiner Freundinnen? Hier ist es toll, aber du fehlst mir! Wie wäre es, soll ich dir bald einen Flug buchen? Ich habe ein bisschen Geld gespart, ich zahle dir den Flug gern! Ich umarme dich.

Doch ich bekomme keine Antwort, an diesem Abend bleibt mein Handy still. Ich rolle mich ein und warte auf den Schlaf.

Jake

Mein Wecker klingelt und ich möchte mir einfach nur die Decke über dem Kopf ziehen. Ich hasse Montage und diesen ganz besonders. Aber es hilft nichts. Um 11 Uhr, Hörsaal sieben, wird heute mein Schicksal besiegelt. Die Prüfung in »Algorithmus und seine Funktionen« wird mein Untergang. Nicht hingehen heißt direkt durchfallen, ein kleiner Teil von mir hofft immer noch auf ein wenig Glück. Multiple-Choice-Glück.

Schon der Weg zur Universität fühlt sich endlos lang an. Er zieht sich wie Kaugummi, und am liebsten würde ich im Schneckentempo dahinkriechen, um den Moment noch ein wenig herauszuzögern. Leider komme ich doch irgendwann an, und ich weiß, sobald ich durch diese schwere Holztür gehe, gibt es kein Zurück mehr. Ich atme noch einmal tief ein und aus. An mir drängeln sich Studierende vorbei, ich werde vom Strom mitgezogen, in die Höhle des Löwen, denke ich für mich, und muss trotz des ganzen Mists grinsen.

»Jake, hey, warte doch mal«, höre ich eine Stimme hinter mir. Durch die Menge bahnt sich ein schlaksiger rothaariger Kerl, der wild mit seinen Armen rudert, um auf sich aufmerksam zu machen. Was wirklich nicht notwendig wäre, Brooke Miller ist eindeutig nicht zu übersehen.

»Na endlich, ich hatte schon Angst, du tauchst gar nicht mehr auf«, sagt er völlig außer Atem, als er endlich zu mir aufgeschlossen hat. »War gerade extra noch mal draußen, um zu checken, ob du wieder einmal die Eingangstür hypnotisierst, in der Hoffnung, sie würde sich in Luft auflösen.« Wir klatschen uns ab und er zieht mich kurz an sich. »Bist du gut drauf? Kriegst du das heute hin?«

Ich versuche ein Lächeln. »Klar, hab das ganze Wochenende gelernt.«

Brooke lacht. »Das kannst du wem anders erzählen. Du warst

das ganze Wochenende im Club und hast gestern verschämt dreimal durch die Seiten geblättert.«

»Wo warst du eigentlich, wolltest du nicht Freitag vorbeikommen?«, wechsele ich das Thema.

»Ach du weißt doch, Clubs sind nicht so mein Ding. Ich habe es mir zu Hause gemütlich gemacht, Karen hat ihr berühmtes Chicken Parmigiana gekocht und wir waren am Samstag ein wenig am Strand. Sehr entspannt eben.«

Leute wie Brooke sind der Grund, warum ich gerade keine Beziehungen will. Seine Wochenenden bestehen immer aus »netten Pärchensachen«. Es gibt nur »wir« und »uns«. Karen und er gehen nie aus, vielleicht mal essen, aber das auch nur an Feiertagen, ansonsten hängen sie vor dem Fernseher ab oder kochen zusammen. Da bin ich lieber on stage. Aber ich mag Brooke. Und er scheint sein Leben ja so gut zu finden. »Klar, verstehe ich«, lüge ich darum.

Inzwischen sind wir am Hörsaal angekommen. Brooke öffnet schwungvoll die Tür. »Nach dir«, grinst er mich an. Und ich verdrehe die Augen.

Als wir den Hörsaal zwei Stunden später wieder verlassen, ist mir jeglicher Sinn für Geplänkel mit Brooke leider vergangen. Das war eine Vollkatastrophe. Wenn ich im Multiple-Choice-Teil nicht aus purem Glück oder Zufall einen Treffer gelandet habe, falle ich durch. Und ich habe keine Ahnung, was ich dann machen soll.

Emilie

Schlaftrunken greife ich nach meinem Handy und sehe gleich zwei neue Nachrichten aufblinken. Die erste ist von meiner Mutter. Sie teilt mir mit, sie könne sich gerade wirklich nicht freinehmen. Ich habe nichts anderes erwartet, sie hat selbst am Abend meines Schulabschlussballs gearbeitet. Enttäuscht bin ich trotzdem jedes Mal wieder aufs Neue. Die zweite Nachricht kommt von einer unbekannten Nummer.

UNBEKANNTE NUMMER
Du schuldest mir einen heißen Mann in meinem Bett, Freitagabend *Tide Night Club*. Be there or be square! XX Álvaro.

Álvaro! Sofort ist meine Laune wieder besser.

EMILIE
Ich darf mit auf Beutetour? Ich fühle mich geehrt! Werde da sein!

ÁLVARO
Du bist meine Wing Woman! Und Em, Darling, wenn du vorher noch mal eine Runde shoppen gehen möchtest, helfe ich dir. Dann holen wir dir den heißen Drummer hinter dem Schlagzeug hervor.

Kurz überlege ich, ob ich beleidigt sein sollte. Sah ich so mies aus? Ich entscheide mich, vorsichtig nachzufragen:

EMILIE
Was hättest du denn für mich im Sinn?

ÁLVARO
Das wirst du dann schon sehen. Ich könnte Freitag nach Feierabend noch eine Runde Speed Shopping mit dir einlegen, bevor die Läden schließen. Und danach weihen wir die neuen Sachen direkt ein!

EMILIE
Abgemacht!

Lächelnd lege ich mein Handy zur Seite. Mit Álvaro shoppen kann ja nur lustig werden. Der Rest der Woche wird wahrscheinlich aus Backen, Teige anrühren, Backstube putzen und abends völlig erledigt ins Bett fallen bestehen. Da kann ich eine Aussicht auf so ein Highlight gut gebrauchen.

Jake

»Mann Jake, das nervt!« Überrascht schaue ich auf. Amy funkelt mich böse an. »Ich versuche mich hier zu konzentrieren. Wie soll ich rausfinden, welcher Studiengang zu mir passt, wenn du die ganze Zeit mit deinem Stift auf dem Tisch herumtrommelst?«

Ich war mit den Gedanken ganz woanders. Die Woche war der absolute Albtraum, Prüfungswoche. Jeden Tag erneut die unangenehme Erkenntnis: Ich bin hier falsch. Erneut trommeln meine Finger auf die Tischplatte. Bereits seit einigen Wochen fliegen Melodiefetzen durch meinen Kopf. Immer wieder tauchen sie auf. Und da ich gerade so gar nicht begreife, was ich in dieser Aufgabe für die Uni tun soll, kann ich auch ein bisschen mit dem Rhythmus spielen.

»Es gibt Apps, mit denen du dein Schlagzeug simulieren kannst, tu mir und dem Rest der Menschheit doch einen Gefallen und lad sie dir runter, okay? Dann kannst du da herumtrommeln, wie du willst, ohne mir tierisch auf den Keks zu gehen.«

Eigentlich keine blöde Idee. Natürlich würde ich gern mal wieder einen Song schreiben. *This is now* ist inzwischen ein Jahr alt und seitdem ist irgendwie nichts Neues mehr gekommen. Ich weiß einfach nicht, worüber ich schreiben soll. Mir fehlt die Inspiration. Liebe, Verliebtsein, Gefühle, das sind die Themen der großen Popsongs. Aber ich bin gefühlskalt wie ein Fisch. Ich habe keine Lust, mich auf jemanden einzulassen. Ich will nicht noch eine Baustelle in meinem Leben. Ich seufze. Manchmal wünschte ich mir fast, mich doch einmal zu verlieben. Jemanden zu finden, der mir die Angst nimmt, etwas zu verpassen. Mit dem sich verlieben nicht heißt, sich zu verändern, sondern gemeinsam Neues zu erleben. Darüber ließe sich auch sicher super ein Song schreiben.

Als ich zwei Stunden später den Laptop mit der Uni-Aufgabe zuklappe, bin ich erleichtert und genervt. Gleichzeitig. Erleichtert, den Kram fertig zu haben und unendlich genervt davon, ihn überhaupt machen zu müssen. Aber ich habe alles abgeschickt. Deadline gehalten. Ich gehe ins Bad und stelle mich unter die heiße Dusche. Zum zweiten Mal an diesem Tag, aber ich habe das Bedürfnis, das Uni-Ich abzuwaschen, um in mein Drummer-Ich einzutauchen. Nach dem Duschen ziehe ich erneut wahllos ein Shirt aus dem Schrank, sie sind alle schwarz, ich mache da keine Unterschiede. Schwarze Jeans, schwarzes Shirt, Gürtel, dreimal durch die Haare gewuschelt und los geht's.

Ich stecke mir gerade meinen Schlüssel und das Handy in die Lederjacke, als ich den Brief auf dem Küchentresen liegen sehe. Ein grauer Brief. Graue Briefe sind nie gut. Das Finanzamt schreibt graue Briefe, Anwälte verschicken graue Umschläge. Und die Universität von Brighton anscheinend auch, wie ich an dem Wappen am linken oberen Rand des Umschlages erkennen kann. Der ist sicher für Amy, ihre Anmeldungsunterlagen oder so was, versuche ich mir einzureden. Mein Herz pocht wie verrückt.

Lass den Brief nicht für mich sein.

Ich nehme ihn in die Hand und drehe ihn so, dass ich die Anschrift lesen kann.

Mr. Jake Albright

Scheiße.

Ein Brief von der Universität direkt nach den Prüfungen ist kein gutes Zeichen. Oh Mann, meine Eltern rasten aus. Die Abmachung war ganz klar: Wenn ich das Semester nicht schaffe, drehen sie mir den Geldhahn zu. Vorbei die Bandzeiten, vorbei die Bar.

Ich reiße den Umschlag auf.

»Dear Mr. Albright, wir müssen Ihnen leider mitteilen, dass Ihre Leistungen in den letzten Prüfungen nicht reichen, um das diesjährige Semester zu bestehen. Setzen Sie sich bitte mit Ihrem zuständigen Seminarleiter in Verbindung, welche Kurse Sie wiederholen müssen, um das Semester im nächsten Jahr erfolgreich abschließen zu können.«

Scheiße, scheiße, verdammte Scheiße! Warum sind die so schnell? Scheiß Multiple Choice, blödes Internet, dämliche Prüfungen. Fuck! Was soll ich denn jetzt machen? Ich habe keine Ahnung. Ich sollte wahrscheinlich mit meinem Tutor sprechen, Kurse organisieren, schauen, dass es weitergeht. »Leider reichen Ihre Leistungen nicht, das Semester zu bestehen.« Immer wieder hallen diese Worte in meinem Kopf. Ich habe den Brief bereits dreimal gelesen und schließlich wütend zusammengeknüllt. Und ihn dann wieder geglättet. Ich halte ihn die ganze Zeit in der Hand und lese die Zeilen immer wieder. »Leider müssen wir Ihnen mitteilen …« Fuck. Bloß nicht irgendwo liegen lassen. Solange ich nicht weiß, was ich jetzt machen soll, will ich nicht, dass irgendjemand davon erfährt. Ich gehe zurück in mein Zimmer, lasse mich auf mein Bett fallen und starre an die Decke.

Irgendwann bekomme ich Kopfschmerzen vom vielen An-die-Decke-Starren und Rumliegen. Aber mir fällt auch keine andere Lösung ein. Ich nehme mein Handy und scrolle durch meinen Instagram Feed. Alle Menschen scheinen eine Aufgabe zu haben oder Urlaub zu machen oder sich selbst zu finden. Manche meckern darüber, wie stressig alles ist, Alltag, Arbeit, Familie. Bei mir ist es gerade höchstens anstrengend, den Arm mit dem Handy in die Luft zu halten. Ich verändere die Position, scrolle weiter durch die Reels von fremden Menschen, und als ich gerade kurz davor bin, wegzudämmern, packt mich etwas. Ich richte mich auf. In dem Reel sitzt ein junger Typ in einem Tonstudio und bedient die Regler. Er sieht konzentriert aus, während man hören kann, wie sich der Sound des Songs durch das Verschieben der Regler verändert. Wie gebannt sehe ich mir das Video drei Mal hintereinander an. Ein Tonstudio. Das wäre ein cooler Ort zum Arbeiten, nicht nur als Musiker. Ich lasse mich zurück in die Kissen sinken und gebe in die Suchmaschine meines Handys ein: Wie wird man Tontechniker?

Und bin sofort ernüchtert. Studium. Arbeitserfahrung. Ich habe nichts davon. Ich habe nichts und kann nichts und ich werde mich jetzt einfach wieder unter der Decke verstecken, bis dieser Tag vorbei ist.

»Hey Jake, was machst du denn noch hier? Es ist Freitagabend. Fängt deine Schicht nicht in zehn Minuten an?« Amy steckt ihren Kopf durch meine Tür und sieht mich fragend an. »Ist alles okay?«

Hastig stehe ich auf und stopfe den Brief schnell in die hintere Tasche meiner Jeans. Ich kann es ihr nicht erzählen. Dann müssten wir beide unsere Eltern belügen und es reicht schon, wenn ich das tun muss. »Klar, sicher, alles okay, aber ich bin spät dran, wie du ja gerade schon so freundlich angemerkt hast, Schwesterherz«, sage ich sarkastisch und renne fast zur Tür.

»Bis später!«, ruft sie mir hinterher, während ich fluchtartig die Wohnung verlasse.

In meinem Kopf dreht sich alles. Ich fliege durch die Prüfungen. Ich muss den ganzen Scheiß noch mal machen. Mein Dad dreht durch. Heute fühlt sich sogar der Weg bis zum *Tide Night Club* endlos an. Zu viel Zeit, um in meinen düsteren Gedanken zu ertrinken. Irgendwie komme ich im Club an, schmeiße meine Jacke in den Backstage-Bereich und stehe pünktlich hinter der Bar, um den ersten Gästen Drinks zu reichen. Aber eigentlich bin ich gar nicht da.

Emilie

Ich drehe mich vor dem Spiegel und erkenne mich nicht wieder. Álvaro steht hinter mir und zupft an meinen Locken herum.

»Also diesmal habe ich mich wirklich selbst übertroffen«, lobt er sich und schaut an mir herunter. Meine Füße stecken in hohen Ankle Boots, ich trage einen kurzen Mini, auf dem Glitzerpailletten funkeln, und dazu ein Shirt mit einem gewagten Ausschnitt. Ich hätte keines der Teile aus dem Ladenregal gezogen, aber zusammen sieht es nach einem sehr coolen Style aus. Von jemand anderem. Ich fühle mich verkleidet, ziehe die ganze Zeit unten an dem Rock, der mir zu kurz ist, und oben an dem Shirt, um den Ausschnitt auf ein Mindestmaß zu bringen. Álvaro sieht mich zweifelnd an. »Also Em, wenn du dich nicht wohlfühlst, ist es nicht das Richtige.« Er gibt mir ein Zeichen, dass ich an Ort und Stelle warten soll, verschwindet, kommt keine Minute später mit einem schlichten schwarzen T-Shirt zurück und hält es mir an den Rock. »Wie wäre der Rock mit einer blickdichten Strumpfhose und diesem Shirt? Und das Top kannst du dann mit einer Jeans tragen – und meinetwegen mit einem BH drunter, wenn dir das so wichtig ist.«

Ich nehme das Shirt mit in die Umkleide und zerre den dicken grünen Samtvorhang hinter mir zu. Als ich endlich wieder meinen BH, die schwarze Strumpfhose und das schlichte schwarze Shirt anhabe, trete ich erneut vor den Spiegel. Und diesmal drehe ich mich hin und her, weil mir gefällt, was ich sehe. Auch Álvaro ist zufrieden. An der Kasse zahle ich den Rock, die Strumpfhose, das schwarze Shirt und das winzige Teil, das man wirklich nur ohne BH tragen kann. Álvaro war so begeistert davon und vielleicht traue ich mich ja doch eines Tages, es anzuziehen.

Am Abend brauche ich fast so lange im Bad wie Polly beim letzten Mal. Die habe ich die ganze Woche nicht mehr gesehen, aber sie scheint zwischenzeitlich zu Hause gewesen zu sein, jedenfalls steht benutztes Geschirr in der Spüle und es riecht nach Fast Food. Meine Locken style ich, bis sie mir seicht auf die Schultern fallen, lege sorgfältig Make-up auf und ziehe meine neuen Sachen an.

Als ich pünktlich vor dem *Tide Night Club* auftauche, pfeift Álvaro durch die Zähne. »Em, du siehst HAMMER aus!« Er dreht mich vor sich um die eigene Achse und ich mache lachend mit. Álvaro tut mir so gut. Ich mag die Emilie, die mit ihm zum Vorschein kommt. Vor dem Club warten bereits andere Menschen in der Schlange.

Drinnen fällt mir wieder einmal auf, wie anders Ausgehen in Brighton funktioniert. Erst einmal ist es noch relativ früh, kurz vor elf – und wir sind schon Late to the Party. In Bremen wären wir jetzt die Ersten im Club. Hier tobt die Meute bereits auf der Tanzfläche.

Wir drängen uns durch die verschwitzte Menge und ich bewundere einmal mehr, wie wenig die Leute hier anscheinend darauf geben, was andere über sie denken. Mädels mit jeder Kleidergröße tragen einfach, was ihnen Spaß macht, eng, kurz, glitzernd: You Name it! Und die Gay Community scheint hier so offen und frei zu sein, wie ich es aus Bremen nicht kenne. Hier wird getanzt, geflirtet und geknutscht. Müsste ich diesen Club beschreiben, wäre er eine lebendig gewordene Regenbogenflagge.

Ich fühle mich in meinem kurzen Glitzermini heute schon viel zugehöriger und ziehe Álvaro sofort auf die Tanzfläche, als einer meiner Lieblingssongs läuft. Ich bewege mich im Takt der Musik und spüre plötzlich eine Hand auf meiner Hüfte. Im ersten Moment denke ich, es sei Álvaros, aber der tanzt ein paar Meter entfernt von mir, zwinkert mir zu und dreht sich nun seinerseits zu einem Kerl um, der ihn, seit wir den Raum betreten haben, nicht aus den Augen gelassen hat. Die beiden tanzen und blicken sich dabei immer wieder tief in die Augen. Wie leicht das alles bei ihm zu sein scheint. Ich dagegen bin steif wie ein Brett, seit ich die Hände auf meiner Hüfte spüre. Gerade habe ich mich getraut, mir den Typen, zu dem die Hände gehören, mal genauer anzusehen. Leider ist er so gar nicht mein Fall. Ich weiß aber auch nicht, wie ich aus der Situation wieder herauskommen soll.

Nach zwei Liedern zieht Álvaro mich an die Bar. »Darling, wirklich. Wenn dir ein Kerl nicht gefällt, gibst du ihn frei. Dann kann er sich eine andere suchen. Ich weiß, ich weiß, du bist gern Everybody's Darling, aber damit hilfst du hier wirklich niemandem weiter!«

Ich nicke und bestelle uns einen Drink. Heute steht nicht Kev an der Bar, sondern die umwerfend schöne Blondine, die Jake beim letzten Mal so liebevoll begrüßt hat. Wie lässig sie die Flaschen herumwirbelt. Wie sie mit den Männern flirtet, ohne ihnen auch nur den Hauch einer Chance zu geben. Solche Frauen schüchtern mich ein. Meine Finger tasten nach einer Haarsträhne und zwirbeln sie um sich selbst. Endlich fällt ihr Blick auf mich und sie lächelt mir zu.

»Was kann ich euch beiden Süßen denn zu trinken machen?«

Na toll, nett ist sie auch noch. Das wird ja immer schlimmer.

»Zwei Espresso Martini«, antworte ich und warte darauf, dass sie uns die Getränke mixt. Dabei sehe ich gerade noch, wie Jake sich hinter der Bar zu ihr durchschlängelt. Er sieht heute noch besser aus als letzte Woche. Als er sich zu der Barkeeperin herüber beugt, um ihr etwas ins Ohr zu flüstern, zieht eine Wolke seines Duftes in meine Richtung. Herb, männlich, kein Moschus, genau wie ich Männerparfums am liebsten mag. Als sein Blick über die Schulter der blonden Barkeeperin streift, bleibt er kurz an mir hängen. Mein Herz klopft wie verrückt und ich versuche ein Lächeln. Meine Güte! Ich habe doch sogar schon mit ihm geredet. Ganz normal. Aber seit ich ihn auf der Bühne gesehen habe, seit er diesen Song gespielt hat, scheint mein Herz jedes Mal ins Stolpern zu geraten, wenn ich ihn sehe. Er zieht die Augenbraue hoch und dann ... lächelt er. Jake lächelt mir zu! Hat er mich etwa doch wiedererkannt? Bevor ich mir noch weiter Gedanken darüber machen kann, antwortet die Barkeeperin auf sein Flüstern und die beiden lachen. So vertraut. So nah. Ganz klar, bei den beiden geht was. Meine Laune sinkt in den Keller. Daran können auch die beiden Espresso Martini nichts ändern, die ich einige Sekunden später in der Hand halte.

Wir schieben uns mit den Drinks durch den dunkelroten Vorhang und warten dort an der Bar auf das Einsetzen der Band. Auch die Barkeeperin hat die Theke gewechselt und lässt erneut hinter uns die Shaker kreisen. Als ich mich umdrehe, bemerke ich, dass Álvaro neben mir sich verändert hat. Seine ganze Haltung, die Art, wie er sich jetzt mit der Hand durch das dunkle Haar fährt und dabei die Muskeln an seinem Oberarm spielen lässt. Ich folge seinem Blick und entdecke in der Menge vor uns, die sich langsam vor der Bühne platziert, einen Typen. Nicht viel größer als Álvaro, aber sportlich gebaut, mit dunklem Teint und dunklen Augen und einem wirklich schönen Lächeln. Álvaro lächelt zurück und macht dem Typen ein Zeichen, zu uns an die Bar zu kommen. Doch dieser zeigt vage in eine andere Richtung und bleibt in der Menge stehen. Ratlos sieht Álvaro mich an.

»Also normalerweise fällt es mir nicht schwer, Kerle zu lesen, aber der Typ sendet total verwirrende Vibes aus. Auf der einen Seite flirtet er mit mir, auf der anderen Seite will er nicht rüberkommen.«

»Vielleicht ist er einfach schüchtern«, schlage ich vor. »Nicht jeder würde sich direkt zu einem fremden Typen an die Bar stellen und locker mit ihm plaudern.«

Wieder gucken wir beide in Richtung des markanten Dunkelhaarigen. Er steht mit einer Gruppe anderer Kerle zusammen, die jetzt alle zu uns schauen. Ich sehe Álvaro an.

»Ist das normal, dass die so rüberstarren? Wirkt irgendwie feindselig auf mich. Ich weiß ja nicht, wie es dir geht, aber ich will denen lieber nicht alleine im Dunkeln begegnen. «

»Ich habe auch ein ganz komisches Gefühl«, erwidert Álvaro.

Bevor wir weiter ins Detail gehen können, schlägt Jake seine Sticks gegeneinander. Der Scheinwerfer flammt auf und richtet sich auf die Band. Wieder steigen sie mit *This is now* ein. Und wieder kann ich die Augen nicht von Jake lassen. Er spielt diesen Song mit solch einer Inbrunst, mir läuft eine Gänsehaut den Rücken hinunter. Ich bin so auf die Band konzentriert, dass ich gar nicht bemerke, was um mich herum passiert. Bis ich sehe, wie sich die fünf Kerle auf uns zubewegen. Sie stoßen die Tanzenden regelrecht beiseite. Das sieht nicht gut aus. Ich kann nicht verstehen, was sie sagen, aber die Körpersprache ist eindeutig. Einer davon ist der attraktive Dunkelhaarige, der mit Álvaro geflirtet hat. Er hält sich deutlich im Hintergrund. Seine Freunde hingegen schieben sich immer näher an uns heran. Das alles geht so schnell, dass wir beide einfach dastehen, wie das Kaninchen vor der Schlange. Mein Rücken drückt gegen die Holzbar. Die Typen stehen inzwischen im Halbkreis vor uns aufgereiht und mustern Álvaro von oben bis unten. Nur der Dunkelhaarige hat sich in zweiter Reihe dahinter platziert und versucht auf die anderen einzureden. Zwei von ihnen schubsen Álvaro an den Schultern und dieser hält die Handflächen nach oben.

Der Größere von beiden positioniert sich nun direkt vor Álvaro und funkelt ihn an. »Sag mal, was meinst du eigentlich, wer du bist, he? Echt Mann! Du kannst doch nicht einfach hier jeden Kerl anflirten, wie es dir passt! Das ist ja widerlich, du hast doch hier die größte Auswahl an Typen deiner Art, da musst du doch wohl nicht die richtigen Kerle angaffen, die hier nur entspannt ein Bier trinken und ein paar Titten angucken wollen.«

Die anderen Jungs der Gruppe johlen. Nur der Dunkelhaarige macht hinter deren Rücken eine entschuldigende Geste. So viel zu meinem Regenbogen-Club. Die sind ganz eindeutig nicht Gay-freundlich und dieser dunkelhaarige Kerl benimmt sich gerade wie ein echter Vollarsch. Ich habe genau gesehen, wie er Álvaro angeflirtet hat. Was soll die ganze Show also? Um uns herum sind entweder alle irrtiert abgerückt oder von dem Auftritt der Band gefangen und singen lauthals mit. Wir stehen allein da.

»Was ist denn euer Problem?«, platze ich schließlich heraus.

»Nicht, Em. Bitte!«, fleht Álvaro.

»Aber warum nicht? Der Kerl hat dich doch vor fünf Minuten noch angeguckt, als wärst du eine Limo in der Wüste, und jetzt?«

»Was willst du denn damit bitte sagen?«, baut sich der große Typ nun vor mir auf. »Willst du damit etwa andeuten, unser Kumpel hier ist eine Schwuchtel, oder was?«

Álvaro zieht an meinem Arm.

»Was meinst du denn, wo ihr beiden jetzt hingeht?«, dreht sich der Schrank zu ihm um und schubst ihn mit beiden Händen. Álvaro ist zwei Köpfe kleiner und absolut defensiv, er fällt, knallt mit dem Kopf gegen die harte Holztheke und dann geht alles ganz schnell. Álvaro hebt den Arm, um seinen Kopf zu befühlen. Der andere Typ denkt wohl, er will sich wehren und schlägt mit der Faust zu. Álvaro sinkt zu Boden.

»Sag mal, spinnst du total?«, fahre ich den Kerl an und stelle mich zwischen ihn und Álvaro. So langsam bildet sich ein Kreis Schaulustiger um uns. Dass ich mich einmische, scheint ihn nur noch mehr zu provozieren.

»Hau ab«, knurrt der Kerl und schiebt mich zur Seite.

Doch ich halte dagegen. »Es reicht jetzt«, schreie ich ihn an.

»Verpiss dich und misch dich nicht ein!« Wieder schubst er mich, diesmal jedoch mit voller Kraft, ich stolpere über Álvaros Beine, die ausgestreckt auf dem Boden unter mir liegen, und falle. Er holt gerade erneut zum Schlag aus, als eine weibliche Stimme dazwischenfährt. Die blonde Barkeeperin drängelt sich mitten in die Gruppe.

»Kannst du mir mal sagen, was das werden soll?«, fragt sie scharf und hält den Schläger am Arm.

»Was mischst du dich denn da ein?«, fragt ein anderer und kommt drohend auf sie zu.

Ich blicke zu Álvaro. »Bist du okay?«, flüstere ich. Er nickt noch immer benommen und hält sich den Kopf. Ich stehe auf und merke erst jetzt, dass ich mich bei dem Sturz am Kopf verletzt haben muss. Meine Stirn schmerzt und als ich sie berühre, sind meine Finger rot. Ich blute! Jetzt schubst der Typ die Barkeeperin und so langsam wird die Situation echt brenzlig. Ich weiß nicht, was ich tun soll, keiner der Gäste rührt sich. Hektisch blicke ich mich nach einem Türsteher oder irgendjemand anderen um, den ich um Hilfe fragen kann. Doch ich entdecke niemanden. Im Augenwinkel sehe ich, wie Álvaro sich aufrappelt und an der Theke festhält. In dem Moment schlägt einer der Kerle ihm mit voller Wucht ins Gesicht. Er taumelt zurück und ich kann ihn gerade noch auffangen, bevor er erneut zu Boden geht. Noch immer hält Álvaro seine Handflächen vor sich und versucht, die Typen irgendwie zu beschwichtigen. Der Dunkelhaarige brüllt seine Kumpels an, sie sollen es lassen, es sei doch genug. Die Barkeeperin wirbelt herum und schreit den Kerl an, der Álvaro geschlagen hat. »Sag mal, hackt's bei dir?«

Sie schubst ihn zurück, er taumelt kurz und dann geht alles ganz schnell. Der Kerl verliert völlig die Beherrschung und geht mit einem Schrei auf die Barkeeperin los. Ich schaffe es gerade noch so, ihn von hinten am Hemd festzuhalten, damit er sie verfehlt. In dem Moment stoppt die Musik und ein schwarzer Schatten springt von der Bühne in die Menge. Ich kapiere zunächst gar nicht, was los ist. Bis der Kerl, dessen Hemd ich noch immer halte, nach hinten taumelt. Jake! Er drängt sich zwischen die Barkeeperin und den Kerl und schubst ihn mit Wucht nach hinten, sodass er gegen mich prallt. Jake packt ihn am Kragen und knurrt. »Wenn du meiner Schwester ein Haar krümmst, Kumpel, ich schwör dir, ich vergesse mich. Und jetzt zieht ihr alle ganz schnell Leine. Haut ab!«

Inzwischen ist auch endlich die Security angekommen. Sie nicken Jake und Amy zu und eskortieren die fünf Typen vor die Tür. Álvaros Auge schwillt langsam zu und ich merke, wie mir schwummerig wird.

Ich lasse mich auf einen Barhocker sinken.

»Bist du okay, Amy?«, höre ich Jake fragen und sehe, wie er die Barkeeperin in seine Arme zieht.

»Wenn du meiner Schwester ein Haar krümmst …« dröhnt es in meinem Schädel. Jake ist ihr Bruder. Mir ist schwindelig, ich muss das alles erst mal verdauen.

»Danke Jake, das war keine Sekunde zu früh.« Sie knufft ihn in die Seite. »Mir ist zum Glück nichts passiert, aber wenn sie nicht gewesen wäre«, sie zeigt auf mich. »wäre das ganze vielleicht anders ausgegangen.« Dann dreht sich Amy zu Álvaro um. »Bist du okay? Komm mal mit zur Bar, wir kühlen das.«

In dem Moment fällt Jakes Blick auf meine Stirn. »Und wie geht es dir? Du hast ganz schön was abbekommen, oder? Komm mal mit!« Er nimmt meine Hand und führt mich durch die Menge und durch den roten Vorhang. Ich weiß gerade gar nicht, wie mir geschieht. An der Garderobe fragt Jake nach dem Notfallkasten. Wie durch Nebel höre ich Malek eine Durchsage machen, die wie »fünf Minuten Pause« klingt. Jake nimmt Verbandszeug und Desinfektionsmittel aus dem roten Koffer. »Das brennt jetzt vielleicht ein wenig«, murmelt er und tupft die kalte Tinktur auf meine Stirn. Mir wird erneut schwindelig und meine Beine geben nach. »Halt dich an mir fest«, sagt er und in meinem Bauch macht sich ein Kribbeln breit. Die nackte Haut seines Armes streift meine und mein Herz fängt wie wild an zu klopfen. Das fühlt sich so verdammt gut an. Ich spüre, wie seine starken Arme mich festhalten. Er riecht nach einem Männerduft, nach Adrenalin und einem Waschmittel. Ich mag es, wie Jake riecht. Mir knicken erneut die Beine weg. »Adriana, kannst du mir mal einen Stuhl bringen?«, ruft er der Frau hinter der Garderobe zu.

Ich lasse mich einfach fallen, meine Beine wollen mich gerade nicht mehr tragen, dann schlinge ich meine Arme um seinen Hals und höre sein Herz durch das Shirt schlagen. Es schlägt schnell und hart gegen die Haut. Doch Jake verströmt eine Ruhe, die mir guttut. Als Adriana den Stuhl bringt und Jake mich vorsichtig darauf absetzt, bin ich fast schon ein bisschen enttäuscht. Seine Arme haben sich so vertraut angefühlt. Ich kann noch seinen Duft an mir riechen und atme noch einmal tief ein. Dann öffne ich die Augen. Während er mich weiter mit der beißend nach Alkohol stinkenden Flüssigkeit betupft, blicke ich in sein Gesicht, das konzentriert die Wunde säubert. Ich muss wirklich ganz schön was abbekommen haben, denn jetzt sehen mich gerade die schönsten grünen Augen aller Zeiten an. »Ist dir schlecht, musst du kotzen oder so?«, fragt die Stimme prüfend, die zu den Augen gehört, und holt mich sehr unsanft in die Realität zurück.

»Nein«, krächze ich. Fast schon zärtlich wischt Jake die Wunde sauber und klebt ein Pflaster darauf. Und ich frage mich einmal mehr, wie stark meine Kopfverletzung wirklich ist, denn statt Schmerzen fühle ich nur dieses Kribbeln, das durch meinen ganzen Körper rauscht.

Jake

Seit ich ihr Gesicht verarzte, frage ich mich, wo ich sie schon mal gesehen habe. Diese dunklen Augen kommen mir bekannt vor.

Sie haben einen goldenen Rand um die Iris und wunderschöne lange Wimpern. Auf ihrer Nase tummeln sich ein paar vereinzelte Sommersprossen. Und sie hat unglaublich sinnliche Lippen, auf die sie leicht beißt, als ich ihr das Desinfektionsmittel auftrage. Am auffälligsten sind aber ihre Haare. Diese dunklen Locken, die sich über der Platzwunde kringeln, die ich gerade mit einem Pflaster verklebe. Sie kommt mir so bekannt vor. Ich werde doch wohl nicht schon mal mir ihr geschlafen haben? Dann wäre die Frage »Kennen wir uns?« wirklich hochgradig peinlich. Aber sie wirkt nicht wie jemand, der sich von mir im Club aufreißen lässt. Unsere Blicke bleiben einen Moment lang aneinander hängen. Ich bin mit meinem Gesicht so nah an ihrem, ich kann ihren Atem spüren und rieche ihr Shampoo in den wilden Locken. Zitronig mit einem Hauch Vanille. Wenn ich ihr nur noch ein Stückchen näher käme, würden sich unsere Lippen treffen. Ich beiße mir auf meine Unterlippe und ziehe die Augenbraue hoch. Diese Augen! Ach, ich mach's einfach. Mein Herz schlägt schneller und ich beuge mich noch ein Stückchen weiter vor.

In dem Moment führt sie ihre Hand zu ihren Locken und dreht eine Strähne immer wieder um sich selbst.

»Curly?«, frage ich rau und rücke ein Stück ab, um sie besser zu sehen. Sie sieht mir weiter unverwandt in die Augen, lächelt und wird ein ganz kleines bisschen rot. Ich räuspere mich. Der Moment ist vorbei. Wir sitzen uns etwas verlegen gegenüber und ich beginne, die Verpackung des Pflasters mit meinen Fingern zu zerpflücken. Sag was, bitte ich sie stumm. Ich bin nicht gut im Umgang mit Stille, ich neige dazu, sie zu füllen. Und oft geht das daneben.

»Ich, ähm«, sie räuspert sich ebenfalls und schüttelt den Kopf, als ob sie aus einem Traum erwacht wäre. »Eigentlich heiße ich Emilie …«, sagt sie leise.

»Ich glaube, ich bleibe lieber bei Curly«, sage ich und zwinkere ihr zu, während ich ein wenig verlegen die Verbandssachen zurück in den roten Koffer räume. Ich hätte sie gerade fast geküsst. Ich bin durcheinander. Ist sicher das Adrenalin.

»Jake, kommst du?« Malek zieht den Vorhang zur Seite und blickt von einem zum anderen. »Wir müssen langsam mal weiterspielen.«

»Noch zwei Minuten«, verspreche ich.

Dann wende ich mich wieder ihr zu. »Bist du sonst so weit okay, kann ich dich allein lassen?«

Sie nickt etwas benommen und lächelt, zwar nur leicht, aber irgendwie süß.

Ich zögere. Ich will nicht, dass dieser Moment aufhört. Und dann tue ich etwas, das ich nie tue. Ich nehme eine neue Pflasterverpackung und einen Stift und kritzele meine Nummer darauf. »Falls noch was ist, du doch stärker verletzt bist oder so«, höre ich mich sagen und drücke ihr die Verpackung in die Hand. Bevor ich mich endgültig durch den Vorhang Richtung Bühne begebe, drehe ich mich noch einmal um. Sie sitzt noch immer auf dem Stuhl, mit dem Pflaster an der Stirn, und starrt die Verpackung in ihrer Hand an, als könnte sie nicht glauben, was gerade passiert ist. Ein Lächeln breitet sich auf meinem Gesicht aus, als ich mich durch die Menge zurück zur Bühne schiebe.

Emilie

Noch immer fassungslos starre ich abwechselnd auf den Vorhang, durch den Jake gerade verschwunden ist, und die Verpackung mit seiner Nummer in der Hand. Irgendwann erwache ich aus meiner Trance, stecke Jakes Telefonnummer in meine Rocktasche und hole die Garderobenmarke hervor, ich will nur noch nach Hause. Während ich darauf warte, dass das Mädchen hinter der Garderobe mir meine Jacke aushändigt, fällt mein Blick auf einen grauen Umschlag, der vor mir auf dem Boden liegt. Ich hebe ihn auf und lese die Anschrift. »Mr. Jake Albright«, der Brief muss Jake aus der Tasche gerutscht sein, als er den Verbandskasten für mich geholt hat.

»Hier, deine Jacke. Und gute Besserung für deine Stirn«, unterbricht das Mädchen meine Gedanken. Ich nehme die Jacke entgegen und sehe den Brief unschlüssig an. Soll ich ihn an der Garderobe für Jake hinterlegen? Aber was ist, wenn jemand vergisst, ihm den Brief auszuhändigen? Scheint ja wichtig zu sein, wenn er ihn sogar zur Arbeit in den Club mitnimmt. In dem Moment schiebt sich der Vorhang erneut zur Seite. Ich höre Musikfetzen. Durch den Vorhang stolpert Álvaro, knutschend mit dem Typen, mit dem er getanzt hat, als wir gerade angekommen sind. Als noch keiner von uns lädiert war und ich noch nicht Jakes Nummer hatte. Meine Finger tasten zum dritten Mal in meine Tasche, um zu überprüfen, ob die Pflasterhülle mit Jakes Nummer auch wirklich noch da ist.

»Emilie, Darling, da bist du ja«, sagt Álvaro außer Atem. »Das ist Timothy.« Er hält einen schlaksigen Typen an der Hand. »Er hat die ganze Sache mitbekommen und …«

»Er wollte dich ein bisschen aufmuntern?«, unterbreche ich ihn grinsend.

»So ähnlich«, brummt Timothy und lächelt mir zu. »Wie geht es dir? Das sah ja böse aus!«

»Schon besser, danke!«

»Sag mal, war das Jake Albright, der dich verarztet hat, oder habe ich einen Schlag zu viel an den Kopf bekommen?« Neugierig sieht Álvaro mich an.

»Nein, mit deinem Kopf ist alles okay – zumindest soweit ich das beurteilen kann. Jake hat sich sehr gut um mich gekümmert.«

Álvaro sieht mich überrascht an, doch dann unterbricht Timothy uns. »Honey, können wir …?«, fragt er und zieht an Álvaros Hand.

»Oh ja, bitte, ich wollte euch nicht aufhalten!«, beeile ich mich zu sagen und mache eine entsprechende Handbewegung.

Álvaro lächelt mir entschuldigend zu, küsst mich auf beide Wangen und flüstert mir dabei ins Ohr: »Morgen will ich alles wissen, Darling!«

Ich nicke, zwinkere Álvaro zu, dessen Auge inzwischen so angeschwollen ist, dass er ein bisschen Liebe und Zuneigung ganz sicher gut gebrauchen kann. Die beiden lassen sich ihre Jacken geben, und wir verlassen gemeinsam den Club. Ich muss ins Bett.

Als ich zu Hause die Jacke ausziehe, ertasten meine Finger den Brief. Mist. Den habe ich, als Álvaro durch den Vorhang gestolpert kam, schnell in meine Jackentasche gesteckt. Bis ich wieder am Club bin, ist Jake wahrscheinlich auch schon los. Kurz überkommt mich eine altbekannte Panik: Wenn er den Brief jetzt genau heute noch gebraucht hat? Wenn er sauer ist, dass ich ihn einfach eingesteckt habe? Ich hätte ihn doch abgeben sollen. Hastig ziehe ich die Pflasterverpackung aus meiner Rocktasche. Und wenn ich ihm einfach schreibe? Er hat mir schließlich seine Nummer gegeben. Aber wäre das nicht super aufdringlich? Auf der anderen Seite will ich ihm ja nur seinen Brief zurückgeben.

Jake

Mein Herz pocht, als ich mit einem Sprung zurück auf der Bühne lande. Erst hier kapiere ich, was da eben eigentlich passiert ist. Alles prasselt auf einmal auf mich ein: Der Moment, als mir klar wurde, dass jemand meiner Schwester wehtun könnte, war krass. Amy geht mir manchmal gehörig auf den Keks, aber sie ist meine Schwester, verdammt! Wenn ich nur daran denke, dass dieser Kerl sie angefasst hätte, dreht sich mir der Magen um. Keine Ahnung, worum es in diesem dämlichen Streit ging, aber nichts rechtfertigt es, sich mit fünf Kerlen gegen einen zu stellen und dann noch nicht einmal aufzuhören, wenn es darum geht, eine Frau zu schlagen. Das Adrenalin rauscht erneut in meinen Ohren, als ich mich wieder hinter das Schlagzeug setze. Meine Hände zittern. Ich war so kurz davor, dem Typen eine reinzuhauen. Ich merke, wie sich meine Faust fest um die Sticks ballt. Hätte er auch einfach verdient. Und ich hätte es gut gebrauchen können, ein bisschen Dampf abzulassen. Wieder schießt mir die Erinnerung an den Brief in meiner Hosentasche durch den Kopf. Jake Albright ist ein Idiot, der durch sein Studium rasselt. Ich balle die Hände noch stärker. Ich bin so dermaßen sauer! Die ganze Euphorie darüber, dass alles gut ausgegangen ist, dass meiner Schwester nichts passiert ist, der Moment mit Emilie, der Blick, der irgendetwas in mir ausgelöst hat – vorbei. Jetzt rauscht wieder die Wut durch meine Venen.

»Können wir dann, Jake?«, höre ich Malek dumpf durch das Mikrofon fragen und realisiere, dass seine kleine Ansprache wohl schon eine Weile vorbei ist und die ganze Band mich anstarrt.

»Zwei-Drei-Vier«, brülle ich und schlage auf die Drums ein. Ich bin Jake Albright, verdammt! Ich bin Drummer in einer Band, Mädels kreischen, wenn ich mein Shirt ausziehe. Scheiß auf die Uni, scheiß auf den Brief. Ich brauche den ganzen Blödsinn doch gar nicht.

Ich kippe mein Bier, das ich neben mich auf dem Boden gestellt habe, in einem langen Zug herunter und gebe Amy ein Zeichen, mir noch eins zu zapfen. Für gleich. Wir spielen noch die Zugabe, dann gehe ich durch die applaudierende Menge zur Bar. Ich muss mich dringend abreagieren, und wenn ich ganz ehrlich zu mir bin, brauche ich einfach ein wenig Bestätigung. Jemanden, der nicht weiß, dass ich der größte Loser aller Zeiten bin und durch die dämlichen Prüfungen gerasselt … Stopp! Ich will einfach vergessen, und das gern mit jemandem, der nichts von mir weiß. Ein Mädchen steuert auf mich zu. Tammy! Oder war es Terry? Nein, ganz sicher Tammy. Diesen Namen vergesse ich so schnell nicht mehr. Ihre Wut scheint verflogen zu sein, jedenfalls steuert sie direkt auf mich zu.

Ich lehne mich an die Bar und schaue ihr tief in die Augen, während sie sich durch die Menge schiebt. Verdammt. Sie sieht heiß aus. Unter diesem Top hat Unterwäsche keinen Platz. Ich ziehe meine Augenbraue hoch und lächle sie an, wie sie mit wippenden Brüsten und schwingenden Hüften lasziv auf mich zugeschlendert kommt. Als sie vor mir steht, fackele ich nicht lange, ich will es bloß nicht wieder vermasseln. Ich beuge mich zu ihr hinunter, flüstere ihr ein heiseres »Hi Tammy« ins Ohr und küsse sie. Dass ich ihren Namen nicht noch einmal vergessen habe, reicht anscheinend schon aus, um sie wieder ganz ins Boot zu holen. Hitze steigt in mir auf, als wir in einen Kuss versinken. Langsam fahre ich mit meiner Zunge ihre Lippen nach und dringe dann in ihren Mund ein. Unsere Zungen umspielen sich und meine Hose beult sich aus. Ich will sie jetzt. Jetzt und hier. Ich umfasse ihren Hintern mit beiden Händen und presse sie eng an mich. Dann lege ich eine Hand an ihr Gesicht und fahre vorsichtig ihre Wange entlang den Hals hinunter, bis ich an der Seite ihres Tops angelangt bin. Vorsichtig taste ich mit den Fingern die Seite ihrer Brust entlang. Ich spüre, wie ihre Nippel sich aufstellen und gegen ihr Shirt drücken. Ihr entfährt ein Stöhnen in meinem Mund.

»Get a room«, unterbricht mich eine Stimme. Mir wird plötzlich sehr heiß, als mir meine Hand unter dem Shirt von Tammy bewusst wird und die Beule in meiner sehr engen Jeans. Schnell schnappe ich mir Tammys Hand und ziehe sie in Richtung Ausgang. Ich führe sie die Treppen nach oben und raus aus dem Club. Draußen ist es überraschend kühl. Ein Wind von der Seafront. Tammy neben mir fröstelt und der kalte Wind sorgt für eine schnelles Ausnüchtern. Nichts, was ich gerade gebrauchen kann. Ich will nicht nüchtern sein. Ich mag den Rausch. Ich will heute Nacht vergessen. Bevor jetzt auch noch Tammy anfängt zu reden, küsse ich sie erneut. Ich ziehe sie in die windstille und vor allem dunkle Ecke direkt neben der Eingangstür des *Tide Night Clubs*. Sofort fängt sie an, mich noch intensiver zu küssen, ihre Zunge reizt meine, ihre Lippen ziehen an meinen. Und ihre Hand wandert in Richtung meiner Hose, die inzwischen schmerzhaft eng geworden ist. Ich ziehe ihr Top nach oben und umschließe ihre runden, vollen Brüste mit meinen Händen. Sie seufzt und drückt sich mir entgegen. Sie sinkt auf die Knie und öffnet meine Hose. Oh ja. Genau so. Ich halte ihren Hinterkopf mit einer Hand und gebe vorsichtig den Rhythmus vor. Kurz zucken ein paar braune Augen durch meine Gedanken. Und dann komme ich.

Sie steht auf und wischt sich mit der Hand über den Mund.

»Jetzt vergisst du meinen Namen wirklich nicht mehr, was?«, fragt sie mich provozierend, deutlich sicher darin, wie gut sie gerade performt hat.

Ich drücke ihr einen schnellen Kuss auf die Lippen und murmele: »Wie könnte ich.«

Sie schmeckt nach mir und nach Sperma und ich weiß wieder einmal nicht, was ich als Nächstes sagen soll. Mann Jake, jedes Mal das Gleiche. Doch Tammy macht es mir leicht. Sie ruckelt ihre Kleidung zurecht und wirft mir eine Kusshand entgegen. Ich zwinkere ihr zu. Sie zwinkert zurück und verschwindet im Club.

Ich lehne mich gegen die Wand und schließe kurz die Augen. Dann ziehe ich meinen Gürtel zu und fasse reflexartig in die hintere Hosentasche.

Doch die ist leer.

Hektisch taste ich nach meinem Handy und mache die Taschenlampe an. Ich leuchte um mich herum, leuchte in jede Ecke. Aber hier ist kein Brief. So langsam werde ich panisch. Wo ist dieses Scheißding denn bitte hin?

Wieder leuchte ich mit der Taschenlampe meines Handys alles um mich herum ab. Die Tür vom Club geht auf und jemand fragt, ob ich etwas verloren habe. Ja, verdammte Scheiße, aber das werde ich dir bestimmt nicht auf die Nase binden, Idiot! Ich mache schnell das Licht aus und lasse mir von dem Typen eine Zigarette und Feuer geben. Wir rauchen schweigend nebeneinander, während es in meinem Kopf rast. Wo ist dieser verdammte Brief?! Fuck!

Ping! Eine neue Nachricht.

UNBEKANNTE NUMMER
Hi Jake, danke noch mal für deine Hilfe vorhin! Der Schnitt pocht schon gar nicht mehr. Ich habe im Club einen Brief gefunden, der an dich adressiert ist. Er

sieht wichtig aus, daher wollte ich ihn dir lieber persönlich wiedergeben. Oder soll ich ihn einfach bei dir in den Briefkasten werfen? Die Adresse steht ja drauf. Schlaf gut, Emilie.

Erleichterung durchflutet mich. Der Brief ist nicht weg! Ich trete die Zigarette aus und bedanke mich bei dem Kerl. Während ich zurück in den Club gehe und mich durch die Masse der schwitzenden und tanzenden Körper schiebe, überlege ich fieberhaft, was ich jetzt tun soll. Emilie hat den Brief. Was ist, wenn sie ihn liest? Aber sie scheint mir nicht der Typ zu sein, der fremde Briefe öffnet. Was hätte sie auch davon? Sie darf den Brief auf keinen Fall in unseren Briefkasten werfen! Wenn meine Eltern den finden oder auch nur Amy! Auf keinen Fall, das darf nicht passieren!

Schnell ziehe ich mein Handy aus der Tasche und tippe:

JAKE
Hallo Curly, danke, dass du den Brief mitgenommen hast, er ist mir tatsächlich wichtig. Hast du morgen Nachmittag schon was vor? Zeit für eine Briefübergabe? Jake.

Ich hoffe, das klingt neutral genug, nicht dass sie denkt, das sei ein Date. Ich habe extra Briefübergabe dazu geschrieben. Ich hole mir das blöde Ding zurück und dann verschwinde ich wieder.

Ich beende noch meine Schicht und habe mein Handy immer im Blick. Endlich antwortet sie.

UNBEKANNTE NUMMER
Morgen passt. Sag mir einfach, wann und wo, und ich werde da sein. Mit dem Brief :)

Puh, Drama abgewendet. Ich schnappe mir meine Jacke und mache mich endlich auf den Weg nach Hause. Dieser Abend fühlte sich unendlich lang an und ich bin total kaputt.

Emilie

Ich liege die halbe Nacht wach und warte auf eine weitere Nachricht von Jake. Was passiert hier bitte gerade? Eben noch habe ich ihn auf der Bühne angehimmelt und jetzt gehen wir morgen zusammen Kaffee trinken. Klar, er will nur seinen Brief wiederhaben, aber den hätte ich ihm ja auch ganz unpersönlich in den Briefkasten gesteckt. Er hat aber gefragt, ob wir uns sehen. Ich drücke mein Kissen fest auf meine Brust, in meinem Bauch breitet sich ein Kribbeln aus. Langsam überkommt mich die Müdigkeit, aber mein Kopf findet kaum Ruhe. Immer wieder checke ich die Nachrichten, bis ich endlich in den wohl verdienten Schlaf gleite. In dieser Nacht träume ich wild. Von Rittern mit grünen Augen, von einem Schiff auf hoher See, das von Piraten geentert wird und furchtbar schaukelt. Bis ich merke: Nicht das Schiff schaukelt, sondern Polly rüttelt an meiner Schulter. »Em. Emilie. EMILIE!«

»Was ist los?«, frage ich verschlafen. »Wie spät ist es?«

»Es ist 11 Uhr und ich konnte jetzt wirklich nicht mehr länger warten. Ich muss in einer Stunde zu meiner Schicht in den Pub. Was war da gestern bitte im *Tide* los?« Sie lässt sich neben mich in mein Bett plumpsen und starrt mich erwartungsvoll an.

»Wieso?«, gähne ich. »Aua.« Ich fasse an meine Stirn. Mein Kopf tut heute doch ganz schön weh, merke ich gerade.

»Es ist überall in den sozialen Medien! Die Prügelei im *Tide*, du mittendrin! Und dann bist du Hand in Hand mit Jake Albright abgezogen! Was war da los? Ich will alles wissen!«

Ich reibe mir die Augen und setze mich in meinem Bett auf. »Ich erzähle dir alles ganz genau, aber vorher muss ich einmal kurz aufs Klo, okay?«, verspreche ich.

Auf dem Klo öffne ich als Erstes meine Nachrichten.

JAKE
Hey Curly. 15 Uhr im North Coffee Roasters. J.

Mein Herz fängt schon wieder an zu rasen. Wenn das nicht langsam besser wird, sterbe ich an einem Herzinfarkt, bevor ich Jake seinen Brief zurückgeben konnte.

Bei einem Cappuccino im Bett erzähle ich Polly schließlich die Light-Version. Von der Prügelei und davon, wie Jake mich verarztet hat. Davon, dass er mir seine Nummer gegeben hat und ich mich mit ihm treffe, verrate ich aber nichts. Sie quietscht begeistert auf. »Was für eine Story! Ich ziehe meinen Hut.« Mit einer Handbewegung deutet sie eine Verbeugung an.

Ich schmeiße ein Kissen nach ihr. »Ist ja schon gut. Ich gehe jetzt mal duschen.« Und danach muss ich mir überlegen, was ich anziehen soll, füge ich gedanklich hinzu. Polly verneigt sich erneut und lacht. Kopfschüttelnd nehme ich meinen Bademantel und verschwinde im Bad. Dort löse ich vorsichtig das Pflaster von der Stirn und wasche das getrocknete Blut ab. Um den Schnitt hat sich ein Bluterguss gebildet. Mist. Da treffe ich mich mit dem heißesten Typen ever und sehe aus wie … ach, was weiß denn ich. Jedenfalls nicht gut. Frustriert stelle ich das Wasser der Dusche an und steige unter den heißen Wasserstrahl.

Zwei Stunden später bin ich mir sicher, ich sterbe. Ich bin so nervös. Ich habe meine Locken heute Morgen etwa eine halbe Stunde gewaschen, gekämmt, geknetet, gezupft und besprüht. Ich trage ein Blümchenkleid mit einem tiefen, aber nicht zu tiefen Ausschnitt, Jeansjacke mit Teddykragen und Ankle Boots.

Ich bin eine Viertelstunde zu früh am Café. Weil ich nicht zu spät kommen wollte, aber auch weil ich Angst hatte, es vielleicht nicht direkt zu finden. Jetzt laufe ich die ganze Zeit davor auf und ab, weil ich nicht weiß, ob wir uns draußen oder drinnen treffen. Als Jake um fünf Minuten nach drei noch nicht da ist, durchfährt mich ein eisiger Schreck. Was, wenn er schon in dem Café sitzt und jetzt denkt, ich komme zu spät? Mist. Mist. Mist. Ich weiß nicht, was ich machen soll. Ich blicke noch einmal die Straße hoch und runter und atme tief ein und aus. Dann trete ich durch die Tür. Das *North Coffee Roasters* ist gut besucht. Die meisten

Tische sind bereits belegt. Ich sehe sofort, dass Jake noch nicht hier ist, aber jetzt kann ich auch nicht mehr zurück. Also steuere ich einen Platz am Fenster an. Da kann ich zur Not sehen, wenn er ankommt.

Das Café ist hell und sehr modern eingerichtet, die runden Marmortische sind weiß und grau, wie der Rest des Interieurs, Holzbänke mit Kissen in Pastelltönen zieren die lange Seite des Cafés. Auf der großen Tafel über der Theke sind die Getränke mit Kreide in schnörkeliger Schrift aufgelistet. Matcha Latte, Flat White, White Mocca, das ist ohne Frage einer dieser besonders hippen Läden, in denen ich mich immer ein wenig fehl am Platz fühle. Ich bestelle mir einen einfachen Kaffee mit Hafermilch und warte.

Jake

Mein Wecker klingelt und ich kriege nur mit Mühe meine Augen auf. Ich bin so müde. Wie eine Welle spült der gestrige Tag über mich hinweg. »Leider müssen wir Ihnen mitteilen …« Ich ziehe mir stöhnend das Kissen über das Gesicht. Am liebsten würde ich einfach liegen bleiben, mich unter der Decke verkriechen und einfach nie mehr aufstehen. Aber das geht nicht. Ich hieve mich aus dem Bett, ziehe die erstbesten Sachen aus dem Schrank, sprühe mir Deo unter die Achseln, putze mit ein paar schnellen Bewegungen im Bad meine Zähne und fahre mir durch die Haare. Dann schnappe ich mir meine Cap, muss jetzt so gehen.

Als ich zehn Minuten nach drei etwas abgehetzt vor dem Café auftauche, ist niemand da. Fuck. Sie wird doch nicht schon gegangen sein? Ich checke mein Handy. Keine Nachricht. Ein letztes Mal blicke ich mich suchend um und betrete dann das Café. Ich sehe sie sofort. Sie sieht hübsch aus. Ihre Stirn ist an der Seite, wo sie den Cut hat, leicht geschwollen und blau, aber sie lächelt mich sehr erleichtert an. Sie hat schon auf mich gewartet und sie hat sich ganz offensichtlich zurechtgemacht, während ich etwas mehr als meinen Schlafanzug trage. Ich schäme mich. Vor ihr steht bereits eine Tasse, daher bestelle ich mir an der Bar einen Flat White und gehe auf sie zu. Sie sitzt, ich stehe. Normalerweise würde ich sie mit Küsschen begrüßen, so wie ich praktisch jede mit Küsschen begrüße, aber da sie sitzen bleibt, setze ich mich einfach hin und schmettere ihr ein fröhliches »Hey Curly, alles gut, Love?« entgegen. Ich sehe, wie sie bei »alles gut, Love« zusammenzuckt. Dabei sind das exakt die gleichen Worte, mit denen ich auch die Barista gerade begrüßt habe. Ich erinnere mich, sie hat einen Akzent? Wo kommt sie eigentlich her? Wieder einmal merke ich, dass ich gar nichts über das Mädchen weiß. Zum Glück kommt in dem Moment mein Kaffee, den ich mit den Worten »Thanks, Love«, von der Barista entgegennehme. Wieder zuckt sie zusammen. Ich muss mir ein Lachen verkneifen.

Sie zieht eine ihrer Locken lang und dreht sie über ihrem Finger ein. Ich schaue ihr fasziniert dabei zu. »Was macht der Kopf?«, frage ich schließlich, um die Stille zu durchbrechen, die zwischen uns entstanden ist.

»Schon besser, danke noch mal. Du hast Wunder bewirkt, es ist kaum dick geworden.«

»War doch klar«, winke ich ab. Wir schweigen uns kurz an. Wie komme ich am besten auf den Brief zu sprechen, ohne total unhöflich rüberzukommen? In dem Moment zieht sie den Umschlag aus der Tasche und legt ihn vorsichtig zwischen uns auf den Tisch. Ich strecke die Hand aus und stecke den Brief ein. »Danke«, sage ich.

»Dann sind wir jetzt wohl quitt«, antwortet sie und lächelt mich schüchtern an.

»Quitt?« Ich habe keine Ahnung, wovon sie redet.

»Na, du hast mir ja bei der Aktion mit dem Doppeldeckerbus praktisch das Leben gerettet.« Sie grinst. »Und ich habe dir hiermit den Brief wiedergegeben, der ja anscheinend ziemlich wichtig für dich ist, weil …« Sie macht eine Pause. Und plötzlich wird mir alles klar.

»Du hast den Brief doch gelesen, oder?«

Sie sieht mir nicht in die Augen.

Ich merke, wie ich wütend werde. Scheiße, dazu hatte sie kein Recht!

»Ich habe nur den Stempel von der Uni gesehen und deine Adresse gelesen. Ehrlich. Aber ich hatte auch schon mal so einen ähnlichen Brief und das hieß nichts Gutes.«

Sie sieht mich mit ihren großen braunen Augen an. Und ich glaube ihr. Glaube, dass sie den Brief wirklich nicht gelesen hat, und glaube, dass sie vielleicht die einzige Person ist, die mich jetzt gerade wirklich verstehen könnte. Amy war noch nie in der Situation, irgendetwas zu müssen, sie ist gerade mit der Schule fertig und lebt bis zum Sommer ihr Leben. Und Brooke? Der gehört zu den Top-Kandidaten seines Jahrgangs, er hat garantiert mit Bestnoten bestanden. Wie soll ich ausgerechnet dem Primus erklären, dass ich bisher durch jede einzelne Prüfung gerasselt bin? Die letzte Woche war ja nur die Spitze des Eisbergs. Der berühmte Tropfen auf den heißen Stein. Der letzte Beweis, um mich wirklich durchfallen zu lassen.

Ich ziehe meine Augenbraue hoch und beuge mich vor, um einen Schluck von meinem sehr heißen Flat White zu nehmen. Dabei schaue ich Emilie versehentlich tief in die Augen. Sie hat schöne Augen, das ist mir gestern schon aufgefallen. Dunkel, mit einem goldenen Ring um die Iris. Ihre Locken fallen ihr heute offen über den Rücken und sie riecht gut. Nach einem leicht süßen Duft, der mich an irgendetwas erinnert …

»Also, habe ich recht? Keine guten Nachrichten in dem Brief?«, hakt sie nun nach.

Ich schüttele den Kopf. »Nein. Nicht wirklich. Was stand denn in deinem grauen Brief?«, versuche ich von mir abzulenken.

Sie schluckt und führt die Tasse Kaffee an die Lippen. »Wenn man es übersetzen möchte, stand darin: Ihr Vater ist ein reiches Arschloch, das aber trotzdem nicht für Ihre Ausbildung oder Ihre Zukunft aufkommen möchte. Da er aber wie gesagt ein reicher Arsch ist, wird der deutsche Staat sich ebenfalls nicht an Ihrer beruflichen Weiterentwicklung finanziell beteiligen, und leihen wollen wir Ihnen auch nichts. Mit besten Grüßen.«

Ich pruste in meinen Milchschaum. Sie ist witzig. Wie sie diese Story erzählt, wie ihre Wangen sich leicht röten und wie ihre Augen glänzen, als ich an den richtigen Stellen lache. Ich ertappe mich dabei, wie ich gespannt zuhöre.

»Na ja, es war eine Absage für eine Studienförderung fürs Ausland. Am Ende war es aber auch für etwas gut, ansonsten wäre ich jetzt ganz sicher nicht hier.« Sie nimmt noch einen großen Schluck aus ihrer Tasse. Der Kaffee ist leer und ich winke der Bedienung.

»Noch mal dasselbe?«, frage ich sie und bestelle mir ebenfalls einen weiteren Kaffee. Noch vor einer Viertelstunde wollte ich so schnell wie möglich hier wieder weg. Das Ganze schnell hinter mich bringen. Brief holen und ab durch die Mitte. Aber irgendwas hält mich. Irritiert stelle ich fest, dass ich schon sehr lange nicht mehr so offen mit jemandem über sein und mein Leben gesprochen habe.

»Und wie ging es nach dem Brief für dich weiter?«, frage ich interessiert.

Aufgeregt fängt sie an zu erzählen. Jetzt höre ich auch ihren Akzent und bemerke, wie sie manchmal nach den richtigen Wörtern sucht. Das ist irgendwie niedlich, und ich finde es beeindruckend, was sie erlebt hat. Wie sie ganz allein nach England gekommen ist und wie ihre Pläne aussehen. Eine abgeschlossene Berufsausbildung und dann direkt in ein fremdes Land, um dort in einer Chocolaterie zu arbeiten, von der sie bisher nur gelesen hat. Die sie noch nie gesehen hat und ohne hier irgendjemanden zu kennen. Sie ist das genaue Gegenteil von mir. Sie weiß, was sie will, und ist strebsam und zielstrebig genug, es sich auch zu holen. Plötzlich wirkt Emilie viel selbstbewusster auf mich, weniger schüchtern und verloren. Als ich sie zum ersten Mal in den Lanes gesehen habe, ist vor allem mein Beschützerinstinkt angesprungen. Sie sah so verloren aus, wie ein Vogel, der aus dem Nest gefallen ist. Dabei ist sie so viel mehr. Außerdem hat sie eine wunderbar dreckige Lache, laut und aus vollem Herzen. Je länger wir uns unterhalten, desto lockerer wird sie und umso häufiger bekomme ich dieses wunderbare Lachen zu hören.

Als sie mich fragt, was ich denn neben der Musik so mache, komme ich ins Stocken. Wie soll ich jemandem wie ihr erklären, dass ich so gar keine Ahnung habe, wo ich gerade im Leben stehe? Wo ich hinwill, und wie wirkt wohl jemand auf sie, der gerade durch seine Semesterprüfungen gerauscht ist? Ich mache eine flapsige Bemerkung und versuche abzulenken, aber sie schaut mich so offen an. Wie von allein sprudelt es aus mir heraus: Was meine Familie von mir erwartet, wie stark der Druck ist und wie wenig ich damit derzeit klarkomme. Emilie legt den Kopf schief und sieht mir bei der ganzen Geschichte in die Augen. Ich senke den Blick oder versuche an ihr vorbeizugucken, aber sie bleibt immer bei mir. Ich hatte lange nicht mehr das Gefühl, dass mir jemand so aufmerksam zugehört hat. Am Ende meiner Geschichte fragt sie nach, warum es mir so wichtig ist, was meine Eltern von mir denken. Sie könne das gut verstehen, auch ihr wäre die Meinung ihrer Mutter unheimlich wichtig, aber bei mir hätte sie das nicht erwartet.

Sie hat recht. Ich war eigentlich immer eher der unangepasste Typ, jemand, der sein Ding gemacht hat, sich nicht darum geschert hat, was andere über ihn denken. »Ich glaube, es liegt daran, dass sie für alles bezahlen. Es ist ein klarer Deal: Sie finanzieren mir das Studium und dafür muss ich mich an gewisse Regeln halten. Eine davon war eben, dass ich auf ihren Rat gehört habe, was die Wahl des Studienganges anging. Was mir auch recht war in dem Moment, weil ich überhaupt keine Ahnung hatte und ehrlich gesagt auch immer noch nicht habe, was ich sonst hätte studieren können.«

»Und wenn sie das nicht mehr tun würden?«, fragt Emilie und sieht mich wieder so durchdringend an.

»Dann könnte ich nicht studieren«, antworte ich.

»Meine Mutter hat gar kein Geld, ich habe neben der Ausbildung oft noch Cateringjobs übernommen, um meinen Teil zur Miete beizutragen, hier bin ich über ein Stipendium. Es gibt schon Möglichkeiten.« Nachdenklich nimmt sie einen Schluck Kaffee und fragt mich dann geradeheraus: »Wenn Geld keine Rolle spielt, was würdest du denn wirklich gern tun?«

Ich schweige und schaue sie einfach nur an. In meinem Kopf herrscht absolute Leere.

»Ich weiß es nicht.«

Emilie

Durch die großen Fenster scheint die Sonne herein und von meinem Platz aus kann ich in der Ferne den Pier und ein Stückchen Meer sehen.

»Sollen wir den Kuchen hier testen? Meinst du, er kann mit dem aus dem *Bittersweet* mithalten?«, unterbricht Jake meine Gedanken. Am Anfang war die Stimmung angespannt, als er reinkam, dachte ich kurz, er würde einfach den Brief nehmen und wieder gehen. Aber irgendwas ist dazwischen passiert. Jake wirkt aufrichtig interessiert an unserem Gespräch. Und auch ich entspanne mich von Minute zu Minute mehr. Seit diesem Moment, in dem er mich verarztet hat, musste ich immer wieder an ihn denken. Da war so ein Moment, in dem ich fast das Gefühl hatte, er wollte mich küssen …

»Ja, also nein, wahrscheinlich nicht, aber ich finde unbedingt, wir sollten ihn probieren«, antworte ich. Mann, Emilie, jetzt reiß dich mal zusammen. Einen vollständigen Satz, nur einen. Das wäre zwischendurch wirklich mal schön.

»Dann nehme ich ein Stück von der *Meringue Tarte* und du …?«, fragt Jake und hebt die Augenbraue. Oh Mann, ich mag es, wenn er das tut. Konzentrier dich jetzt, Emilie.

»Ich nehme den *Death by Chocolate* – ich brauche schließlich Vergleichsmöglichkeiten.« Toll. Ohne Stottern. Ein echter Fortschritt.

Als unsere Bestellung kommt, streckt Jake seine Gabel wie selbstverständlich nach meinem Kuchen aus. Er ist dunkel, schokoladig und noch leicht warm. Ein perfekter Schokoladenkuchen. Als ich im Gegenzug seinen probiere, taucht meine Gabel durch eine weiche Schicht zuckeriger Meringue-Masse. Ich schließe genießerisch die Augen. Der Kuchen ist ein Traum. Als ich sie wieder öffne, beugt sich Jake zu mir herüber. Sein Gesicht ist ganz nah an meinem.

»Du hast da noch …«, sagt er und wischt ganz zart mit seinem Finger einen Rest Meringue aus meinem Mundwinkel. Sein Blick ruht einen Moment zu lange auf meinen Lippen. Dann wandert er hoch zu meinen Augen und bleibt dort hängen. Ein Kribbeln durchzieht meinen Körper. Ich bekomme eine Gänsehaut, obwohl es hier keinen Grad kühler geworden ist. Er hat ein paar Sommersprossen auf der Nase, was ich niedlich finde. Da ist ein Gefühl, als ob die Zeit einfach stehen geblieben wäre. Mein Herz klopft wie verrückt, meine Lippen kribbeln, so sehr wünsche ich mir …

»Möchtet ihr noch etwas trinken?«, fragt die Barista.

Und der Moment ist vorbei. Er sieht die Bedienung an, als ob er gerade gar nicht wüsste, was sie von ihm will, und dann sagt er mit einem Blick auf die Uhr: »Ich habe gar nicht gesehen, wie spät es schon ist! Nur die Rechnung bitte.«

Ich bin völlig fertig und schwer damit beschäftigt, nicht den Rest meines Kaffees zu verschütten, so zitterig fühlen sich meine Hände an. Ich verschwinde fluchtartig Richtung Toilette. Habe ich mir das eingebildet oder hat er mich gerade fast geküsst? Ich sehe meine geröteten Wangen im Spiegel und spritze mir kaltes Wasser ins Gesicht. Reiß dich zusammen, Emilie!

Als ich zurückkomme, hat Jake für uns beide bezahlt und hält mir meine Jacke hin. Vor dem Café stehen wir uns etwas verlegen gegenüber. Dann tritt er auf mich zu und drückt mir zwei schnelle Küsse auf beide Wangen. Ich stehe wie angewurzelt da und lasse mein Herz erneut aus dem Takt kommen. Ich bedanke mich für die Einladung. Er winkt mir zum Abschied kurz zu, steckt seine Kopfhörer in die Ohren und läuft in Richtung Seafront. Ich weiß nicht so genau, wie ich mich fühlen soll. Das Gespräch war toll, und da war dieser Moment. Ich bin mir sicher, dass er mich küssen wollte. Oder nicht?

Mit zitternden Fingern hole ich mein Handy aus der Tasche.

JULI

🎙 Juli! Stell dir vor, das Treffen mit Jake war richtig, richtig schön! Wir haben geredet und Kuchen gegessen und dann war da dieser Moment, in dem er, ach ich weiß auch nicht, ich glaube, er wollte mich küssen! Aber ich habe es wahrscheinlich vermasselt. Du hättest mich sehen sollen, wie ich mir einen abgestottert habe. Oh Mann! Und das Ganze noch mit einer fetten Schramme auf der Stirn, ich sehe wahrscheinlich aus wie Quasimodo – ausgerechnet heute. Wir müssen dringend telefonieren, es ist so viel passiert. Melde dich, ja?

Ein paar Minuten später bekomme ich eine Antwort, Juli hinterlässt mir ein paar aufmunternde Worte, muss gerade im Restaurant arbeiten, verspricht aber, sich Montag in Ruhe zu melden.

Als Álvaro am Abend fragt, ob wir zusammen in den *Tide Night Club* wollen, erzähle ich auch ihm von dem Nachmittag.

»Honey, dann müssen wir heute Abend ja so was von hingehen! Vielleicht küsst er dich da! Das wäre ja wohl die Sensation. Ich kann unmöglich bis nächste Woche warten, um zu erfahren, wie es weitergeht!«

Also stehen wir am Abend wieder um kurz vor zwölf in der Schlange des Clubs. Ich habe mir Mühe mit meinem Outfit gegeben, trage den kurzen Rock und ein enges Oberteil, und ich bin furchtbar aufgeregt. Wie wird er reagieren, wenn er mich sieht? Wie begrüßen wir uns?

Als wir reinkommen, fängt die Band gerade an zu spielen. Inzwischen kenne ich einige Lieder und singe den Text mit. Álvaro und ich tanzen in der Menge, trinken Bier und haben richtig Spaß. Immer wieder suche ich Jakes Blick. Aber er sieht nicht einmal in unsere Richtung. Ich bin enttäuscht. Grundlos, das ist mir selbst klar. Er weiß ja nicht einmal, dass ich hier bin.

Nach dem Set drängt Álvaro darauf, zu ihm zu gehen. Aber ich traue mich nicht. Ich will nicht aufdringlich sein, wie ein Groupie erscheinen. Wir haben uns ja vorhin erst getroffen. Was denkt er denn, wenn ich hier jetzt schon wieder auftauche?, schießt es mir plötzlich durch den Kopf. Mir wird heiß und ich will hier raus. Jake soll mich bloß nicht sehen. Plötzlich ist mir das alles furchtbar peinlich. Álvaro versteht nicht, was los ist, also täusche ich Übelkeit vor, entdecke zum Glück Timothy in der Menge und verabschiede mich schnell von den beiden. Raus hier, weg. Ich will Jake bloß nicht das Gefühl geben, ich wäre aufdringlich oder so. Als ich mich gerade Richtung Garderobe an den Menschen vorbeidrücke, kündigt Malek eine Pause an. Im Augenwinkel sehe ich Jake freudestrahlend auf ein Mädchen zugehen und sie sehr lange umarmen. Bevor ich es mir anders überlegen kann, springe ich die Treppen zum Ausgang rauf, stürze aus der Tür und renne die Straße zur Seafront herunter. Draußen schreien die Möwen und einige Meter neben dem Club höre ich auch wieder das Meer rauschen. Ich atme tief durch.

Jake

Mich hat der Nachmittag heute gehörig durcheinandergebracht. Das Treffen mit Emilie war schön. Mehr als das, es hat mich zum Nachdenken gebracht. Und es hat mir tierisch Angst gemacht. Denn ich war noch gar nicht ganz an der Seafront angekommen, da hatte ich schon das Bedürfnis, ihr zu schreiben. Sie noch einmal zu sehen. Aber wäre das dann nicht eine Verabredung? Jetzt wollten wir ja praktisch nur den Brief austauschen, aber ein weiteres Treffen wäre dann wohl eine Art Date. Ein Date. Ich hatte lange kein Date mehr. Das hat sich irgendwie nie ergeben. Oder ich habe es auch einfach nicht besonders forciert. Die Mädels, die ich sonst kennenlerne, treffe ich im Club. Und das fühlt sich immer ein bisschen wie eine Zwischenwelt an. Nicht nur ich, auch die Mädchen gehen ja oft bereits mit dem Gedanken hin, einfach mal wieder rumzumachen. Sich frei zu fühlen, einfach zu machen, ohne direkt über die Folgen nachzudenken. Nicht zu überlegen, ob der andere wohl in das eigene Leben passt, ob man die Freunde mag oder die Eltern. Nur Spaß haben. No strings attached. Aber mit Emilie war das nicht so. Wir haben ein echtes Gespräch geführt. Eine Unterhaltung mit Tiefgang. Sie ist smart und mutig und irgendwie anders als alle anderen Frauen, die ich kenne. Und vielleicht macht auch genau das mir ein bisschen Angst. Emilie ist keine Frau, die ich ein paarmal treffe und dann mal schaue, wo das hinführt. Ich habe das Gefühl, wenn ich sie um ein Date bitte, dann bedeutet das etwas. Etwas, von dem ich gerade nicht weiß, ob ich dafür bereit bin. Ich stecke knietief in dieser dämlichen Uni-Scheiße. Emilie ist eine Frau, die so genau weiß, was sie will, und die so etwas auch angeht. Da muss ich meinen Kram erst mal auf die Reihe kriegen, dann kann ich mir um Dates Gedanken machen.

Als wir das Konzert starten, meine ich kurz, ich hätte Emilies Lockenkopf in der Menge gesehen. Aber nach dem Konzert kann ich sie nicht entdecken. Bevor meine Schicht an der Bar startet, bleibe ich auf ein Pint bei am Tresen stehen. Seit dem Vorfall vor ein paar Tagen, habe ich das Gefühl, noch mehr auf sie aufpassen zu müssen als sonst. Was für ein Blödsinn, Amy ist die selbstbewussteste Frau, die ich kenne, und kann auf einen großen Bruder, der sie vor der Welt beschützen will, ganz sicher verzichten.

»Na Jake, checkst du die Gefahrenlage für mich?«, sagt sie und zwinkert mir zu. Ertappt. Ich nippe an meinem Drink und lasse erneut den Blick über die Tanzenden schweifen. Ganz unbewusst scanne ich die Menge nach dunklen Locken ab. Doch stattdessen steuert ein Mädchen mit dunklen Zöpfen und einem breiten Grinsen auf mich zu.

»Hey Jake, wie geht's?«, begrüßt sie mich. Shit. Wir kennen uns, ich kenne sie, ganz sicher. Aber woher? Mein Kopf rattert und ich versuche, ihrem Gesicht einen Namen zuzuordnen. Ich muss wohl ziemlich dämlich aus der Wäsche geschaut haben. Jedenfalls deutet das Mädchen jetzt auf sich und sagt: »Mica. Wir kennen uns aus der Uni.«

Puh, gerade noch gerettet. Natürlich, sie sitzt im Hörsaal meist zwei Reihen hinter mir und wir haben noch nie ein Wort miteinander gewechselt. Es ist also gar nicht meine Schuld, dass ich ihren Namen nicht kannte. »Klar, Mica. Hey! Wie geht's?« Ich schaue mir Mica zum ersten Mal genauer an. Ein süßes Gesicht hat sie.

»Ich wusste ja gar nicht, dass du in einer Band spielst!« Sie beugt sich vor und ein Hauch ihres Parfums umweht mich. Süßlich und etwas pudrig. Zu schwer für meinen Geschmack. Wir plaudern ein wenig, und es ist ziemlich schnell klar, worauf Mica heute Abend aus ist. Sie ist forsch und weiß, was sie will, das mag ich. Als sie mich küsst, blitzen kurz ein paar dunkelbraune Augen vor meinen geschlossenen Lidern auf. Doch ich schiebe die Bilder schnell beiseite und küsse Mica.

Als ich zwei Stunden später zu Hause unter der Dusche stehe, will sich das übliche Gefühl der Euphorie nicht einstellen. Ich fühle mich schmutzig und leer. Der Abend war gut, ich hatte meinen Spaß, aber er war … austauschbar. Mica und ich haben geknutscht und standen dann ein wenig sprachlos nebeneinander. Wir hatten uns nicht viel zu sagen. Eigentlich hatten wir uns gar nichts zu sagen. Also haben wir die Stille mit noch mehr Knutschen überbrückt, was sich irgendwie falsch angefühlt hat. Als sie dann Smalltalk über die Uni mit mir führen wollte, habe ich mich mit einer Ausrede verabschiedet. Es fehlte nur noch, dass sie mich nach meinen Prüfungsergebnissen fragt. Bloß nicht. Das Wasser läuft mir über das Gesicht, es ist warm und irgendwie tröstlich. Ich muss irgendwas ändern, ich muss mein Leben in den Griff kriegen. Nur habe ich leider keine Ahnung, wie das gehen soll. Die braunen Augen tauchen wieder vor meinem inneren Auge auf. »Was würdest du tun, wenn du nicht auf Geld angewiesen wärst?«

Ich würde das Semester nicht wiederholen. Das Studium ist nicht das Richtige für mich. Es muss eine andere Lösung geben. Es muss doch irgendetwas anderes geben, in dem ich gut bin, das ich mag. Ich bin Anfang zwanzig, sollte ich nicht langsam wissen, wo mein Weg hingeht? Das Wasser prasselt weiter auf meinen Kopf, und ich kann mich nicht überwinden, es auszustellen. Langsam wird es kalt. Ich bin zu alt, um so lost zu sein! Emilie weiß, was sie will. Sie hat eine Ausbildung gemacht und arbeitet in ihrem Traumberuf. Vielleicht sollte ich sie doch noch mal fragen. Fragen, wie man herausfindet, was man will. Sie scheint das gut zu können.

Ich drehe mit einem Ruck den Wasserhahn zu und angele nach dem weißen flauschigen Handtuch, das unsere Haushälterin Matilda wie immer frisch gewaschen neben der Dusche platziert hat, und wickele mich darin ein. Ich hinterlasse nasse Flecken auf den dunklen Fliesen, während ich zum Waschbecken gehe, auf dem mein Handy liegt.

JAKE
Curly, wie findet man raus, was man im Leben will? Du scheinst das so genau zu wissen. Verrate mir deinen Trick! J.

Ich schaue auf die Uhr. Es ist 2 Uhr nachts. Sie wird sicher schon schlafen. Hätte auch bis morgen warten können, Jake, schimpfe ich mit mir selbst, ziehe meinen Schlafanzug über und schlurfe ins Bett.

Ping.

EMILIE
Wie kommst du darauf, dass ich weiß, was ich im Leben will ...?

Ich richte mich im Bett auf. Sie ist noch wach.

JAKE
Du hast doch deine Leidenschaft fürs Backen gefunden. Ich wünschte, ich hätte auch etwas, für das ich wirklich brenne.

EMILIE
Aber das hast du doch! Vorhin auf der Bühne sahst du zumindest sehr happy aus.

Also doch.

JAKE
Warst du heute Abend da?

EMILIE
...

EMILIE
Ja. Meine Freunde haben mich überredet ...

JAKE
Du kannst beim nächsten Mal ruhig Hallo sagen, ich beiße nicht :).

EMILIE
...

EMILIE
... Ich war mir nicht sicher, ob du das irgendwie blöd gefunden hättest.

Ich sehe durch den Bildschirm, wie sie rot wird.

JAKE
Warum sollte ich?

Sie hat es auch gespürt. Da war dieser Moment, in dem ich sie fast geküsst hätte. Wir waren uns so nah, auf einer anderen Ebene nah, ich hätte gern gewusst, wie sich diese vollen Lippen anfühlen, die so kluge und witzige Dinge sagen. Aber dann kam die Barista und der Moment war vorbei. Und irgendwie denke ich jetzt: Ein Glück! So ein Kuss hätte alles durcheinandergebracht.

Mein Herz klopft trotzdem, als ich auf ihre Antwort warte. Aber es gibt ja noch meinen Kopf, in dem noch ein Funken Vernunft vorhanden zu sein scheint und der mir sagt, dass ich erst einmal meinen Scheiß auf die Reihe kriegen muss, bevor ich mich direkt in das nächste Abenteuer stürze.

EMILIE
Gute Nacht, Jake. Und denk mal darüber nach, ob die Musik nicht mehr als ein Hobby in deinem Leben sein könnte.

Und wieder klopft es einen Takt zu schnell bei ihren Worten.

JAKE
Gute Nacht Curly.

Dummes Herz.

SOM
MER

Emilie

Heute ist der erste richtig schöne Tag des Jahres, der Frühling verfliegt und macht dem Sommer Platz. Da stört es nicht einmal, dass dieser schöne Tag ausgerechnet ein Montag ist und ich auf dem Weg zur Arbeit bin. Ich laufe die Church Street hinunter Richtung Wasser, über mir das inzwischen vertraute Kreischen der Möwen, die Straße geht leicht bergab und links und rechts stellen die Shopbesitzer nach und nach die Schilder nach draußen, ziehen die Jalousien hoch. Ich mag die Stimmung am Morgen. Langsam erwacht die quirlige Stadt zum Leben. Links von mir taucht der *Royal Pavillon* auf, ein eigentümlicher indischer Palast, der mitten in dieser englischen Stadt so unfassbar unpassend aussieht und genau deswegen hierhergehört. Ich schaue die weißen Säulen hinauf, mustere kurz die Zwiebeltürmchen und blicke zu beiden Seiten, weil ich auch nach Wochen noch immer nicht intuitiv weiß, aus welcher Richtung die großen Doppeldeckerbusse heranrauschen.

Immer, wenn ich eine Straße überquere, denke ich an Jake. Seit unseren Nachrichten nachts um zwei hat er sich nicht mehr bei mir gemeldet. Und auch ich habe ihm nicht mehr geschrieben. Dafür habe ich unsere Nachrichten etwa eine Million Mal durchgescrollt, habe versucht, zwischen den Zeilen zu lesen. Zu verstehen, was er mir eigentlich sagen will. Vielleicht haben die Zeilen aber auch gar nichts zu bedeuten. Aber wenn doch?

In meinen Kopfhörern singen *The Kooks* ihren Song *Seaside*, so schön, so wehmütig und irgendwie fröhlich zur selben Zeit. Genau wie ich mich gerade fühle. Weil ich mich verändere. Vielleicht werde ich hier in Brighton eine ganz neue Emilie. Und dann ziehe ich einer plötzlichen Eingebung folgend mein Handy aus der Tasche:

> **EMILIE**
> **Wurde gerade NICHT von einem Bus erfasst, Linksverkehr habe ich inzwischen voll drauf! Aber ein paar Fra-**

gen sind noch offen. Vielleicht hast du Lust, bei einem Pint im Pub noch einmal Starthilfe zu leisten?

Soll ich das wirklich abschicken? Die Nachrichten, unser Treffen im Café, das ist alles schon wieder eine ganze Weile her. Und wenn er gar keine Lust hat, mich zu sehen? Oder gerade ein anderes Mädchen trifft? Oder …

Ping!, unterbricht eine eingehende Sprachnachricht meine Gedanken. Mein Herz bleibt fast stehen. Aber es ist nur Juli.

JULI
🎙 Hey Emmi, hier ist Juli, deine Freundin. Vielleicht erinnerst du dich ja noch an mich. Spaß. Aber wirklich, Süße, du könntest ruhig öfter mal von dir hören lassen, ich weiß gar nicht, was gerade in good old England abgeht. Was macht der hotte Schlagzeuger? Drück dich!

Juli! Mist, jetzt habe ich ein schlechtes Gewissen. Als ich gerade auf Antworten tippen will, höre ich das Rauschen einer versendeten Nachricht. Und dann sehe ich zwei blaue Haken. Der Empfänger: Jake Albright. Ich habe mich verklickt und die Nachricht verschickt.

Oh nein, ohhh nein, neinneinnein! Meine Hände sind schweißnass. Ich habe die Nachricht einfach so verschickt. Ohne sie noch mal umzuformulieren. Oh Gott. Ich hätte alles anders schreiben sollen. Gar nicht schreiben sollen. Was, wenn er das völlig bescheuert findet mit dem Linksverkehr? Mein Herz schlägt mir bis zum Hals. Ich lese die Nachricht noch dreimal. Aber die beiden Haken am Ende bleiben, versendet und geöffnet. »Zu spät!«, schreit es in meinem Kopf.

»Was mach ich denn jetzt?« Ich würde Juli fragen, aber dann müsste ich ihr erst einmal die ganze Situation erklären. Und dazu fühle ich mich gerade nicht imstande. Also schicke ich stattdessen Álvaro eine Sprachnachricht. Ein anschließender Blick auf die Uhr meines Handys sagt mir, wenn ich mich nicht ein bisschen beeile, komme ich auch noch zu spät zur Arbeit.

Keine zehn Minuten später stehe ich vor dem *Bittersweet*. Jake hat noch nicht geantwortet. Ich bin total durch den Wind.

Völlig außer Puste betrete ich den Laden, über mir bimmelt vorwurfsvoll die Türglocke. Ich ziehe mich um und lasse meine Sachen und mein Handy schweren Herzens in der kleinen Umkleide. Ein letzter Blick zeigt mir, dass Álvaro meine Nachricht noch nicht gesehen hat. Keine Antwort von Jake.

Ich versuche dreimal tief durchzuatmen, glätte meine wilden Locken mit meinen Fingern und binde sie zu einem strengen Dutt. Ich wasche mir gründlich meine Hände, binde die Schürze um, blicke noch einmal sehnsüchtig in Richtung meiner Tasche, in der mein Handy liegt, doch da höre ich auch schon Carol nach mir rufen.

»Komme schon«, antworte ich und ziehe die Tür zu der Umkleide mit einem Klicken zu.

Carol ist bereits in der Backstube. Heute steht ein besonders aufwendiges Rezept auf dem Plan. Macarons. Ausgerechnet! Ein delikates Zucker-Baiser-Gebäck, das viel Sorgfalt und Konzentration benötigt.

Während ich Ei zu weißem Schnee aufschlage und die richtige Menge Zucker abwiege, sind meine Gedanken die ganze Zeit bei meinem Handy. Ob Jake sich schon gemeldet hat? Vielleicht sollte ich ihm schreiben, dass das Ganze ein Versehen war. Hupsi, falsche Nummer. Mir wird heiß bei dem Gedanken. Und prompt kippe ich die falsche Menge Mehl in den Teig. Ich versuche noch hektisch etwas herauszusammeln, aber zu spät. Möglichst leise schiebe ich den Teig aus der Schüssel in den Mülleimer und bete innerlich, dass Carol nichts bemerkt hat. Natürlich hat sie das. Und hält mir eine Predigt über Lebensmittelverschwendung und Kosten, und ich werde immer kleiner. Weil sie recht hat und weil ich mich wirklich mal konzentrieren muss. Mir schießen die Tränen in die Augen. Ich kann mit Kritik nicht umgehen. Konnte ich noch nie. Ich nehme alles persönlich und bin völlig fertig deswegen. So auch jetzt. Ich versuche meine Tränen zurückzuhalten und flüchte mich auf die Toilette.

Dort halte ich meine Hände unter kaltes Wasser und klatsche sie mir immer wieder ins Gesicht. Ich muss besser werden! Das geht so nicht weiter! Danach gehe ich in die Personalumkleide und werfe einen Blick auf mein Handy. Nur ganz kurz, ganz schnell. Ich kann einfach nicht anders. Ich starre das Handy an, als ob ich es hypnotisieren könnte. Keine neue Nachricht.

»Emilie, kommst du auch noch mal wieder? Die Arbeit macht sich nicht von allein!«

Oh Mann. Ich muss damit aufhören!

Und dann gehe ich jeden Buchstaben der Nachricht noch einmal gedanklich durch. Für den restlichen Arbeitstag denke ich darüber nach, was ich hätte besser oder witziger formulieren können. Es macht mich wahnsinnig. Ich lasse die Macarons zu lang im Ofen und bin mir sicher, Carol ist kurz davor, mir den Kopf abzureißen oder mich rauszuschmeißen. Kein Wunder.

In der Mittagspause checke ich mit angehaltenem Atem meine Nachrichten. Eine neue SMS. Mein Herz klopft.

ÁLVARO
Darling! Ich finde es klasse, dass du ihn nach einem Date fragst. You go Girl! Nimm dir, was du willst, und halt mich auf dem Laufenden!

Mir ist schlecht und ich zittere. Wenn Álvaro denkt, ich habe Jake mit der Nachricht um ein Date gebeten, dann denkt Jake das auch. Allein der Gedanke sorgt dafür, dass ich knallrot werde. Ich wollte doch nur … ja, was eigentlich? Ich wollte seinen Namen auf meinem Display lesen, weiter Nachrichten mit ihm austauschen und ja, wahrscheinlich wollte ich ihn auch einfach gern noch einmal treffen. Diese Nachricht war ganz sicher zu viel. Jake denkt wahrscheinlich, ich bin völlig verrückt geworden. Er wird sich ganz sicher nicht melden. Ich könnte vor Scham im Boden versinken. Das ist alles so peinlich!

Den Rest des Tages versuche ich mich zusammenzureißen. Ich verschütte nichts und versaue auch keine Rezepturen. Aber ich merke, wie Carol mir nach den verpatzten Macarons nur noch die einfachen Aufgaben gibt. Ich werde immer mehr zum Lehrling – putze viel, arbeite zu, dabei hatte ich so große Träume, als ich hergekommen bin. Eigene Kreationen wollte ich entwickeln, wollte beweisen, was ich kann. Ich hatte sogar den kleinen Traum, vielleicht mal etwas zu kreieren, was es ins Schaufenster, bis in die Auslage schafft. Stattdessen spüle ich Schüsseln, wiege Zutaten ab und temperiere Schokolade. Mache alles so, wie Carol es von mir verlangt, aber sie scheint etwas ganz anderes zu erwarten. Etwas, das ich offensichtlich nicht erfülle. Nur weiß ich leider nicht, wie ich das ändern kann.

Als ich abends die Chocolaterie verlasse, fummele ich nervös mein Handy aus der Tasche. Keine neuen Nachrichten. Jake hat sich nicht gemeldet. Ich schlucke meine Enttäuschung hinunter und schicke Juli eine Sprachnachricht. Erzähle ihr alles, von den Nachrichten in der Nacht, von meinem verzweifelten Versuch, Jakes Aufmerksamkeit zu erlangen, und wie schlecht ich mich dabei fühle. Ich erzähle ihr auch von Carol und den Macarons und wie dumm ich mich angestellt habe. Julis Antwort lässt nicht lange auf sich warten.

JULI
🎙 Emmi-Girl! Jetzt hör aber mal auf, dich so schlechtzureden! Du bist eine fantastische und geniale Konditorin und wenn du dich mal ein bisschen konzentrierst und nicht an irgendwelche grünäugigen Möchtegern-Popstars deine Energie verschwendest, wird das auch jeder in Brighton sehen. Und was diesen Jake angeht: Wenn der nicht kapiert, was für ein Glück er hat, dass du dich für ihn interessierst, dann ist er es auch nicht wert. Haken hinter, weiter geht's! Ich umarm dich, Süße!

Den Rest der Woche strenge ich mich besonders an und versuche Carol zu zeigen, was ich kann. Aber sie lässt mir kaum eine Chance. Egal, wie zuverlässig ich bin, egal, wie viele Schüsseln ich in time spüle, es kommt maximal ein kurz angebundenes »Thanks«. Sonst sprechen wir nicht viel miteinander. Und somit hat mein Kopf genug Zeit, um zu rasen und zu rattern. Meine Abende verbringe ich mit Drachen und dem heißen Xaden, kann mich aber kaum auf *Iron Flame* konzentrieren, immer wieder checke ich mein Handy. Doch das Display bleibt schwarz. Keine neuen Nachrichten. Einmal bin ich kurz davor, Jake zu schreiben, dass er die Nachricht löschen kann, never mind und so. Aber das kommt mir dann eben auch total bescheuert vor.

Die Woche erscheint mir endlos. Wie zäher Kaugummi zieht sie vorbei. Einziges Highlight: Polly hat mich zu einem WG-Kochabend eingeladen. Vino, Pasta, ein bisschen quatschen. Während wir gemeinsam Gemüse putzen, tauschen wir den neusten Klatsch aus, und schließlich erzähle ich ihr, dass es hier einen Typen gibt, den ich irgendwie mag. Während ich mit einem Streichholz den Gasherd anzünde, Wasser in einen großen Topf fülle und warte, bis es kocht, lehnt sie neben mir an der Küchentheke und blickt mich aufmerksam an. Polly ist wunderschön, selbstbewusst und jeder mag sie. Wenn ich irgendwo auftauche, haben die meisten Menschen mich innerhalb der nächsten drei Minuten wieder vergessen. Was würde jemand wie sie denken, wenn ich ihr verrate, dass ich auf den Drummer der *B.Heights* stehe? Dass ich ihm Nachrichten schreibe, die leider unbeantwortet bleiben? Würde sie mir den Vogel zeigen? Mir sagen, was er für ein Frauenheld ist? Hatte sie womöglich selbst schon einmal was mit ihm?

Ich habe Angst vor ihrer Reaktion, dass sie mich auslacht oder mir einen mitleidigen Blick zuwirft. Jake spielt in einer anderen Liga. Das ist mir auch klar. Und ich möchte noch ein bisschen weiter davon träumen, dass er sich vielleicht doch noch auf magische Weise dafür entscheidet, mir zu antworten, ohne jemanden, der mir einen ungeschönten Blick auf die Wahrheit eröffnet.

Seufzend schneide ich die Pilze und die Zucchini in kleine Stücke, presse den Knoblauch und hacke Zwiebeln, bis mir die Tränen kommen. Polly neben mir hat inzwischen eine Flasche Rotwein geöffnet und hält mir ein Glas hin.

»Kochwein. Und Em, du musst mir ja nicht sagen, auf wen du so sehr stehst, aber du solltest wissen, egal, wer es ist, er kann sich verdammt glücklich schätzen, wenn sich eine Frau wie du für ihn interessiert.«

Sie prostet mir zu, streckt sich dann, um Teller, Besteck und Wassergläser aus dem Oberschrank zu holen, und deckt den wackeligen Holztisch mit den vier unterschiedlichen Stühlen für uns. Ich gebe inzwischen Zwiebeln, Gemüse und Olivenöl in eine Pfanne, lösche das Ganze mit etwas Gemüsebrühe ab, gebe Sahne und Frischkäse hinzu und reibe Parmesan darüber.

Als ich Polly ihre Portion auf den Tisch stelle, rollt sie die Spaghetti mit der Gabel auf und murmelt: »Himmlisch. Em, das ist so lecker.« Sie nimmt einen großen Schluck Wein. »Und kochen kann sie auch, wer du auch bist, großer Unbekannter, du verpasst was, wenn du dir diese Frau durch die Lappen gehen lässt!«

Sogar ich muss lachen und stoße mit meinem Glas an ihres.

Als ich mich nach dem Essen mit vollem Bauch und dem tiefen Bedürfnis nach ein bisschen Berieselung auf meine Tagesdecke werfe, pingt mein Handy.

Shit! Ich rappele mich so schnell auf, dass ich vom Bett falle.

Aua. Mist.

Ich ziehe das Handy unter dem Bett heraus, wo es mir bei meinem unfreiwilligen Stunt runtergerutscht ist, und entsperre es mit feuchten Händen.

JULI
🎙 Hey Girl, du glaubst nicht, was hier gerade los ist …

Ich stöpsele mir die Kopfhörer in die Ohren und höre mir eine Nachricht meiner besten Freundin an. Juli liebt Tratsch und den bekomme ich jetzt brühwarm zu hören. Keine Nachricht von Jake.

Jake

Eine Woche ist es fast her, als das Ping von Emilies eingehender Nachricht in meinem Herzen für Aufruhr gesorgt hat. Aber zum Glück war mein Kopf zur Stelle, bevor ich etwas Unüberlegtes getan habe. Mich mit ihr zu verabreden zum Beispiel. Doch das ist gerade keine Option. Ich muss erst meinen Kram regeln. Ich will nicht in diesem Chaos stecken und mir noch eine Baustelle aufhalsen. Emilie weiß Dinge über mich, die ich mit niemandem teile. Sie weiß von dem Brief. Und ich weiß, wenn wir uns noch einmal so nah sind wie in dem Café, kann ich für nichts mehr garantieren – dann würde ich sie küssen.

Kurz schweifen meine Gedanken zu ihren vollen Lippen, ihrem Lächeln und der Art, wie sie ihre Locken um ihren Finger dreht. Ich schüttele den Gedanken ab. Ich habe gerade keine Zeit für Ablenkungen, ich muss erst mal mein Leben auf die Kette kriegen! Zweimal setze ich an, um zu antworten. Zweimal lösche ich alles wieder und schleudere mein Handy in mein Kissen. Als hätte ich nicht schon genug Dinge, über die ich mir Gedanken machen muss. Meine Zukunft zum Beispiel. Fuck. Fuck. Fuck! Noch sind Ferien, noch fällt nicht auf, dass ich nicht mehr zur Uni gehe, aber in ein paar Wochen muss ich mir etwas einfallen lassen.

Heute Abend spielen wir wieder im *Tide Night Club.* Und auch das macht mir gerade deutlich weniger Spaß. Die anderen starten durch in ihrem Leben neben der Band. Liam wird nächstes Jahr ein Auslandssemester machen, Malek ist in seinem Studium megahappy. Alle haben einen Plan und keiner Zeit für Bandproben. Nur ich. Weil ich keinen Plan habe. Keine Optionen. Nicht einmal mehr einen Platz an der Uni. Schnell schüttele ich den Kopf, um den Gedanken zu vertreiben. Alles plätschert so vor sich hin. Alle machen sich zum Ablegen bereit, nur mein Boot droht zu sinken. Und keiner da, der mir einen

Rettungsring zuwirft. Meine Gedanken rasen. Ich muss hier raus. Es gibt nur einen Ort, an dem ich meinen Kopf wieder frei bekommen kann.

Zwanzig Minuten später schließe ich mein Rad an einen Fahrradständer an. Das *Underwater* ist ein ganz besonderer Ort. Ich steige die in den Stein gehauenen Treppenstufen nach unten. Sofort wird es kühl und still. Mit der letzten Stufe öffnet sich eine Art Höhle, in die eine bodentiefe Glasscheibe eingelassen wurde. Vor der Scheibe wird das offene Meer mit großen Lichtkegeln erhellt, sodass man Fische und anderen Meeresbewohner erkennen kann, die sich vor der Scheibe tummeln. Mit Blick auf das offene Meer stehen gemütliche Sessel, im hinteren Teil des Raumes kann man sich Erfrischungen kaufen. Jetzt ist der Kaffeestand und das gesamte *Underwater* herrlich leer. Draußen strahlt die Sonne und das Wasser leuchtet in verschiedenen Blautönen. Nur einer der Sessel ist belegt. Perfekt.

Als ich um die Sesselreihe herumgehe, und mich gerade in eines der bequemen Polster fallen lassen will, dreht sich die andere Person zu mir herum. Sekundenlang starren wir uns an. Mein dummes Herz klopft viel zu schnell.

»Jake?«, sagt sie leise.

»Emilie, was ... was machst du denn hier?«

In meinen Ohren rauscht es. Zögernd komme ich näher und lasse mich dann auf den Sessel neben ihr fallen. Auf ihrem Gesicht reflektiert das bläuliche Licht des Wassers. Ihre Locken hat sie heute zu einem Dutt nach oben gebunden. Sie trägt ein Latzkleid und ein geringeltes Shirt und sieht darin bezaubernd aus. Siedend heiß fällt mir ein, dass ich mit meinem alten Hoodie und den ungemachten Haaren mal wieder nicht gerade mein bestes Selbst abgebe.

»Ich musste nachdenken und hier schien mir ein passender Ort dafür zu sein«, antwortet sie verlegen und greift mit ihren Fingern nach ihren Locken, die jedoch in dem Dutt feststecken, weshalb sie sie etwas hilflos wieder sinken lässt.

»Ich auch«, rutscht es mir heraus. »Das ist eigentlich mein geheimer Spot, zu dem ich gehe, wenn ich Ruhe brauche, mich sortieren will, ein Problem habe.«

»Oh, sorry, ich wollte dir nichts … Also, wenn ich lieber gehen soll?«, fragt Emilie und will schon aufspringen.

»Nein, quatsch, das ist doch ein öffentlicher Ort, du musst nicht gehen«, beeile ich mich zu sagen und bin überrascht, wie sehr ich mir wünsche, dass sie bleibt.

Emilie lässt sich wieder in das Polster sinken und wendet sich der großen Scheibe zu. »Ich liebe es, den Fischen dabei zuzusehen, wie sie wie schwerelos durch das Wasser gleiten. Wie sie scheinbar sorglos schillernd durch ihr Fischleben taumeln, ab und zu mal einen kleinen Snack schnappen und ansonsten einfach sein können. Ohne Sorgen, ohne Nöte. So anders als wir Menschen. Unsere ganze Existent scheint sich nur um Probleme zu drehen. Ansprüche, die wir an uns stellen, die andere an uns stellen, die die Gesellschaft an uns stellt. Sei erfolgreich im Job, aber nicht zu sehr, denn du musst noch Zeit für ein ausgewogenes Privatleben haben. Hobbys, Freunde, Sport machen nicht vergessen. Sei sozial, aber geh nicht zu oft aus. Finde einen Partner, aber bloß nicht zu früh. Probiere dich aus, aber nicht zu sehr. Lass dich auf eine Beziehung ein, aber mach deine Lebensentscheidungen nicht davon abhängig. Manchmal habe ich diesen ganzen Druck so satt.«

Diese Frau erstaunt mich immer wieder. Wie kann jemand nur meine Gedanken, die ich nicht in Worte fassen kann, so treffend formulieren?

»Ja! Genau so. Ich hätte es nicht so gut sagen können, aber ja! Darum beruhigen mich auch diese Ruhe hier unten und die fließenden Bewegungen der Quallen, das Gleiten der Fische, die in scheinbar wahllosen Kreisen doch sehr bewusst durch ihre Welt schwimmen. Ziellos. Ohne Druck. Ohne Plan. Einfach gleiten lassen.«

»Ich wünschte, ich könnte auch einfach mal loslassen. Mich einfach treiben lassen. Aber ich bin so beschäftigt damit, Pläne zu machen, dass ich manchmal Angst habe, dass ich plötzlich dreißig bin und die ganze Zeit nur auf etwas hingearbeitet habe, ohne zu verstehen, wie großartig der Moment eigentlich war.« Sie schaut weiter in Richtung der schwebenden Fische. »Es läuft gerade nicht so toll bei der Arbeit. Ich komme nicht so richtig rein. Und ich weiß, es liegt an mir, ich muss mich mehr anstrengen, mehr geben, aber manchmal möchte ich mich nicht immer so anstrengen müssen.«

»Ich«, sage ich zögerlich. »Ich kenne das Gefühl. Gerade weiß ich einfach gar nicht wohin mit mir und was ich eigentlich will im Leben. Und trotzdem ist da dieser Druck. Von meinen Eltern, aber auch von mir selbst. Ich will endlich wissen, was ich mit meinem Leben anstellen will.«

Sie dreht sich zu mir um und blickt mir in die Augen. »Und was willst du, Jake? Abgesehen vom Studium oder Job, was macht denn für dich ein glückliches Leben aus?«

Ich ziehe die Schultern hoch und überlege. »Keine Ahnung«, antworte ich ehrlich.

Auch Emilie zögert, dann sagt sie: »Ich wünsche mir irgendwann eine Familie, so richtig – Mutter, Vater, Kind – mit einem kleinen Haus am Wasser und vielleicht sogar einem Hund. Ich möchte mich einmal wirklich irgendwo zu Hause fühlen. Nicht so viel allein sein. Meine Mom war nicht viel da. Sie musste das Geld für unser Leben verdienen. Mein Dad war sonst wo und ich habe keine Geschwister, nicht mal ein Haustier. Ich war so lange allein, dass ich mir einfach sehr wünsche, es in meinem restlichen Leben nicht mehr zu sein.«

Ihre Worte berühren mich tief. Ich spüre ihre Sehnsucht und gleichzeitig spüre ich meine Angst. Mich erdrückt meine Familie mit ihrem ach so perfekten Familienleben. Ich habe eine Schwester, Vater und Mutter sind noch zusammen und es fühlt sich alles so eng an. Und so fake. Seit der Affäre meines Vaters sehe ich die Beziehung meiner Eltern einfach ganz anders. Und es meiner Schwester nicht zu erzählen, fühlt sich an, als ob ich sie ständig belüge.

»Für mich ist diese Mutter-Vater-Kind-im-Reihenhaus-Story mein Leben. Und eine, die ich mir für mich überhaupt nicht vorstellen kann.« Kurz schweigen wir beide und schauen den Fischen beim Schwimmen zu. Dann räuspere ich mich. »Deine Nachricht, also …«

»Schon okay, du warst sicher einfach busy«, nimmt mir Emilie meine Antwort vorweg. Selbst durch den blauen Schimmer des Wassers meine ich zu erkennen, wie sie rot wird. Als ich sie von der Seite mustere, zieht sie sich eine Locke aus ihrem Dutt und wickelt sie um ihren Finger.

»Das war es nicht«, sage ich rau.

»Nein?«, flüstert sie.

»Nein. Ich muss gerade ein paar Dinge bei mir klarkriegen. Im Moment ist einfach so viel los. Mit der Uni und der Band und dann kommst plötzlich du … und alles ist durcheinander. Weiß du, ich bin nicht so der Beziehungstyp. Dafür war irgendwie nie Platz in meinem Leben, und ich weiß auch gar nicht, ob ich das überhaupt kann. Und ich glaube einfach …«

Ich verstumme.

»Was glaubst du?«, hakt sie zögernd nach und dreht sich zu mir um.

»Ich glaube, du willst mehr, als ich dir gerade geben könnte.«

Jetzt ist es raus. Ich habe es gesagt. Halb erwarte ich, dass sie aufspringt und wegläuft, aber sie bleibt. Und sieht mir fest in die Augen.

»Was will ich denn?«, fragt sie leise. Ich versinke in diesen braunen Augen.

»Du wünschst dir eine echte Beziehung, jemanden, mit dem du dir dieses Leben aufbauen kannst, von dem du gerade gesprochen hast. Aber ich bin noch nicht so weit. Ich weiß noch nicht einmal, wer ich selbst bin, wie soll ich da für jemand anders ein Zuhause sein?« Wieder einmal wundere ich mich darüber, wie ehrlich und offen ich mit ihr sprechen kann. Sie lehnt sich vor, um mich noch besser zu sehen. Obwohl ich ihr gerade gesagt habe, was ich nicht will, kann ich nicht verhindern, sehr genau zu fühlen, was ich will. Sie sieht in dem schimmernden Licht wunderschön aus. Wenn sie noch ein kleines Stück näher kommt … Das Wasser wirft blaue Schatten über ihr Gesicht und sie sieht mich unverwandt an. Mit diesem Blick. Dem ich einfach nicht ausweichen kann.

»Und wie kommst du darauf, dass du so genau weißt, was ich will?«, flüstert sie und kommt noch ein Stückchen näher. Ich atme ihren Duft ein. Sie riecht so gut.

»Ich weiß gar nichts mehr«, murmele ich und rücke noch ein Stück näher an sie heran. Wir sind so nah, dass sich unsere Nasenspitzen fast berühren. Mein Herz klopft und ich spüre, wie sich eine Gänsehaut über meinen Armen ausbreitet. Ich wollte das doch beenden. Ach was, beenden. Ich wollte nichts anfangen! Ihre Wimpern sind so dicht und voll. Ich wollte doch klarstellen, dass das mit uns nichts werden kann. Ihr Atem streicht über meine Wange. Ich wollte doch …

Ach, scheiß doch drauf. Und dann lege ich meine Hand an ihre Wange und streichle langsam mit meinem Daumen über ihre weiche Haut. Ihre vollen Lippen öffnen sich ein kleines Stück, ein Seufzen entweicht ihr, als ich mich zu ihr hinüberbeuge. Dann berühren sich unsere Lippen. In meinem Bauch kribbelt es wie die Blasen, die im Aquarium in Richtung Licht steigen. Ganz leicht fahre ich mit meiner Zunge über ihre Unterlippe.

Als sich unsere Zungen treffen, rauscht eine riesige Welle Adrenalin durch meine Adern und mein Herz kriegt sich gar nicht wieder ein, so laut klopft es. Während die Fische weiter ihre Kreise ziehen, herrscht in meinem Inneren ein Tsunami und lässt die Wellen über mir zusammenschlagen. Während mein ganzer Körper sich danach sehnt, diesen Kuss nie enden zu lassen, lässt mich mein Kopf zurückzucken. Was tue ich hier? Ich kann das nicht. Ich kann ja nicht einmal die Verantwortung für mein eigenes Leben übernehmen, wie soll ich da jemand anderen mit hineinziehen? Noch dazu jemanden wie Emilie? Das ist nicht okay.

Abrupt setze ich mich auf. »Sorry, ich, ich muss los«, stammele ich, traue mich nicht mehr, sie anzuschauen, und renne fast die Treppe hinauf nach draußen.

Emilie

Ich sitze wie benommen in meinem auf einmal gar nicht mehr so gemütlichen Sessel und schaue zwei großen bunten Fischen dabei zu, wie sie sich um eine Pflanze jagen. Wie in einer Achterbahn, immer im Kreis. So fühle ich mich auch gerade. Als hätte Jake mich in eine Achterbahn gelotst und wäre mitten im Looping einfach ausgestiegen.

Was ist hier passiert? Gerade saß ich noch allein vor der großen Glasscheibe und habe den Fischen beim Schwimmen zugesehen und plötzlich ist Jake da und wir küssen uns. Und als mein Herz dachte, es müsste platzen vor Glück, springt er plötzlich auf und nuschelt etwas von losmüssen. Ich habe mir diese besondere Verbundenheit doch nicht eingebildet. Wir waren uns so nah. Dieser Kuss war echt … und meine Gefühle nun endgültig durcheinander.

Nachdem Jake sich nicht auf meine Nachricht gemeldet hat, habe ich versucht, nicht mehr an ihn zu denken. Jetzt kann ich an nichts anderes mehr denken. Und ich verstehe noch weniger, was hier eigentlich los ist. Warum erzählt er mir erst, dass er keine Beziehung möchte, dann küsst er mich und dann, plötzlich, verschwindet er? Habe ich was falsch gemacht? Ich starre die Fische an. Die haben es gut. Paaren sich einfach und dann ist es auch erledigt. Keine Kerle, die nicht auf Nachrichten antworten und einen dann plötzlich küssen. Keine Irrungen oder Wirrungen, keine dämlichen Gefühle, die offensichtlich nicht erwidert werden. Kein Ja oder Nein und diese tausend Möglichkeiten zwischendrin.

Seufzend stehe ich auf, nehme meine Jacke und verlasse das *Underwater*. Wider besseres Wissen checke ich mein Handy. Keine neuen Nachrichten.

Natürlich nicht.

Jake

Scheiße, scheiße, scheiße, was habe ich nur gemacht? Wie konnte das passieren? Wo ist dieser dumme Verstand, wenn man ihn einmal braucht? Und warum hat sich das alles so unfassbar schön angefühlt? Diese Frau bringt mich total durcheinander! Lautes Hupen ertönt hinter mir. Ich falle fast vom Rad vor Schreck. »Jetzt krieg dich mal ein, du Idiot«, brülle ich und biege in meine Straße ein. Wieder hupt es hinter mir. »Was denn? Was willst du denn, du Vollhorst?«, schreie ich und halte am Straßenrand an, um den Drängler vorbeizulassen. Doch das Auto kommt neben mir zum Stehen und jemand lässt die Scheibe herunter.

»Alles klar, Jake?«, fragt Amy und legt ihre Stirn in Falten.

»Du hast mich fast zu Tode erschreckt, und was ist das eigentlich für eine Karre?«, frage ich.

»Das ist der Wagen von einer Freundin, ich will gleich zu IKEA und mein neues Regal abholen. Und bei dir? Alles okay?«

Ich höre ihrem Unterton an, dass sie denkt, dass bei mir gerade gar nichts okay ist.

»Klar. Sicher. Alles super«, lüge ich und versuche ein Lächeln.

»Na, wenn du meinst.« Abwartend bleibt sie mit heruntergelassenem Fenster neben mir stehen und macht den Motor aus.

Ich nehme kurz das Cap hoch, streiche mir durch die Haare und setze es wieder auf. Mir ist klar, dass ich ihr nichts vormachen kann. »Schön. Gar nichts ist okay. Ich habe gerade ein Mädchen geküsst.«

»Schockierend«, sagt Amy mit unbewegtem Gesicht, aber ich sehe, wie ihre Mundwinkel zucken. »Das kommt ja sonst wirklich nie vor.«

»Das ist es ja gerade«, sage ich. »Ich küsse ständig Mädchen, aber ich bin davon nie so durch den Wind. Ich weiß nicht, was ich denken oder fühlen soll. Ich bin total überfordert.«

Jetzt sieht Amy mich ehrlich interessiert an. »Das gibt es ja nicht. Mein Bruder ist verknallt! Das ich das noch erleben darf. Wie schön!«

»Ach so ein Quatsch! Ich bin nicht verknallt. Ich mag Emilie. Aber genau deswegen will ich sie jetzt nicht in meinen Scheiß mit reinziehen. Ich …« Fast wäre mir die Geschichte mit dem Brief und meinem Studium rausgerutscht. »Ach, ist ja auch egal. Ich bin jedenfalls nicht verknallt. Höchstens ein bisschen neben der Spur … wolltest du nicht ein Regal abholen?«, beende ich das Gespräch schnell, bevor mir doch noch mehr rausrutscht, als ich ihr verraten will.

»Wie du meinst, Jake«, sagt Amy lachend. Ihr nervtötend wissender Blick regt mich erst so richtig auf. »Freut mich jedenfalls für dich«, fügt sie noch hinzu, dann lässt sie die Scheibe hochfahren und biegt in unsere Auffahrt ein, um zu wenden. Ich lasse ihr einen kleinen Vorsprung. Erst als sie das Auto umständlich gedreht hat und endlich zu ihrem dämlichen IKEA-Regal aufbricht, schiebe ich mein Rad in Richtung unserer Wohnungstür. In meinem Kopf herrscht das absolute Chaos.

Als ich mich in meinem Zimmer auf mein Bett fallen lasse, rauschen eine Million Gedanken durch meinen Kopf. Ich wollte Emilie nicht küssen. Also, natürlich wollte ich sie küssen. Aber das war so doch alles nicht geplant! Ich wollte mich doch einmal in meinem Leben auf eine Sache wirklich konzentrieren. Und das sollte meine Zukunft sein. Mir rennt die Zeit davon, ich muss eine Lösung finden und Emilie ist gerade einfach eine zu große Störung. Sie bringt mich zu sehr durcheinander. Lenkt mich ab, mit diesen braunen Augen und diesen Lippen und … Halt! Stopp! Jetzt reicht es aber wirklich, Jake! Reiß dich zusammen. Sie ist nur ein Mädchen. Und das hier ist viel größer. Es wird nicht mehr geknutscht! Vergiss sie jetzt und konzentriere dich auf dich und dein restliches Leben, sage ich mir immer und immer wieder.

Stöhnend drehe ich mich auf die Seite. Wenn das nur alles so einfach wäre.

Emilie

Nach dem Kuss im *Underwater* hat sich Jake nicht gemeldet. Ich hatte es auch nicht anders erwartet. Ich habe Juli und Àlvaro nichts davon erzählt. Irgendwie fühlt es sich falsch an, darüber zu sprechen. Er hat mich geküsst und ist dann abgehauen. End of story. Er hat offensichtlich kein Interesse. Stattdessen versuche ich es zumindest Carol irgendwie recht zu machen. Ich lasse mein Handy in der Umkleide und meine Wut an diversen Hefeteigen aus. Als Carol wieder einmal eine Kleinigkeit kritisiert, nehme ich meinen ganzen Mut zusammen und frage. Frage, was sie sich denn anders wünschen würde, was ich in ihren Augen falsch mache und dass ich mehr kann, als Spülen und Hefeteige kneten. Die Stimmung in der Backstube ist seitdem anders. Es ist, als ob Carol mich mit anderen Augen sieht. Oder zumindest überhaupt mal ansieht. Und sie traut mir nach und nach wieder mehr zu. Mehr Arbeit, mehr Ablenkung, keine Zeit für Gedanken an grüne Augen und sich nähernde Lippen. Keine Zeit für Gedanken an Jake.

Nur die Nächte sind unruhig, immer wieder schleicht sich sein Gesicht in meine Träume. Jake, wie er mir sagt, dass er gerade keine Beziehung will, und dann wieder der Jake, der mich so sanft geküsst hat, dass mein ganzer Körper in Aufruhr gerät, wenn ich nur daran denke.

Jetzt ist Freitagabend und ich bin so müde, als hätte ich die ganze Woche über keinen Funken Schlaf abbekommen. Kein Wunder, bei den wirren Träumen. Nach Feierabend habe ich mich sofort mit meinem Buch unter der Decke verkrochen. Aber mir fallen beim Lesen ständig die Augen zu. Ich schäle mich aus dem Bett, schlurfe ins Bad und betrachte mein Gesicht im Spiegel. Ein blasses Mädchen mit dunklen Ringen unter den Augen blickt mir entgegen. Die Locken liegen platt an meinem Kopf. Ich atme tief durch, drücke eine große Portion Zahnpasta auf meine Zahnbürste und scrolle durch meinen Social Media Feed.

PING! Ich lasse vor Schreck fast mein Handy ins Waschbecken fallen, gerade noch kann ich es abfangen, bevor es in dem großen Klecks Zahnpasta landet, der am Rand des Waschbeckens klebt. Eine neue Nachricht. Mein Herz pocht.

Enttäuschung zieht wie zähflüssige Lava durch meine Venen. Die Nachricht ist von Álvaro.

ÁLVARO
Timothy hat sich die ganze Woche nicht gemeldet, ich muss heute Abend in den *Tide Night Club* und schauen, ob er mit jemand anderem rummacht. Und du kommst mit. Ich habe einen Plan, bin um 21 Uhr bei dir. Stell den Prosecco kalt.

Ich starre die Nachricht an. Dann fällt mein Blick auf die Uhr und weiter auf meinen Schlafanzug, den ich bereits trage. Es ist halb neun. Ich stöhne.

EMILIE
Álvaro, sei mir nicht böse, ich bin schon im Bett und todmüde, war echt anstrengend die Woche. Next week?

Müde lege ich mein Handy zur Seite und will mir endlich die Zähne putzen.

Ping! Ich tippe nervös meinen Code ins Handy, obwohl ich ja eigentlich schon weiß, von wem die Nachricht ist.

ÁLVARO
Vergiss es, ich muss da heute hin und du kommst mit.
Keine Widerrede!

Eigentlich wollte ich mich gleich wieder mit meinem Buch ins Bett verziehen. Ich seufze. Aber ich will Álvaro auch nicht hängen lassen. Er ist in den letzten Wochen ein echter Freund geworden und ich kann gut verstehen, warum er heute ausgehen will. Aber ausgerechnet in den *Tide Night Club*? Jake wird ganz sicher auch da sein. Die *B.Heights* spielen heute. ich kann mich doch nicht den ganzen Abend vor ihm verstecken. Wie soll ich mich verhalten, wenn ich ihm gegenüberstehe? Ohh no, das wird so was von unangenehm. Ich verstehe die ganze Aktion immer noch nicht. Erst küsst er mich und dann verschwindet er und meldet sich nie wieder. Mein Kopf schwirrt schon vor lauter Gedanken. Schnell stecke ich ihn unter den warmen Wasserstrahl der Dusche. Dann drehe ich auf kalt. Als das eisige Wasser auf mich niederprasselt, kreische ich laut auf.

Nur eine halbe Stunde später klingelt Álvaro an unserer Tür. Polly sitzt gerade in ihrer Jogginghose in der Küche und blättert gelangweilt durch eine Zeitschrift. Álvaro springt die wenigen Stufen bis zu unserem Wohnzimmer fast in einem Satz nach oben und hält zwei Flaschen Prosecco hoch. Mit einem Blick auf Polly ruft er: »Ladies! Schmeißt euch in die Feier-Outfits, wir werden heute Abend flachgelegt!«

Sie lacht und legt die Zeitschrift weg. »Bevor ich mich schlagen lasse.« Ich atme auf. Wenn Polly dabei ist, bin ich wenigstens nicht allein, falls Álvaro und Timothy sich nach fünf Minuten entscheiden zu gehen. Oder falls Jake doch zu mir kommt, um Hallo zu sagen, ergänzt mein Herz. Doch diese Hoffnung sollte es am besten direkt wieder begraben. Nein, heute gehe ich aus, weil ich mit meinen Freunden zusammen sein will. Und dann reißt Polly mich auch schon aus meinen Gedanken. »Meinst du, dein Unbekannter könnte heute Abend da sein?«

Ich sehe, wie Álvaro den Mund öffnet, aber ich mache hinter Pollys Rücken hektische Bewegungen. Also klappt er den Mund wieder zu. Wie ein Fisch auf dem Trocknen.

Polly sieht von ihm zu mir und lacht. »Also ja, verstehe. Dann lass uns doch mal schauen, was dein Kleiderschrank für eine wilde Partynacht so hergibt, Em!«

Zwanzig Minuten später trage ich das Hauch-von-nichts-Top, das Álvaro für mich ausgesucht hat, einen knielangen Rock und hohe Stiefel. Außerdem bindet Polly mir meine Locken zu einem strengen Zopf nach oben. Als ich mich im Spiegel mustere, gefällt mir, was ich sehe. Mein Look ist wilder. Verruchter. Heute bin ich jemand anders, jemand, der sich nicht von einer unbeantworteten Nachricht aus dem Konzept bringen lässt. Jemand, der selbstbewusst ist. Jemand, vor dem man nicht wegläuft, nachdem man ihn gerade geküsst hat.

»Du kannst beim nächsten Mal ruhig Hallo sagen, ich beiße nicht« hallt es durch meinen Kopf. Und dann sehe ich diese unglaublich grünen Augen und wie er sich zu mir herunterbeugt. Seine Lippen auf meinen. Ich erschaudere. Allein der Gedanke sorgt bei mir für Gänsehaut. Schluss damit! Heute Abend ist Jake tabu, für meine Gedanken und für meine Gefühle. Heute Abend geht es nicht um ihn. Heute Abend will ich einfach nur frei sein und tanzen. Ohne Gedanken an irgendeinen Kerl! Ich nehme noch einen großen Schluck aus der Proseccoflasche, dann ziehen wir los.

Als wir kurz nach Mitternacht im Club auftauchen, spielt die Band bereits. Wir holen uns Drinks an der Bar. Polly sieht heute wieder atemberaubend aus. Ihre roten Haare fallen ihr über den Rücken, sie trägt ein kurzes Kleid mit Spaghettiträgern, von denen einer immer wieder, wie zufällig, von ihrer Schulter rutscht. Sie zieht mich auf die Tanzfläche. Der Prosecco wirbelt durch meine Venen und ich fühle mich fantastisch, traue mich aber nicht, zur Bühne zu gucken. Die Band spielt ihr übliches Set und inzwischen kann ich die meisten Lieder mitsingen. Álvaro tanzt mit einem jungen Kerl neben uns, hält dabei jedoch auffällig unauffällig Ausschau nach Timothy.

Ich riskiere jetzt einen Blick in Richtung Bühne. Jake sitzt im Halbdunkel hinter seinem Schlagzeug. Er trägt wie immer seine Montur aus einem schwarzen Motivshirt und schmalen schwarzen Jeans. In einer Pause nach seinem Drumsolo fährt er sich mit der Hand durch die Haare und schiebt sie sich hinter die Ohren. Er sieht unfassbar sexy aus. In meinem Bauch macht sich ein Kribbeln breit. Schnell schaue ich weg und nehme noch einen Schluck von meinem Drink.

Polly stupst mich in die Seite. »Wusste ich es doch, du stehst auf Jake Albright«, brüllt sie mir ins Ohr. Ich werde knallrot.

»Schrei doch nicht so«, antworte ich ihr und blicke mich verstohlen um. »Kann sein, ein bisschen vielleicht«, gebe ich schließlich zu, als Polly mich mit einem durchdringenden Blick mustert.

»So wie er dich nach dieser Prügelei umsorgt hat, klingt es doch, als ob er dich auch ganz gut findet? Geht da was, Emilie?«, fragt Polly jetzt ganz enthusiastisch.

»Wir haben uns geküsst«, gestehe ich.

»Was??? Wann? Wie? Wo? Ich will alles wissen.« Polly ist ganz aufgeregt.

Ich erzähle ihr kurz von unserem Treffen im *Underwater* und wie verunsichert ich jetzt bin.

»Was für ein Idiot, einfach abzuhauen! Na, der soll sich mal warm anziehen, dem zeigen wir jetzt, was er verpasst!« Sie wirbelt um mich herum. Wir lachen und ich merke, wie ich endlich etwas loslasse, lockerer werde. Polly tut mir gut. Ihr Lachen ist ansteckend und sie hat ja so recht! Nicht ich bin die Idiotin, sondern er! Ich fühle mich leichter, bewege mich mit geschlossenen Augen im Takt der Musik. Einen kleinen Moment lang wünsche ich mir, dass Jake vielleicht herübersieht, mich sieht. Bevor ich die Augen öffnen und nachschauen kann, verrät mir ein kurzer Stolperer im Takt des Schlagzeugs, dass ihn etwas aus dem Konzept gebracht hat. Als ich schließlich doch die Augen öffne, treffen sich unsere Blicke. Überrascht weiten sich seine Augen, als er mich erkennt. Die Welt scheint für einen Moment still zu stehen, ich sehe nur ihn und vergesse alles, bis Polly mich außer Atem an der Hand durch die tanzende Menge in Richtung Bar zieht.

»Ich brauche jetzt erst mal einen Drink!«, verkündet sie. Ich schaue zur Band und sehe, dass Jake zu uns herüberblickt. Sogar auf die Entfernung erkenne ich, wie sich seine Augenbraue hebt, als er mich im diffusen Licht der Discokugeln anschaut. »Das war eine echt heiße Tanzeinlage, Em!«, prostet Polly mir zu.

»Sogar mir ist ganz warm geworden«, mischt sich Álvaro in das Gespräch ein, der sich von der Seite zwischen uns geschoben hat. Er schnappt sich mein Glas und leert es in einem Zug. »Allerdings lasse ich euch wilde Miezen nun allein.« Erst jetzt entdecke ich Timothy hinter ihm. Ich grinse.

»Geh und lass dich flachlegen«, rufe ich ihm fröhlich zu.

»Gleichfalls«, flüstert Álvaro zurück und deutet mit einem Nicken in Richtung der Bühne. Ich werde rot.

Polly hat inzwischen Shots an der Bar bestellt. Ein ganzes Tablett voll. Sie sieht mich an und ich erkenne erneut dieses Glitzern in ihren Augen. Ich weiß noch nicht, ob das etwas Gutes bedeutet. Aber ich habe auch keine Zeit, weiter darüber nachzudenken. Schon halte ich das erste Shotglas in der Hand.

Drei Shots später beendet die Band ihr Set mit ihrem größten Hit und die Musik des DJs dröhnt aus den Boxen.

»Das ist mein Song!«, brüllt Polly da plötzlich neben mir, und zu meinem Entsetzen steigt sie auf einen der Barhocker und dann auf den Tresen. Sie reicht mir ihre Hand. »Komm schon, Em, rauf mit dir. Let's get this Party started.«

»Auf keinen Fall!« Abwehrend hebe ich die Hände. Mein Gesicht ist feuerrot, und ich sträube mich wie eine Katze, um mich nicht von ihr mitziehen zu lassen.

»Ach Em, jetzt lass mich doch nicht hängen, sei kein Frosch, das wird lustig«, ruft Polly von oben und sieht mich bittend an. Ich fühle mich ganz und gar nicht wohl in der Situation, aber gleichzeitig irgendwie verpflichtet, sie da jetzt nicht allein stehen zu lassen. Ich habe in meinem ganzen Leben noch nie auf einem Tresen getanzt, ich habe noch nicht einmal darüber nachgedacht. Ich blicke Amy hinter der Bar an, die zuckt mit den Schultern und lacht. Und dann lasse ich mich von Polly auf die Theke ziehen. Unter uns jubeln ein paar Leute und Polly tänzelt um mich, macht wilde Verrenkungen und sexy Moves, bis ich langsam lockerer werde. Das Lied ist zu Ende, die Band packt bereits ihre Instrumente ein. Ich spüre Jakes Blick auf mir. Das wirkt wie ein Katalysator. Ich schaue ihm tief in die Augen, bewege meine Hüften zur Musik, die jetzt aus den Boxen kommt und dann spüre ich, wie eine Hand von unten mein Bein hinauffährt. Als ich nach unten gucke, sehe ich einen Kerl, der mit ein paar sehr eindeutigen Handzeichen andeutet, was er gern mit mir machen würde. Ich werde unsicher und gehe ein paar Schritte zur Seite. Auch Polly wird jetzt blöde angemacht und steigt kurzerhand von der Theke. In dem Moment packen mich zwei starke Arme um die Taille und ziehen mich vorsichtig nach unten. Ich lande direkt vor Jake.

»Curly, was machst du denn für Sachen?«, fragt er und ich bin wie gefangen von seinem Blick. Er sieht mich mit einer Mischung aus Ernst und Lächeln an, die mir die Beine wegzieht. Dieser Kerl bringt mich so dermaßen durcheinander. Immer wenn ich ihn sehe, will ich nichts mehr als ihn küssen, ihn ganz nah spüren, und gleichzeitig habe ich Angst vor seiner Zurückweisung. Ich sollte ihn fragen, warum er abgehauen ist. Warum er sich nicht gemeldet hat. Seine Wimpern sind so lang. Sein Gesicht ist so nah an meinem. Mein Puls rast. Und dann schmeiß ich alle Bedenken einfach über Bord. Sorgen kann ich mir später wieder machen. Unsere Lippen sind nur noch Zentimeter voneinander entfernt.

»Der Tanz war echt heiß«, flüstert Jake mir ins Ohr. Dabei streifen seine Lippen mein Ohr und mein ganzer Körper wird von einer Gänsehaut überzogen. Seine Lippen fahren dicht an meiner Wange entlang und die kleinen Härchen auf meinem Arm stellen sich auf. Als er mir erneut in die Augen sieht, überbrücke ich die letzten Zentimeter zwischen uns. Ich beuge mich etwas nach vorne, und kann seinen Atem auf meiner Haut spüren. Dann berühren meine Lippen seine. Ich habe das Gefühl zu verbrennen. Seine Lippen sind erst weich und zart, als ich mich ihm weiter entgegenbeuge, wird der Kuss fordernder. Jake öffnet seinen Mund und seine Zunge fährt zärtlich meine Lippen entlang, als sich unsere Zungen treffen, explodiert irgendetwas in meinem Bauch. Dieser Kuss ist so gut, ich möchte nie wieder aufhören, Jake zu küssen.

Alle Zweifel schieben die Endorphine einfach beiseite. Alles andere hört auf zu existieren. Ich höre die Musik nicht mehr, spüre nur den Herzschlag, der in meinen Ohren dröhnt. Meine Augen bleiben fest geschlossen, ich will nichts sehen, will nur fühlen. Fühlen, wie Jakes Zunge mit meiner spielt, langsam, dann wieder fordernder. Wie er mich gegen den Barhocker presst und ich durch den dicken Stoff seiner Jeans fühlen kann, wie erregt er ist. Wie sehr möchte ich ihn berühren. Ich spüre seine Hand, die ganz langsam unter den dünnen Stoff meines Tops fährt und meinen Rücken streichelt. Nur ganz zart, und trotzdem sorgt die Berührung seiner Finger auf meiner nackten Haut für einen erneuten Schauder, der mich durchrieselt.

Mein ganzer Körper reagiert auf ihn wie ein Verdurstender in der Wüste. Wie von selbst drängen sich unsere Körper immer enger aneinander. Ich fühle seine muskulösen Arme, die mich fest umschlungen halten, spüre seine Erregung, die sich gegen meinen Bauch drückt. Ich muss mich zusammenreißen, um meine Hände nicht genau dorthin wandern zu lassen. Meinen ganzen Körper überzieht ein Frösteln, als ich spüre, wie seine Finger an meiner Seite nach oben streichen und ganz leicht die Seite meiner Brüste berühren. Ich erschaudere und ein Stöhnen verlässt meinen Mund. Meine Brustwarzen drücken gegen das Shirt und ich möchte, dass dieser Moment niemals vorbeigeht. Ich habe Zeit und Raum vergessen. Wir schweben wie Fische in einem Aquarium. Es gibt nur ihn und mich.

Jake

Nicht nachdenken, nur fühlen. In meinem Kopf dreht sich alles. Ich habe keine Ahnung, was hier gerade passiert. Hatte ich mir nicht zu Hause noch geschworen, dass ich sie auf keinen Fall wieder küssen werde? Sie am besten gar nicht wiedersehen sollte? Aber als Emilie auf diesem Tresen stand, so sexy, so selbstbewusst, oh Mann. Ich konnte die Augen nicht von ihr nehmen. Und als dieser ekelhafte Kerl sie so derb angemacht hat, musste ich eingreifen. Ich wollte nicht, dass er ihr zu nahe kommt. Wie er sie angestarrt hat, mit seinen Blicken ausgezogen, und er sie dann sogar angefasst hat – einfach widerwärtig. Und ihre offensichtliche Abneigung dagegen – das war alles zu viel für mich. Und dann passierte alles wie auf Autopilot. Ihre Lippen auf meinen, unsere Zungen, die sich berühren. Es ist, als ob wir nie etwas anderes gemacht haben. Ich bedecke ihren Hals mit zarten Küssen. Sie riecht nach Bodylotion und einem blumigen Parfum. Sie riecht nach Emilie. Als meine Finger ihre nackte Haut unter ihrem Top berühren, erschaudert sie, drückt sich so eng an mich, als möchte sie am liebsten in mich hineinkriechen. Und ich halte sie fest. Die Gänsehaut hat auch ihre Brüste erreicht und ihre Brustwarzen drücken sich durch den zarten Stoff ihres Tops. Nur dieser Hauch von Nichts trennt meine Finger von ihrer nackten Haut. Wie gern würde ich den dünnen Träger ihres Tops über die Schulter gleiten lassen. Aber ich kann mich gerade noch zusammenreißen.

Die Menschen um uns herum habe ich längst vergessen, ich spüre nur Emilie. Alles an ihr ist so echt. So wahrhaftig. Und wie schön sie ist. Ich hätte es nicht ausgehalten, wenn einer dieser anderen Idioten ihr zu nahe gekommen wäre. Was sollen die guten Vorsätze, ich will sie. Jetzt und hier. Ein Stöhnen entfährt mir und ich küsse sie noch intensiver. Langsam fahren meine Finger ihren Bauch hinauf in Richtung ihrer Brüste.

In dem Moment rempelt mich jemand von hinten an. Ich falle nach vorn, pralle gegen Emilie, die sich gerade noch an der Theke abfangen kann.

Der Rempler wirkt wie ein Eimer kaltes Wasser. »Bist du okay?«, frage ich Emilie, die sich noch immer an der Bar abstützt. Sie nickt, ihre Wangen sind gerötet und ich gebe mir alle Mühe, meinen Kopf und meinen Körper wieder einzufangen. Sonst bin ich immer cool, hab das mit den Mädchen unter Kontrolle. Aber das mit Emilie ist anders. Das ist mehr. Das ist mehr, als ich gerade will. Und kann. Und trotzdem war dieser Kuss so viel schöner als alles, was ich in letzter Zeit in diesem Club erlebt habe. Ein Kuss – und ich bin schon so durcheinander. Zwei, wenn man den aus dem *Underwater* mitzählt. Ich habe keine Ahnung, was ich jetzt sagen soll. Sie blickt mich mit ihren braunen Augen an, als ob sie auf irgendetwas wartet. Als ob sie auf eine Ansage wartet. Kein Wunder, erst treffen wir uns, dann schreibe ich ihr mitten in der Nacht und dann melde ich mich nicht mehr. Dann küsse ich sie und renne weg. Nur um sie dann kurze Zeit später direkt wieder zu küssen. Was ist denn nur los mit mir?

Sie sieht mich fragend an. »Ich glaube, wir sollten mal reden?«

Nein. Ja.

Aber was soll ich dann sagen? Aus einem Nicken und einem Kopfschütteln wird ein Kopfwackeln. Oh Mann. Wie idiotisch kann man sich denn bitte verhalten?

»Ah, da seid ihr beiden ja«, sagt in dem Moment Amy und zwinkert mir zu. »Emilie, alles klar?«, fragt sie. Emilie wird rot. Klar, die beiden kennen sich seit unserem unfreiwilligen Fight Club letzte Woche ja auch. »Kommst du morgen mit an den Strand? Jake und ich wollten die ersten Sonnenstrahlen ausnutzen und vielleicht eine Runde Beach Volleyball spielen, ein Pint in der Sonne, so was?«

Wir wollten was? Ich schaue Amy an, als käme sie vom Mond. Diese Pläne sind mir völlig neu und wie kommt sie dazu, einfach Emilie einzuladen? Aber ich kann die Einladung ja jetzt schlecht zurücknehmen, oder? Oder? Kann ich? Ich könnte ihr später eine Nachricht schicken, dass ich morgen doch nicht kann. Ja, das mache ich. Sehr gut.

»Ich, also, ja. Warum eigentlich nicht, wenn Jake nichts dagegen hat?«, fragt in dem Moment Emilie und sieht mich scheu von der Seite an.

»Nee klar, komm ruhig dazu.«

»It's a date, klasse, dann sehen wir uns morgen um 15 Uhr am Beachvolleyballfeld«, flötet Amy und verschwindet hinter dem Tresen.

»It's a date«, hallt es in meinem Kopf nach. Wie bin ich hier bloß reingeraten? Und viel wichtiger: Wie komme ich wieder heraus? Was mache ich denn jetzt? Und wer sagt meinem Herz, es soll aufhören, so laut zu klopfen, wenn ich an ein Wiedersehen mit Emilie denke?

Emilie

Im Bett starre ich noch lange aus dem Fenster. Wir haben uns geküsst. Schon wieder. Aber diesmal ist er nicht weggelaufen. Stattdessen treffen wir uns morgen am Strand. Mit Amy. Ein gutes Zeichen? Ich kriege meine Gedanken gar nicht sortiert. Habe ich morgen ein Date mit Jake? Oder eine Verabredung mit Amy, bei der zufällig auch ihr Bruder anwesend sein wird? Ich fahre mir mit dem Finger über die Lippen, sie fühlen sich ganz wund und geschwollen an von den Küssen. Ein Lächeln stiehlt sich darauf. Und in meinem Bauch kribbelt es. Ich muss vorher unbedingt Juli anrufen und ihr alles erzählen. Und dann schlafe ich mit einem Lächeln auf den Lippen ein.

Jake

Am nächsten Morgen weckt mich das Rumpeln der Kaffeemaschine, die Bohnen einzieht. Danach das vertraute Sirren. Ich drehe mich noch einmal um und ziehe mir die Decke über den Kopf. Sofort tauchen Bilder von letzter Nacht vor meinen Augen auf. Emilies dunkle Augen, ihre Lippen auf meinen, die Gänsehaut am ganzen Körper. Ich könnte mich ohrfeigen. Wie sehr kann man sich denn bitte von seinem Schwanz steuern lassen? Schuld an allem ist dieser Typ, der sie befummelt hat, da ist eine Sicherung in meinem Hirn durchgebrannt. Und dann noch die bescheuerte Aktion von Amy. Was sollte denn das bitte? Will sie jetzt Kupplerin spielen, oder was? Ich will nicht verkuppelt werden, ich will meine Ruhe und vor allem meinen Spaß. Ich muss das mit Emilie klarstellen. Und zwar schnell. Dafür mag ich sie zu gern. Ich will ihr nicht wehtun, in dem ich ihr etwas vorspiele oder in Aussicht stelle, das gerade einfach nicht drin ist.

Meine Tür öffnet sich einen kleinen Spalt. »Ich bringe einen Friedenskaffee …«

Amy. Na klar. Wer sonst. Ich ziehe mir die Decke wieder vom Kopf.

»Verräterin«, knurre ich. »Leg besser noch ein Croissant drauf!«

Eine Minute später ist sie mit einem Körbchen, gefüllt mit duftenden Croissants, sowie zwei Bechern Kaffee zurück. Auf ihrem steht »Sorry for what I said when I was hungry«. Sie dreht mir die Schrift zu und lächelt entschuldigend. Ich setze mich auf, trinke einen großen Schluck und beiße in das butterige Croissant.

»Also, willst du mir vielleicht mal erklären, was das gestern sollte?«, nuschele ich und einige Krümel landen auf meiner weißen Leinenbettwäsche. Unwirsch wische ich sie weg und ziehe meine Augenbraue hoch.

Amy lacht. »Sorry, aber die Nummer mit der Augenbraue kannst du dir bei mir echt schenken. Und was habe ich denn schon groß gemacht? Ich finde, Emilie ist ein echt cooles Mädchen. Ganz anders als die ganzen Dumpfbacken, mit denen du dich sonst so umgibst. Stimmt doch«, würgt sie meinen halbherzigen Protest sofort ab. »Und da ihr euch ja so gut verstanden habt«, das »gut verstanden« setzt sie in alberne Anführungszeichen mit ihren Fingern, »und du in den letzten Wochen echt niedergeschlagen warst, dachte ich …«

»Dachtest du, du lädst einfach mal irgendein Mädchen ein, den Tag mit uns zu verbringen, ohne mich vorher zu fragen?«

»Sie ist ja eben nicht irgendein Mädchen. Du warst gestern schon völlig durch den Wind wegen ihr und dann sehe ich dich zum zweiten Mal in kürzester Zeit den Ritter in eiserner Rüstung spielen. Erst bei der Prügelei und dann, weil irgendein Idiot sie anbaggert. Weißt du, du hast dich in letzter Zeit echt oft wie ein ziemlicher Arsch benommen … aber mit ihr bist du irgendwie anders. Netter. Mehr wie der alte Jake.« Sie sieht mich besorgt an und wir schweigen beide für einen Moment. »Was ist denn eigentlich gerade mit dir los?«

Shit! Sie hat gemerkt, dass etwas nicht stimmt. Hoffentlich fragt sie nicht weiter, ich kann Amy nicht gut anlügen. Ich befürchte, mir wird nichts anderes übrig bleiben, als da heute mit ihr aufzutauchen, wenn ich nicht will, dass sie weiter nachbohrt.

»Nichts ist los. Okay, ich komme mit, aber tue so etwas bitte nie wieder.«

»Klar, sicher«, grinst sie und steht auf. »Dann mach dich mal abfahrtbereit, du hast nämlich fast bis 14 Uhr gepennt.« Erst jetzt sehe ich auf mein Handy und schmeiße ihr ein Kissen hinterher, als sie sich schnell an der Tür in Sicherheit bringt. »Du hinterhältige …«

»Bis gleich, Bruderherz!«

Als ich im Bad meine Zähne putze und in den Spiegel schaue, muss ich lächeln. Es war nicht smart, Emilie zu küssen. Aber es war heiß. Und wenn ich ganz ehrlich bin, würde ich es wirklich gern noch einmal tun. Aber Mädchen wie Emilie wollen Beziehungen, etwas Ernstes, etwas Echtes, und ob ich das will, weiß ich nicht. Ich stecke so knietief in meinen eigenen Problemen, ich kann und will mir nicht noch die Verantwortung für einen anderen Menschen aufhalsen. Und das werde ich ihr auch so erklären. Klare Fronten schaffen. Entschlossen spucke ich den Rest Zahnpasta ins Waschbecken und stelle die Zahnbürste zurück an ihren Platz.

Emilie

Unsicher gehe ich am Beachvolleyballfeld auf und ab. Am Strand spielen Kinder in den Kieseln und laufen barfuß vor den Wellen weg. Einige Menschen baden bereits. Engländer sind da eindeutig hartgesottener als ich. Die bunten Beach Huts, die kleinen

Holzhütten mit den farbigen Türen, bieten Eis, Süßigkeiten und Strandspielzeug an. Neben dem Beachvolleyballfeld, das direkt am Strand aufgeschüttet ist, sitzen einige junge Leute in der Sonne und trinken Bier und Wein. Lachen klingt zu mir herüber.

Heute sind es 23 Grad. Es ist herrlich warm. Ich habe mich für blaue Shorts und ein lässiges weißes Top entschieden. Darüber meine geliebte Jeansjacke. Ich halte mir die Hand über die Augen. Leider habe ich meine Sonnenbrille nicht dabei. Ich kneife die Augen zusammen, um besser zu sehen. Wie immer bin ich zu früh. Eigentlich würde die Zeit noch reichen, mir an einer der Strandbuden eine Sonnenbrille zu kaufen, bevor ich hier den ganzen Tag die Augen zusammenkneife. Unentschlossen schlendere ich zu dem erstbesten Stand und probiere ein Modell an. Schwarz und rund. Ich sehe aus wie John Lennon. Das wird sie eher nicht. Modell zwei lässt mich wie eine verrückte Professorin erscheinen. Das dritte ist so groß, dass sie mir immer wieder von der Nase rutscht. Da höre ich hinter mir ein dunkles Lachen. »Ich würde mal die Kinderbrillen probieren.«

Jake. Ich drehe mich um und da steht er. Die Haare lässig unter einer grünen Cap versteckt. In einem schwarzen Shirt und schwarzen Jeans, mit einem Skateboard unter den Arm geklemmt. Grinsend kommt er näher und zieht nun ebenfalls eine Brille aus der Halterung. War ja klar, bei ihm sieht natürlich jedes Modell gut aus. Das Leben ist unfair. Er setzt mir eine helllila Brille mit eckigen Gläsern auf, die ich mir nie rausgesucht hätte. Aber überraschenderweise gefällt sie mir. Ich lächele meinem Spiegelbild zu. Er nimmt mich an den Schultern, dreht mich zu sich um und schaut mich prüfend an. Unsere Blicke bleiben durch die Sonnenbrillen aneinander hängen und ich könnte in dem Moment versinken. Da räuspert Jake sich, weicht etwas zurück und nimmt seine Brille ruckartig ab. »Die ist gut, die würde ich nehmen.«

Schnell stelle ich mich in die Schlage, um zu bezahlen. An der Kasse versuche ich tief ein- und auszuatmen, um meinen Puls wieder auf ein normales Level zu bringen.

Jake

Was ist nur mit diesem Mädchen, dass sie mich so aus dem Konzept bringt? Ein Blick und schon spielt mein Herz verrückt. Aber damit ist jetzt Schluss. Wenn sie eine Lovestory sucht, bin ich der falsche. Und genau das werde ich ihr heute sagen. Schluss mit diesem Hin und Her. Und wo ist überhaupt Amy, verdammt? Erst macht sie so ein komisches Dreierding aus und dann lässt sie mich plötzlich allein? Ich blicke mich suchend um.

In dem Moment kommt Emilie. Sie trägt die neue Sonnenbrille und lächelt mich schüchtern an.

»Emilie, da bist du ja«, höre ich in dem Moment meine Schwester rufen und sehe nur, wie ein bunter Wirbelwind an mir vorbeizieht und Emilie herzlich in den Arm nimmt. Amy hakt sich bei ihr unter und zieht sie zum Beachvolleyballfeld.

Wir schauen eine Weile dem Match zu, das gerade stattfindet, dabei unterhalten sich die beiden Mädchen über keine Ahnung was. Ich lasse mich irgendwann in den Sand fallen, lehne mich zurück und schließe die Augen. Kurz mal Ruhe, an nichts denken.

Bis mir der Ball vor die Füße rollt und ein Mädchen meinen Namen sagt. Ich öffne die Augen. Vor mir steht eine Blondine in sehr kurzen Shorts und einem engen Sport-Top. Sie blickt mich erwartungsvoll an. Ich kenne sie, kann mich aber gerade nicht an ihren Namen erinnern. Verdammt! In meinem Kopf ist absolute Leere. »Clara«, sage ich einer plötzlichen Eingebung folgend. »Clara, hi! Schön, dich zu sehen.« Ich stehe auf und umarme sie ungelenk. Neben mir verkneift Amy sich ein Grinsen. Emilie blickt mit großen Augen von dem Mädchen zu mir und wieder zurück. Clara wiederum blickt von ihr zu Amy, und dann zu mir. Gott, ist mir das peinlich.

»Du hast anscheinend gleich zwei gute Gründe, mich nicht anzurufen, Casanova«, sagt Clara, nimmt einen großen Schluck aus ihrer Wasserflasche und kippt mir anschließend den Rest über den Kopf. »Da kannst du eine Abkühlung sicherlich gut gebrauchen.« Sie wirft die Haare nach hinten, dreht sich um und geht kichernd mit ihren Freundinnen davon.

Die kurze Stille wird von einem dröhnenden Lachen unterbrochen. Amy prustet lauthals los und hält sich den Bauch. »Jake, du musst echt mal an deinem Umgang mit Mädchen arbeiten. Die Dusche hast du verdient, mein Lieber.« Amy kriegt sich gar nicht mehr ein und auch Emilie grinst.

»Schön, dass euch die ganze Nummer so amüsiert«, schnaube ich, schnappe mir wiederum meine Wasserflasche und versuche sie einer der beiden über dem Kopf auszuleeren. Kreischend rennen sie weg.

Emilie

Nachdem Jake Amy und mich mit der Wasserflasche um das halbe Spielfeld gejagt hat, starten wir unser kleines Match. Ich bin nicht besonders gut im Volleyball, aber keiner der beiden gibt mir das Gefühl, dass es eine Rolle spielt. Amy und ich scheuchen Jake nur so über den Platz und dank der unfreiwilligen Dusche sieht er inzwischen aus wie ein paniertes Schnitzel. Sein Shirt ist über und über mit Sand bedeckt. Nach zehn Minuten zieht er es kurzerhand mit einer schnellen Bewegung über den Kopf und ich verfehle prompt den Ball. Jakes Oberkörper ist nicht übermäßig muskulös, aber er hat durchtrainierte Arme. Der kleine Bauch lässt ihn bei all der Perfektion menschlich erscheinen. »Huhu! Hier spielt die Musik«, unterbricht mich in dem Moment Amy und wedelt mit der Hand vor meinem Gesicht herum. »Lass dich von dem miesen Ablenkungsversuch meines Bruders nicht aus dem Konzept bringen!« Lachend schmettert sie ihm den Ball um die Ohren. Am Ende gewinnen wir knapp.

Nach dem Match haben wir uns gerade einen Platz in einem der Beach Pubs gesichert und Bier und Pommes geordert, als

Amy aufspringt. »Schon so spät, ich habe die Zeit ganz vergessen, ich habe da ja noch diese Sache«, murmelt sie. »Trinkt ihr mal ganz in Ruhe euer Bier, ihr könnt auch meins haben, ich muss jetzt leider los.«

Nervös rutsche ich auf der Bank herum, auf der wir beide sitzen. Allein mit Jake … »Wir können auch gehen, wenn du lieber …«, sage ich und schaue ihn unsicher an. In dem Moment stellt die Bedienung unsere Bestellung vor uns auf den Holztisch: drei Pint und zwei Portionen Pommes. Über uns flattern kleine Wimpelketten, langsam geht die Sonne hinter uns über dem Meer unter und taucht alles in dieses weiche Abendlicht. Die Lichterketten, die kreuz und quer über die Terrasse gespannt sind, springen an. Mein Magen knurrt mit Nachdruck, als der Duft der fertigen Kartoffelstäbchen zu mir hinaufdringt.

Jake mustert mich und meint dann: »Jetzt ist ja alles schon da, also können wir auch noch unsere Pommes essen. Es sei denn, du willst lieber …«

»Nein!«, beeile ich mich zu sagen. Fasziniert beobachte ich, wie Jake die Essigflasche aus einem kleinen Körbchen nimmt, welches auf jedem der Tische steht, einen großen Schuss Essig über die Pommes verteilt und großzügig Salz darüberstreut. »Aber das musst du mir jetzt wirklich mal erklären!«, lache ich und greife meinerseits nach der Ketchupflasche.

Er nimmt ein Pommesstäbchen, pustet darauf und hält es mir hin. »Probier, es wird dein Leben verändern, versprochen«, sagt Jake und sieht mich an. Dieses wunderschöne Grün, ich könnte darin versinken. Ich beiße in das Kartoffelstäbchen, während wir uns weiter in die Augen schauen. Überrascht merke ich, wie es in meinem Mund explodiert. Salzig, sauer und süß durch die Kartoffel.

»Mmh. Also, das ist verdammt lecker«, nuschele ich mit vollem Mund.

»Du hast da noch …« Jake streicht mir etwas aus dem Mundwinkel. Wieder sind wir uns so nah, unsere Blicke verhaken sich ineinander.

»Jake, ich …«, unterbreche ich widerwillig den Moment. »Wir sollten mal reden«, sage ich und schlucke trocken. Mein Kopf sagt reden, aber mein Körper will ganz eindeutig etwas anderes mit seinem Mund anstellen.

»Ja, du hast recht«, sagt Jake und rückt ein kleines Stück von mir ab. »Ich wollte eh mit dir sprechen, aber dann war der Nachmittag so schön, und jetzt hätte ich dich schon wieder fast geküsst, dabei wollte ich doch eigentlich …«

»Ja?«, frage ich und halte die Luft an. Mein Herzschlag dröhnt in den Ohren und meine Finger sind inzwischen schweißnass. Ich habe Angst vor dem, was er jetzt sagt. Denn er hat mir ja schon klar gemacht, dass er gerade eigentlich nicht den Kopf für eine Beziehung hat. Aber vielleicht hat sich ja etwas verändert. Habe ich etwas bei ihm verändert? Vielleicht mag er mich genug, um es zu probieren?

»Ich wollte dir eigentlich sagen, dass …«, stammelt Jake und wieder verhaken sich unsere Blicke.

»Dass ich … also wir … wir sollten …« Er beugt sich zu mir herüber und der Duft der salzigen Meeresluft vermischt sich mit seinem ganz eigenen Jake-Geruch, den ich so mag. Meine Knie werden weich und ich bin froh, dass ich sitze. Bitte sag jetzt nicht, dass du dich nicht mehr mit mir treffen kannst, bete ich innerlich.

»Was sollten wir …?«, flüstere ich und unsere Gesichter sind nur noch Zentimeter voneinander entfernt.

»Du sollst nur wissen, dass ich dich mag, du bist toll, aber mehr als das hier kann ich gerade nicht anbieten«, flüstert Jake.

Mein Kopf versucht zu verdauen, was er mir da gerade zu sagen versucht. »Pommes am Strand?«, frage ich mit einem Lächeln und warte dabei so gespannt auf seine Antwort, dass meine Handinnenseiten schon ganz rot sind, weil ich meine Fingernägel so sehr in sie hineinbohre.

»Mehr als eine lockere Geschichte, wie die Fische im *Underwater*, weißt du noch? Die einfach schweben. Ohne Richtung. Ohne den Weg zu kennen. Ich will gerade keine feste Beziehung mit all den Regeln, und ich muss erst mal klarkriegen, was ich überhaupt will. Locker, ohne Druck oder Ansprüche an den anderen«, sagt Jake und blickt mir weiter in die Augen.

Ich schlucke. Was heißt das? Will er andere Frauen treffen? Sind wir Freunde mit kleinen Vorzügen oder will er erst mal daten, um zu schauen, wo das alles hinführt? Ich weiß, ich müsste jetzt Fragen stellen. Müsste den Rahmen abstecken. Aber ich habe solche Angst davor, ihn damit komplett zu verschrecken. Habe ich nicht im *Underwater* zu mir gesagt, ich will alles mal ein wenig lockerer angehen, mich mehr treiben lassen, ohne immer alles durchzuplanen? Jetzt ist die Gelegenheit, ich atme tief aus, rücke noch näher an ihn heran und flüstere: »Ich würde gern mit dir schweben, Jake.«

Sekunden später treffen unsere Lippen aufeinander. In meinem Magen kribbelt es, mein Herz hüpft und ich schiebe die kleine Stimme resolut beiseite, die mir zuraunt, dass ich nicht der Typ für Casual Dating bin, dass ich mir eine Beziehung wünsche. Doch fährt mein Herz schon jetzt einen Looping, wenn ich nur an diesen Mann denke. Jetzt will ich einfach nur schweben.

Jake

Über uns kreischen Möwen, an den Tischen um uns herum lachen Menschen und seichter Britpop dudelt aus den großen Boxen. Dieser Kuss, dieser Moment. »Ich möchte mit dir schweben.« So schöne Worte, die so viele Fragezeichen aufkommen lassen. Aber ich will gerade nicht reden, nichts zerreden. Ich möchte sie noch einmal küssen.

In dem Moment tritt eine Travestiekünstlerin auf die kleine Holzbühne und klopft auf das Mikrofon. Sie kündigt eine Karaoke Show an. Ich beuge mich zu Emilie rüber. »Lass uns gehen, Curly«, sage ich und sie nickt. Ich rutsche vor ihr aus der Bank und halte ihr die Hand hin, damit wir uns gemeinsam durch die Menschen schlängeln können, die inzwischen in den Gängen stehen, um die Show besser sehen zu können. Nach ein paar Metern merke ich, dass ich noch immer ihre Hand halte. Ich drücke sie noch einmal und lasse sie dann los. Meine Hand fühlt sich leer an, wo sie gerade noch ihre gehalten hat. Wir laufen schweigend den Strand entlang. Neben uns schlagen die dunklen Wellen auf die Kiesel, von der Promenade dröhnen Lachen und Musik zu uns herüber. Das Schweigen fühlt sich überraschend gut an. Vertraut. Unsere Schritte knirschen auf den kleinen Steinen und wir entfernen uns immer weiter von den Lichtern und den Stimmen, gehen in Richtung des alten ausgebrannten Piers, dessen Holzskelett dunkel im Meer aufragt. Über uns schreit eine Möwe und ich spüre, wie Emilie neben mir zusammenzuckt. Als ich zu ihr hinüberschaue, treffen sich unsere Blicke. Am Abend wirken ihre Augen noch dunkler als sonst. Sie fährt sich mit der Hand in die Locken, die der Wind ihr um das Gesicht wirbelt, zwirbelt eine Strähne und sieht mich dabei an.

»Alles okay?«, frage ich heiser. Ich spüre die Spannung, die zwischen uns flackert. Wir sind stehen geblieben und ich streiche mit meiner Hand eine vorwitzige Locke aus ihrem Gesicht. Als meine Finger ihre Wange streifen, atmet sie hörbar ein. Wie unbewusst fährt ihre Zunge über ihre Lippen. Nur ganz kurz, aber der Moment reicht. Ich möchte sie unbedingt küssen, sehen, ob wir wirklich schweben.

Emilie

Nach dem Kuss war ich mir so sicher. Ich wollte schweben, locker sein, nicht alles zerdenken, und jetzt setzt mein Verstand ein und stellt mir all diese Fragen: Was soll denn das heißen? Und warum sage ich so etwas? Klar, kein Ding, superlocker. Ich bin das genaue Gegenteil von locker. Ich bin ein straffes Gummiband. Ich will alles planen, hasse Überraschungen und bin immer zehn Minuten zu früh, damit ich auch ja alle Eventualitäten einplanen kann. Ich bin so was von gar nicht locker! Aber ich möchte es so gern sein. Mehr wie Jake sein, spontan, frei, nicht so steif. »Komm schon, Emilie, trau dich mal was, was soll schon passieren?, fragt mein Herz. »NEIN!«, schreit mein Kopf. »Das ist nicht das, was wir wollen!«

Wir laufen gemeinsam den Strand entlang. Meine Hand hängt in der Luft und fühlt sich kalt an, nachdem Jake sie losgelassen hat. Ich gehe schweigend neben ihm her und versuche mein Gedankenkarussell anzuhalten. Plötzlich kreischt eine Möwe mitten in mein Gedankenchaos und ich zucke zusammen.

Jake beugt sich zu mir herüber und streicht mir eine Locke aus dem Gesicht. Und dann küsst er mich. Mir wird ganz schwummerig und mein Herz scheint zu applaudieren, weil auch mein Kopf alle Bedenken über Bord schmeißt. Das mit uns ist anders. Und ich möchte auf keinen Fall, dass es jetzt aufhört.

Jake

Unsere Lippen treffen sich und es ist, als ob wir auf den On-Schalter gedrückt hätten. Ein Feuerwerk explodiert in meinem Magen und ich ziehe sie noch enger an mich. Unsere Zungen umspielen sich, mal langsam, dann mit viel Leidenschaft. Emilie drückt sich gegen meine Brust und ich lasse eine Hand ihren Rücken hinunterwandern. Ich lasse mich auf die kleine Mauer hinter mir sinken und umfasse ihren Po. Mit dem Finger meiner anderen Hand fahre ich ihre vollen Lippen entlang, sie umschließt ihn kurz, als ihre Zungenspitze ganz leicht an meinen Finger tippt, kribbelt es von meinem Daumen bis in meinen Schoß. Ich sehe ihr in die Augen und kann nicht glauben, wie sehr ich sie will. Wieder treffen sich unsere Zungen. Sie spreizt die Beine und setzt sich rittlings auf mich. Ich kann ihre Wärme durch die Jeans spüren. Ich blicke mich um. Ich habe das Gefühl, jeder kann sehen, was wir hier gerade machen. Doch niemand ist in unserer

Nähe. Diesmal beugt sie sich zu mir vor und wir versinken erneut in einem so heißen Kuss, dass mir ein Stöhnen entfährt. Meine Hände fahren unter ihr Top und tasten sich an ihrem Bauch nach oben. »Ist das okay?«, flüstere ich ihr ins Ohr.

Emilie nickt und beginnt sich ganz leicht auf meinem Schoß zu bewegen. Um uns herum ist nur die anbrechende Dunkelheit des Strandes, in der Ferne leuchten die Lichter des Piers, aber hier sind nur wir. Niemand, der uns sieht, niemand, der uns stört. Das ist so unfassbar sexy, wie sie auf meinem Schoß sitzt, die Augen halb geschlossen, die Lippen feucht und glänzend. Sie ist sichtlich erregt und ich kann mir nichts Schöneres vorstellen, als ihr dabei zuzusehen, wie sich diese Erregung noch weiter steigert. Ich lasse meine Finger langsam weiter nach oben gleiten. Sie erreichen die zarte Spitze des BHs, den sie unter ihrem Top trägt. Emilie hält die Luft an. Als ich mit meinem Daumen über die dünne Spitze fahre, spüre ich, wie sich ihre Brustwarzen aufstellen. Ich umfasse ihre Brüste und sie seufzt. Ihre Brüste passen genau in meine Hand, ich streiche mit den Fingern über ihre harten Brustwarzen und spüre, wie sie sich noch enger an meinen Schoß presst. Oh mein Gott, ich bin so hart, ich kann mich kaum noch beherrschen.

»Wohnst du nicht ganz in der Nähe?«, sage ich mit leiser, rauer Stimme. Ich meine, sie hat mal so etwas erwähnt.

Sie nickt. »Nur die Straße hoch.«

»Worauf warten wir dann noch?«, frage ich. Sie steigt zögernd von mir runter und wirkt für einen Moment unschlüssig. Dann nimmt sie meine Hand und zieht mich hinter sich her. Ich rücke meine Hose zurecht, versuche, meine Erregung zu verbergen, was mir kaum gelingt.

Den Weg zu ihr nach Hause schweigen wir wieder. Jedes Wort könnte die sirrende Spannung, die zwischen uns herrscht, zerstören. Leise schließt Emilie die Tür eines der Townhouses mitten in der Stadt auf. Sie lauscht, aber ihre Mitbewohnerin scheint nicht da zu sein. Die ganze Wohnung liegt im Dunkeln. Emilie geht vor und ich folge ihr, wir steigen eine weitere Treppe hoch zu einer Tür. Dahinter scheint ihr Zimmer zu sein.

Kaum hat sie die Tür geöffnet, drücke ich sie an die Wand. Ihr Zimmer wird nur von den Lichtern der Straße erleuchtet. Sie keucht auf, als ich sie küsse. Hart, fordernd. Ich will sie. Ihre Hände schieben sich unter mein Shirt und ziehen es mir über den Kopf. Ich bedecke ihren Hals mit zarten Küssen. Sie riecht nach Meer und Essig und nach Emilie. Mit einer schnellen Bewegung lasse ich ihr den dünnen Träger ihres Tops über die Schulter gleiten. Wie ein Lufthauch flattert ihr zartes Top zu Boden, danach öffne ich ihren Spitzen-BH. Ihren Körper überzieht eine Gänsehaut und ich kann den Blick nicht von ihr abwenden. Ihre dunklen Locken fallen bis über ihr Schlüsselbein. Wieder finden sich unsere Lippen und meine Zunge umspielt ihre. Langsam fahren meine Hände über ihre festen Brüste. Mein Mund begibt sich auf Erkundung. Meine Zunge fährt ihren Hals hinunter, bis meine Lippen ihre harten Nippel umschließen und ihr ein leises Stöhnen entfährt.

Emilie

Mein Top fällt auf den Boden und eine Sekunde später stehe ich komplett oben ohne vor ihm. Ich zittere. Nicht, weil es in dem Raum kühl ist, sondern weil ich Jakes Blick auf mir spüre. Seine Zunge fährt meinen Hals herunter, bis sie meine Brüste erreicht. Er leckt, knabbert und reizt meine Brustwarzen, bis ich aufstöhne und mich mit meinen Fingern in seinen Haaren festhalten muss. Das ist so unfassbar gut. »Und das macht er auch weiterhin mit anderen Frauen«, versucht mein Kopf sich ein letztes Mal einzumischen. Aber in dem Moment fährt Jakes Hand in meine Shorts und ich höre endgültig auf zu denken. Er findet sofort den richtigen Spot.

»Du bist so feucht«, stöhnt er mir ins Ohr. Dann lässt er einen Finger in mich gleiten und ich reiße an dem Gürtel seiner Jeans. Ich will nicht mehr warten. Ich will ihn jetzt ganz spüren. Seine

Jeans rutscht ihm die Beine hinab und ich ertaste mit meiner Hand die Beule in seiner Shorts, während wir uns so leidenschaftlich küssen, dass ich nicht mehr weiß, wo oben und unten ist. Langsam lasse ich meine Hand in seine Boxershorts gleiten, als ich ihn berühre, stöhnt er laut auf und schiebt mich in Richtung meines Bettes.

Jake

Meine Finger gleiten in ihre Hose. Sie ist so erregt. Ich keuche auf. Auch Emilie öffnet nun meine Hose. Als sie mich umfasst, muss ich mir auf die Zunge beißen, so gut fühlt sich das an. »Du machst mich wahnsinnig«, flüstere ich ihr ins Ohr. »Ich will dich jetzt und hier.« Dann drücke ich sie aufs Bett. Ich pulsiere hart zwischen ihren Beinen. Ich reibe mich an ihrem feuchten Slip. Endlich entledige ich mich meiner Jeans ganz und ziehe noch schnell ein Kondom aus der linken Hosentasche. Es kostet mich alle Überwindung, die ich aufbringen kann, aber ich halte inne, blicke Emilie ins Gesicht. »Bist du ganz sicher, Curly?«

Sie nickt. Und nimmt mir das Kondom aus der Hand. Geschickt öffnet sie die Verpackung und streift es mir über. Ich erzittere, so heiß finde ich das. Wir küssen uns erneut und ich führe meine Finger zu ihrer feuchten Mitte. Vergewissere mich, dass sie so weit ist. Dann gleite ich in einer langsamen Bewegung in sie hinein. Jetzt stöhne ich laut. Sie fühlt sich so gut an. Ich küsse ihre Brüste und fange an, mich langsam in ihr zu bewegen. Emilie rekelt sich unter mir und krallt sich in meinem Rücken fest. Sie seufzt leise.

»Das fühlt sich so gut an, hör jetzt nicht auf«, stöhnt sie.

Ich küsse sie wieder und blicke in ihre dunklen Augen, die sie halb geschlossen hat. Sie hat so lange Wimpern.

»Hör jetzt nicht auf, ich komme gleich.«

Ich versuche mich zusammenzureißen, will so gern sehen, wie

sie kommt. Und dann zuckt sie, krampft sich zusammen, bäumt sich auf. Ich erhöhe das Tempo und dann komme auch ich.

Emilie

Mein Herz pumpt, ich bin völlig außer Atem. Jake stöhnt und dann spüre ich, wie er kommt. Er bricht auf mir zusammen und minutenlang liegen wir beide schwer atmend aufeinander. Dann rollt er sich von mir herunter. Ein leichter Schweißfilm bleibt auf meinem Bauch, dort, wo sich unsere Körper berührt haben. Jake dreht sich zur Seite und zieht das Kondom ab. Dann setzt er sich auf und räuspert sich. »Das Bad?«, fragt er mit rauer Stimme.

»Direkt eine Tür weiter«, sage ich und ziehe mir schnell meine Bettdecke über meinen nackten Körper. In meinem Zimmer ist es auf einmal kalt. Und Jake so kühl, dass ich mich wie entblößt fühle. Er zieht sich mit einer schnellen Bewegung seine Shorts an und steigt in seine Jeans. Mit nacktem Oberkörper verschwindet er im Bad und ich bleibe unter meiner Decke zurück. Ich weiß nicht so richtig, was ich jetzt machen soll. Ich stehe auf, angle nach meinem BH und dem Höschen und ziehe beides an. Kurz überlege ich, mir meinen Bademantel überzuziehen, der an meiner Zimmertür hängt. Aber da geht die Tür auch schon auf und Jake kommt zurück. Etwas verlegen stehen wir voreinander. Ich fühle mich in meiner Unterwäsche nackt. Er fährt sich mit der Hand durch die Haare.

Jake

Ich weiß nicht so richtig, was jetzt angebracht ist. Normalerweise verschwinde ich nach dem Sex meist ziemlich direkt. Aber das mit uns ist irgendwie anders. Das war kein One-Night-Stand wie sonst. Aber ich habe nur One-Night-Stands. Dieser Moment jetzt und hier ist neu für mich und fühlt sich fremd an, wie ein Schuh, der nicht richtig passen will. Ich schnappe mir mein T-Shirt vom Boden und ziehe es über den Kopf.

»Das war … schön«, höre ich mich sagen.

Emilie sieht mich mit ihren großen dunklen Augen an. Sie nickt und angelt nun ihrerseits nach ihren Sachen. Während sie sich anzieht, schweigen wir.

»Willst du noch was trinken oder so?«, fragt sie mit leiser Stimme.

»Ich glaube, ich gehe jetzt besser«, sage ich. Die Stille kann ich gerade nicht so gut aushalten. Es ist besser, wenn ich jetzt verschwinde.

»Ich melde mich«, murmele ich. Und dann laufe ich die Treppen runter zur Tür.

Emilie

»Und dann ist er gegangen?«, brüllt es aus meinem Laptop.

Ich habe Juli gerade brühwarm alles erzählt, was passiert ist. Ich nicke.

»Was für ein Arsch!«, kreischt Juli.

»Nein, warte, wir haben doch darüber gesprochen. Das ist nur was Lockeres. Also ich bin auch nicht so lange hier und Jake hat es nicht so mit Beziehungen …«

»Sorry, habe ich mich verwählt? Ist da mein Girl Emilie, die größte Romantikerin, die ich kenne, oder soll ich es noch mal versuchen?«

»Ach Juli, echt jetzt! Ich probiere hier eben mal neue Sachen aus. Ist doch gut!«

»Klar, solange du auf dein Herz aufpasst! Ich habe keine Lust, bei meinem Besuch die Scherben aufzusammeln, nur weil Herr Jake es nicht so mit Beziehungen hat.«

Ich schlucke. Das will ich gerade nicht hören. Ich will euphorisch sein und mir nicht direkt Gedanken darüber machen, was das eigentlich konkret bedeutet mit uns. Ich beende das Telefonat mit einem blöden Gefühl. Die Hochstimmung ist verflogen und ich will einfach nur noch mal ins Bett, die Decke über den Kopf ziehen und das gute Gefühl zurückholen, mit dem ich gestern Abend eingeschlafen bin.

Drei Wochen später sieht die Welt schon wieder anders aus. Der Sommer ist da und Brighton zu dieser Jahreszeit der absolute Traum. Sobald die ersten Sonnenstrahlen ein bisschen Wärme erzeugen, verlagert sich das Leben nach draußen, an den Strand. Vom Pier führt eine Promenade direkt an der Seafront entlang. Hier reihen sich Beachclubs neben Eisstände und Souvenirläden. Der Strand in Brighton ist steinig, kleine Pebbels liegen dicht nebeneinander. Als ich das erste Mal barfuß darübergelaufen bin, war ich überrascht, wie weich sich die Steine an die Fußsohlen schmiegen.

Heute knackt das Thermometer zum ersten Mal die 30-Grad-Marke, ich trage ein dünnes Sommerkleid, der leichte Wind fährt mir in die Locken und wirbelt sie um mein Gesicht. Ich ziehe die lilafarbene Sonnenbrille tiefer über die Augen und trinke einen Schluck von meinem Iced Coffee. Ich bin so richtig angekommen. Es ist Samstag und ich warte auf Álvaro und Timothy, wir wollen ein wenig am Strand abhängen, bevor die beiden auf ein Gay Festival weiterziehen. Ich sitze auf der kleinen Mauer, die die Steine von der Promenade fernhält, und beobachte ein paar Kinder, die in alten Fischerbooten herumklettern.

Jemand hält mir von hinten die Augen zu und beugt sich zu mir herunter. Sofort umhüllt mich sein Duft. Herbes Kräuterduschgel, eine Spur Haargel und eine leichte Tabaknote. Ich würde Jake immer an seinem Geruch erkennen.

»Hi«, sage ich und drehe mich zu ihm um. Mein Herz schlägt schneller. »Was machst du hier?«

»Hi«, antwortet er und lässt sich auf die Mauer neben mich

fallen. »Ich wollte eine Runde am Strand drehen«, sagt er und erst jetzt sehe ich, dass er seine Sportklamotten trägt. Er nimmt einen Schluck aus meinem Kaffeebecher.

Ich versuche in der Zwischenzeit mein Herzklopfen unter Kontrolle zu kriegen. Dieser Mann macht mich fertig. Ein paar Wochen sind seit unserem Nachmittag am Strand vergangen. Und ich bin nicht weniger verwirrt darüber, was das mit uns eigentlich ist. Mal sind wir uns so nah, schreiben uns den halben Abend, während ich neben Polly auf der Couch sitze und zum hundertsten Mal die *Gilmore Girls* durchsuche. Während ich Lorelai und Luke dabei zusehe, wie sie wieder einmal nicht zusammenfinden, und mitleide, wenn Rorys Herz gebrochen wird, tippe ich Nachrichten an Jake. Polly hat längst aufgegeben zu fragen, worum es in unseren Gesprächen geht. Seine Lebenskrise, die Situation mit der Uni, das ist unser Geheimnis. Er vertraut mir. Und ich möchte ihm gerne helfen, einen Ausweg aus seiner verzwickten Situation zu finden. Jake ist so ein talentierter Musiker, er sollte sich wirklich für ein Studium in dem Bereich bewerben.

Nur wenn wir uns spontan, ungeplant über den Weg laufen, ist es komisch. Das musste ich bei unserem ersten Aufeinandertreffen nach dem bahnbrechenden, weltverändernden Sex – zumindest für mich – schmerzlich lernen. Wir hatten uns mal wieder stundenlang geschrieben, bis er zu seiner Schicht im Club aufbrechen musste. Als Polly mich spontan fragte, ob ich nicht mit ihr ausgehen wollte, kämpften Herz und Kopf einen ihrer berühmten Fights. Wenn ich mitginge, würde ich Jake wiedersehen. Wir hatten noch gar nicht über ein potenzielles Wiedersehen gesprochen und ich hatte mich auch nicht getraut, es von mir aus zum Thema zu machen. So würden wir uns zufällig sehen. Vielleicht würde er mich dann nach einem Date fragen?

Doch es kam anders. Jake hatte Dienst an der Bar. Während ich feuchte Hände bekam, als ich ihn hinter dem Tresen erblickte, hatte er lediglich ein »Hey Curly!« für mich übrig. Ansonsten behandelte er mich nicht anders als alle anderen Gäste. Beachtete mich eher weniger als die meisten anderen Girls, die vor der

Bar seine Aufmerksamkeit suchten. Enttäuschung brannte durch meine Venen. Polly hatte sich längst einen neuen Verehrer gesucht und ich fühlte mich so unfassbar fehl am Platz. An der Garderobe hatte ich mir gerade meine Jacke aushändigen lassen und zog sie in dem Moment in der kleinen Nische daneben an, als eine dunkle Stimme hinter mir fragte: »Du willst schon gehen?«

Erschrocken drehte ich mich um. Da stand er, lässig an die Wand gelehnt, und zog seine Augenbraue hoch. »Ja, Jake, ich möchte gehen. Du hast mir auch keinen Grund gegeben, noch länger zu bleiben, oder? Nicht mehr als fünf Worte hast du mit mir gewechselt und zwei davon waren bitte und danke. Ich dachte ... ach, vergiss es. Ich bin doch selbst schuld.« Wütend versuchte ich meine Tasche quer über meine Schulter zu legen, blieb dabei am Kragen meiner Jeansjacke hängen und fluchte. »So eine Scheiße aber auch.«

»Na na, Curly, solche Ausdrücke kenne ich ja gar nicht von dir.« Mit einem langen Schritt war er bei mir und entwirrte meine Haare, Tasche und Jacke. Dann beugte er sich zu mir herunter. »Wäre das Grund genug zu bleiben?«, fragte er und drückte mich leicht mit dem Rücken an die Wand. Seinen rechten Arm stützte er seitlich von meinem Kopf ab, mit der linken Hand fuhr er mir zärtlich unters Kinn und sah mir tief in die Augen. Dann küsste er mich. Erst vorsichtig, dann immer leidenschaftlicher. Unsere Zungen trafen sich, ich stöhnte, als er meinen Kopf leicht nach hinten zog und meinen Hals küsste. Dann wanderte seine Hand unter mein Shirt. Er fuhr meine Brüste entlang, sodass ich erschauderte. Dann flüsterte er mir ins Ohr: »Ich mache in einer halben Stunde Feierabend. Wenn ich dann noch bei dir klingeln würde, würdest du mir aufmachen?« Ich nickte und Jake gab mir einen Kuss, der deutlich machte, dass er nicht auf einen Kaffee vorbeikommen wollte.

Und er kam zu mir in dieser Nacht. Zweimal. Danach lagen wir noch kurz erschöpft nebeneinander, er zog sich an und ging. Und seitdem geht das so. Wir schreiben uns, lassen uns am Leben des anderen teilhaben, teilen Sorgen und Probleme, aber treffen wir uns zufällig im Club oder irgendwo anders, ist es awkward. Keiner von uns weiß wirklich, wie er sich dann verhalten soll.

Schon allein die Begrüßung ist zu einem echten Krampf geworden. Sich zu küssen wäre zu viel, also drücken wir uns, geben uns Küsschen auf die Wange, aber ich wünsche mir mehr. Muss mich zurückhalten, um ihn nicht zu berühren. Wir sind uns in so vielen anderen Situationen so nah, so vertraut, und dann wieder liegen Kilometer zwischen uns, obwohl wir direkt voreinander stehen.

»Ich muss mich langsam wirklich mal entscheiden, wie es weitergehen soll«, unterbricht Jake meine Gedanken. Ich hebe den Blick, aber dann wird mir klar, er spricht von etwas ganz anderem. »Die Semesterferien gehen nicht mehr ewig und ich kann nicht in mein Studium zurück, ich bin durch meine Semesterprüfungen gefallen und habe mich nicht bei meinem Tutor gemeldet, die Frist für die Nachprüfungen ist abgelaufen ...« Jake fährt sich mit der Hand durch die Haare und ich kann unter dem T-Shirt die Muskeln seiner Arme erkennen. Drummer-Arms hat er sie einmal genannt, als ich ihn darauf angesprochen habe, wie definiert seine Arme sind, obwohl er kaum Sport macht. Konzentrier dich, Emilie!

»Hast du denn inzwischen eine Idee, wie es weitergehen soll?«

»Nein. Ich weiß nur, was ich nicht will. Ich will nicht zurück in dieses Studium. Ich möchte etwas finden, das mir Spaß macht, in dem ich auch wirklich arbeiten kann und will. So wie du. Aber was das sein soll ...« Er zuckt die Schultern, sieht mich traurig an. Wir trinken abwechselnd meinen Kaffee und starren auf das Wasser. In dem Moment höre ich meinen Namen.

»Em! Auch hier?«

Álvaro. Er hätte einen Oscar für seine schauspielerische Leistung verdient. Wie er da Hand in Hand mit Timothy angeschlendert kommt und so tut, als ob er nicht ganz genau wüsste, dass wir hier verabredet sind. Dass sie uns wahrscheinlich schon seit zehn Minuten beobachten. Natürlich habe ich Álvaro und Juli von Jake und unseren Treffen erzählt. Und meine Freunde sind ganz unterschiedlicher Auffassung darüber, wie gut es ist, was ich gerade treibe. Während Álvaro die Bettgeschichte mit Jake als Sex-Story des Sommers feiert, bekomme ich von Juli eher die besorgte Seite zu hören.

JULI
Em, ich freue mich für dich, aber ich erkenne dich in dem Konzept nicht so richtig wieder. Und habt ihr eigentlich geklärt, ob ihr exklusiv seid? Also trefft ihr euch noch mit anderen oder ist eure lockere Sache schon so fest, dass ihr nicht noch mit zehn anderen Leuten schlaft? Süße, ist das wirklich etwas, was du willst, oder ist es einfach sehr bequem für ihn?

Ich schüttele den Kopf und damit Julis Nachricht aus meinem Hirn. Weil sie vielleicht ein kleines bisschen recht hat und mich dieser Gedanke schon die ganze Zeit immer mal wieder piekst. Schläft Jake noch mit anderen? Mir wird ganz übel bei dem Gedanken. Genau solche Begegnungen sind es, die mich stressen. Bei denen ich immer das Gefühl habe, ich müsste eine schauspielerische Höchstleistung vortäuschen. Ich spiele das Stück »Casual Dating«, nur dass mir niemand das Drehbuch gegeben hat und ich deswegen an vielen Stellen improvisieren muss. Und mir das nicht immer gut gelingt. Jake blickt zu Álvaro und Timothy und zurück zu mir. Ihm scheint klar zu werden, mit wem ich eigentlich hier verabredet war.

»Das ist ja wirklich ein Zufall, du und Jake, ihr auch hier!«

Ich schüttele den Kopf, jetzt trägt Álvaro wirklich ein bisschen zu dick auf.

»Hi. Wir haben uns gerade zufällig hier getroffen. Wollt ihr euch zu uns setzen?« Ich deute auf die Mauer neben uns und spüre direkt, wie sich Jake neben mir versteift. Ich fange an, am ganzen Körper zu schwitzen, es ist plötzlich unerträglich warm in der Sonne.

»Und ihr macht einen Spaziergang?«, frage ich weiter und versuche lässig rüberzukommen, merke aber, wie angespannt meine Stimme klingt.

Álvaro nickt fröhlich und lässt sich neben mich auf die Mauer plumpsen. »Timothy, Honey, holst du uns zwei Kaffee, bitte?« Timothy wirkt erleichtert, dass er die Situation verlassen kann, und geht brav los. Nicht ohne Álvaro noch einen Kuss auf den Scheitel zu hauchen.

Die beiden sind süß zusammen. Kurz regt sich so etwas wie Neid oder Eifersucht in meinem Bauch. Sie sind einfach frei und ein Liebespaar und zeigen es allen. Während ich neben einem völlig verkrampften Jake auf der Mauer sitze, mit dem ich gestern Abend geschlafen habe und der jetzt, wo wir nicht mehr allein sind, keinen geraden Satz formulieren kann. In solchen Momenten kommt mein Kopf nicht so gut mit dem Ganzen klar. Ich kann noch seine Hände auf meinem Körper spüren, seine Zunge, die mich fast wahnsinnig gemacht hat, und ihn in mir. Diese unglaubliche Nähe. Sein Duft, der Ausdruck auf seinem Gesicht, wenn er kommt. Sein kehliges Stöhnen. Und heute? Bei Tageslicht? Kann ich ihn nicht küssen, nicht mal berühren oder umarmen. Denn das ist nicht part of the deal.

Álvaro erzählt irgendwas über das Wetter und ich merke, wie ich ihm überhaupt nicht zuhöre. Zum Glück kommt in dem Moment Timothy mit dem Kaffee zurück. Ich kann förmlich spüren, wie Jake neben mir nach einer Ausrede sucht, um sich zu verabschieden. Shit. Wie bin ich nur in dieser Situation gelandet? Ich bin gestresst.

»Wir sind gerade auf dem Weg in das Tonstudio von Timothys Onkel. Er braucht ein bisschen Hilfe. Sein Tontechniker ist ausgefallen und jetzt muss er selbst die Aufnahmen betreuen, dafür schafft er aber seinen ganzen Organisationskram nicht mehr, und wir haben versprochen, ihn ein wenig dabei zu unterstützen.« Álvaro seufzt. »Dabei ist heute dieses mega angesagte Gay Festival unten an der Marina, zu dem wir eigentlich gehen wollten«, er zuckt die Schultern. »Aber versprochen ist versprochen, vielleicht schaffen wir es ja danach noch.«

»Ich mach es!«, höre ich da Jake neben mir sagen. Überrascht drehen wir uns alle gleichzeitig zu ihm um. Bisher hat er noch keinen Ton gesagt. »Ich kann deinem Onkel helfen. Ich habe Zeit und ich suche noch nach einem neuen Nebenjob.« Ich blicke ihn überrascht an. Auch Timothy und Álvaro sehen eher skeptisch aus. »Und wenn wir mal ehrlich sind, habe ich die meiste Erfahrung im Musikbusiness, ich könnte ihm eine echte Hilfe sein – und ihr könnt zu eurem Festival gehen.« Jake ist aufgesprungen und steht jetzt vor Timothy, der von der Idee angetan zu sein scheint.

»Klar, warum nicht? Weißt du was, ich rufe meinen Onkel kurz an und kläre, ob ihm das recht ist.«

Während Timothy telefoniert, kann man die Anspannung in Jakes Gesicht förmlich spüren. Und tatsächlich, der Onkel hat nichts dagegen. Jake lässt sich von Timothy die Adresse geben und winkt uns noch einmal lässig zu. »Viel Spaß auf dem Festival, Guys! Enjoy.« Und dann ist er weg.

Jake

Wie krampfig war das denn bitte? Ich bin so gern mit Emilie zusammen, wenn wir allein sind. Aber das gerade mit ihren Freunden? Darin bin ich nicht gut. Ich weiß dann nie, wie ich mich verhalten soll. Manchmal befürchte ich, dass Emilie eigentlich doch mehr will. Ich sehe, wie sich ein Lächeln auf ihr Gesicht stiehlt, wenn Álvaro und Timothy so liebevoll miteinander umgehen. Ich spüre es, wenn sie bei einem Spaziergang meine Hand nimmt. Ich will sie nicht vor den Kopf stoßen und versuche solche Momente so zu unterbrechen, dass sie nicht verletzt ist. Aber wahrscheinlich tue ich es doch. Das, was wir haben, ist mehr, als ich in den letzten Jahren je hatte. Mehr Nähe. Mehr Vertrautheit. Aber dann brauche ich auch diesen Cut. Gar nicht, weil ich zwingend mit anderen Girls rummachen will. Das Bedürfnis habe ich eigentlich nicht. Klar, flirte ich noch immer gern, aber mehr ist da nicht. Schon allein das ist superkomisch. Liegt wahrscheinlich daran, dass ich gerade einfach andere Sorgen habe. Und die Lösung für diese Sorgen, könnte mir gerade vor die Füße gefallen sein. Ein Job im Tonstudio! Das wäre es. Das wäre etwas, das ich wirklich gern machen würde. Und es würde mir einen Puffer verschaffen, um mir weiter Gedanken über meine Zukunft zu machen. Ich atme tief durch. Hatte der krampfige Nachmittag am Ende doch noch etwas Gutes.

Emilie

Álvaro sieht mich verwundert an. »Was war das denn? Wollte er so dringend von uns weg oder hat er sich wirklich über den Job gefreut?«

»Ich glaube, er hat sich wirklich sehr über die Chance gefreut. Bei ihm ist es gerade …« Ich beiße mir auf die Zunge. Ich will nichts verraten und Jake hütet seine Studien-Schwierigkeiten wie einen Schatz. »Er sucht nach einer neuen Herausforderung.« Das ist doch gut umschifft.

Trotzdem hat mich sein Verhalten gerade verletzt. Ist es so schlimm, Zeit mit mir und meinen Freunden zu verbringen? Er mag Álvaro doch, das hat er mir schon ein paar Mal gesagt. Also, was sollte dieser abrupte Aufbruch?

»Will er im Club aufhören?«, unterbricht Álvaro meine Gedanken. »Das sind doch immer unsere garantierten Freidrinks, wenn er arbeitet.«

»Aber er arbeitet doch freitags gar nicht an der Bar, wenn wir da sind«, wundere ich mich.

»Freitags nicht, aber samstags, Honey. Da macht er nach der Show oft noch eine Schicht. Wenn er nicht zu beschäftigt ist.« Er zwinkert mir zu.

Mir wird kalt und heiß und wieder kalt. Was meint er damit?

»Beschäftigt?«, frage ich und klinge dabei eindeutig zu piepsig. Ich räuspere mich.

»Na, du weißt schon, da trifft er manchmal auch andere …« Er sieht wohl das Entsetzen in meinem Gesicht. »Em! Ich dachte, das wüsstest du! Ihr habt doch nur etwas Lockeres, hast du mir erzählt. Und nicht exklusiv, oder?«

Ich schlucke den großen Brocken, der sich gerade in meinem Hals breit gemacht hat, hinunter. »Klar, klar. Ich weiß schon.« Ich nicke und halte den Kopf in den Nacken, um die Tränen zurückzuhalten. Álvaros Worte dröhnen in meinen Ohren. Ich wusste es! Ich wusste, es war zu schön, um wahr zu sein. Julis letzte Nachricht brennt sich in meine Gedanken: »Und habt ihr eigentlich geklärt, ob ihr exklusiv seid?«

Sie hatte so recht. Wir haben nichts geklärt. Schweben, treiben, einfach mal schauen, wo alles hinführt. Casual. Irgendwie war schon klar, dass das auch impliziert, dass er sich mit anderen treffen kann, aber ich hatte so sehr gehofft, dass er es nicht tut. Dumm von mir. Selbst schuld, Emilie! Wenn ich ehrlich bin, hatte ich so viel Angst davor, dass Jake die Sache beendet, wenn ich Fragen stelle oder Forderungen, dass ich lieber nichts gesagt habe. Ich atme tief aus und schaffe es, die Tränen, zurückzuhalten.

»Sorry Guys, ich muss los, ganz vergessen, ich habe noch einen Termin«, sage ich und springe so schnell auf, dass mein Kaffeebecher neben mir umkippt.

Ich bin noch keine zwanzig Schritte von ihnen entfernt, da bricht ein Schluchzen aus mir heraus. Tränen rinnen mir die Wangen hinab. Wie konnte ich nur in so eine Situation geraten? Ich habe ernsthafte Gefühle für Jake, das ist mir spätestens jetzt klar. Ich mag ihn wirklich, und die Vorstellung, er könnte auch noch mit anderen Mädchen … Mein ganzer Körper verkrampft bei dem Gedanken daran.

Irgendwie schaffe ich es nach Hause. Dort schließe ich die Vorhänge und rolle mich im Dunkeln auf meinem Bett zusammen. Ich will jetzt keine Möwen, keinen blauen Himmel und keine Sonne sehen. Ich will gar nichts mehr. Nur traurig sein.

Jake

Ich war lange nicht mehr so aufgeregt wie in diesem Moment, als ich vor der großen schweren Metalltür stehe. *MonKey Records* steht in schwarzer Schrift auf dem weißen Schild neben der Klingel. Der Typ, der mir die Tür öffnet, ist vielleicht vierzig Jahre alt, trägt seine dunklen Haare nach hinten gegelt. Dazu passen seine weit geschnittene Blue Jeans, das schwarze Bandshirt und die Hosenträger. Ein alter Rockabilly also. Er mustert mich seinerseits und scheint zu dem Ergebnis zu kommen, dass ich seine heiligen Hallen betreten darf.

Das Tonstudio ist kleiner, als ich es mir vorgestellt habe. Auf der einen Seite ist der Regieraum, in dem sich das große Schaltpult mit vielen Knöpfen, Reglern und Schaltern befindet, auf der anderen Seite, getrennt durch eine dicke Glasscheibe, ein Aufnahmeraum, dort stehen ein Schlagzeug, mehrere Gitarren und Bässe, ein Mikrofon und einige andere Instrumente.

»Hi, ich bin Sam«, stellt sich der Typ vor und hält mir seine große Hand hin.

Ich schlage ein und erwidere. »Jake.«

»Jake, du kommst mir irgendwie bekannt vor. Spielst du in einer Band?«

Ich strahle. »Ich bin Drummer bei den *B.Heights*.«

»Ah ja, ich habe schon mal von euch gehört, scheint ja recht erfolgreich in der lokalen Szene zu sein. Bring mir doch mal ein Demo von euch mit, dann höre ich mal rein, bin immer auf der Suche nach neuen Talenten.«

Ich bin fassungslos und starre ihn einen Moment lang nur an. Dann fange ich mich, bedanke mich und frage, wie ich ihm heute am besten behilflich sein kann.

Nach vier Stunden Tapes beschriften, Ordner sortieren und Belege katalogisieren ist meine Arbeit getan. Sam und ich haben viel gequatscht. Es ist sein Tonstudio und er nimmt hier sowohl Bands auf als auch immer wieder Podcasts oder Werbeproduktionen. Und er ist auf der Suche nach Unterstützung. Als ich das Studio verlasse, habe ich einen Deal: Dreißig Stunden die Woche darf ich bei ihm im Studio arbeiten, er zahlt nicht viel, aber dafür zeigt er mir alles, was ich im Tonstudio lernen muss und kann. Ich könnte die ganze Welt umarmen. Ich bin so happy!

Ganz automatisch drücke ich auf die Nummer der Person, der ich unbedingt davon erzählen möchte, der einzigen Person, die versteht, wie wichtig dieser Job für mich ist. Doch bevor sie abnehmen kann, lege ich auf. Was mache ich denn hier? Ich rufe sie doch sonst auch nicht an. Wir schreiben, texten, manchmal schicken wir uns eine Sprachnachricht, aber wir telefonieren nie. Komischer Tag heute. Schnell tippe ich ein paar Zeilen.

> JAKE
> Hey Curly, hattest du noch einen schönen Nachmittag? Ich habe vielleicht die Lösung für all meine Probleme gefunden. Der Typ im Tonstudio hat mir einen Job angeboten! Was sagst du dazu? Klingt doch nach einer Chance, oder? X Jake

Zwei blaue Haken erscheinen. Sie hat die Nachricht gelesen. Ich warte, aber sie schreibt nicht zurück. Verwundert blicke ich auf mein Handy. Sonst antwortet sie immer sofort, wenn ich mich melde. Na gut, zucke ich mit den Schultern. Dann eben nicht, ich lasse mir die Laune nicht verderben. Heute wird gefeiert! Ich bin so erleichtert, in zwei Wochen geht die Uni wieder los und bis vor ein paar Stunden wusste ich nicht, wie ich die ganze Nummer vor Amy und meinen Eltern geheim halten sollte, wenn ich nicht mehr, wie jeden Morgen, zur Uni gehen würde. Doch jetzt habe ich einen Ort, wo ich hingehen kann. Und wenn es mir gefällt, vielleicht lasse ich das Studium ganz und arbeite einfach bei Sam? Das muss ich dann nur noch meinen Eltern beibringen, aber darüber mache ich mir dann Gedanken, wenn es so weit ist.

Emilie

Mir schwirren noch immer Álvaros Worte durch den Kopf. »Du wusstest doch davon, Em?« Nichts wusste ich. Ich hatte vielleicht eine leise Ahnung, dass er noch mit anderen rummacht oder was auch immer er da tut. Der Gedanke daran bereitet mir körperliche Schmerzen. Aber ich wollte so sehr, dass es nicht so ist. Ich rolle mich langsam aus meiner Embryoposition und greife zu meinem Handy.

> EMILIE
> 🎙 Juli, du hattest so recht. Er trifft sich noch mit anderen und ich Idiotin hatte keine Ahnung davon. Was soll ich denn jetzt machen? Ich will ihn nicht verlieren. Er hat zwar klar gesagt, wie er zum Thema Beziehungen steht, und ich, ich will ja auch locker sein. Aber ich will ihn auch nicht teilen. Scheiße, Juli, wie bin ich da nur reingeraten? Muss ich vielleicht einfach mehr loslassen, lockerer werden, cooler? Aber warum tut es dann so verdammt weh?

Während ich die Nachricht aufnehme, wird mir wieder einmal klar: Ich bin nicht locker. Ich bin so was von unlocker, unlockerer kann man gar nicht sein. Die Vorstellung, er könnte eine andere so küssen, wie er mich küsst, könnte eine andere so anfassen, wie er mich anfasst, könnte in dem Bett einer anderen liegen. Mir wird schlecht.

Aber ich kann ihm nicht sagen, wie weh mir diese Art von lockerer Beziehung tut, wie sehr ich mich danach sehne, nicht nur im Dunkeln seinen Körper zu spüren, sondern auch tagsüber seine Hand zu halten, wenn ich es möchte. Weil er mein ist und das auch jeder wissen darf. Ich tue ihm den Gefallen dieser lockeren Verbindung, ohne dass er mich je darum gebeten hat. Im Gegenteil, ich habe es ja sogar angestoßen mit meinem dämlichen »Ich bin ja so locker«-Gerede. Und ich habe nie etwas anderes signalisiert oder gesagt, keinen Grund gegeben zu vermuten, ich wäre vielleicht nicht glücklich mit unserem Arrangement. Zu groß ist die Angst, er könnte gehen.

Ich atme noch einmal tief durch, öffne die Vorhänge, lasse die Sonne zurück ins Zimmer und stapfe in die Küche. Ich muss jetzt backen, etwas mit den Händen machen, etwas herstellen, sonst werde ich noch verrückt. Während ich Butter, Zucker und Eier schlage, denke ich weiter über die verfahrene Situation mit Jake nach. Vielleicht muss nicht ich mich ändern, sondern er seine Einstellung zu unserer Beziehung. Ich gebe Mehl und Backpulver hinzu. Ich muss einen Weg finden, wie er selbst auf die Idee kommt, eine Beziehung mit mir zu wollen. Mein Messer knallt beim Schneiden der Apfelscheiben nur so auf das Holzbrett. Cooler sein als die andere, lässigere beste Freundin und sexy Geliebte. Und das am besten gleichzeitig. Ich gebe den Teig auf ein Blech und lege die Apfelscheiben überlappend darauf. Dann wird er schon verstehen, dass eine Beziehung mit mir nicht spießig und einengend ist, sondern entspannt und schön. Ich stelle den Ofen auf 180 Grad und schiebe das Blech mit dem Apfelkuchen hinein. Wenn wir eine Beziehung hätten, wäre das keine Klammer-Kiste. Wir sind doch so cool zusammen, das muss er nur noch kapieren! Ich stelle den Timer auf 60 Minuten. In dem Moment geht eine Nachricht von Juli ein.

Ich stecke mir Kopfhörer in die Ohren und höre ihre Nachricht an, während ich Butter, Zucker und Mehl zu dicken Streuseln verknete.

JULI
Girl! Sag mal, spinnst du jetzt völlig? Du musst ihm doch nicht beweisen, was du für ein heißer Feger bist! Wenn er das bisher nicht kapiert hat, ist er ein noch größerer Vollidiot, als ich bisher angenommen habe. Wenn überhaupt, müsste er dir beweisen, es wert zu sein, dass du dich noch mit ihm triffst. Und allen voran sollte er aufhören, andere Mädels zu vögeln. Das sagst du ihm doch, oder, Emmi?!

Mit einem Ruck ziehe ich die Kopfhörer aus den Ohren und schmeiße sie hinter mich auf den Küchentisch, wo sie abprallen und mit einem Geräusch auf dem Boden aufschlagen, das ziemlich sicher nichts Gutes bedeutet. Ich will das jetzt nicht hören.

Juli versteht das nicht. Wütend zerbrösele ich die Streusel, hole das Blech aus dem Ofen und streue sie über den Kuchen. Wenn ich ihm das sage, ist er weg. Es muss einen anderen Weg geben. Mit etwas zu viel Schwung als nötig schließe ich die Backofentür.

Entschlossen nehme ich mein Handy erneut in die Hand. Während sich langsam ein butternder Kuchenduft in der Küche ausbreitet, überlege ich, was ich Jake antworten soll. Im ersten Moment war ich einfach nur wütend. Wütend, dass er sich immer nur meldet, wenn bei ihm etwas passiert oder er etwas will. Aber auf der anderen Seite ist es ja auch schön, dass er in so einem Moment an mich denkt. Ich tippe eine Antwort auf Jakes Nachricht in mein Handy. Sie fällt kürzer aus als sonst. Und jetzt brauche ich einfach ein bisschen Zeit, um meine Gedanken zu sortieren und zu überlegen, was ich als nächstes tue. Zum Glück hat Jake nicht mitbekommen, wie sehr mich die Neuigkeit getroffen hat, dass er noch andere … Ich schlucke erneut. Nein, stopp. Ich denke da jetzt nicht schon wieder drüber nach. Stattdessen setze ich mich vor die Ofentür und starre in das warme Licht. Als die Eieruhr klingelt, hole ich den goldbraunen Blechkuchen aus dem Ofen, ziehe mein Nachthemd an und kuschele mich mit einem großen Kuchenstück und den *Gilmore Girls* auf mein Bett. Wehe Rory macht heute mit Logan Schluss, das kann ich nicht auch noch ertragen.

Jake

Was für ein Tag! Ich stehe hinter der Theke und vor mir laufen jede Menge glitzernd geschminkte, in bunte Regenbogenflaggen gehüllte Gestalten vorbei. Im Club ist heute die Afterparty für das Gay Festival. Soll mir recht sein, haufenweise Girls in superknappen Outfits und ganz sicher gutes Trinkgeld. Ich hätte Emilie fragen können, ob ich nach meiner Schicht noch vorbeikommen kann. Aber nach ihrer knappen Nachricht war mir nicht mehr wirklich danach. Sie wirkte so abweisend. Vielleicht 'nen schlechten Tag erwischt. Egal. Ich habe einen Job im Tonstudio! Ich könnte schreien, so happy bin ich. Und ich habe Lust zu feiern.

Álvaro schiebt sich durch die Menge auf mich zu. Er ist über und über mit Glitzer bedeckt und trägt lediglich ein sehr kleines Höschen in Regenbogenfarben. Das Gay Festival scheint ein voller Erfolg gewesen zu sein. Ich winke ihn zu mir und will ihm gerade noch mal für die Chance im Tonstudio bedanken, doch da sehe ich seinen wütenden Blick. Oh oh, was ist dem denn über die Leber gelaufen?

»Hey Álvaro, alles klar? War das Festival doch nicht so dein Ding?«, brülle ich gegen die Musik an. »Willst du einen Drink? Geht auf meine Kappe, als kleiner Dank für die Megachance im Tonstudio heute.«

Álvaro zieht mich näher zu sich heran, ich rieche den Alkohol und höre an seiner Stimme, er hat schon gut was intus. Ansonsten hätte er das, was er mir jetzt zubrüllt, auch sicherlich nicht gesagt.

»Du weißt schon, dass Emilie dich echt mag, oder? Du hast ihr nichts von den anderen Mädchen erzählt? Wie stehe ich denn jetzt da? Ich bin doch ihr Freund …« Er muss sich kurz sammeln. »Ich bin ihr Freund und erzähle ihr so ganz nebenbei, was du hier im Club für eine Show mit den anderen Girls abziehst, die sich dir nach jedem Gig an den Hals werfen und deren Namen du nicht einmal kennst?«

Ich weiß kurz nicht, was ich dazu sagen soll. Dann fällt mir die Nachricht ein, wie kurz angebunden Emilie war, und mir wird alles klar. Wut kriecht in mir hoch. Warum hat er das getan, er hatte kein Recht dazu! Und er hat auch einiges missverstanden. Klar habe ich weiterhin geflirtet. Vielleicht hätte ich auch mal mit einer geknutscht, habe ich aber nicht. Weil sich immer ein paar braune Augen in meinen Kopf gemogelt haben. Weil ich mich jedes Mal danach gesehnt habe, nach dem Kuss in ihre Augen zu blicken und nicht in die irgendeines Mädchens. Außerdem habe ich Emilie nie was vorgemacht, unsere Abmachung war ganz klar: Wir sind locker. Dass ich mich überhaupt mehr als einmal mit der Gleichen einlasse, ist schon völlig gegen mein sonstiges Verhalten. No strings attached, das war der Deal!

Ich habe ihr nichts versprochen und das sage ich Álvaro auch so: »Sorry Mann, Emilie und ich – wir wussten beide, worauf wir uns einlassen. Und ich weiß ehrlich gesagt nicht, warum du mir jetzt so eine Szene machst.« Ich bin sauer und ungerecht, das merke ich selbst. Aber ich hatte die ganze Zeit schon das Gefühl, dass genau das kommt. Dass sie eben doch nicht fein mit der ganzen Geschichte ist. Und ganz vielleicht habe ich auch ein schlechtes Gewissen, weil ich es trotzdem weiterlaufen lasse.

Álvaro blitzt mich wütend an. »Das war ihr aber anscheinend alles nicht so klar, du hättest ihren Blick sehen sollen!«

Emilies dunkle Augen tauchen vor mir auf, ihre vollen Lippen. Ich schlucke. Ich befürchte, wir müssen doch noch mal ein Gespräch führen. Mein Hochgefühl flacht ab. Und ich habe auch keinen Bock mehr auf die plumpen Annährungsversuche der Mädels an der Bar. Álvaro hat sein Pint genommen, das ich wortlos vor ihm abgestellt habe, und ist damit abgezogen. Was für eine Riesenscheiße. Ich bin genervt und brauche jetzt erst mal eine Zigarette.

Schnell gebe ich meiner Kollegin hinter der Bar ein Zeichen, werfe mir meine Collegejacke mit dem großen Löwen auf der Rückseite über, schnappe mir mein Handy und meinen Tabak. Ich springe die Stufen zum Ausgang des Clubs mit einem großen Satz nach oben, drücke die schwere Metalltür auf und atme die salzige Seeluft ein, die mir entgegenschlägt. Direkt neben der Tür ist es windstill genug, damit ich aus dem Tabak und den Blättchen eine dünne Zigarette drehen kann. Das mache ich eigentlich im Schlaf. Aber heute reißt das hauchdünne Papier gleich zweimal. Frustriert schmeiße ich es auf den Boden. Ich habe sie nicht betrogen, ich habe sie auch nicht angelogen. Mist, noch eines dieser verdammten Blättchen kaputt. Ich balle eine Faust und versuche dreimal durchzuatmen. Die Regeln waren doch klar, Emilie hat kein Recht, wütend zu sein, und trotzdem schallt eine Stimme in meinem Ohr: »Aber dir war schon klar, dass sie nicht mit anderen Kerlen rummacht.« Schon wieder reißt ein Blättchen. Mann! Scheiße! Kann ich doch nichts dafür, wenn sie Gefühle entwickelt. Ist doch ihr Problem, dann muss sie es eben beenden, wenn es für sie nicht mehr geht. Ein bitterer Geschmack breitet sich bei dem Gedanken daran in meinem Mund aus. Ich schlucke.

Endlich. Ich habe es geschafft, mir eine dämliche Zigarette zu drehen. Gierig ziehe ich daran und puste den Rauch mit einem langen Zug wieder aus. Ich muss das klären. Jetzt. Hastig entsperre ich mein Handy und drücke auf Emilies Namen. Es klingelt. Doch sie hebt nicht ab. Ich will das jetzt mit ihr klären, verdammt! Warum geht sie nicht ran? Mit welchem Recht schickt sie ihre Freunde vor und geht dann nicht an ihr verdammtes Telefon? Ich ziehe noch einmal an der Zigarette, dann entscheide ich mich: Ich habe 45 Minuten Pause, in 15 Minuten schaffe ich es von der Seafront bis zu ihr nach Hause. Wenn ich renne, vielleicht sogar in zehn.

Ich sprinte den verdammten Berg hoch, der von der Seafront zum Churchill Square hinaufführt. Die Luft brennt mir in der Lunge und ich merke einmal mehr, wie schlecht meine Kondition geworden ist. Am Churchill Square nach links abbiegen, endlich erreiche ich ihre Haustür. Keuchend stütze ich meine Hände auf den Knien ab und ringe vorn über gebeugt nach Luft. Dann drücke ich auf den Klingelknopf.

Emilie

Es ist weit nach Mitternacht. Ich liege im Bett und versuche seit Ewigkeiten, mich auf mein Buch zu konzentrieren, mich abzulenken. Doch immer wieder merke ich, dass ich die Zeilen gar nicht lese, sondern sie nur überfliege und währenddessen ganz woanders bin. Mir gehen die Bilder von Jake nicht aus dem Kopf. Stelle mir vor, wie er ein Mädchen nach dem anderen an der Bar küsst … In dem Moment unterbricht ein schrilles Geräusch meine Gedanken. Die Türklingel. Polly hat anscheinend schon wieder ihren Schlüssel vergessen.

Seufzend stehe ich auf. Ich trage nur einen Slip und mein dünnes Nachthemd mit den Spaghettiträgern. Es ist warm in der Wohnung und da mein Zimmer auf einer der oberen Etagen liegt, staut sich die Hitze dort noch mehr. Kurz überlege ich, mir etwas überzuziehen, aber da klingelt es schon erneut. Mann, Polly! Während ich die Treppenstufen von meinem Zimmer zum Wohnzimmer abwärts schlurfe, klingelt es ein drittes Mal. »Mann Polly ey, ich komm ja schon«, brülle ich und springe die letzten Stufen zur Haustür hinunter. Ich reiße die Tür auf und erstarre. Vor mir steht nicht Polly. Vor mir steht Jake. Und er sieht ziemlich fertig aus. Als wäre er gerannt. Er schiebt mich zur Seite, nimmt die fünf Treppenstufen mit zwei langen Schritten und betritt die Küche. Dort schnappt er sich ein Wasserglas aus dem Schrank und füllt es randvoll. Das ext er in einem Zug. Ich starre ihn an und schließe mechanisch die Haustür. Jetzt dreht er sich um.

»Warst du schon im Bett?«, fragt er und mustert mich. Mir wird heiß und ich ziehe am Saum des dünnen Nachthemdes, damit es mir zumindest die obere Hälfte meiner Oberschenkel bedeckt.

»Nichts, was ich noch nicht gesehen habe«, entgegnet Jake trocken. »Aber das erklärt, warum du nicht an dein Handy gegangen bist.«

Ich habe keine Ahnung, wovon er spricht. Aber er sieht aufgebracht aus und ich habe plötzlich ein ganz flaues Gefühl im Magen. »Ist irgendwas passiert?«, frage ich und kann ihn gar nicht anschauen. Nervös drehe ich eine meiner Locken um den Finger und lasse sie aufspringen, dann schnappe ich mir die nächste Strähne und drehe sie erneut auf. Wieso antwortet er nicht?

Jake holt tief Luft. »Weißt du Emilie, ich mag dich echt gern. Ich finde dich heiß, und ich verbringe gern Zeit mit dir. Aber ich war doch von Anfang an ehrlich zu dir, über das, was ich will und was nicht. Oder?«

Ich schlucke und lasse meine Haare los. Das läuft in eine ganz falsche Richtung.

»Ich will keine Beziehung und habe überhaupt keinen Bock darauf, von deinen Freunden in der Bar dafür zur Rede gestellt zu werden, wenn ich mit anderen Mädels flirte. Du hast gewusst, auf was du dich einlässt, und wenn du das nicht mehr willst, können wir es jederzeit sein lassen. Your choice, kein Problem. Aber ich habe keine Lust auf einsilbige Nachrichten und völlig unnötigen Stress, ausgerechnet an dem Tag, an dem es für mich seit einer echt langen Zeit mal wieder richtig gut lief.« Er holt Luft und sieht mich jetzt direkt an.

»Ich habe keine Ahnung, wovon du redest«, sage ich leise und gehe ein paar Schritte auf ihn zu. »Wer war bei dir und hat dir was erzählt?«

»Ach komm schon Emilie, jetzt tu doch nicht so naiv. Erst deine knappe Nachricht, dann Álvaro, der mir plötzlich in der Bar eine Szene macht.« Er sieht mich prüfend an. »Er hat sich Vorwürfe gemacht, weil er dir nicht schon längst erzählt hat, was ich so treibe«, das Wort treiben setzt er mit seinen Fingern in Anführungszeichen. »Dabei kann ich tun, was ich will. Mit wem ich will. War das nicht unser Deal, Emilie?«

Ich kann spüren, wie die Tränen in mir aufsteigen. Warum hat Álvaro das bloß getan? Nein, nein, jetzt nicht heulen. Jetzt bloß nicht heulen. Abrupt drehe ich mich um. Das wollte ich nicht. Ich wollte nicht, dass Álvaro mit Jake über mich spricht. Dazu hatte er kein Recht. Wenn Jake jetzt alles beendet ... mir wird ganz schlecht bei dem Gedanken. Rasch wische ich mir eine vereinzelte Träne von der Wange, die sich aus meinem Augenwinkel gestohlen hat. Ich straffe die Schultern und schlucke die Traurigkeit hinunter. Heulen ist das Letzte, was mir jetzt weiterhilft. Ich muss Jake beweisen, wie falsch Álvaro mit seiner Aussage liegt. Wie wenig mir die ganze Geschichte ausmacht. Wie sehr ich Jake will. Und wie sehr ich bereit bin, dabei auch meine eigenen Prinzipien hintanzustellen.

Jake atmet genervt aus. »Echt jetzt Emilie, du kannst mich nicht einmal ansehen? Bin ich jetzt hier der Bösewicht, weil ich das getan habe, was wir verabredet haben? Mal abgesehen davon weiß ich auch gar nicht, was Álvaro gesehen zu haben meint. Ja, ich habe mit ein paar Girls geflirtet, aber … mehr war da nicht. Und selbst wenn, wäre das mein Ding. Emilie? Siehst du mich jetzt wenigstens mal an, wenn ich mit dir spreche?« Er überbrückt die wenigen Meter, die uns trennen, stellt sich vor mich und legt seine Hand sanft unter mein Kinn. Ich schaffe es, die Tränen webzublinzeln und ihn anzulächeln.

»Ich weiß nicht, was Álvaro da erzählt oder gesehen hat. Wir beide sind doch happy damit, so wie es gerade ist, oder nicht?«

Ich gehe zum Kühlschrank und öffne ihn. In der Tür steht eine Flasche von dem Wodka, mit dem Polly bei ihrem letzten Spieleabend Drinks für die anderen gemischt hat. Mit einer Hand greife ich die kalte Flasche aus der Kühlschranktür, mit der anderen angele ich zwei Schnapsgläser aus dem Hängeschrank über der Spüle. Als ich mich zu Jake umdrehe, bin ich plötzlich ganz ruhig. Fest blicke ich ihm in die Augen, während ich beide Gläser mit der klaren Flüssigkeit fülle. Dann drücke ich ihm ein Glas in die Hand und halte weiter den Blickkontakt.

»Vielleicht hat Álvaro mich einfach missverstanden. Vielleicht macht es mir weniger aus, als er und du von mir denkt. Vielleicht hörst du jetzt einfach mal auf zu reden.« Mein Finger fährt zart über seine Lippen. »Stoßen wir auf deinen neuen Job an«, flüstere ich ihm ins Ohr, stoße leicht mit meinem Glas an seines. »Und auf no strings attached«. Ich lasse mir mit einer schnellen Bewegung die Träger meines Nachthemdes über die Schultern fallen.

Das Nachthemd gleitet über meinen Körper zu meinen Füßen und ich stehe nur im Slip vor Jake, der mich anstarrt. Schnell trinke ich den Shot in einem Zug aus. Der Luftzug und das kalte Getränk sorgen auf meinem ganzen Körper für ein Frösteln. Jake blinzelt und trinkt einen kleinen Schluck. Ich spüre, wie sich meine Brustwarzen unter seinem fordernden Blick aufstellen und sich Feuchtigkeit zwischen meinen Beinen sammelt. Langsam fahre ich mir mit der Zunge über die Lippen und sehe ihn herausfordernd an.

Jake

Wow! Was passiert hier gerade? Sie steht nur in ihrem zarten, schwarzen Spitzenslip vor mir. In einer Hand hält sie noch das Shotglas und sie blickt mir die ganze Zeit in die Augen. Auf ihren festen Brüsten bildet sich eine Gänsehaut, ihre Nippel werden hart, obwohl es in dem Zimmer warm ist. »Emilie, ich«, setze ich an. Doch sie legt mir ihren Zeigefinger auf die Lippen.

»Shhh, wir haben heute schon genug zerredet, meinst du nicht?« Sie sieht mir in die Augen und zieht mich zu sich herunter. »Dabei könnten wir so viel spannendere Dinge zusammen machen …«

Ich greife nach der Wodkaflasche, die auf dem Küchentresen steht, dabei schaue ich ihr weiterhin in die Augen. Zwischen uns herrscht eine solche Spannung. Ich lasse ihr ein kleines bisschen vom Wodka auf die Brüste laufen, beuge mich vor und lecke die scharfe Flüssigkeit von ihrer Haut. Sie schließt die Augen und beugt sich mir entgegen. Ein leichtes Stöhnen entfährt ihr. Ich fahre mit der Zunge ihre Brüste hinunter zum Bauch, hinterlasse eine feuchte Spur auf ihrer Haut. Mit einem Ruck hebe ich sie hoch und setze sie vor mir auf die Arbeitsfläche. Hinter ihr fallen kleine Gläschen mit getrockneten Kräutern um, doch keiner von uns beiden achtet auch nur eine Sekunde darauf. Der schwache Duft von Oregano und Thymian liegt in der Luft, während ich ihr den Slip hinunterziehe und einen Finger langsam in sie eintauchen lasse. Emilie stöhnt jetzt lauter und drückt sich mir entgegen, ihre Hände fahren mir durch die Haare und sie zieht mich zu einem Kuss an sich, der mir fast den Atem raubt. Ihre Zunge fährt meine Lippen entlang, unsere Zungenspitzen treffen sich und dabei öffnet sie mit ihrer freien Hand meine Jeans. Bevor die Hose mir die Beine hinuntergleitet, fährt Emilie mit ihrer Hand in meine linke Jeanstasche und zieht ein Kondom hervor.

»Ich kenne dich besser, als du denkst.« Sie beißt mich ganz zart in das Ohrläppchen. Ihr Atem streicht über meinen Hals und ich beeile mich, meine Boxershorts loszuwerden. Mit einer schnellen Bewegung streife ich mir das Kondom über. Sie ist so feucht, ich kann spüren, wie sehr sie mich will, und das törnt mich unglaublich an. Mit einer schnellen Bewegung stoße ich in sie hinein. Wieder stöhnt Emilie auf und ich fahre mit einer Hand leicht in ihre Locken und ziehe den Kopf nach hinten. Meine Lippen sind an ihrem Hals, der leicht nach Wodka schmeckt und nach ihrer Bodylotion duftet. Sie bewegt sich, drängt sich mir entgegen, sie stöhnt und langsam fährt sie mit einer Hand zwischen ihre geöffneten Schenkel. Während ich in einem immer schneller werdenden Rhythmus in sie eindringe, sehe ich sie an. Einen Moment später explodieren kleine Blitze vor meinen Augen, ich komme und komme und komme. Emilie unter mir stöhnt sich ebenfalls ihrem Höhepunkt entgegen. Und dann ist der Moment vorbei. Ich ziehe mich aus ihr zurück und rolle das Kondom ab. Dann gebe ich ihr einen langen Kuss. Das war der absolute Wahnsinn.

Emilie

Wie benommen lehne ich an der Küchenzeile. Jake ist gegangen. Ich atme ein und mir steigt der intensive Geruch der Kräuter in die Nase, deren Gläser hinter uns zu Bruch gegangen sind. Geistesabwesend ziehe ich mein Nachthemd über, greife nach einem Lappen und wische Scherben und Kräuter zusammen. Aua! Ein Tropfen Blut tritt aus meinem Finger aus und tropft zwischen die zerbrochenen Gläser. Verflixt, jetzt habe ich mich auch noch geschnitten! Während ich in der Küchenschublade nach einem Pflaster krame, rasen meine Gedanken. Habe ich mich und meinen Körper gerade selbst dazu benutzt, einen Kerl zu halten? Natürlich wollte ich mit Jake schlafen. Aber gerade in diesem Moment habe ich es aus den falschen Gründen getan, und das ist mir leider auch durchaus bewusst.

Erneut steigen mir die Tränen in die Augen. Diesmal lasse ich sie laufen. Sie tropfen vor mir auf die Arbeitsplatte und weichen den Kräuter-Blut-Scherben-Matsch durch.

Jake hat mich zum Abschied geküsst. Und war sichtlich erleichtert, dass es nur ein Missverständnis war und ich gar kein Problem habe oder zum Glück auch keines für ihn werde. Hat sich die Hose hochgezogen, ist die Stufen zur Haustür hinuntergesprungen, er hat sich sogar noch einmal umgedreht und mir zugezwinkert. Dieses unnachahmliche Jake-Zwinkern. Mit diesen grünen Augen, die mich nie so ansehen werden, wie ich es mir wirklich wünsche. Stattdessen geht er jetzt zurück in den Club und macht sich wahrscheinlich direkt das nächste Fan-Girl klar. Und ich habe ihm gerade den Freifahrtschein dafür ausgestellt. »Eine neue Runde, eine wilde Gratisfahrt! Kommen Sie näher!«

Was habe ich nur getan!?

Kurze Zeit später starre ich mich selbst im Badezimmerspiegel an. Das weiße Licht lässt mich blass und fahl aussehen. Ist es wirklich das, was ich will? Ich weiß es nicht. Aber ich weiß, ich will Jake nicht verlieren. Wenn ich nur an seine wunderschönen Augen denke, oder das kleine Grübchen, das sich auf seiner Wange bildet, wenn er lächelt. Seinen herben Männerduft, in den sich heute eine Prise Oregano und Thymian gemischt hat. Ich schniefe und steige unter die Dusche.

Nach der Dusche sehe ich ein wenig klarer. Vielleicht braucht er nur noch ein bisschen Zeit und ist dann irgendwann bereit für mehr als nur belanglosen Sex. Eine kleine Stimme sagt mir, dass Àlvaro es nur gut gemeint hat und wenigstens er für mich einsteht, wenn ich es schon nicht selbst tue. Aber diese Stimme ignoriere ich. Die möchte ich gerade nicht hören. Stattdessen bekommt Álvaro jetzt meine volle Wut ab.

EMILIE
ÁLVARO! Was hast du Jake erzählt? Er ist hier gerade stinksauer aufgelaufen und ich wusste von nichts!

ÁLVARO
Sorry Love, aber einer musste ihm doch mal sagen, dass er sich nicht so benehmen kann. Ich habe doch gemerkt, wie sehr dir das wehtut.

EMILIE
Das geht gar nicht! Er hätte die ganze Sache fast beendet. Konnte es gerade noch so hinbiegen.

ÁLVARO
Also seid ihr jetzt ein Paar? So richtig und exklusiv!!??

EMILIE
Nein! Es bleibt, wie es war. Aber ich konnte ihn davon überzeugen, nicht alles zu beenden.

ÁLVARO
Warte, er macht also weiterhin mit anderen Frauen rum, obwohl ich genau gemerkt habe, wie sehr dich das verletzt? Honey, locker und casual funktioniert nicht, wenn einer von beiden Gefühle hat!

EMILIE
Wer sagt denn, dass ich Gefühle für ihn habe?

ÁLVARO
Ich! Und du weißt das auch ganz genau, wenn du mal ehrlich zu dir bist!

EMILIE
Ich finde es super, genauso wie es ist, also misch dich bitte nicht mehr ein, ja?

ÁLVARO
Wenn du meinst …

EMILIE
Komm schon, sei nicht sauer. Ich weiß, du hast es nur gut gemeint.

ÁLVARO
Das habe ich …

EMILIE
Und das weiß ich auch echt zu schätzen!

ÁLVARO
…

ÁLVARO
Sorry Em, ich muss mal ins Bett. Wir sprechen die Tage wieder.

Ich bin wie vor den Kopf gestoßen. So kühl hat er sich noch nie von mir verabschiedet. Was ist denn bloß heute los? Das ist ja der absolute Albtraumtag! Ich gehe ins Bett und ziehe mir die Decke über den Kopf.

Jake

Wie benommen gehe ich zurück in den Club. Als das Hochgefühl abgeflacht ist, kommen Zweifel in mir auf. Was war das denn bitte gerade? Ich hatte ja einiges erwartet, wollte sie zur Rede stellen, aber daraus ist etwas anderes geworden. Emilie, das Shotglas, meine Hände, ihr heißer Atem. Mich überläuft erneut ein Schauer. Je länger ich laufe, desto mehr macht sich ein komisches Gefühl in meiner Magengegend breit, als ob etwas zu Ende gegangen wäre, als ob wir eine Grenze überschritten haben, über die wir nicht mehr zurücktreten können.

Emilie

Endlich Freitag. Endlich Feierabend. Ich nehme die mehlverschmierte Schürze ab und öffne den engen Dutt, mit dem ich meine Haare während der Arbeit bändige.

»Emilie, kommst du mal bitte kurz?«

Was ist denn jetzt noch? Ich bin so kaputt, ich kann mich kaum noch auf meinen Beinen halten. Ich habe heute so viel Hefeteig geknetet, es fühlt sich an, als ob ich eine ganze Fußballmannschaft massiert hätte.

»Komm setz dich«, sagt Carol und zeigt auf den Barhocker neben sich. Ich hieve mich erschöpft auf den Stuhl und streiche mit der Hand über die inzwischen sauber geputzte Arbeitsfläche. Carol wartet einen Moment, bevor sie wieder das Wort ergreift. »Ich weiß nicht, was in den letzten Wochen mit dir los ist, aber so geht es nicht weiter. Du bist immer müde, dir passieren die dümmsten Fehler, ständig verrechnest du dich oder wiegst etwas falsch ab. Ich habe doch keinen Azubi im ersten Lehrjahr eingestellt, sondern eine ausgelernte Konditorin. Die beste ihres Jahrgangs! Wo ist diese Superkonditorin hin? Ich möchte in den nächsten Wochen mehr von dir sehen! Mehr Eigeninitiative, mehr Ideen, mehr von deiner Arbeit. Versprichst du mir das?«

Während Carol redet, wird mein Kopf immer heißer. Sie hat so recht. Und ich schäme mich dafür. Ich möchte besser sein, ich strenge mich an, aber gerade fällt mir alles so schwer.

»Ich werde mich mehr bemühen, versprochen. Du kannst dich auf mich verlassen, Carol«, sage ich leise und gehe frustriert in die Umkleide.

Mir ist schon bewusst, dass ich gerade nicht richtig bei der Sache bin. Abends bin ich lange wach, zu lange, weil ich hoffe, Jake meldet sich vielleicht noch. Manchmal kommt er auch tatsächlich noch vorbei. Aber es ist anders zwischen uns. Die letzten Wochen waren … intensiv. Nach dem Abend in meiner Küche haben Jake und ich versucht so weiterzumachen, wie bisher. Aber irgendetwas war anders. Er war anders. Als ob er konstant auf der Hut war, bloß keine falschen Zeichen zu geben. Wir haben kaum gesprochen. Wir haben uns vorher so oft Nachrichten hin und her geschrieben, stundenlang, haben uns von unseren Sorgen erzählt, Jake hat mich um Rat gebeten.

Mir fehlen diese Gespräche. Es ist irgendwie leise zwischen uns. Selbst der Sex ist leise. Als ob keiner die Kontrolle abgeben will, niemand etwas sagen will, was dieses fragile Konstrukt zum Einsturz bringen könnte. Es ist, als ob er seit dem Vorfall in meiner Küche einen Riegel vor etwas geschoben hat. Als ob er einen Schalter umgelegt hat und der gefühlvolle, leidenschaftliche Jake wurde ausgeschaltet. An manchen Abenden würde ich ihm gern sagen, dass mir dieser Teil fehlt. Dass *er* mir fehlt. Aber wenn er dann mit seinen grünen Augen vor mir steht, bin ich einfach nur froh, wenigstens ein Stückchen von diesem Mann zu bekommen. Vielleicht war das alles ein Fehler. Vielleicht hätte ich einfach ehrlich sagen sollen, was ich fühle.

Ich seufze. Das Schlimmste für mich ist, dass ich mit niemandem wirklich darüber reden kann. Juli ist von Anfang an kein Fan von Jake gewesen. Würde ich ihr von dem Abend in meiner Küche erzählen, davon, dass wir nichts geklärt haben und wie ich mich ihm an den Hals geworfen habe, würde sie mir gehörig die Leviten lesen.

Und Álvaro? Der will sich nicht mehr einmischen, kein Wunder, hab ich ihm ja auch verboten. Trotzdem habe ich noch einmal versucht, mit ihm über das Thema zu sprechen, aber seine Reaktion war eindeutig. »Liebes, ich habe dem Mann betrunken erklärt, er solle achtsamer mit deinen Gefühlen umgehen, und du hast dich ihm stattdessen als lebendige Leckmuschel für Erwachsene angeboten. Ich halte mich raus. Finde erst einmal raus, was du eigentlich willst.«

Ich seufze erneut. Denn ich weiß sehr genau, was ich will. Ich weiß nur nicht, wie ich es bekomme.

Ein Blick auf die Uhr sagt mir, ich komme zu spät. Das Gespräch mit Carol hat mich aus meinem Zeitplan gerissen und jetzt bin ich viel zu spät dran für meinen zweiten Coachingtermin mit Isabelle. Mist! Ich verlasse die Chocolaterie und renne schon fast den Hügel zum Churchill Square hoch, die alte Turmuhr in der Mitte des Platzes zeigt fünf vor fünf an. Das wird knapp. Ich stürme zur Haustür rein, springe die wenigen Treppenstufen im Eingangsbereich nach oben und sprinte die Treppe zu meinem Zimmer hinauf. Schwer atmend nehme ich an meinem Schreibtisch Platz.

Isabelle ist schon online, als ich den Chatroom betrete. Sie sitzt vor einem hellen Hintergrund, wie beim letzten Mal, wahrscheinlich in ihrem Arbeitszimmer. Die langen blonden Haare hat sie wieder zu einem strengen Zopf nach hinten gebunden, sie trägt eine bunte Bluse und ihre blauen Augen hinter ihrer schwarzen runden Hornbrille sehen mich freundlich an.

»Entschuldige bitte die Verspätung, ich wurde bei der Arbeit aufgehalten und dann musste ich noch den Berg hoch.«

»Alles in Ordnung, Emilie, wir haben ja Zeit. Schön, dass du es zu unserem Termin geschafft hast. Möchtest du dir noch ein Glas Wasser holen und kurz ankommen?«

Ich wische mir Schweiß von der Stirn und atme einmal ruhig durch. »Danke, es geht schon. War einfach eine stressige Woche, und der Tag heute hat dem Ganzen die Krone aufgesetzt. Manchmal fühle ich mich wie ein Hamster im Laufrad, ich renne und renne und komme nirgendwo an.«

»Hast du denn eine Idee, woher das Gefühl kommt?«

»Ich weiß auch nicht. Ich glaube, ich versuche immer alle Bälle in der Luft zu halten, damit alles läuft, und irgendwann fallen dann alle Bälle gleichzeitig runter. Meine Freunde, meine Mom, meine Arbeit, Jake ...« Ich schlucke. Es ist gerade alles so schwierig mit uns. Ich weiß gar nicht mehr, wo wir stehen oder wo wir hingehen.

»Wenn wir mal bei dem Bild mit den Bällen bleiben, gibt es denn Bälle, bei denen es dir wichtiger ist, dass sie in der Luft bleiben, als bei anderen?«

Ich denke kurz nach. »Wahrscheinlich schon, aber es fällt mir wahnsinnig schwer, diese zu erkennen, bevor sie herunterfallen.«

»Ich habe dir heute eine Übung mitgebracht, die ganz gut zu deinem Thema passt: Es geht dabei darum, die eigenen Werte besser zu erkennen. In Entscheidungssituationen bist du die Architektin deines eigenen Schicksals. Wenn wir vor einer bedeutsamen Wahl stehen, kann dies zunächst Verwirrung stiften, da unsere Wertvorstellungen möglicherweise nicht klar definiert sind. Du weißt also nicht, welche Bälle für dich am wichtigsten sind, um sie in der Luft zu halten. Die Klärung deiner Werte wird zukünftig dazu beitragen, dass du dich nach deinen eigenen Vorstellungen orientierst und dich insbesondere auf das Wesentliche konzentrierst, was dir wirklich am Herzen liegt. Ich teile jetzt meinen Bildschirm mit dir, darauf findest du viele verschiedene Werte.

Notiere dir, ohne lang zu überlegen, auf einem Blatt Papier die zehn wichtigsten Werte aus der Aufstellung. Versuche wirklich aus dem Bauch heraus zu entscheiden, welche sich für dich stimmig anfühlen, wo der Bauch kribbelt. Achte darauf, dass es Werte sind, die dir wichtig sind und die sich für dich richtig anfühlen – keine Werte, die du wählst, weil du denkst, andere finden sie wichtig, dass sie gesellschaftlich notwendig sind oder weil jemand anders diese von dir erwartet.«

Vor meinen Augen taucht eine Liste mit Worten auf. Ich bin noch so abgehetzt, da funktioniert es ganz gut, dass ich nicht lange über die Begriffe nachgrüble, sondern spontan entscheide. Ich schnappe mir einen Stift und fange an zu lesen.

Abenteuer Achtsamkeit Akzeptanz Authentizität Balance
Beharrlichkeit Beliebtheit Bescheidenheit Dankbarkeit

Disziplin Effizienz Ehrlichkeit Empathie Entwicklung Erfolg
Fantasie Flexibilität Freiheit Friedfertigkeit Fröhlichkeit
Geduld Gelassenheit Gerechtigkeit Gesundheit
Glaubwürdigkeit Großzügigkeit Harmonie Herzlichkeit
Hilfsbereitschaft Humor Intuition Kompromissfindung
Konstruktivität Kreativität Kritikfähigkeit Leichtigkeit
Leidenschaft Lernbereitschaft Loyalität Mitgefühl Mut
Nachhaltigkeit Nähe Neugierde Offenheit Optimismus
Ordnung Perfektion Rationalität Realismus Respekt
Sanftmut Selbstbestimmung Sensibilität Sicherheit
Solidarität Spaß Spiritualität Toleranz Tradition
Transparenz Treue Unabhängigkeit Verantwortung
Vertrauen Weisheit Wissen Wohlstand Wohlwollen
Zugehörigkeit Zuverlässigkeit

Ich notiere auf meinem Zettel: Harmonie, Kreativität, Mut, Nähe, Offenheit, Sicherheit, Treue, Vertrauen, Zugehörigkeit, Zuverlässigkeit.

Als Isabelle merkt, dass ich meine Entscheidung getroffen habe, fährt sie fort: »Im nächsten Schritt schaust du dir diese zehn Werte genau an und wählst daraus die fünf wichtigsten aus. Diese Werte sollten dein Herz zum Klopfen bringen. Dies sind deine fünf Kernwerte, dein Wertekompass. Künftig kannst du dich bei Entscheidungen darauf stützen und prüfen, ob alle deine Werte mit der Entscheidungsmöglichkeit übereinstimmen. Wenn nicht, lohnt es sich, noch einmal genauer zu überlegen, wie du deine Werte mit einer Entscheidung in Einklang bringen kannst. Auf diese Weise sicherst du dir, dass deine Entscheidungen zu deinem inneren Selbst passen.«

Als ich die fünf Werte Treue, Nähe, Offenheit, Vertrauen und Zugehörigkeit vor mir sehe, muss ich schlucken. Die Sache mit Jake ist das genaue Gegenteil von all dem, was mir anscheinend so wichtig ist. Nur ist Jake es eben auch. Ich will ihn nicht verlieren, aber haben Juli und Álvaro nicht auch recht damit, wenn sie sagen, ich kann nicht alle meine Vorstellungen hintenanstellen, damit ich mit Jake zusammen sein kann? Sollte es nicht auch zumindest ein bisschen darum gehen, was ich möchte?

»Wie fühlst du dich, wenn du dir die Werte anschaust?«, unterbricht Isabelle meine Gedanken.

»Ich glaube, ich muss ein paar Dinge in meinem Leben verändern«, sage ich und schlucke erneut.

»Fühlst du dich mit deinen Werten in deiner momentanen Situation nicht genug gesehen?«, fragt Isabelle weiter.

»Nein!«, rutscht es mir heftiger raus als beabsichtigt. »Ich würde mir wirklich wünschen, dass Carol mir und meiner Arbeitsweise mehr Vertrauen schenkt, ich möchte mich zugehörig fühlen, ein Teil des *Bittersweet* sein, nicht nur die deutsche Austauschkonditorin, die kaum was hinbekommt und irgendwann wieder weg ist, ohne ihr Können je richtig gezeigt zu haben.«

Und vor allem wünsche ich mir viel mehr Nähe, Offenheit und Vertrauen mit Jake, ergänze ich im Stillen. Aber das gehört hier nicht her. Das ist ein berufliches Coaching und da hat meine private Story mit Jake wirklich nichts zu suchen.

»Hast du denn eine Idee, wie du diese Werte in der Arbeit mit Carol stärken könntest?«

»Hm, ich vermute, wenn ich mir selbst mehr zutraue und darauf vertraue, was ich kann, würde es Carol vielleicht auch eher tun …«

»Das klingt doch nach einem sehr guten Ansatz!«

Als wir auflegen, atme ich tief ein und aus. Das Gespräch mit Isabelle ist wie ein Scheibenwischer, der die dreckige Scheibe reinigt, damit ich wieder klarer sehen kann. Und jetzt muss ich selbst ein paar Dinge ändern, damit das auch so bleibt.

Jake

Ich stehe morgens endlich wieder mit einem guten Gefühl auf. Die Arbeit im Tonstudio ist der Hammer, ich bekomme jeden

Tag mehr Verantwortung, heute darf ich die erste Band bei den Aufnahmen begleiten. Die Kaffeemaschine blubbert und ich summe eine Melodie vor mich hin, die mir schon länger im Hirn herumgeistert, als Amy ihren Kopf durch die Tür steckt.

»Machst du mir auch einen Kaffee, Bruderherz?«, flötet sie. Ich nicke grinsend. Amy kann so nett sein, wenn sie etwas von einem möchte. Es ist ein Phänomen. Dann bleibt sie in der Tür stehen und schaut mich prüfend an. »Irgendwas ist anders.«

Ich schaue an mir hinunter. Ich sehe eigentlich aus wie immer. Die gleiche Kluft, schwarzes Shirt, schwarze Jeans, schwarzer Hoodie.

Sie mustert mich von oben bis unten. »Da ist es schon wieder. Du lächelst! Du lächelst nie, wenn du gleich in die Uni musst.« Ich werde rot, das spüre ich. Bitte Amy, lass es. Ich will dich nicht anlügen müssen. »Hat das vielleicht mit einem bestimmten Mädchen mit unglaublich tollen Locken zu tun?«, fragt sie und grinst mich an. Die Kaffeemaschine piept.

»Kaffee ist fertig«, murmele ich. Doch anders als erwartet, zieht sich Amy nicht mit ihrem Becher zurück, sondern bleibt damit neben mir stehen.

»Du magst sie, oder?«

Ich seufze. »Nicht, dass es dich irgendwas angehen würde, aber Emilie und ich sind nur casual.«

»Aha«, sagt Amy und mustert mich. »Sie tut dir gut, diese Emilie. Du wirkst entspannter. Ich mag den Emilie-Jake auf jeden Fall deutlich lieber als den Arschloch-Jake.«

Sie schnappt sich einen Bagel aus der Schüssel auf dem Küchentresen und verschwindet im Bad. Ich atme aus. Zum Glück hat sie nicht nach der Uni gefragt. Pfff … Emilie-Jake … Wer soll das denn bitte sein? Ich bin immer noch ich selbst. Und dass es mir besser geht, hat aktuell nichts mit ihr zu tun. Klar, wir haben eine gute Zeit zusammen, aber seit unserem Gespräch und dieser Aktion in ihrer Wohnung ist der Wurm drin. Sie ist so bemüht, bloß nichts falsch zu machen, aber dadurch ist es irgendwie krampfig geworden. Vielleicht sollten wir uns ein bisschen seltener sehen. Emilie-Jake? Nee, echt nicht.

Nach dem Frühstück schnappe ich mir mein Bike und fahre los. Während der Fahrtwind mir ins Gesicht weht, wird mir klar, wie sehr ich mich auf die Zeit im Tonstudio freue. Ich habe eine Aufgabe gefunden, die mir liegt und über die ich viel Bestätigung bekomme. Sam ist begeistert von meiner Arbeit und zeigt es mir auch. Gestern hat er mir einen Schlüssel für das Studio in die Hand gedrückt, also vertraut er mir und ich habe das Gefühl, immer mehr Teil des Teams zu werden. Das könnte wirklich etwas sein, das ich in Zukunft machen möchte.

Ich schließe mein Rad vor dem großen Schild mit »*MonKey Records*« an, die Tür zum Studio auf und lege die Schalter am großen Mischpult um. Die ersten Lampen fangen an zu leuchten und ich betrete den Aufnahmeraum. Da höre ich hinter mir eine Stimme. Ich fahre zusammen. Ich dachte, ich wäre allein. Als ich mich umdrehe, steht vor mir eine umwerfend aussehende Frau. Ihre Arme sind von oben bis unten tätowiert, die schwarzen Haare sind zu einem unordentlichen Knoten nach oben gesteckt, ihre schlanken Beine stecken in engen schwarzen Jeans. Sie trägt ein schwarzes Shirt und hat eine rauchige Stimme.

»Hey, ich bin Isla – die Sängerin der *Black Pidgeons*. Nehmen wir hier gleich mit dir auf?«

Einen kurzen Moment weiß ich nicht, was ich sagen soll. Ich räuspere mich.

»Klar, gib mir noch 'ne Sekunde.« Ich schätze, Isla ist einige Jahre älter als ich. Und wirkt so selbstbewusst. »Spielst du schon lange in der Band?«, frage ich, während ich die Kabel in die Instrumente stecke und einen kleinen Soundcheck durchführe.

»Nein, ich war vorher in einer anderen Band. Aber ich habe den Drummer gevögelt und er konnte nicht damit umgehen, dass ich nicht mehr wollte. Hat die ganze Band auseinandergebracht.« Sie zuckt die Schultern. »Lesson learnt. Keine Drummer mehr«, sagt sie und grinst breit.

Ping! Eine Nachricht auf meinem Handy, ich werfe einen schnellen Blick darauf. Emilie.

EMILIE
Hey, hast du Lust auf Kino heute Abend? Vielleicht können wir davor noch eine Kleinigkeit essen gehen?

»Mir gefällt der Emilie-Jake«, schießen mir die Worte von Amy durch den Kopf. So ein Quatsch, ich bin immer noch ich. Ich stecke mein Handy wieder weg, darum kümmere ich mich später.

Während der Aufnahmen kann ich den Blick nicht von Isla abwenden. Ihre Stimme, wie sie sich bei den Aufnahmen bewegt. Sexy. Aufregend. Wild. In der Pause wirft sie mir einen langen Blick zu. Die anderen sind rüber in den Pub gegangen, um einen Happen zu essen. Ich muss noch kurz etwas zusammenräumen, dann will ich nachkommen. Und Isla? Hat sie etwa auf mich gewartet?

»Hast du Kippen?«, fragt sie.

»Äh, ja, klar. Ich dreh dir eine, warte.«

»Danke, das kriege ich schon wunderbar allein hin.« Sie nimmt mir den Tabakbeutel aus der Hand, zieht etwas Tabak heraus, nimmt eines der dünnen Paper, legt den Tabak hinein und dreht das Ganze mit Daumen, Zeigefinger und Ringfinger zu einer gleichmäßigen Rolle. Dabei sieht sie mir die ganze Zeit in die Augen. Sie führt das Papier zu ihren Lippen und fährt langsam mit der Zunge daran entlang. Dann drückt sie die beiden Seiten zusammen. Ich kann den Blick nicht von ihren Lippen abwenden. Sie bewegen sich, aber ich höre nicht richtig zu.

»Sorry, was?«, schrecke ich hoch, als mir klar wird, dass sie mit mir redet.

»Ob du mitkommst, eine rauchen?«, fragt sie und grinst mich an. Als sie an mir vorbeigeht, streicht sie wie zufällig mit ihrer Hand über die Beule in meiner Hose. »Oder brauchst du einen Moment für dich allein?« Sie sieht mir erneut in die Augen und zwinkert mir zu.

Ich stöhne innerlich auf. »Klar, ich komme«, sage ich und meine Stimme klingt rau.

Zwischen Isla und mir herrscht eine solche Spannung, eine sexuelle Anziehung, die ich kaum noch aushalte. Es ist so anders als das, was ich mit Emilie habe. Es ist freier, bedingungsloser, hier will niemand irgendwas von irgendwem.

Wir flirten. Und ich fühle mich geschmeichelt, dass eine Frau wie Isla mir überhaupt einen Blick schenkt. Kurz habe ich ein schlechtes Gewissen. Aber ich will kein schlechtes Gewissen haben. Keine Bedingungen. Haben wir doch gesagt. Und irgendwie ist bei Emilie und mir gerade eh ein bisschen die Luft raus. Auch wenn sie mir gesagt hat, dass sie die Sache ganz locker sieht, glaube ich ihr nicht ganz. Ich will ihr nicht wehtun. Und am Ende werde ich ihr wehtun wenn sie doch mehr von mir will, als sie zugibt. Darum schütze ich sie jetzt vor mir. Vor uns. Davor, dass ich ihr wehtue, und ich mich dann schlecht fühlen muss. Denn wenn sie doch mehr Gefühle haben sollte, ist sie damit allein! Nur mein dummes Herz fragt mich manchmal ganz leise, ob ich mir da wirklich sicher bin. Aber wer hört schon auf sein dummes Herz?

Als Isla auch in die Mittagspause geht, bleibe ich im Studio, mache mir einen Kaffee. Ich will noch in Ruhe die Instrumente aufbauen und vielleicht selbst eine kleine Runde auf dem Schlagzeug spielen. Die Proben mit der Band sind in letzter Zeit viel zu kurz gekommen, und ich will nicht einrosten. Ich stelle meinen Kaffee vorn hinter der großen Glasscheibe der Regie ab, wo ich sonst während der Aufnahmen sitze und der Band über das Mikrofon Bescheid gebe, welches Instrument noch einmal eingespielt werden muss, ob der Ton okay war und so weiter. Heute setze ich mich in die Aufnahmekabine hinter das Schlagzeug. Ich spiele mich zunächst ein bisschen warm, Fingerübungen. Dann ein langes Solo. Ein leichter Schweißfilm bildet sich auf meiner Haut, so sehr fühle ich den Beat und die Musik. Ich lasse mich so richtig hineinfallen, mein Herz soll rasen, ich will an die Grenze gehen, außer Atem kommen, was rauslassen.

Als ich fertig bin, höre ich ein einsames Klatschen und dann eine Durchsage. »Das war heiß, Jake!«, flüstert eine raue Stimme durch das Mikrofon aus der Regie. Isla. Ich schaue sie durch die

Glasscheibe an. Sie zwinkert mir zu, als die Tür auffliegt und der Rest der Band den Aufnahmebereich betritt. Ich glühe. Und das liegt nicht nur an meinem Trommelsolo.

»Hast du nicht Lust nach den Aufnahmen mit uns noch ein Bier zu trinken, Mann?«, fragt mich in dem Moment der Gitarrist der *Pidgeons*.

»Ja, Jake, wir würden uns freuen«, sagt Isla durch das Mikro mit einem Unterton, der mir erneut den Schweiß auf die Stirn treibt.

Ich nicke. »Klar, cool. Gern!«

Wieder meldet sich mein schlechtes Gewissen, trotzig schiebe ich es zur Seite. No strings attached.

Emilie

Ping. Eine neue Nachricht. Mein Herz klopft, als ich seinen Namen lese.

JAKE
Sorry, passt gerade nicht, bin im Studio. Melde mich wieder.

Die Hand, die mein Handy hält, zittert ganz leicht. Ich lese die Nachricht noch einmal und dann noch einmal. Dann drücke ich auf meine Kontakte und wähle Julis Nummer.

Es klingelt. Dreimal. Viermal. Dann hebt jemand ab.

»Juli, ich bin's, Emmi.« Meine Stimme bricht. Mir kommen schon wieder die Tränen.

»Hey Emmi, was ist denn? Nicht weinen!« Julis Stimme im Telefon klingt so weich und mitfühlend. »Ist was passiert? Rede mit mir. Geht es wieder um Jake?«

»Ja, nein. Ach, ich weiß auch nicht. Er ist in letzter Zeit so abweisend. Ich wollte mit ihm ins Kino, und er hat mich ziemlich auflaufen lassen.«

Ich schlucke. Versuche die Tränen zurückzudrängen. Aber es klappt nicht. Ich räuspere mich und nehme mir eines der Taschentücher, die auf dem kleinen Tisch neben meinem Bett liegen. Dabei wollte ich Juli eigentlich nichts davon erzählen, wie traurig ich mich hier gerade fühle. Sie würde bestimmt sagen, ich solle nach Hause kommen, und von Jake hält sie eh nichts.

Der Gedanke, wie sehr ich mich doch zusammenreißen wollte, bringt mich noch mehr aus der Fassung. Und dann bricht alles aus mir heraus. Mein ganzer Körper wird von einem tiefen Schluchzer erschüttert. Juli macht beruhigende Laute und versichert mir, dass alles okay ist und ich alles rauslassen darf. Es tut gut, ihre Stimme zu hören. So langsam ebben die großen Schluchzer ab. Ich krampfe mich nicht mehr zusammen, mein Atem findet wieder seinen gewohnten Rhythmus. Mit einem lauten Geräusch putze ich meine Nase.

»Geht es ein bisschen besser?«, fragt Juli vorsichtig.

Ich nicke.

»Emmi, rede mit mir! Was ist denn los? Du kannst mir alles sagen, das weißt du, oder?«

Ich nicke wieder. »Ich … ach Mann, es ist alles so …«

Juli gibt mir einen Moment, mich zu sammeln. In meinem Kopf stolpern alle Gedanken durcheinander. Ich weiß überhaupt nicht, wo ich anfangen soll. »Jake. Die Arbeit in der Chocolaterie. Álvaro. Alle sind enttäuscht von mir. Ich scheine nichts richtig zu machen. Dabei strenge ich mich so an. Ich weiß einfach nicht mehr, was ich machen soll«, platzt es schließlich aus mir heraus. Und wieder zieht sich ein Knoten um meinen Magen zusammen.

»Shhh, ist ja gut, Süße. Wenn du dich immer so sehr bemühst, es anderen recht zu machen, wie soll es sich dann am Ende für dich gut anfühlen? Wenn du deine Bedürfnisse und Wünsche ganz hintanstellst und stattdessen ständig versuchst, die der anderen zu erkennen, wird das Ergebnis nie so sein, wie du es dir wünschst, Girl! Hast du darüber schon einmal nachgedacht?«

Ich überlege. »Aber warum sind denn nicht wenigstens die anderen happy? Jake zieht sich immer weiter zurück. Ich meine, wir sind ja kein Paar, aber seit Álvaro mit ihm gesprochen hat, ist es nur noch eine nächtliche Bettgeschichte.« Während ich das sage, höre ich selbst, wie schrecklich das alles klingt.

Juli atmet laut aus. Ich spüre, dass sie mir eigentlich raten möchte, den Kerl zum Mond zu schießen. »Hast du ihm schon einmal gesagt, dass du dir was ganz anderes wünschst?«

Mir wird heiß, als ich an den Abend in meiner Wohnung denke. Álvaro hatte den Part für mich übernommen, er hat Jake im Club gesagt, was ich mir wünsche. Und ich habe es verbockt. Panik bekommen. Ich erzähle Juli von der Situation, in der mich Jake mit den Vorwürfen von Álvaro konfrontiert hat.

»Go Álvaro! Guter Typ! Und wie hast du darauf reagiert?«

Ich werde rot. Ich kann jetzt doch schlecht sagen: »Ich habe mir Schnaps über die Brüste kippen lassen und ihn verführt.«

»Ich. Ähm. Also wir haben dann gar nicht mehr so viel gesprochen.«

»Also ist er nachts zu dir gekommen, um mit dir zu reden, und du hast das Ganze mit Sex beantwortet?«, hakt Juli nach.

Wenn sie es so sagt, klingt das ein bisschen, als ob ich das ganze angezettelt hätte. »Habe ich das angeleiert, Juli? Habe ich die falschen Signale gesendet? Bin ich selbst schuld an dem ganzen Mist?«

»Es geht doch nicht um schuldig oder nicht schuldig sein. Es geht darum, dass du antizipierst, was Jake möchte und braucht. Ohne dass er das wirklich so geäußert hat. Und damit nimmst du dir völlig die Möglichkeit herauszufinden, was du eigentlich möchtest, Girl! Und was vielleicht möglich wäre, wenn ihr einfach mal offen miteinander redet.«

»Du hast ja recht, danke Juli.«

»Immer, Emmi! Aber wenn du meine ehrliche Meinung hören willst: Schieß den Kerl zum Mond«, gibt Juli zurück. »Ich hatte echt Geduld mit diesem Idioten, aber ich finde langsam, es reicht. Ich mag es einfach nicht, wenn jemand nicht gut mit dir umgeht. Niemand sollte dich schlecht behandeln.«

»Er behandelt mich doch gar nicht schlecht«, schniefe ich.

»Nein? Dann habe ich den Teil wohl falsch verstanden, in dem er mit anderen Frauen rummacht und du deswegen am Boden zerstört warst.«

»Siehst du, du verurteilst mich doch!«

»Nicht dich, Emmi! Ihn! Er macht etwas falsch, nicht du. Du bist meine großartige, wunderschöne, liebenswerte beste Freundin, die nur das Beste der Welt verdient hat. Wenn er das nicht sieht, ist er eben ein Idiot.«

»Aber ein Idiot, den ich leider so gern mag.«

Juli schweigt. Dann räuspert sie sich. »Emmi, am Ende musst du das machen, was gut für dich ist. Wenn du gerade so eine Booty-Call-Geschichte brauchst, bin ich voll bei dir. Leb dich aus! Dafür ist so ein Auslandsaufenthalt doch da. Aber pass auf dein Herz auf.«

Ich nicke. Dann bemerke ich, dass Juli nicht sehen kann, wie ich den Kopf bewege. Also sage ich: »Mach ich, versprochen.«

»Und jetzt lass uns über das Konzert sprechen! Noch eine Woche und wir beide stehen in der *Royal Albert Hall* und sehen Queen *Taylor Swift* dabei zu, wie sie mindestens einem Pärchen in der Menge zu einem Heiratsantrag verhilft. Und ich möchte mit dir tanzen, dieses Paar in der Menge bejubeln und freue mich einfach so sehr darauf, dich zu sehen. Ich habe uns die Nacht in der Pension in London schon gebucht.«

Juli will mich ablenken. Ich lächle. Es klappt. Meine Stimmung steigt sofort. Juli und ich haben vor fast genau einem Jahr Tickets für das *Taylor-Swift*-Konzert in London ergattert und planen es seitdem. Wir wissen, was wir anziehen, haben alle Songs hoch und runter gehört und freuen uns seit Monaten auf den Abend. Juli kommt an dem Tag morgens aus Bremen, checkt schon einmal in der kleinen Pension ein und ich komme am Nachmittag direkt mit dem Zug aus Brighton. Dann treffen wir uns an der *Royal Albert Hall* und haben den besten Abend unseres Lebens.

»Juli, ich kann dir gar nicht sagen, wie sehr ich mich darauf freue. Genau so etwas brauche ich gerade. Und dann kommst du noch ein paar Tage mit zu mir und wir machen es uns richtig schön! Ich zeige dir Brighton und stelle dir meine Freunde vor. Das wird der Hammer!«

»Das wird es, meine Süße. Und bis dahin mach dir nicht so viele Gedanken und schau, dass du nur Dinge tust, die du auch wirklich willst. Hörst du? Ich hab dich lieb, Girl. Wir sehen uns bei *Taylor*!«

Als wir aufgelegt haben, atme ich durch. Ich habe Juli und ich habe *Taylor*, das muss für heute reichen. Diesen Freitagabend beende ich unspektakulär allein im Bett. Es sei denn, Jake meldet sich doch ... Stopp! Nein, heute nicht. Entschlossen stelle ich mein Handy auf Flugmodus. Heute nicht.

Am nächsten Morgen wache ich früh auf. Mein erster Griff geht zum Handy, ich habe durchgehalten und das Handy im Flugmodus gelassen. Mit klopfendem Herzen schaue ich meine Nachrichten durch. Nichts. Keine Nachricht von Jake. Ich lasse mich zurück in die Kissen fallen. Ich habe Juli und ich habe *Taylor*, sage ich immer wieder vor mich hin. Ich freue mich sehr darauf, Juli endlich wiederzusehen. Álvaro ist fast ausschließlich mit Timothy unterwegs. Ich bekomme ihn kaum noch zu Gesicht, Polly hat einen Nebenjob in einer Bar angenommen. Sie arbeitet fast durchgehend, tagsüber als Kindergarden Teacher und abends dann noch drei Tage die Woche in der *Brewery Bar*. Auf einmal fühle ich mich schlecht, weil ich ihr gedanklich Vorwürfe gemacht habe, weil sie ihren Putzdienst immer wieder mir in die Schuhe schiebt.

Ich springe aus dem Bett. Das ist es. Ich gehe jetzt einkaufen und koche uns was Schönes. Vielleicht mache ich ihr so eine kleine Freude. Ich ziehe mich schnell an, binde mir die Haare zu einem losen Knoten, schnappe mir meinen Einkaufsbeutel und gehe auf den *Farmers Market* in der Church Street. Hier war ich noch nicht einmal, seitdem ich in Brighton lebe, dabei habe ich so etwas zu Hause in Bremen immer so gern getan. Warum eigentlich nicht? Auf was habe ich die letzten Wochenenden eigentlich immer gewartet? »Darauf, dass Jake anruft und doch noch Zeit hat«, mischt sich eine kleine Stimme in meinem Kopf ein. Aber die schüttele ich ab. Stattdessen höre ich Julis Stimme, die mir rät, mehr zu spüren, was mir guttut. Und frische Zutaten auf dem *Farmers Market* zu besorgen und daraus etwas Leckeres zu kochen, das wird mir bestimmt sehr guttun.

Kaum auf dem Markt, lasse ich die Atmosphäre auf mich wirken, ich fühle mich so lebendig. Ich schicke Juli direkt einen Schnappschuss von dem zauberhaften Ort und Polly eine kleine Vorwarnung, damit sie später auch Zeit hat.

JULI
Girl! Auf den Markt musst du mit mir gehen, wenn ich in Brighton bin. Das sieht ja alles krass gut aus!

Juli schickt noch einen Smiley mit Sternen als Augen hinterher und ich muss lächeln.

POLLY
Kannst du Gedanken lesen? Genau das brauche ich heute Abend! Ich bringe eine Flasche Wein mit. Love you, Em!

Beschwingt bummele ich die Stände entlang. Es duftet nach Obst, nach selbst gebackenem Brot, Gebäck und Kaffee. Ein Stand hängt voller frischer Kräuter, dort reihen sich Rosmarin, Basilikum, Kerbel, Petersilie und Co. nebeneinander. Ich bleibe stehen und atme tief ein. Was für eine herrliche Mischung. Ich schließe die Augen und die Sonne scheint auf mein Gesicht. Etwas sticht besonders heraus. Als ich die Augen öffne, entdecke ich Thymian und Oregano. Kurz schießen Bilder durch meinen Kopf. Jake, wie er mich auf die Küchenzeile hebt, er mich leidenschaftlich küsst, wie hinter uns die Kräutergläser zerspringen. Ich greife nach einem Bund Thymian und bezahle ihn, ziehe den Duft durch meine Nase ein und stecke den Bund Kräuter in meinen Stoffbeutel. Als ich an einem Obststand volle, saftige Pfirsiche entdecke, habe ich eine Eingebung: ein paar dieser süßen Früchte, herber Thymian dazu, ein butteriger Mürbteig. Das könnte eine Geschmacksexplosion werden! Pfirsich-Thymian-Tarte. Mir läuft das Wasser im Mund zusammen. Schnell lasse ich mir ein paar samtige Pfirsiche einpacken. In einen beiße ich direkt aus der Tüte. Ich summe einen *Taylor-Swift*-Song und schmecke den süßen Saft. Vielleicht wird heute doch noch ein schöner Tag. Und vielleicht backe ich heute eine Pfirsich-Thymian-Tarte. Endlich eine Idee! Lust aufs Backen! Wie lange hatte ich das schon nicht mehr. Jetzt noch ein schneller Abstecher zu *Waterstones*, das Buch für Carol abholen, um das sie mich gebeten hat, und dann ab nach Hause.

Bei *Waterstones* entscheide ich spontan, mir noch einen Coffee to go zu gönnen. Denn: Warum nicht? Ich warte in der Schlange auf meinen Kaffee, als jemand mir auf die Schulter tippt. Ich drehe mich um.

»Hi, dir ist etwas heruntergefallen.« Seine Stimme ist tief und ganz sanft, er hat dunkelbraune Augen mit kleinen goldenen Sprenkeln und hält mir den Bund Thymian entgegen, der aus meiner Tüte gerutscht sein muss. Vor mir steht der *Bridgerton*-Kerl, den ich vor einer gefühlten Ewigkeit schon mal hier gesehen habe. Ich bin kurz sprachlos, denn er sieht von Nahem noch so viel besser aus, als ich ihn in Erinnerung habe.

»Danke«, sage ich und höre, wie rau meine Stimme klingt. »Das rettet mir den Tag, ohne den Thymian wäre meine Tarte nur halb so spektakulär geworden«, füge ich hastig hinzu.

»Gern. Und das mit der Tarte wäre ja wirklich schade gewesen.« Er grinst mich nett an. Er hat feine Sommersprossen auf der dunklen Haut und unfassbar volle Lippen, hinter denen weiße Zähne hervorblitzen. Ich merke, wie ich ihn anstarre. Also wirklich Emilie, was ist denn mit dir los?

»Ich bin übrigens Kobe«, sagt er und hält mir die Hand hin.

Ich schlage ein und bemerke, dass sich seine Haut total weich und angenehm anfühlt. »Ein Cappuccino mit Hafermilch für Emilie«, tönt es da vom Tresen.

»Das bin ich«, sage ich bedauernd, schnappe mir meinen Kaffee und meine Tüten und lächle den Typen schüchtern an. »Und danke noch mal, Kobe!«

»Jederzeit wieder, Emilie«, sagt er und mir rieselt eine Gänsehaut den Rücken hinunter, als er meinen Namen ausspricht.

Wenige Stunden später werfe ich mich unruhig im Bett hin und her. Ein Blick auf mein Handy verrät mir: Es ist 3 Uhr morgens. Der Abend mit Polly war wunderschön, aber irgendwann sind wir auf das Thema Männer gekommen und ich habe auch ihr die ganze Geschichte mit Jake erzählt. Und jetzt liege ich im Bett und überlege einmal mehr, wann und wo wir falsch abgebogen sind. Und wie ich das Ganze noch mal zurückbiegen kann. Wir haben uns seit der kurzen Nachricht am Freitag nicht gehört oder gesehen. Irgendwann falle ich in einen unruhigen Schlaf.

Als ich am nächsten Morgen aufwache, schaue ich auf das Notizbuch, das neben meinem Bett liegt. Um mich von meinen Jake-Gedanken abzulenken, habe ich gestern Abend noch das grobe Rezept für meine Pfirsich-Thymian-Tarte zusammengestellt. Und die werde ich jetzt backen.

Ich schwinge mich aus dem Bett, suche noch im Schlafanzug alle Zutaten zusammen und lege los. Beim Schneiden der reifen Pfirsiche läuft der Saft tropfend über meine Hände und dieser wunderbare Duft der Früchte liegt in der Luft. Ich mische alles und knete es zu einem festen Teig. Dabei notiere ich mir die genauen Mengenangaben und Arbeitsschritte, um die Tarte später auch so nachbacken zu können.

Pfirsich-Thymian-Tarte

ZUTATEN FÜR DEN BODEN:

- 200 g Mehl
- 50 g Mandeln

- 1 ganzes Ei und 1 Eigelb
- 100 g Zucker
- 125 g Butter, kalt
- 1 Prise Salz
- etwas Vanillemark
- Hülsenfrüchte zum Blindbacken

FÜR DIE FÜLLUNG:

- 5-6 reife Pfirsiche, geschält, entkernt und in dünne Scheiben geschnitten
- 2 Esslöffel Zucker
- 1 Esslöffel frischer Thymian, gehackt
- 2 Esslöffel Ahornsirup
- Saft einer halben Zitrone
- 2 Esslöffel Mehl
- 1 Prise Salz

ZUBEREITUNG:

1. Teig zubereiten

Das Mehl mit den Mandeln, Salz und dem Zucker mischen. Ein Ei hinzufügen. Die gewürfelten kalten Butterstücke dazugeben und mit den Fingerspitzen einarbeiten, bis die Mischung bröselig wird.
Den Teig zu einer Kugel formen, in Frischhaltefolie wickeln und für mindestens 30 Minuten in den Kühlschrank stellen.

2. Ofen vorheizen und Pfirsiche vorbereiten

Den Ofen auf 180° C vorheizen. Die Pfirsiche schälen, entkernen und in dünne Scheiben schneiden. In eine Schüssel geben und mit Zucker, Ahornsirup, Zitronensaft, gehacktem Thymian, Mehl und einer Prise Salz vermengen. Beiseite stellen und ziehen lassen, während der Teig ruht.

3. Teig ausrollen und Form auskleiden

Den Teig aus dem Kühlschrank nehmen und auf einer leicht

bemehlten Oberfläche dünn ausrollen. Eine Tarteform einfetten und mit dem Teig auskleiden, dabei den überstehenden Rand abschneiden.

4. Blindbacken
Den Teig mit einer Gabel gleichmäßig einstechen, dann mit Backpapier abdecken und mit getrockneten Hülsenfrüchten befüllen. Im vorgeheizten Ofen bei 180-190 Grad circa 15 Minuten backen, nach der Zeit vorsichtig das Backpapier und die Hülsenfrüchte entfernen und den Tarteboden noch 3-4 Minuten backen.

5. Befüllen und backen
Die vorbereitete Pfirsichmischung gleichmäßig auf den Teigboden verteilen. Die Pfirsich-Tarte für ca. 35-40 Minuten backen.

Als die Tarte im Ofen ist, duftet die ganze Küche nach butterigem Teig, Pfirsichen und Thymian. Polly kommt die Stufen von ihrem Zimmer heruntergesprungen und schnuppert. »Em, was zur Hölle ist das? Das riecht ja himmlisch!«

»Ich hatte eine Idee, und ich glaube, sie ist ganz gut geworden.«

»Wenn das so schmeckt, wie es riecht, möchte ich darin baden! Der Kuchen duftet so verführerisch, damit kriegst du alles, was du willst.« Sie lacht und geht in Richtung Bad. »Springe schnell unter die Dusche. Bis später.«

Ping! Eine neue Nachricht.

ÁLVARO
Hey Em, hast du später Lust auf ein paar Pint in der *Brewery Bar*? Wir können Polly beim Arbeiten nerven und ein paar Shots trinken? XX Álvaro

Warum eigentlich nicht? Ich schicke Álvaro einen Daumen hoch und wir verabreden uns für den Abend. Ich setze mir meine lilafarbene Sonnenbrille auf die Nase und verlasse die Wohnung. Mit großen Schritten laufe ich die kleine Steigung hinab, bis ich wie automatisch vor dem schwarzen Gebäude der *Waterstones*-Buchhandlung stehe. Ich trete ein, mein hellblaues Sommerkleid wird durch den Wind der Lüftung bewegt und schwingt mir um die Beine. Ein schönes Gefühl. Zunächst stöbere ich durch die neuen Romane, mein Blick fällt auf das Buch einer deutschen Autorin, die es in die Auslage der englischen Buchhandlung geschafft hat. Ich blättere durch die neusten Romance- und Fantasy-Werke und entscheide mich schließlich für zwei Bücher, die ich mir in dem Café im oberen Stockwerk noch einmal genauer ansehen möchte.

Nachdem ich mir einen Iced Cappuccino bestellt habe, setze ich mich an einen der wenigen Plätze am Fenster. Die Sonne scheint durch die Scheiben, eine Möwe fliegt vorbei und ich kann in der Ferne das Meer glitzern sehen. Als mein Kaffee kommt, vertiefe ich mich in eins der beiden Bücher. Für mich sind die ersten zwanzig Seiten meist entscheidend, fängt mich die Autorin hier ein, hat sie mich, ansonsten bin ich leider raus. Das Buch lege ich schon nach zehn Seiten beiseite, aber der Iced Cappuccino ist köstlich. Als ich gerade das zweite Buch aufschlage, höre ich eine bekannte dunkle Stimme.

»Ist hier noch frei?«

»Äh, klar«, antworte ich und blicke mich verstohlen im Café um. Es gibt durchaus noch andere freie Tische.

Kobe bemerkt meinen Blick. »Das ist eben der beste Platz«, sagt er mit einem Zwinkern und lässt sich auf einen der dunklen Holzstühle fallen. Er zieht erneut ein zerlesenes Buch aus der Tasche.

Ich schlage mein Buch auf und versuche mich auf den Inhalt zu konzentrieren, aber mein Blick wird wie magisch immer wieder von Kobe angezogen, der mir tiefenentspannt gegenübersitzt.

»Was liest du gerade?«, platzt es schließlich aus mir heraus.

Er hält mir das Buch hin. »*Herr der Ringe*, ich habe es zwar schon fünf Mal gelesen, aber ich mag die Reihe einfach wirklich gern.«

Ich nicke. Dann lesen wir beide weiter, bis ein Klingeln die Stille unterbricht. Ich brauche einen Moment, um zu realisieren, dass es mein Handy ist, was da gerade nervt. Álvaro. Ich wende mich von Kobe ab und spreche leise in mein Handy. Es ist mir unangenehm, hier zu telefonieren, obwohl niemand etwas sagt und es ja am Ende auch ein öffentlicher Laden ist und keine Bibliothek. Wir klären kurz noch einmal die Details für heute Abend ab, wann und wo wir uns treffen.

Als ich auflege, packt Kobe gerade seine Sachen zusammen.

»Hat mich gefreut, dich zu sehen, Emilie«, sagt er. »Bis zum nächsten Mal.«

Er kennt sogar noch meinen Namen. Und ich mag es, wie er ihn sagt. Fast bedauere ich den Anruf, ich hätte gern noch ein wenig mit Kobe geplaudert. Es ist schön, wenn jemand meine Begeisterung für Bücher teilt.

Zehn Minuten später ist mein Kaffee leer, entscheide mich für Buch zwei und verlasse den *Waterstones*. Draußen strahlt mir die warme Sommersonne entgegen, und ich entschließe mich spontan, nicht nach Hause zu gehen, sondern setze mich mit einer großen Portion Fish & Chips in eine der Beachbars an der Seafront.

Das letzte Mal war ich mit Amy und Jake hier. Das fühlt sich an, als wäre es eine Ewigkeit her. Was ist dazwischen bloß schiefgelaufen? Wir hatten so einen schönen Abend. Ich halte mein Gesicht in die Sonne, lese noch ein paar Seiten in meinem neuen Buch und verteidige meine Portion Pommes erfolgreich gegen die allgegenwärtigen dicken Möwen.

Als ich mir die ersten Kartoffelstäbchen in den Mund schiebe, habe ich einen Flashback. Jake, wie er sich zu mir herüberbeugt, wie sich seine Lippen auf meine legen, sich unsere Zungen treffen. Mir wird ganz heiß. Und plötzlich weiß ich, dass ich Jake unbedingt sehen möchte.

EMILIE
Hey, lange nichts mehr gehört. Ich habe ein Rezept für einen Kuchen ausprobiert und wür-

de mir gern eine zweite Meinung einholen, bevor ich ihn meiner Chefin serviere. Hättest du spontan heute Nachmittag Zeit? X Emilie.

Mein Herz klopft. Ich lese mir die Nachricht noch dreimal durch. Und warte. Und warte. Zwei blaue Haken. Er hat die Nachricht gelesen.

Jake schreibt …

Ich vergesse kurz zu atmen. So nervös war ich lange nicht mehr.

Die Punkte verschwinden wieder.

Jake ist online.

Jake schreibt …

Ich schwöre, ich bekomme gleich einen Herzinfarkt, wenn er nicht jetzt antwortet.

JAKE
Okay. Wann soll ich da sein?

Mein Herz hüpft. Er kommt! Er kommt wirklich!

Schnell schicke ich ihm eine Uhrzeit und jubele innerlich. Zur Not verschiebe ich das Treffen mit den anderen. Das werden sie schon verstehen.

Mit einem halb gelesenen Fantasy-Schinken, der genau die richtige Wahl war, und einem vollen Herzen gehe ich schließlich nach Hause.

Jake

Ich drehe mich knurrend auf die Seite. Mein Schädel dröhnt noch von der letzten Nacht. Die Nachricht von Emilie kam genau im falschen Moment. Ich bin eh schon verkatert und brauche jetzt nicht noch so einen moralischen Unterton. Ich weiß selbst, dass es an mir liegt, dass wir uns fast gar nicht mehr sehen. Etwas hält mich davon ab. »Dein schlechtes Gewissen«, sagt die fiese kleine Stimme in meinem Kopf. Je mehr ich mich zurückziehe, desto häufiger meldet Emilie sich. Je weiter mein Abstand wird, desto mehr rückt sie nach. Mir ist das gerade einfach alles zu viel. Spätestens nach dieser Nachricht ist klar, ich muss mit ihr reden. Muss noch einmal klarmachen, wo wir stehen. Das wir casual sind und sie mir meinen Raum lassen muss, damit das Ganze funktionieren kann. Ich habe gerade das Gefühl, endlich ein paar Dinge in meinem Leben wieder selbst in der Hand zu haben. Und wenn ich daran denke, dass ich mich bei irgendjemandem dafür rechtfertigen muss, was ich tue, dann stresst mich das.

Ich schicke eine Antwort ab und schleppe mich in Richtung Kaffeemaschine. Nach drei starken Kaffee und einer heißen Dusche stehe ich um 14 Uhr vor Emilies Tür. Sie öffnet nach einmal klingeln und ich springe die drei Stufen nach oben. Sie sieht umwerfend aus. Sie trägt ihre wilden Locken zu einem lockeren Zopf im Nacken gebunden, ihr zartes Blumenkleid flattert um ihre Beine, als sie die Tür öffnet und mit mir ein wenig Seeluft zu ihr hinaufweht. Als ich mich zu ihr hinunterbeuge, um sie auf die Wange zu küssen, steigt ein leichter Duft zu mir hinauf.

Emilie riecht nach Blumen und nach Sommer. Auf ihrer Nase zeichnen sich ein paar neue Sommersprossen von der leicht gebräunten Haut ab und sie hat einen roten Lippenstift aufgetragen, der ihre vollen Lippen betont. Ich hatte vergessen, wie gut sie riecht. Mein dummes Herz klopft und mein Blick wandert wie ferngesteuert zu ihren Lippen. Die Lippen, die ich schon so oft geküsst habe. Sie verziehen sich zu einem Lächeln und sie tritt aus der Tür, um mich hereinzulassen.

Im Wohnzimmer steht ein großer Strauß Blumen auf dem Wohnzimmertisch, durch die Fenster scheint das Sonnenlicht und die Wohnung riecht nach frisch gebackenem Kuchen. Emilie hat auf dem Tisch sogar ein paar Kerzen angezündet. Ich schlucke. Das ist zu viel. Mir ist das zu viel. Emilie plaudert über die Arbeit, über ein Buch, das sie gerade gelesen hat, und ich merke ihr an, dass sie nervös ist. Es ist skurril. Wir waren schon so oft gemeinsam in diesem Raum. Wobei, meistens sind wir direkt weiter in ihr Schlafzimmer, in ihr Bett gegangen. Ich fühle mich seltsam gehemmt. Dabei kennen wir uns so gut.

»Möchtest du vielleicht Kaffee oder Tee zum Kuchen?«, unterbricht Emilie meine Gedanken. Ich setze mich an den Tisch und fühle mich weiter komisch. Es ist ein bisschen, als ob ich bei meiner Oma zu Besuch wäre.

»Kaffee klingt toll.« Ich räuspere mich. Mann, ich habe mich selten so unwohl gefühlt. Und ich kann nicht mal genau sagen, woran es liegt. Es schnürt mir die Luft ab.

Emilie füllt Espressopulver und Wasser in die italienische Kaffeekanne. Die Geräusche des aufeinander reibenden Metalls, als sie die Kanne zusammenschraubt, sind laut in der Stille, die uns umgibt. Dann stellt sie die Kanne auf die Herdplatte und zündet die Gasflamme an. Ich knete meine Hände. Auch Emilie scheint nicht so richtig zu wissen, wohin mit sich. Sie holt eine Flasche Prosecco aus dem Kühlschrank, angelt nach zwei Gläsern. Diese stehen jedoch zu hoch im Küchenschrank. Ich stehe auf und trete hinter sie, froh, etwas zu tun zu haben.

Während ich die Gläser aus dem Regal nehme, spüre ich Emilie ganz nah an mir. Ich drücke ihr die Gläser in die Hand, dabei bleiben unsere Blicke aneinander hängen und unsere Fingerspitzen berühren sich leicht. Ich zucke zurück, als hätte ich mich verbrannt. Ein Klirren durchbricht erneut die Stille. Eines der Gläser ist auf dem Boden gelandet.

»Entschuldige, ich fege das auf«, murmele ich. Was zur Hölle ist mit mir los? Mein Herz schlägt viel zu schnell und ich weiß absolut nicht, wie ich mich gerade verhalten soll. Emilie schaut mich lange an. Sie sieht verletzt aus. Klar, ich bin gerade von ihrer Berührung zurückgezuckt, als ob sie giftig wäre.

»Danke, ich mach das schon. Du könntest ja vielleicht ein anderes Glas aus dem Schrank holen.«

Schweigend fegt sie die Scherben zusammen und ich setze mich mit den beiden Gläsern an den Tisch. Um irgendetwas zu tun, öffne ich die Flasche und gieße schäumend den Prosecco ein. Mist, übergelaufen. Ich stehe auf und hole einen Lappen aus der Spüle. Gerade als ich ihn wieder zurücklege, will Emilie auch den Handfeger zurückstellen. Wieder stehen wir uns gegenüber, wieder verhaken sich unsere Blicke. Ihre Augen sehen noch dunkler aus, wenn ihre Haut so gebräunt ist. Wie warme Schokolade. Meine Hand fährt zu ihrem Gesicht, als hätte ich die Kontrolle über meinen Körper verloren, es passiert automatisch. Ich streiche über ihre Wange, auf der sich diese neuen, niedlichen Sommersprossen tummeln. Ihre Lippen öffnen sich ganz leicht.

In der Sekunde kocht mit Schwung der Espresso in der Kaffeekanne nach oben und macht ein zischendes Geräusch. Wir springen auseinander. Wie ertappt. Wie zwei Teenager. Ich muss mir ein Lachen verkneifen, so absurd finde ich das hier alles. Was mache ich denn? Ich habe Emilie schon tausendmal geküsst. Aber irgendetwas fühlt sich heute anders an, denke ich. Ich fahre mir unsicher durch die Haare.

»Ich mache uns mal Musik an«, sagt sie.

Gute Idee. Diese Stille, es ist ganz sicher diese Stille, die mich fertig macht. Sie wählt eine alte Platte von *The Kooks*, eine meiner liebsten Bands. Ich merke, wie ich mich ein wenig entspanne. Emilie gießt uns Kaffee ein und stellt den Kuchen auf den Tisch. Als sie die Tarte anschneidet, steigt mir ein wundervoller Geruch in die Nase. Es duftet nach Pfirsichen und Butter und nach etwas anderem, das ich gerade nicht zuordnen kann.

Ich steche mit der Gabel in den Kuchen. Als die Pfirsichmasse meine Zunge berührt, geht mein Kopfkino an. Eine Erinnerung drängt sich nach vorn. Ich schmecke die leicht krautige Note, sie wandert mir in die Nase, ich bin auch in Emilies Küche, aber vor ein paar Wochen. Álvaro hatte mir gerade Vorwürfe gemacht, nur mit ihr zu spielen, ich wollte eigentlich alles beenden und dann habe ich ihr Wodka über die Brust laufen lassen. Sie war so sinnlich, so Emilie. Ich habe sie auf die Arbeitsfläche gehoben und hinter ihr sind Gewürzgläser umgekippt. Eines dieser Gewürze ist in dem Kuchen! Und ich kann plötzlich Emilie auf meiner

Zunge schmecken, ich kann ihre weiche Haut spüren und weiß genau, wie sie sich anfühlt.

Schnell spüle ich den Kuchen mit einem großen Schluck Prosecco nach, verschlucke mich prompt und huste, bis mir die Tränen kommen. Erschrocken springt Emilie auf und klopft mir mit der Hand auf den Rücken. Dabei kippt auch noch meine Kaffeetasse um und die warme, braune Flüssigkeit landet auf meiner Hose.

Ich stehe auf. »Was für eine Scheiße!«

Emilie holt einen Lappen und tupft an meiner Hose herum, aber ich halte das alles plötzlich nicht mehr aus. Mir ist alles zu eng, zu vertraut, zu nah, ich kriege keine Luft mehr, habe Angst vor dem Gefühl, das diese Berührung bei mir auslöst.

»Ich gehe jetzt besser«, sage ich und weiche zurück.

»Was, warum denn? Zieh die Hose doch einfach aus, ich kann dir auch helfen.« Sie sieht mich mit einem lasziven Blick an. Aber ich kann das jetzt nicht. Ich kann jetzt nicht mit ihr schlafen oder sie auch nur küssen. Alles an diesem Treffen bringt mich völlig durcheinander. Und wollte ich nicht eigentlich was ganz anderes mit ihr besprechen?

»Nein, wirklich Curly, ich werde jetzt gehen. Ich muss noch was für nächste Woche vorbereiten, ich habe Geburtstag und eine große Aufnahme im Studio und …«

»Du hast Geburtstag?«

Verdammt. Das ist mir so rausgerutscht. Bitte nicht. Doch da fragt sie auch schon: »Machst du etwas? Feierst du?«

»Nein, ich, ich stehe nicht so auf Geburtstage.«

»Ah, okay.«

Sie glaubt mir nicht.

»Wirklich Emilie, ich mache nichts, wahrscheinlich fahre ich nachmittags ins Tonstudio und mische den Rest von dem Album der Band ab, mit der ich gerade arbeite. Ein Tag wie jeder andere.«

Sie nickt. Sie ist enttäuscht. Enttäuscht über meinen plötzlichen Aufbruch, enttäuscht, weil ich sie nicht einlade. Enttäuscht, weil ich ihr nicht erklären kann, was in mir vorgeht. Ich gehe zur Tür.

»Danke für den Kuchen, wirklich fantastisch das Rezept, das Gewürz … gibt eine ganz besondere Note.« Ich atme tief durch, damit die Bilder nicht noch einmal ihren Weg in meinen Kopf finden.

»Thymian … Es ist Thymian an der Tarte«, sagt sie mit kratzender Stimme und schaut mich traurig an.

»Wirklich lecker. Deine Chefin wird es genial finden«, stottere ich und öffne die Tür.

Sie winkt mir unbeholfen zu. »Tja, dann bis bald.«

Emilie

Scheiße. Was war denn das bitte schön? Ich nehme die Flasche Prosecco und setze sie mir direkt an den Mund. Ich trinke, bis mir durch die Kohlensäure die Tränen in die Augen steigen. Sie kullern mir die Wangen hinunter. Immer mehr Tränen laufen mir übers Gesicht. Dämliche Kohlensäure. Ich schluchze. Das hat ja super funktioniert mit dem eigene Wünsche äußern. Schon als Jake die Kuchentafel entdeckt hat, mit der ich mir so viel Mühe gegeben hatte, wusste ich, das läuft in eine ganz falsche Richtung. Sein Blick. Wie ein Reh im Scheinwerferlicht. Wieder nehme ich einen großen Schluck aus der Flasche und puste die Kerzen aus. Immer weiter laufen mir die Tränen über die Wangen, wütend wische ich sie ab. Wie oft will ich eigentlich noch wegen diesem Kerl heulen? Wie oft will ich mich noch aufdrängen, ihm hinterherlaufen? Dinge nicht sagen, die mir so wichtig sind? Warum hat er so eine Macht über mich? Ich will das so nicht mehr. Gerade macht mich diese komische Beziehungskiste, in der wir stecken, nur traurig. Wenn wir denn überhaupt noch drinstecken. Vielleicht war das heute auch Jakes Art, mir zu sagen, dass er genug von mir hat.

Alles zu kompliziert. Ich stelle den Kuchen mit Schwung in den Kühlschrank und knalle die Tür zu. Dann soll er sich doch eine suchen, mit der alles einfacher ist, verdammt noch mal. Einen kurzen Moment überlege ich, den Pub-Abend mit Álvaro abzusagen, aber dann siegt mein Trotz. Jetzt erst recht. Jake Albright hat lange genug bestimmt, wie ich mich fühle oder wohin ich gehe.

Ich ziehe mich um und pünktlich um 19 Uhr sitze ich mit Timothy und Álvaro an der Bar und wir lenken Polly erfolgreich von der Arbeit ab. Wir scherzen, trinken Bier und essen haufenweise salzige Essigchips aus kleinen Tüten. Der Pub ist gut besucht. Es ist wie immer eine Mischung aus jüngeren und älteren Leuten, die sich hier zusammenfinden. Auch das *Brewery* ist alt, wie eigentlich alle Pubs in Brighton, viel in Holz gehalten, aber hell gestrichen. Es gibt jede Menge Gesellschaftsspiele und eine große Auswahl an Biersorten vom Fass, was dem Pub seinen Namen verliehen hat.

Wir sitzen direkt an der massiven Theke, um mit Polly zu quatschen, die an den Zapfhähnen hantiert. Immer wieder geht die schwere Eingangstür auf und neue Leute strömen hinein. Aus dem Augenwinkel nehme ich eine bekannte Gestalt wahr. Kobe! Gerade schlägt er mit zwei Freunden ein und macht es sich an einem der hohen Tische bequem. Er trägt einen dunkelgrünen Pullover und eine schmal geschnittene Hose, beides steht ihm ganz hervorragend. Als er sich einen Moment später durch die anderen Pubbesucher Richtung Bar schiebt, verfolge ich ihn heimlich mit meinen Augen und plötzlich steht er mir gegenüber.

»Emilie, was für eine Überraschung«, sagt er und lächelt mich an. Dabei zieht eine Wolke seines Duftes zu mir herüber. Kobe riecht anders als Jake, aber nicht weniger gut.

»Hi Kobe«, quetsche ich heraus und lächele zurück.

Er bestellt drei Pint und wir tauschen uns in der Wartezeit über Belanglosigkeiten aus. Als er die Biergläser in der Hand hält, dreht er sich um und zwinkert mir noch zu. »Schön, dass wir uns wiedergesehen haben, Emilie. Ich hoffe, das Glück habe ich noch öfter.«

Kobe ist noch nicht ganz bei seinem Tisch angekommen, als die anderen mich auch schon mit Fragen bestürmen.

Álvaro kriegt sich gar nicht mehr ein. »Em, Honey, wer war dieses Leckerchen, dieser Adonis, dieser unglaublich attraktive Kerl?«

Timothy stößt ihm freundschaftlich mit dem Ellenbogen in die Rippen und lacht. »Hey! Ich sitze neben dir.«

Álvaro beachtet ihn gar nicht, sondern fixiert mich noch immer mit seinem Blick.

»Das ist Kobe«, sage ich betont locker und feixe als Álvaro ungeduldig die Augen verdreht.

»Das habe ich gehört! Aber woher kennen wir Kobe? Und warum zwinkert er dir zu?«

Ich erzähle von unseren Treffen im *Waterstones* und gebe zu, dass Kobe ein wirklich attraktiver Kerl ist. »Aber ich stehe auf jemand anderen. Das wisst ihr doch.«

»Nun, Jake muss ja nicht der Einzige sein, der mal Leckmuschel mit dir spielen darf, oder?«, fragt Álvaro und grinst anzüglich.

Ich werde knallrot und schaue zu Timothy hinüber. Der tut so, als hätte er nicht zugehört, aber ich bin mir sehr sicher, dass Álvaro ihm alles brühwarm erzählt hat.

»Das könnte ich nicht und das weißt du auch.«

»Jake scheint damit ja deutlich weniger Probleme zu haben«, stichelt Álvaro.

»Shots?«, kommt in dem Moment Polly dazu und sorgt für einen Themenwechsel. Aber Álvaros Worte lassen mich nicht mehr so ganz los.

Am Morgen erwartet mich eine Nachricht von Juli:

> JULI
> Noch fünfmal schlafen! Ich raste aus! Ich freu mich so auf dich!

Ich lächle und mache mir einen Kaffee. Und dann habe ich eine Idee. Ich packe den Rest der Tarte vorsichtig in Folie ein, ziehe mich in Lichtgeschwindigkeit an und fahre mit dem Bus zur Arbeit.

Eine halbe Stunde später stehe ich mit klopfendem Herzen und meiner Tarte in der Hand vor der Chocolaterie. Ich atme noch einmal durch und bringe die kleine Klingel über der Tür mit einem schwungvollen Öffnen zum Bimmeln.

»Da bist du ja!«, knurrt es aus der Backstube.

Wortlos stelle ich Carol die Tarte hin und gehe in die Umkleide, um mir meine Arbeitsschuhe an- und die grüne Strickjacke auszuziehen, die ich mir für den Weg übergeworfen habe. Ich bin gerade dabei, mir die Haare zur einem strengen Bun zu binden, als ich Carols Stimme höre.

»Emilie, kommst du mal bitte!«

Mein Herz klopft. »Klar, ich komme sofort.« Als ich die Tür der Umkleide hinter mir schließe, bietet sich mir ein völlig unerwarteter Anblick: Carol steht mitten in der Küche, hat ein Stück Tarte in der Hand und strahlt. Ich habe sie noch nicht einmal lächeln gesehen, geschweige denn strahlen.

»Was ist das?«, fragt sie, deutet auf den Kuchen und beißt noch einmal herzhaft in das Stück, das sie in der Hand hält. »Daff fmeckt fantaftiff!«, nuschelt sie. Schnell schluckt sie den Bissen herunter. »Fantastisch, meine ich. Er schmeckt fantastisch.«

Ich werde rot. Und ich merke, wie sich ein Lächeln über mein ganzes Gesicht ausbreitet, immer und immer weiter, als würde mein hüpfendes Herz an einer Kurbel drehen, die meine Mundwinkel nach oben biegt. Meine Wangen tun schon richtig weh, so breit dehnt sich mein Lächeln über das ganze Gesicht aus. »Danke dir. Ich war am Samstag auf dem Markt, und dann hatte ich die Idee.«

»Wirklich Em, auf genau so etwas habe ich von dir gewartet. Was hältst du von einer kleinen Prise Salz obendrauf?« Sie wischt sich zufrieden ein paar Krümel aus dem Mundwinkel.

»Ja! Oh, das kann ich mir wunderbar vorstellen.« Ich freue mich ehrlich über das Feedback und Carols Idee ist die perfekte Ergänzung zu meinem Rezept.

»Pass auf, du gehst jetzt direkt zum Supermarkt und besorgst Pfirsiche und Thymian und dann backst du die Tarte noch mal mit Salz. Wenn das so gut wird, wie ich glaube, kommt sie direkt in die Auslage für heute Nachmittag.« Damit dreht Carol sich um und räumt die Geschirrspülmaschine aus. Das hat sie nicht mehr getan seit … ja, seitdem ich da bin. Ich könnte fliegen vor Glück. Schnell ziehe ich mich wieder um. Carol drückt mir die Company Card in die Hand.

HER
BST

Jake

In meiner Nase kitzelt der Duft von frisch gebrühtem Kaffee. So riecht es in meinem Schlafzimmer sonst eher selten. Langsam öffne ich meine Augen. Im dämmrigen Licht sehe ich eine Person mit einem Tablett vor meinem Bett stehen, und im selben Moment werden auch schon die dunklen Vorhänge mit einem Ruck zurückgezogen.

»Aufwachen, Geburtstagskind – sonst singe ich doch wieder für dich, und ich weiß, wie sehr du das hasst.« Amy springt mit einem großen Satz auf meine Bettdecke und drückt mich. »Happy Birthday, Bruderherz!« Ihre blonden langen Haare kitzeln mich im Gesicht, und ich schiebe sie stöhnend von mir hinunter.

»Amy, echt mal, wir sind doch keine fünf mehr.« Heimlich freue ich mich aber doch ein wenig darüber, wie sich manche Dinge einfach nie ändern.

Langsam kann ich gegen das Tageslicht erkennen, wer da noch im Raum steht. Unsere Haushälterin Matilda hält das Tablett mit zwei Bechern Kaffee und einer kleinen Blume in den Händen. Sie ist alt geworden, denke ich, als hätte ich sie seit langer Zeit mal wieder richtig angesehen. Ihre Haare sind inzwischen mehr grau als schwarz, ihre Hände sind faltig und blaue Adern durchziehen sie. Schnell steige ich aus dem Bett und nehme ihr das Tablett ab. Ich trage eine lange, rot karierte Schlafanzughose und kein Shirt, Matilda schaut betreten zu Boden.

»Mann Jake, zieh dir mal was an«, lacht Amy und pfeffert ein Shirt in meine Richtung. Mit einer schnellen Bewegung bringe ich Kaffee und Blumen in Sicherheit. Ich werfe Amy einen strengen Blick zu und ziehe mir das Shirt über den Kopf. Der Kaffee duftet unwiderstehlich. Matilda entschuldigt sich, sie muss noch den Rest des Frühstücks vorbereiten. Amy und ich schnappen uns gleichzeitig einen Becher. Auch das wird sich wahrscheinlich nie ändern.

Als ich nach einer schnellen Dusche in unsere Küche komme, stocke ich. Alles in diesem Raum sieht normal aus, aber irgend etwas stimmt ganz und gar nicht, das spüre ich. Ich scanne das Bild, das sich vor mir eröffnet hat: Der Tisch ist wie immer herrlich üppig gedeckt. Frische Blumen stehen in der Mitte, drum herum ein Stapel köstlicher Zimtwaffeln, Eier, Speck, Toast. Aber die Stimmung im Raum ist eisig. Auch die Kerzen auf dem Geburtstagskuchen brennen nicht. Meine Mutter backt mir seit Jahren eigentlich den gleichen Kuchen zum Geburtstag. Einen Marmorkuchen mit einer dicken Schokoladenglasur. Darin steckt seit meinem fünften Geburtstag die gleiche Anzahl an Kerzen, »fünf reichen zum Auspusten«, sagt meine Mutter seitdem. Als Kind habe ich das nicht verstanden, aber heute bin ich froh, dass keine einundzwanzig Kerzen auf dem Kuchen thronen.

Ich stehe noch immer zögernd in der Tür, meine Eltern sitzen am Esstisch und starren mich an. Mein Vater sieht aus, als ob er seine Wut nur mit sehr viel Mühe zurückhalten kann. Und meine Mutter presst ihre Lippen zu einem dünnen Strich zusammen. Ich habe Angst, was passiert, wenn ich näher an den Tisch trete. In diesem Moment drückt sich Amy gut gelaunt an mir vorbei.

»Was stehst du denn hier so blöd rum, Bruderherz? Und warum brennen die Kerzen nicht, du hast sie doch wohl nicht ohne mich …« Jetzt merkt auch Amy, dass hier irgendwas nicht stimmt. Sie blickt von meinen Eltern zu mir und zurück.

Ich sage kein Wort, zu viele Gedanken gehen mir durch den Kopf. Meine Mutter sitzt stocksteif auf der linken Seite der Geburtstagstafel, daneben mein Vater, der seine Hände zu Fäusten ballt, inzwischen treten die Fingerknöchel weiß hervor.

»Okay, was habe ich verpasst? Was ist hier los?«, fragt meine Schwester und bleibt zwischen mir und dem gedeckten Frühstückstisch stehen. Ich erwache aus meiner Starre und gehe langsam auf den Tisch zu. Dabei lasse ich meine Eltern nicht aus den Augen. Als ich näher komme, sehe ich einen grauen Brief neben dem Teller meines Vaters liegen.

Sie wissen es.

Mir wird heiß. Sie wissen, dass ich seit dem Sommer nicht mehr zur Uni gehe. Wie ist das rausgekommen? Ich bin erwachsen, da wird ja kaum der Dekan an meine Eltern schreiben, wenn ich nicht mehr zum Unterricht erscheine. Oder doch? Ich setze mich und schenke mir mit rasendem Puls Kaffee aus der bauchigen Kanne ein. Meine Hände zittern so sehr, dass dabei mehrere Tropfen der braunen Flüssigkeit auf der weißen Tischdecke landen.

»Kannst du nicht aufpassen?«, zischt mein Vater.

Ich atme tief durch. »Ich kann euch das erklären.«

Amy blickt völlig verwirrt von einem zum anderen. »Was erklären? Kann mir mal irgendjemand sagen, was los ist?«

»Das würden wir nur zu gerne von Jake erfahren«, sagt mein Vater mit bebender Stimme. »Wir hätten es vor allem gern erfahren, bevor wir die Studiengebühren zurückerstattet bekommen haben, mit dem Vermerk, der Student sei nicht mehr länger an dieser Universität eingeschrieben.«

Ich fange an zu schwitzen. Die Studiengebühren! Daran habe ich nicht gedacht. Natürlich werden sie zurücküberwiesen, wenn der Student nicht mehr an der Universität studiert. Da meine Eltern diese immer für mich gezahlt haben, ist es mir einfach nicht aufgefallen. Shit.

»Ich …«

»Du studierst nicht mehr?« Amy blickt mich an, als wäre ich ein Alien. »Das hätte ich doch gemerkt. Du gehst doch jeden Morgen aus dem Haus und bist mehrere Stunden weg.«

»Wer weiß, wo er da hingeht. Zur Universität, wo er hingehört, jedenfalls nicht«, brüllt mein Vater nun mit hochrotem Gesicht.

»Nun lasst den Jungen doch mal ausreden«, fährt meine Mutter dazwischen und drückt über den Tisch hinweg meine Hand. »Es gibt bestimmt eine gute Erklärung, oder, Honey? Hast du dich für einen anderen Studiengang entschieden, eine andere Universität?«

Ich atme noch einmal tief ein und entziehe meiner Mutter meine Hand. »Nein. Ich arbeite in einem Tonstudio. Ich nehme Bands, Werbung und Podcasts auf. Es ist ein sehr renommiertes Studio und ich lerne wirklich viel von meinem Chef. Sam ist eine

Koryphäe in seinem Bereich und ich habe in den letzten Monaten mehr gelernt als in den ganzen Semestern an der Uni.«

Fassungslose Stille macht sich am Tisch breit. »Monate?«, presst meine Mutter dann hervor. »Du machst das bereits seit Monaten und hast uns nichts davon gesagt?«

Ich schlucke. »Ich wusste nicht wie. Euch ist das Studium doch so wichtig. Ohne Abschluss ist man nichts, das habt ihr uns immer eingetrichtert.«

»Das ist ja auch so«, unterbricht mich mein Vater in scharfem Ton. »Nicht zur Uni zu gehen, ist keine Option, Jake. Wenn das noch nicht der richtige Studiengang ist, okay, passiert. Aber dann suchst du dir etwas anderes.«

»Ich habe schon etwas gefunden«, sage ich und versuche meiner Stimme einen festen Klang zu verleihen.

Ein lauter Knall. Mein Vater hat beide Hände auf den Tisch gehauen. »Schluss jetzt! Ich habe dein Hobby und die Musik immer unterstützt, aber das ist kein Beruf, davon kann man nicht leben.« Er starrt mich an und die Wut springt mir aus jeder seiner Poren entgegen.

»Daniel, bitte.« Meine Mutter legt ihm beschwichtigend die Hand auf den Arm.

Er schüttelt sie ab und springt auf. »Ich meine es ernst, Jake. Ich habe deine Spielereien bisher gut ertragen, mich sogar gefreut, dass du in etwas so viel Leidenschaft steckst, aber du kannst jetzt doch nicht alles wegschmeißen, aus einer Laune heraus.«

»Was schmeiße ich denn weg?!« Ich bin ebenfalls aufgesprungen. Mit einem Rumms kippt der Stuhl hinter mir um. »Ich habe nichts, was ich wegschmeißen könnte! Ich bin durch jede einzelne Prüfung gerasselt! Ich habe nicht eine bestanden. Das ganze Jahr habe ich mich durch Stoff gequält, der mich weder interessiert noch mir irgendwie liegt. Ich muss alles wiederholen. Ich habe nichts zum Wegschmeißen, versteht das doch bitte!« Ich atme viel zu schnell, bin total erschöpft von meiner Ansprache, stelle den Stuhl wieder auf und merke, wie mir die Tränen in die Augen schießen.

Meine Mutter und mein Vater sind völlig überrascht von meinem Ausbruch. Ich werde eigentlich nie laut. Amy ja, sie hatte schon immer mehr Temperament. Steht mehr für sich ein – und hatte auch schon immer mehr Freiheiten als ich.

»Jake, ich hatte keine Ahnung«, sagt Amy in diesem Moment und nimmt mich in den Arm. Ich zittere vor Anspannung und Wut, aber lasse es geschehen. Über ihre Schulter hinweg blicke ich zu meinen Eltern.

»Jake, warum bist du nicht zu uns gekommen?«, setzt meine Mutter an. Ich schiebe Amy von mir. Gerade kann ich doch keine Nähe ertragen. Ich finde das alles so scheinheilig.

»Was wäre denn passiert, wenn ich zu euch gegangen wäre? Hättest du mit mir für die Prüfungen gelernt, wie früher für die Schule? Mom, ehrlich, das braucht so viel mehr als ein bisschen anstrengen, um dort mitzukommen.«

»Dein Vater hätte …«

»Oh klar, Dad hätte das geregelt. Wie denn? Mit einem seiner Kontakte? Wäre ich dann noch irgendwie durchgerutscht? Mom, verstehst du nicht, dass ich das nicht will? Was hätte mir das denn genutzt? Dad kann mich nicht durch alle Prüfungen meines gesamten Studiums kaufen.«

»Nun reicht es aber wirklich«, donnert mein Vater. »Du klingst, als wäre ich der Pate. Ich kann und werde dir deinen Abschluss nicht kaufen. Aber ich hätte dich in Tutorengruppen bringen können, vielleicht eine Aufschiebung von Fristen bewirken können.«

»Dafür ist es jetzt auch zu spät«, antworte ich trotzig.

»Das ist mir auch klar«, seufzt mein Dad und lässt sich wieder auf den Stuhl fallen. Nach ein paar Sekunden Stille fährt er fort. »Aber du musst dir doch irgendeine Perspektive im Leben schaffen, Jake. Deine Mutter und ich wollen doch nur dein Bestes. Wenn es nicht das Fach ist, vielleicht findest du einen anderen Studiengang, der zu dir passt.«

»Ich brauche einfach ein bisschen Zeit«, sage ich leise. Ich bin so fertig. Dieses Gespräch hat mir jeden Rest an Kraft gekostet. Es stand mir so bevor, ihnen von dem Abbruch zu erzählen, und die Erleichterung, auf die ich gehofft hatte, will sich gerade einfach nicht einstellen. Es herrscht eine angespannte Stille am Tisch. Jeder erwartet, dass ich etwas sage, einen Vorschlag mache, irgendwie signalisiere, dass ich den Hauch einer Ahnung habe, wie es jetzt weitergehen soll. Aber da ist nichts. »Ich würde mir gern ein paar Wochen Zeit nehmen, um herauszufinden, was ich wirklich will.«

Mein Vater seufzt erneut. Aber er schreit immerhin nicht mehr.

»Das klingt doch nach einem echt guten Plan. Können wir jetzt erst mal Geburtstag feiern?«, fragt Amy und öffnet mit einem Plopp die Flasche Champagner, die bereits in dem Kühler auf ihren Einsatz gewartet hat. Meine Mutter sieht mich an, als ob sie mich lange nicht mehr so richtig gesehen hat. Was ja vielleicht auch stimmt. Vielleicht war ich so sehr damit beschäftigt, jemand zu werden, dass ich gar nicht mehr rausfinden konnte, wer ich eigentlich bin und was ich mit meinem Leben anstellen möchte.

»Auf dass alle deine Wünsche in Erfüllung gehen, mein Schatz«, sagt sie schließlich mit belegter Stimme, zündet die Kerzen an und schiebt mir den Kuchen herüber.

Ich puste alle fünf Kerzen auf einmal aus und schließe die Augen. Ich weiß, was ich mir für mein nächstes Lebensjahr wünsche, und ich weiß endlich auch, dass ich es selbst in der Hand habe, mir diesen Wunsch auch zu erfüllen.

Emilie

Als ich die Augen öffne, kribbelt es sofort in meinem Bauch. Heute ist der Tag. Der Tag der Tage. Heute werde ich *Taylor Swift* live sehen, heute kommt Juli endlich zu mir. Heute verbringe ich einen spektakulären Abend in London.

… Und heute ist Jakes Geburtstag. Obwohl er mir schon irgendwie klar zu verstehen gegeben hat, dass er mich heute nicht sehen möchte, habe ich gestern einen Kuchen für ihn gebacken.

Ich weiß nicht, ob das in seiner Familie so ein Ding ist. Ob er überhaupt einen Kuchen von ihnen bekommt.

Bei uns zu Hause sind Geburtstage eine große Sache. Meine Mutter macht die schönsten Geburtstagstische. Sie backt immer einen Kuchen, packt alle Geschenke liebevoll für mich ein und stellt einen Strauß meiner Lieblingsblumen auf den Tisch. Schleierkraut. Seit ich Kind bin, sind Schleierkraut meine Lieblingsblumen. Ein großer Strauß in Weiß und Rosa. Und jedes Jahr gibt es einen Rosinen-Gugelhupf.

Schnell schwinge ich die Beine aus dem Bett und flitze Richtung Badezimmer, bevor ich zu sentimental werde. Denn in diesem Jahr werde ich an meinem Geburtstag nicht zu Hause sein, sondern hier in Brighton, und vielleicht wird niemand für mich einen Geburtstagstisch decken. Rasch verscheuche ich die Gedanken, indem ich mich unter die heiße Dusche stelle.

Um mich herum bildet sich feuchter Nebel. Meine Haare sollen nicht nass werden, daher habe ich sie zu einem Knoten zusammengebunden. Sie sitzen besser, wenn sie nicht frisch gewaschen sind. Sorgfältig rasiere ich mir die Beine, benutze das Duschgel, das so schön nach Sommerblumen duftet, und bleibe fünf Minuten länger unter dem heißen Strahl stehen. Nach der Dusche creme ich mich in aller Ruhe ein und mache sogar eine Gesichtsmaske. Dabei tönt die ganze Zeit *Taylor Swift* aus meinem Handylautsprecher. Ich singe lautstark mit und freue mich darüber, dass Polly das Wochenende bei ihren Eltern verbringt und ich die Wohnung mal nur für mich habe.

Meinen Look für das Konzert habe ich schon vor Wochen mit Juli abgesprochen. Wir wollen die drei Stunden gut durchtanzen können, also brauchen wir bequeme Schuhe, wollen aber natürlich trotzdem supercool aussehen. Noch im Bademantel gehe ich in die Küche und koche mir erst einmal einen Kaffee. Während der italienische Kaffeekocher auf dem Herd vor sich hinblubbert, wärme ich mir in einem Topf Milch an, rühre Haferflocken und ein wenig Honig hinein und lasse alles langsam warm werden. Nebenbei schnipple ich Äpfel und verteile schließlich den warmen

Haferbrei in einer Schüssel. Darauf kommen die Äpfel, ein paar Nüsse und etwas Ahornsirup. Der Kaffee kocht ebenfalls hoch.

Ich singe *Lovestory* lauthals mit und muss an Jake denken. Auf dem Küchentresen steht ein Apfelkuchen mit kandierten Pekannüssen und einer Meringue-Haube. Als Erinnerung an unser erstes Treffen, bei dem wir genau so einen Kuchen zusammen gegessen haben und er mich fast geküsst hätte.

Ich lächle traurig. Wie lange das her ist. Oder sich zumindest so anfühlt. Vielleicht sollte ich ihm doch nur eine Nachricht schicken. Ist das mit dem Kuchen wieder zu viel? Ich denke an Isabelles Worte. Ich möchte ihm gern einen Kuchen zum Geburtstag schenken, so wie ich es für all meine Freunde tue. Schon seit ich denken kann. Seit ich selbst backen kann. Und damit höre ich jetzt nicht auf, nur weil er mich mit seinem komischen Verhalten gerade völlig durcheinanderbringt. Außerdem habe ich noch Zeit, bevor ich zum Bahnhof muss, da kann ich auch ganz kurz im Tonstudio vorbeigehen. Wenn er da ist, kriegt er seinen Kuchen, wenn nicht, stelle ich ihn einfach davor ab.

Schnell schreibe ich noch eine Notiz: »Happy Birthday Jake, auf dass all deine Wünsche in diesem Jahr in Erfüllung gehen. Curly.« Ich klebe den kleinen Zettel mit Tesafilm an den Tellerrand. Juli und ich sind um 17:30 Uhr an der *Royal Albert Hall* verabredet. Mein Zug braucht etwa 40 Minuten. Das passt also wunderbar. Ja, ich werde Jake heute einen Geburtstagskuchen vorbeibringen. Warum auch nicht?

Gut gelaunt nehme ich einen großen Schluck Kaffee und esse den ersten Löffel Porridge. Kribbelige Aufregung macht sich breit.

Jake

Meine Eltern sind gegangen. Ich fühle mich wie erschlagen. Emotional ausgewrungen. Wir hatten noch ein nettes Frühstück, bei dem jeder vermieden hat, das Gespräch noch einmal in die Nähe der Themen Musik, Uni oder Studium zu bringen. Sie haben sich dann recht schnell verabschiedet.

Ich sitze noch immer am gedeckten Tisch und weiß nicht so recht wohin mit mir. Heute ist mein Geburtstag, verdammt. Entschlossen nehme ich die halb volle Flasche Champagner mit ins Bad. Ich trinke einen großen Schluck direkt aus der Flasche, schaue in den Spiegel und blicke mir selbst in die Augen. Im grellen Licht sieht meine Haut fahl aus. Unter meinen Augen haben sich tiefe Ringe gebildet. Ich sollte mal wieder mehr schlafen. Noch ein großer Schluck von dem edlen Tropfen und ich schließe die Tür ab. Dann lasse ich mir ein Bad ein, nehme mir Amys Augenpads und klebe mir zwei lilafarbene Halbmonde unter die Augen. Das sieht so bescheuert aus, dass ich lachen muss. Ich drehe die Musik auf meinem Handy voll auf und lege mich mit Augenpads und Champagnerflasche in die Wanne.

Nach dem Bad fühle ich mich schon wieder wie ein anderer Mensch. Der Konflikt, die Konfrontation sind in weite Ferne gerückt. Ich fahre jetzt ins Tonstudio, in dem ich heute hoffentlich ganz allein bin, und werkle ein wenig vor mich hin. Abends will Amy mich mit in den Pub schleifen, und plötzlich bin ich dem Gedanken, ein bisschen unter Leute zu kommen, gar nicht mehr so abgeneigt. Ob ich Emilie fragen soll, ob sie auch kommen will?

Dieses letzte Treffen mit ihr hat mich völlig durcheinandergebracht. Selten habe ich mich so fehl am Platz gefühlt und wollte gleichzeitig nirgendwo anders lieber sein. Was ist das nur mit ihr? Ihre Nähe bringt mein Herz in Aufruhr, so etwas habe ich noch nie erlebt. Ich schrecke zurück vor dem Gefühl, das sie bei mir auslöst. »Weil es dir Angst macht«, sagt die leise Stimme in meinem Hinterkopf. Weil mir das alles gerade zu viel ist, kontere ich. Und weil es sich gerade komisch anfühlt, ich finde keinen Weg, wie wir cool miteinander umgehen können, so wie am Anfang. Stattdessen ziehe ich mich immer weiter zurück. Und stoße sie von mir weg. Als ich an ihre dunklen Augen denke, und wie enttäuscht sie war, als ich abgehauen bin, wird mir schon wieder ganz heiß. Schluss damit. Ich fahre jetzt ins Tonstudio und dann gehe ich mit Amy und ein paar Freunden in den Pub und trinke ein paar Pints. So werde ich es machen.

Ich summe eine Melodie, die mir schon länger im Kopf herumgeht, während ich mich anziehe und meine Haare föhne. Nur schnell antrocknen, dreimal mit der Bürste hindurch und durchwuscheln. Das ist mein Look. Aber heute steht er mir nicht. Ich setze eine Cap auf und verlasse im T-Shirt das Haus. Es ist warm, aber windig, die Blätter rascheln über den Asphalt und ich entscheide mich spontan, zum Tonstudio zu laufen. Die Straße mit den teuren Häusern hinunter immer weiter, bis ich das Meer in der Ferne glitzern sehe. Heute ist wirklich ein wunderschöner Herbsttag. Am Strand sitzen zahlreiche Familien auf Decken, neben ihnen Coffee-to-go-Becher und leere Packungen Fish & Chips, den Blick immer auf die trotz der schon herbstlichen 20 Grad am Wasser spielenden Kinder gerichtet. Auf der Promenade neben mir wechseln sich rosafarbene Softeis-Stände mit Händlern für Strand-Spielzeug und Luftmatratzen ab. Über allem hängt der Duft von Pommes, heiß und frisch frittiert. Mein Magen meldet sich, seit dem Frühstück habe ich nichts mehr gegessen. Ich halte bei der ältesten Fish-&-Chips-Budeder Stadt, direkt neben dem Fischereimuseum und den kleinen bunt angemalten Holzbooten, in denen immer Kinder herumklettern. Ich entscheide mich für Kipper und Pommes, schütte großzügig Essig und Salz darüber. Als ich von den ersten Pommes abbeiße, verbrenne ich mir fast die Zunge.

Beim Tonstudio angekommen, schmeiße ich die leere Packung in den Müll und wische mir die Hände an der Serviette ab. Dann schließe ich die schwere Tür auf.

Emilie

14:30 Uhr. Ich trage ein kurzes schwarzes Kleid, dazu rote Chucks, habe mir sorgfältig einen Lidstrich gezogen und meine Lippen knallrot geschminkt. Ich habe nur ein paar Sachen in meinen Fjällräven-Rucksack geworfen, ich bleibe schließlich nur eine Nacht in London. Mein Herz hüpft vor Vorfreude, heute sehe ich *Taylor Swift*! Ich kann es noch immer nicht fassen. Juli geht es auch nicht besser.

JULI
GIRL! Ich bin gerade in London gelandet, checke schnell in unsere Pension ein und dann sehen wir uns bei *Taylor*!! Ich fasse es noch gar nicht, dass wir sie heute live sehen werden!! Juli

EMILIE
Ich bin so aufgeregt! Bringe noch schnell Jake seinen Geburtstagskuchen vorbei und dann sitze ich pünktlich um 16 Uhr in der Bahn nach London. Wooohoooo!! Emilie

JULI
Ach Emmi, lass Jake doch heute einfach mal raus. Heute ist Mädelstag! Hierauf freuen wir uns schon ewig! Na ja, du weißt schon, was du tust ... Wir sehen uns in drei Stunden, Girl!

Ich schmeiße meinen Rucksack über die Schulter und nehme den Kuchen in die Hand, dann ziehe ich die Tür hinter mir zu und laufe in Richtung Tonstudio.

Jake

14:30 Uhr. Als ich die Tür aufschließe, schlägt mir ein fremder Geruch entgegen. Normalerweise ist die Luft im Tonstudio abgestanden, es riecht leicht muffig und meist nach Tage altem Kaffee. Heute hat sich etwas anderes dazwischengeschummelt. Ist das Frauenparfum?

»Hallo?«, rufe ich und stelle meinen Rucksack neben dem Mischpult ab. Ein schwacher Lichtschein dringt aus dem Aufnahmeraum. Ich kneife die Augen zusammen und versuche durch die Scheibe etwas zu erkennen, doch das Licht ist zu diffus. Ich meine, die Tür zu der Sängerkabine klappen zu hören, aber bin mir nicht sicher. Ich verlasse die Regiekabine und betrete den Aufnahmeraum. »Hallo?!«, rufe ich erneut, erwarte aber eigentlich keine Antwort.

Dann sehe ich sie. Isla steht plötzlich in einem Kleid, das mehr verrät, als es verbirgt, direkt vor mir. Ihre Haare sind verführerisch verwuschelt, ihr Lippenstift leicht verwischt und sie sieht mich herausfordernd an.

»Jake, hi.«

Mein Blick gleitet wie magnetisch zu ihren großen Brüsten, die ich durch den durchsichtigen Spitzenstoff mehr als nur erahnen kann. Ihre Brustwarzen sind hart und drücken durch den Stoff. Ich spüre, wie mir das Blut nach unten schießt. Das bleibt auch Isla nicht verborgen und sie geht mit lasziven Bewegungen auf mich zu. »Jakey, Jakey, du kriegst ja gar nicht genug von mir, hmmm?«, sagt sie und leckt sich langsam über die Lippen. Ich kann nicht mehr klar denken, sonst hätte ich mich vielleicht schon in dem Moment gefragt, wie sie eigentlich in das Tonstudio gekommen ist. Was sie hier macht. Warum sie nichts anhat. Und ob das, was jetzt kommen wird, wirklich das ist, was ich will. Ob ich nicht vor ein paar Minuten noch an jemand anders gedacht habe. Aber ich denke eben in diesem Moment nicht. Zumindest nicht mit dem Kopf.

Isla fährt mit ihren Händen meinen Oberkörper entlang. Unwillkürlich ziehe ich den Bauch ein. In meinem Kopf herrscht gähnende Leere. Ich spüre nur, wie ihre Hand sich immer weiter nach unten bewegt. Rieche ihren schweren blumigen Duft und ertaste mit meinen Fingern ihre großen Brüste. Oh Mann. Wie gut sich das anfühlt. Kurz zuckt das Bild von Emilie vor meinem inneren Auge vorbei, wie sie sich in der Küche zurückbeugt. Doch dann schiebt sich das Bild des gemeinsamen Kuchenessens davor, die Enge, die ich gespürt habe, und mein Magen wird wieder zu einem Knoten. Ich kann das nicht. Stattdessen schließe ich die Augen.

Islas Hand tastet den Weg weiter nach unten. Weg von meinem Bauch, hin zu meinem Gürtel, den sie mit einem Ratsch öffnet. Sie kniet sich vor mich und öffnet mit einem lasziven Blick nach oben jeden einzelnen Knopf meiner Jeans. Sie wird doch nicht? Als sie mit ihren Fingern über die Beule in meiner Boxershorts fährt, stöhne ich auf. Diese Frau macht mich wahnsinnig. Sie drückt mich nach hinten und ich stolpere mit heruntergelassener Hose fast über meine eigenen Beine. Dann sitze ich auf dem Hocker an den Drums, und sie kniet vor mir. »Ich habe einfach ein Faible für Schlagzeuger«, murmelt sie und nimmt mich tief in ihren Mund auf. Langsam beugt sie sich über mich, während ich meine Hand in ihre Haare kralle. Mein Kopf hört auf zu denken, ich schließe erneut die Augen und blende alles andere einfach aus.

Emilie

14:45 Uhr: Ich stehe vor dem Tonstudio, die massive Eisentür ist nur angelehnt. Soll ich einfach reingehen? Kurz zögere ich, aber der Kuchen in meiner Hand wird langsam schwer und ich muss ja auch gleich weiter zum Bahnhof. Auf keinen Fall will ich bei einer Aufnahme stören, also drücke ich die Tür leise auf. Hoffentlich freut sich Jake, mich zu sehen. Wir sind beim letzten Mal so komisch auseinandergegangen. Auf einmal überkommen mich Zweifel. Was ist, wenn er mich gar nicht sehen will? Bevor ich es mir anders überlegen kann, fällt die Tür hinter mir mit einem leisen Klick ins Schloss.

Als Erstes sehe ich Jakes Rucksack am Mischpult liegen. Er ist also da. Die Tür zum Aufnahmeraum steht offen. Von Jake selbst sehe ich erst einmal nichts. Vorsichtig stelle ich den Kuchen ab und werfe dabei einen Blick durch die große Scheibe. Im Aufnahmeraum brennt nur ein kleines Licht und die Instrumente, die an den Wänden lehnen, werfen große Schatten. Gitarren, ein Bass und da vorne steht das Schlagzeug. Ich kneife die Augen zusammen. Am Schlagzeug ist jemand.

Ich gehe näher und sehe, wie eine halbnackte Frau in einem Spitzenkleid, das ihr halb vom Körper gerutscht ist, hinter dem Schlagzeug auf dem Boden kniet. Und ich sehe noch jemandem dahinter, sitzend. Es ist ein Mann, er hat den Kopf in den Nacken gelegt, und die Bewegungen ihres Kopfes vor seinem Schoß sind eindeutig. Für Sekunden halte ich die Luft an, mein Herz pocht bis zum Zerspringen in meiner Brust. Dann stöhnt der Mann laut auf und lehnt sich nach vorn. Zuerst sehe ich seine Cap, dann das Tattoo auf dem Arm, und dann wie sich die mir sehr vertraute Hand in die Haare der Frau krallt. Ich bin wie erstarrt. Sekundenlang sehe ich den beiden zu, dann bahnt sich ein Schluchzen durch meine Brust. Ich presse mir die Hand vor den Mund, aber trotzdem dringt der Laut hervor.

Jake

Das Geräusch klingt wie ein verwundetes Tier. Als ich aufschaue, sehe ich Emilie. Sie starrt mit großen Augen durch die Scheibe und hält sich die Hand vor den Mund. Ihr Blick ist schmerzerfüllt.

»Scheiße«, fluche ich und schiebe Isla von mir weg. Auch Isla hat Emilie gesehen und wischt sich über den Mund. Sie richtet sich auf und ich versuche, mir in aller Eile die Hose hochzuziehen. Dabei stolpere ich fast, bleibe am Schlagzeug hängen und fluche immer wieder. Dieser Blick. Wie enttäuscht und fassungslos sie aussieht. Emilie steht noch immer da wie angewurzelt. Erst als ich mich auf sie zubewege, erwacht sie aus ihrer Erstarrung.

Ich weiß in dem Moment: Das war zu viel. Das verzeiht sie mir nie. Scheiße. Das Klicken der Studiotür. Ich renne los. »Emilie, warte!«

Emilie

15 Uhr. Ich bin mir sicher, ich habe gerade gehört, wie mein Herz gebrochen ist. Der Schmerz schnürt mir die Luft ab. Es ist eine Sache, theoretisch zu vermuten, dass Jake noch mit anderen schläft. Ihn dabei zu sehen, ihn zu hören … Ich glaube, mir wird schlecht. Ich presse mir die Hand vor den Mund, bis ich mich vor der Tür des Studios ins Gras übergebe. Hinter mir öffnet sich die schwere Tür erneut und Jake tritt heraus. Ich kann seine Schritte hören, wie er sich zögerlich nähert. Mir laufen die Tränen über die Wangen und eine neue Welle der Übelkeit überkommt mich. »Hau ab«, quetsche ich hervor. Er soll mir nicht auch noch dabei zusehen.

»Emilie …«

»Hau ab, habe ich gesagt«, brülle ich und habe noch nie in meinem Leben etwas so sehr so gemeint.

»Jetzt hör mal, es ist doch nicht so, dass du nicht gewusst hast, dass es da noch andere gibt. No strings attached, weißt du noch? Jetzt sei doch nicht so.« Er kommt einen Schritt näher, noch einen Schritt mehr und dann berührt er mich. Ich will auf keinen Fall von ihm angefasst werden. Ich kann ihm nicht mal zuhören. Ich will das nicht hören.

»Ich bin aber attached«, schreie ich. »Ich schlafe mit keinem anderem, ich kann mir nicht mal vorstellen, irgendjemand anderen auch nur zu küssen. Ich habe keinen Bock mehr auf dieses Scheißspiel!«

»Du wusstest von vornherein, worauf du dich einlässt. Ich habe dir nie etwas versprochen …« Jake wird jetzt ebenfalls laut und verschränkt die Arme vor der Brust.

»Dann habe ich wohl einfach alles falsch verstanden. Ich dachte, zwischen uns hätte sich etwas entwickelt … ach, was soll's.« Ich schluchze schon wieder laut auf. Das ist alles meine Schuld, ich bin so eine Idiotin. Bringe ihm Geburtstagskuchen vorbei, während er nicht einen Gedanken an mich verschwendet, sondern lieber die nächstbeste Tussi vögelt. Aber damit ist jetzt Schluss. Ich straffe meine Schultern und blicke ihm direkt in die Augen.

»Emilie, ich … ich kann das nicht. Ich hatte nie eine ernste Beziehung, ich weiß einfach nicht, ob ich das kann …«

»Du hast recht, Jake.«, unterbreche ich ihn. »Du hast immer klar gesagt, was du willst, und ich bin eine Idiotin, die irgendwie immer noch gehofft hat …« Ich schlucke die Tränen herunter. »Mach du dein Ding. Ich bin ab sofort auf jeden Fall raus. Freie Fahrt für die Tussi da drinnen. Macht es bestimmt leichter, eine weniger, die du irgendwo unterbringen musst«, sage ich bitter. »Happy Birthday, Jake.« Ich muss hier sofort weg.

15:30 Uhr. Mir schlägt der Rucksack auf den Rücken. Ich laufe so schnell ich kann, ich blicke mich nicht einmal um und die Tränen verschleiern meinen Blick. Weg, ich muss hier einfach weg. Ein ganz kleiner Teil hofft leider weiter darauf, Jakes Stimme zu hören. Wie er mich zurückhält. Mich in die Arme zieht, mir sagt, dass alles gut wird. Er sich ändert, er das alles nicht so gemeint hat. Wir einen Neuanfang wagen. Wie im Kino, beim großen Finale. Aber es ruft niemand meinen Namen.

Schnaufend bleibe ich stehen. Ich bin wie mechanisch die Strecke zu meiner Wohnung zurückgelaufen. Mein Blick fällt auf die große Turmuhr am Churchill Square. Viertel vor vier. Nein! Das darf nicht sein. In vierzehn Minuten fährt mein Zug und ich bin am anderen Ende der Stadt. Nein, ich muss das schaffen, das macht er mir nicht auch noch kaputt. Warum musste ich ihm auch diesen dämlichen Kuchen bringen. Ich dumme Kuh. Wahrscheinlich lacht er sich mit der dunkelhaarigen Tussi über mich kaputt. Wie ich ihm einen Kuchen backe und seine Freundin spiele. Haha. Dumme kleine Emilie. Dabei vögelt er lieber irgendeine andere in dem dämlichen Tonstudio, an das er überhaupt nur über mich und meine Freunde gekommen ist. So langsam wandelt sich meine Verzweiflung in Wut um. Ich werde mir dieses Konzert nicht von diesem Scheißkerl und seinem billigen Unterwäschemodel verderben lassen. Ich halte meine Hand heraus und winke ein Taxi herbei. Mit einer Vollbremsung bleibt eines neben mir stehen. Ich reiße die Tür auf und schmeiße mich auf die Rückbank.

»Zum Bahnhof bitte. So schnell wie möglich.« Der Fahrer wirft mir einen sehr skeptischen Blick durch den Rückspiegel zu.

»Alles in Ordnung, Lady?« Da fällt es mir siedend heiß ein, ich bin wahrscheinlich völlig verheult und sehe aus, als ob ich gerade aus einem Gruselkabinett ausgebrochen bin. Als ich in den Rückspiegel schaue, werde ich rot. Meine Mascara ist in dicken schwarzen Bächen über meine Wangen gelaufen. Mein Lippenstift ist verschmiert und ich bin blass wie der Tod auf Latschen.

»Ja, danke. Ich muss einfach schnell zum Bahnhof.« Notdürftig versuche ich mit einem Taschentuch das Gröbste zu beseitigen, gebe aber nach wenigen Minuten frustriert auf. Ich schminke mich gleich auf der Zugtoilette neu.

15:57 Uhr. Das Taxi hält mit quietschenden Reifen und ich fummele hektisch in meinem Portemonnaie herum. Das Lesegerät zickt mit meiner deutschen Kreditkarte.

15:59 Uhr. Ich springe aus dem Wagen und renne in den alten Bahnhof, den ich bei meiner Ankunft in Brighton so bewundert habe. Ich sehe gerade noch die Lichter des abfahrenden Zuges, der in diesem Moment das Gleis 11 verlässt. Mir kommen schon wieder die Tränen. Ich lasse mich auf eine Bank fallen, lege den Kopf in die Hände und weine.

Der nächste Zug kommt in zwanzig Minuten. Eigentlich kein Weltuntergang, aber jetzt gerade fühlt es sich nach einem an. Ich rufe Juli an, erreiche aber nur die Mailbox. Im Zug richte ich mich notdürftig wieder her. In dem Neonlicht der Bahntoilette sehe ich das volle Ausmaß der Zerstörung: Die Schminke in meinem Gesicht ist völlig verlaufen, meine Augen sehen stumpf aus und die Haut ist rot und fleckig vom vielen Weinen. So hatte ich mir diesen Tag wirklich nicht vorgestellt. Wieder schießen mir die Tränen in die Augen. Aber ich wische sie energisch weg. Ich habe wegen diesem Kerl schon genug geheult. Und das heute war einfach zu viel. Irgendwann reicht es selbst jemandem wie mir.

An der *Victoria Station* nehme ich mir ein Taxi zur *Royal Albert Hall* und gebe ein Vermögen aus. Aber ich schaffe es noch gerade rechtzeitig. Als ich abgehetzt aus dem Taxi springe, schäumt Juli zunächst vor Wut, das sehe ich schon aus der Ferne, aber als ich näher komme und sie meine verweinten Augen sieht, verraucht ihr Zorn und sie nimmt mich einfach in den Arm.

»Emmi, shhhhh, Emmi, was ist denn passiert?«, fragt sie, als ich wieder zu schluchzen anfange. Sie hält mich ganz fest. Juli duftet so vertraut nach ihrem Parfum, das sie benutzt, seit sie dreizehn ist. Nach ihrem Pfirsichshampoo und nach zu Hause. Ihre braunen Haare sind länger geworden, aber sie riechen noch genau so, wie sie immer gerochen haben. Juli schiebt mich ein Stückchen von sich weg, hält mich aber weiterhin fest. Sie sieht mir fragend ins Gesicht.

»Es ist vorbei. Ich ... und dann hat er mit der anderen ...«, setze ich an, werde aber schon wieder von heftigen Schluchzern unterbrochen.

»Shhh, ich verstehe kein Wort. Geht es um Jake?«

»Es ist vorbei, Juli. Ich bin so was von durch mit dem Kerl.« Ich erzähle ihr die Kurzfassung. Sie schüttelt fassungslos den Kopf.

»Was für ein Riesenarschloch. Emmi, ich verbiete dir als deine beste Freundin, dich je wieder bei ihm zu melden. Weißt du, was wir jetzt machen? Wir löschen jetzt sofort seinen Kontakt. Und dann löschst du ihn aus deinem Kopf und deinem Herzen!« Sie schnappt sich mein Telefon. Mein erster Impuls ist es, es ihr wegzunehmen und sie davon abzuhalten. Aber dann wird mir klar: Sie hat recht. Dieser Scheißkerl muss endgültig aus meinem Leben verschwinden. Also sehe ich dabei zu, wie Juli auf den Namen Jake tippt und mir anschließend das Handy mit einer auffordernden Geste herüberreicht. Auf dem Bildschirm steht die Frage: »Wollen Sie diesen Kontakt wirklich löschen?« Ich drücke auf Ja, ohne auch nur noch einmal darüber nachzudenken.

»Und jetzt, meine Liebe, lassen wir uns den besten Abend unseres Lebens nicht versauen. Sie hakt mich unter und zieht mich mit dem Strom der Massen in Richtung des Halleneingangs. »Das würde *Taylor* auch nicht erlauben!«

Ich straffe die Schultern, ich will jetzt ein großes Bier und mir beim Konzert die Seele aus dem Leib brüllen. »Lass uns reingehen, ich brauche jetzt dringend ein Pint und will die nächsten drei Stunden nicht mehr an diesen Vollidioten denken.«

Eine Stunde und zwei Bier später singen wir die Songs aus vollem Herzen mit, ich habe *Taylors* Love Songs lange nicht mehr so sehr gefühlt wie an diesem Abend. Die Lieder lauthals mitzusingen ist fast wie eine Therapie.

Juli neben mir drückt meinen Arm. Um uns herum werden Taschenlampen in Handys hochgehalten, das Licht wird gedimmt und *Taylor* stimmt *Love Story* an. Einen ihrer schönsten Songs und das Lied, bei dem bei ihren Konzerten fast immer jemand einen Heiratsantrag bekommt. So auch heute, nur drei Reihen vor uns fällt ein Mann auf die Knie. Alle jubeln. Ein kurzer Stich in meinem Herzen, weil ich es nicht einmal schaffe, einen Mann zu einer exklusiven Liebesbeziehung zu bringen, bei der er nicht noch andere Mädchen in dämlichen Tonstudios vögelt. Aber es ist okay. Ich will nicht mehr um jemanden kämpfen, der gar nicht erobert werden will, der seine Entscheidung bereits getroffen hat. Und der Regeln aufstellt, mit denen ich nicht leben kann. Oder will.

Gerade als *Taylor* die ersten Takte zu *You belong with me* anstimmt, schiebt sich ein blondes Mädchen mit Piercings in der Lippe an uns vorbei. »Sorry Girls«, sagt sie und lächelt. Ich lächle zurück und konzentriere mich dann wieder auf *Taylor*, die mal wieder ihr Outfit gewechselt hat. Beim Chorus über unerwiderte Liebe singe ich so laut mit, so kenne ich mich gar nicht, aber es fühlt sich so unfassbar gut und befreiend an. Dämlicher Jake. Der kann mich mal. Wenn er nicht erkennt, was er an mir hat, sondern lieber irgendeine Tussi flachlegt, soll er sich in Zukunft schön aus meinem Leben fernhalten! Ich habe Besseres verdient.

Neben mir wischt sich ein dunkelhaariges Mädchen die Tränen von der Wange und schnieft. Es ist die Begleitung der Blonden, die sich eben an uns vorbeigeschoben hat. Immer mehr Tränen kullern ihr über die Wangen. Wortlos halte ich ihr meine Packung Taschentücher entgegen. Sie lächelt mich durch den Tränenschleier an. »Männer sind manchmal einfach Arschlöcher«, sage ich zu ihr und lächle aufbauend zurück.

Sie nickt und schnäuzt in das Taschentuch. »Danke, ich bin übrigens Josie!«, sagt sie.

»Emilie«, antworte ich.

Wir prosten uns zu. Als die ersten Takte von *Shake it off* ertönen, ist die Freundin des Mädchens zurück und wir tanzen gemeinsam mit allen Fans in der *Royal Albert Hall* unseren Sorgen für ein paar Stunden davon.

Jake

Scheiße. Scheiße. Scheiße. Mann, das hätte nicht passieren sollen. Warum habe ich das gemacht? Mantraartig sage ich mir die ganze Zeit vor: Ich habe ihr nichts versprochen. Ich habe nichts falsch gemacht. Aber warum fühle ich mich dann wie das größte Arschloch? Ein dumpfer Schmerz breitet sich in meiner Brustgegend aus. Ich versuche tief durchzuatmen und drücke meine Hand auf die Stelle zwischen meinen Rippenbögen. Ich atme und drücke, aber das Gefühl, gerade etwas richtig Gutes verloren zu haben, hört nicht auf. Am liebsten würde ich ihr nachlaufen. Sie in den Arm nehmen. Ihr sagen, dass alles wieder gut wird.

Als ich Emilie nicht mehr sehen kann, drehe ich mir mit zitternden Händen eine Zigarette. Was für ein absoluter Scheißtag. Und drinnen wartet Isla auf mich und ist wahrscheinlich ebenfalls stinkig. War ja auch ein echt filmreifer Abgang. Ich seufze, ziehe noch einmal an der Zigarette und drücke sie dann mit dem Fuß aus.

Als ich das Tonstudio betrete, fällt mein Blick zunächst auf den Kuchen auf dem Mischpult. Ein erneuter Stich. Sie hat mir einen Geburtstagskuchen gebacken. Mir hat noch nie jemand außer meiner Mutter einen Geburtstagskuchen gebacken. Dann höre ich Stimmen und blicke durch die Scheibe in die Aufnahmekabine. Gerade schließt jemand in dem nur spärlich von der kleinen Lampe beleuchteten Teil des Aufnahmeraumes die Tür zu der schalldichten Kabine für die Gesangsparts.

»Meinst du, er hat was gemerkt?«

»Glaub mir, ich habe ihn ganz gut abgelenkt.«

Das ist Isla. Und die andere Stimme kommt mir ebenfalls bekannt vor. Bevor ich mir Gedanken machen kann, zu wem sie gehört, spricht die Person weiter.

»Ehrlich Isla, das war das letzte Mal, dass du mich in so eine Situation bringst. Ich weiß, wir vögeln nicht exklusiv, aber diese Flirts mit Jake, das geht einfach gar nicht klar. Ich weiß schon, du kannst auch nichts dafür, dass er sich in dich verknallt hat, aber der Junge hat echt Potenzial und ich will ihn nicht verlieren. Aus dem wird mal was.«

»Ach Sam«, schnurrt Isla. »Ich habe ihm da gerade ganz klar gemacht, dass er sich abschminken kann, dass zwischen uns beiden jemals etwas laufen wird. Er ist ja noch ganz grün hinter den Ohren. Keine Sorge, das Thema ist durch.«

»Und ich stelle mich auch ganz sicher nicht noch mal in die Gesangskabine, damit wir nicht erwischt werden. Du bist echt ne heiße Braut und so, aber es wäre einfach nicht gut für den Ruf des Studios, wenn herauskommt, dass ich mit meiner Künstlerin schlafe.«

Mir schwirrt der Kopf, ich kapiere nicht, was hier los ist. Wo kommt denn Sam jetzt auf einmal her?

Da fängt es ganz langsam an durchzusickern. Isla im Studio, die sich schließende Gesangskabine, ihre Verwunderung, mich zu sehen. Sie war nicht wegen mir hier. Sie war wegen Sam hier. Und ich habe sie überrascht. Bei was, möchte ich mir lieber nicht ausmalen. Und Sam war die ganze Zeit in der Kabine. Während

Isla mir … Mir wird übel. Was ist das für ein widerliches Spiel, das sie hier spielt?

Ich stoße die Tür zum Studio auf. »Ist das euer Scheißernst?«

Zwei Köpfe drehen sich zu mir herum. Isla trägt noch immer ihr Spitzenensemble, das ich auf einmal nicht mehr sexy und aufregend finde, sondern irgendwie geschmacklos. Sam hebt beschwichtigend die Hände. »Ganz ruhig, Jake, ich kann dir das erklären.«

»Da bin ich jetzt aber mal wirklich gespannt«, sage ich und verschränke die Arme vor der Brust.

»Isla und ich, wir haben eine kleine Sache am Laufen. Und als sie mir erzählt hat, dass du für sie schwärmst und sie ein paar Mal angebaggert hast, wollte ich dir vorhin nicht das Herz brechen, wenn du uns erwischst. Also habe ich mich in die Gesangskabine verzogen, damit sie dich abwimmeln kann. Du weißt ja, die ist schalldicht, ich habe also nichts von eurem Gespräch gehört, es muss dir also nicht peinlich sein.«

»Gespräch?«, kommt es sarkastisch aus meinem Mund. »Willst du mich verarschen, Isla?«

»Jake, bitte, sag jetzt nichts Falsches. Ich erklär dir alles später«, fleht Isla mich an. Sam guckt verwirrt von ihr zu mir und wieder zurück.

»Ich habe nicht mit Isla geflirtet, sie hat mich bei jeder sich bietenden Gelegenheit angebaggert. Und gerade eben konnte sie sich gar nicht mit mir unterhalten, das ist nämlich schwierig mit einem Schwanz im Mund.«

Isla schlägt die Hand vor den Mund und Sam wird blass. »Sag mir bitte, dass Jake Blödsinn erzählt und du ihm nicht gerade einen geblasen hast, während ich in dieser beschissenen Kabine stand wie ein dummer Schuljunge.«

Isla sagt gar nichts mehr. Sie schnappt sich ihre Klamotten, die noch immer auf einem Stuhl in der Ecke lagen. »Sorry, ich habe es euch beiden gesagt, ich bin für nichts Festes zu haben, ihr habt keine Ansprüche an mich. Wenn ihr jetzt nicht damit umgehen könnt, ist das euer Problem, nicht meins.«

Mir steht der Mund offen bei so viel Dreistigkeit. Auch Sam fehlen anscheinend die Worte. Das Klicken der schweren Stahltür hinterlässt eine drückende Stille im Raum. Sam holt eine Flasche Whiskey und zwei Gläser aus dem Schrank im Regieraum, an den er sonst nur für besondere Anlässe geht, und schenkt uns beiden großzügig ein.

»Was für eine Scheiße. Zum Glück sind wir die verrückte Alte los. Lass uns einfach nie wieder drüber sprechen. Deal?«

Ich hebe mein Glas und stoße es leicht an seins. »Deal.«

Beim Anblick des Geburtstagskuchens zieht es erneut unangenehm in meinem Bauch. Ich trinke noch einen Whiskey. Und dann noch einen. Bis das Ziehen langsam aufhört. Dann essen Sam und ich den Kuchen. Mit der Gabel direkt aus der Mitte. Das Meringue ist süß und klebrig und bleibt an meiner Lippe hängen. Und dann trinke ich noch einen Whiskey gegen das erneute Ziehen im Bauch, als das Bild von Emilie vor meinem inneren Auge auftaucht, wie das Meringue an ihrer Lippe klebt, wie ich sie schon damals eigentlich gern geküsst hätte. Und mir wird klar, ich werde sie nicht noch einmal küssen. Ich will nicht, dass sie mich noch einmal so ansieht wie heute. Das hat sie nicht verdient. Sie verdient jemanden, der sie liebt und zu ihr steht. Und das bin offensichtlich nicht ich. Auch wenn mein dummes Herz schon wieder zu schnell klopft bei dem Gedanken, ich könnte es sein.

Emilie

Warum tut es so verdammt scheißweh. Es soll aufhören, ich will nicht mehr an dich denken. Manchmal wünschte ich mir einfach, ich hätte dich nie getroffen und manchmal wünsche ich mir nichts mehr, als dich wiederzusehen. Du hast so viele kleine Erinnerungsfetzen hinterlassen, Düfte, Momente, Gedanken, Plätze, so viel Herzklopfen, so viele schlaflose Nächte.

Ich lasse den Stift sinken und starre auf mein Tagebuch. Seitdem ich fünfzehn bin, habe ich kein Tagebuch mehr geschrieben, aber gerade müssen meine Gedanken irgendwo hin.

Jake hat sich nicht wieder bei mir gemeldet. Sein Geburtstag ist inzwischen einige Wochen her. Juli und ich haben uns nach dem Konzert mit viel Eis und Wein in meinem Zimmer verkrochen. Wir sind durch die Lanes gebummelt, haben ganze Nachmittage am Strand verbracht, Eis geschlemmt und Fish & Chips in einer der Beach Bars gegessen. Ich habe mich zusammengerissen und versucht, ihr trotzdem eine gute Zeit in Brighton zu verschaffen. Aber die Angst, ihm über den Weg zu laufen, war riesig.

Brighton ist zu klein für Ex … ja was eigentlich, Ex-Lover? Ich habe keine Ahnung. Aber als ich Juli in den Zug zum Flughafen gesetzt habe, war ich kurz davor, mit ihr einzusteigen. Auch sie hat mich immer wieder ermutigt, nach Hause zu kommen, so schnell wie möglich. Die letzten Wochen meines Praktikums hier noch beenden und dann ab nach Bremen. Zurück nach Hause, zurück zu ihr, zu meiner Mutter und in mein altes Leben. Nur fühlt sich auch dieses Leben an wie eine Jeans, die nicht mehr richtig passt. Der Gedanke, wieder in mein altes Zimmer zu ziehen oder überhaupt wieder in das alte Leben zurückzumüssen, kneift an den falschen Stellen.

Als sie ihren kleinen schwarzen Koffer durch die Drehkreuze der Ticketkontrolle schob und mir noch einmal zuwinkte, zog sich in meinem Bauch alles zusammen. Juli hat mich aufgebaut, hat mir die Hand gehalten, als ich meinte, Jakes dunklen Haarschopf am Strand entdeckt zu haben, und sie hat sich stundenlang in Endlosschleife angehört, was er doch für ein Riesenarsch ist. Wir haben uns die schlimmsten Beschimpfungen ausgedacht, bis wir irgendwann so sehr lachen mussten, dass uns die Bäuche wehtaten. Als Juli in den Zug stieg, war da ein solches Gefühl der Leere. Und ich weiß nicht, wie ich es füllen soll.

Am Tag darauf habe ich ein erneutes Coaching mit Isabelle. Das dritte und vorletzte. Die Zeit in Brighton rast nur so an mir vorbei und ich habe keine Ahnung, wie es danach eigentlich weitergehen soll. Die Zeit mit Juli war so schön, aber außer ihr und meiner Mutter vermisse ich nicht viel aus meinem alten Leben. Altes Leben, wie sich das anhört – als ob ich mein Leben einfach ausgezogen und zurückgelassen hätte. Habe ich nicht, natürlich sind mir die Menschen da wichtig. Aber ich habe das Gefühl, hier in Brighton mehr Schmetterling als Raupe sein zu dürfen. Mehr Emilie statt die Tochter meiner Mutter oder die Freundin von Juli.

Ein Geräusch kündigt an, das Isabelle jetzt online ist. Schnell stecke ich meine Kopfhörer in die Ohren und setze mich gerade hin.

»Hallo Emilie, wie geht es dir?«

Ja, wie geht es mir eigentlich? Ich fühle mich angespannt, gestresst, allein.

»Ganz okay, denke ich.« Oder so.

»Das klingt, als ob bei dir gerade viel los ist. Magst du mir davon erzählen?«

Tja, wo soll ich anfangen? Der Typ, in den ich verliebt bin, hat mit einer anderen geschlafen, meine beste Freundin will mich unbedingt zurück nach Bremen holen und ich habe massive Zukunftsangst.

»Ich mache mir gerade viele Gedanken darüber, wie es nach der Zeit hier in Brighton weitergehen soll. Ich habe das Gefühl, ich bräuchte langsam mal einen Plan, eine Idee. Meine Freundin Juli war gerade hier zu Besuch und sie hat schon so viele Vorschläge für die Zeit danach gemacht, wenn ich wieder in Bremen bin. Aber ich weiß noch gar nicht, ob ich wieder zurück möchte.«

»Was macht es denn mit dir, wenn sie dir von diesen Plänen erzählt?«

»Es macht mir Druck, ich habe das Gefühl, ich muss zurück, als ob es gar keine andere Entscheidungsmöglichkeit gäbe, als ob Juli das schon für mich entschieden hat.«

»Das klingt anstrengend. Wenn du daran denkst, zurück nach Bremen zu gehen, wie fühlst du dich denn dabei?«

»Meine Brust wird ganz eng und ich bekomme einen Knoten in meinem Magen. In Bremen ist so viel, das anders ist. Ich bin dort jemand anders. Ich bin viel mehr für andere Menschen verantwortlich. Hier darf ich freier sein. Kann mehr das tun, was ich möchte. Aber ohne meinen Job in der Konfiserie, was würde ich dann hier in Brighton tun? Habe ich denn überhaupt eine Wahl?«

»Mal angenommen, du hättest die freie Wahl, es würde nicht um einen Job oder eine Wohnung gehen, du dürfest einfach auswählen, wie würde dein Leben dann aussehen?«

»Dann würde ich hierbleiben«, antworte ich wie aus der Pistole geschossen. Oh verdammt, das war mir gar nicht so klar. »Aber ich würde Juli und meine Mom wahrscheinlich ziemlich enttäuschen. Daher habe ich nicht die freie Wahl.«

»Wenn Juli oder deine Mutter wüsste, dass du eigentlich bleiben möchtest, aber wegen ihnen zurückkehrst, meinst du, sie würden sich gut damit fühlen?«

Ich denke nach. So habe ich das noch nie gesehen. »Wahrscheinlich nicht«, sage ich zögernd. »Sie möchten ja, dass ich glücklich bin.«

»Emilie, sagt dir der Terminus ›People Pleasing‹ etwas?«, fragt Isabelle mich nach einem langen Blick.

In meinem Kopf rattert etwas, ich versuche mir die beiden Worte zu übersetzen, um einen Zusammenhang herzustellen. People sind andere Menschen und Pleasing heißt gefallen.

»Geht es darum, anderen Menschen zu gefallen oder einen Gefallen zu tun?«, frage ich unsicher.

»Du bist auf dem richtigen Weg. People Pleaser sorgen sich permanent darum, was andere von ihnen denken. Das eigene Verhalten wird ständig durch die Augen anderer gesehen. Feedback und Rückmeldung von anderen ist wichtig, um ja nichts falsch zu machen. People Pleaser handeln reflexartig zugunsten des Wohls und der Bedürfnisse anderer. Das eigene Fühlen, Denken und die eigene Wahrnehmung hängt stark von dieser Außenwahrnehmung ab. Sie fühlen sich dafür verantwortlich, wie es anderen geht, und spüren viel zu spät, dass sie sich selbst dabei völlig vergessen haben.«

Isabelle macht eine Pause und sieht mich ruhig an. In meinem Kopf rastet etwas ein. Das macht Sinn. Das bin ich. Ich erkenne mich in allem wieder, was Isabelle gerade gesagt hat.

»Du meinst also, ich bin ein People Pleaser?«, frage ich vorsichtig.

»Fühlst du dich denn von der Beschreibung angesprochen?«

»Ich denke ja. Also es passiert mir schon oft, dass ich zuerst an andere denke«, sage ich zögerlich.

»Wenn du in einem Jahr auf diese Entscheidung zurückblickst, meinst du, du würdest es bereuen, Julis Wunsch gefolgt zu sein, statt deinem eigenen nachzuspüren?«

»Ich weiß nicht, es würde ja Juli auch eine ziemliche Bürde auferlegen, wenn ich wegen ihr zurückkomme und sie entscheidet dann selbst in einem halben Jahr, sie möchte jetzt mal woanders leben. Dann hätte sie sicherlich ein schlechtes Gewissen, wenn ich doch nur wegen ihr zurückgekommen bin.«

»Hast du denn das Gefühl, du musst jetzt sofort eine Entscheidung treffen?«

»Nein, nicht sofort, ich muss wahrscheinlich erst einmal schauen, was ich für Möglichkeiten habe, wenn ich hierbleiben wollte.«

»Hast du vielleicht eine Idee, wie du Juli beim nächsten Mal begegnen möchtest, wenn sie dich auf die Rückkehr nach Bremen anspricht?«

»Ich glaube, ich würde ihr einfach genau das sagen, dass ich erst einmal schauen muss, was es hier für mich für Möglichkeiten gibt, und erst dann eine Entscheidung treffen kann.«

»Ich würde dich jetzt gern mit diesem Gedanken in die nächsten Wochen entlassen und freue mich, wenn wir uns im Winter zu unserem letzten gemeinsamen Coaching sehen.«

Etwas leichter gehe ich aus dem Termin, schnappe mir eine Jacke und stecke mir die Stöpsel meiner Kopfhörer in die Ohren. Ich muss hier jetzt raus, was anderes sehen. Ziellos streife ich durch die Straßen, bis ich schließlich in einem Café einen freien Tisch in der Sonne entdecke und mich hinsetze. Ich schiebe mir meine dunkle Sonnenbrille in die Haare, die lilafarbene liegt zu Hause, sie erinnert mich zu sehr an Jake.

Immer wenn ich sie aufsetze, tauchen in meinen Gedanken grüne Augen auf, die mir zuzwinkerten, als ich die Brille gekauft habe. Der Nachmittag mit Amy am Strand. Spätestens da habe ich mich in Jake verliebt. Aber er eben nicht in dich, unterbreche ich mich und meine trüben Gedanken und greife zu meinem Handy.

Ping! Noch immer zucke ich jedes Mal bei dem Eingang einer Nachricht zusammen. Aber es ist Álvaro.

ÁLVARO
Darling, ich habe dir jetzt alle Zeit der Welt gegeben, um zu trauern, aber damit ist jetzt Schluss! Es ist der schönste Herbst da draußen, es gibt tausende Typen, die sich dir jederzeit vor die Füße werfen würden, und ich kann das so nicht mehr mit ansehen!

Ich weiß, er meint es nur gut, aber ich kann das gerade nicht. Ich nehme mir vor, ihm später zu antworten. Ich atme noch einmal tief durch. Das Café ist in einer kleinen Seitenstraße gelegen, es hat nur ein paar runde Bistrotische auf den Gehweg gestellt. Ich nippe an meinem Cappuccino, hole mein Buch aus meiner Tasche und versuche, mich abzulenken.

Ich habe gerade drei Seiten gelesen, als mich eine Stimme zusammenfahren lässt. Ein Lachen, das bei mir sofort eine Gänsehaut verursacht. Panisch blicke ich mich um. Aber es gibt keine Fluchtmöglichkeit. Ich sitze mitten auf einem kleinen Platz, neben mir plätschert ein Springbrunnen, an dem kitschige, steinerne Delfine emporsteigen.

Die Stimme kommt näher, gleich biegt sie auf den Platz ein. Ich springe auf, lasse Buch und Tasche liegen und renne einmal um den Springbrunnen herum. Da hocke ich mit pochendem Herzen und fühle mich wie die letzte Idiotin. Was mache ich denn, wenn er sich in das Café setzt? Ich kann doch nicht den Rest des Tages hier sitzen bleiben.

In dem Moment biegt Jake um die Ecke. Er trägt wie immer seine schwarze Kluft, heute mit einem Bandaufdruck in Grün und einer Cap in derselben Farbe. Neben ihm geht ein Mädchen. Ich kann sie nicht erkennen, die dämlichen Delfine sind im Weg. Er hat ein Date. Ich beiße mir auf die Lippe, um nicht zu heulen. Nicht jetzt, Emilie! Jake schaut in meine Richtung und zieht eine Augenbraue hoch, das kann ich sogar aus dieser Entfernung sehen, die beiden laufen auf mich zu. Ich mache mich klein, schiebe meinen Körper noch weiter hinter den Springbrunnen. Sie sind nun so nahe, dass ich das Gespräch hören kann. Ich glaube, jetzt bleiben sie auch noch vor meinem Tisch stehen.

»Was meinst du, Jakey, wollen wir das Café hier mal ausprobieren? Meine Freundin Martha war da und fand es echt gut!«

Amy! Das ist Amys Stimme. Ein kleines Lächeln stiehlt sich auf meine Lippen, Erleichterung strömt durch jede Pore meines Körpers. Er hat kein Date. Er ist mit Amy unterwegs.

»Lass mal. Ich glaube, mir ist heute eher nach einem Pint. Wie wäre es mit dem *Blackbird*?«

»Okay, wie du magst. Aber dann erzählst du mir endlich, was mit dir und Emilie passiert ist. Ich habe sie ewig nicht mehr gesehen. Und komm mir jetzt nicht mit blöden Ausreden.«

Sie laufen an mir vorbei, gleich kann ich sie nicht mehr sehen. Erst jetzt merke ich, dass ich die Luft angehalten habe, und atme aus. Langsam erhebe ich mich hinter dem Springbrunnen. Der Saum meiner Hose ist nass und ich schaudere. Was hat Jake ihr wohl gerade erzählt? Was ich für eine Idiotin bin? Wie dumm ich war? Ach! Mir doch egal! Ich kehre unter dem kritischen Blick der Barista zu meinem Platz zurück.

Mein Cappuccino ist nur noch lauwarm. Dann fällt mein Blick auf den Tisch und mir wird heiß. Ich schlage mir mit der flachen Hand gegen die Stirn. Neben meinem Buch auf dem Tisch liegt das Lesezeichen, das mir Juli zum Abschied geschenkt hat. »If found, please return to Bremen«. Ohh nein! Was ist, wenn Jake das Lesezeichen gesehen hat, wenn er wusste, dass ich hier sitze, und deswegen so schnell etwas anderes vorgeschlagen hat oder, noch schlimmer, wenn er mich in meinem Versteck entdeckt hat?

Jake

Amy zieht mich am Ärmel. »Hallo? Ich rede mit dir!«

»Sorry, was hast du gesagt?«, hole ich mich selbst aus meinen düsteren Gedanken. Natürlich habe ich Emilie gerade gesehen, wie sie hinter dem Springbrunnen zusammengekauert saß, ihr Bremen-Lesezeichen habe ich auch bemerkt. Wie sehr muss sie mich hassen, wenn sie sich sogar vor mir versteckt, damit sie mir bloß nicht über den Weg läuft. Was für eine verdammte Scheiße. Ich bin nach dem Vorfall im Tonstudio nicht mehr in den Pub gegangen. Stattdessen bin ich stundenlang die Seafront auf- und abgelaufen, habe mit mir gerungen, ob ich bei ihr klingeln soll. Als ich endlich vor ihrer Tür stand, war alles dunkel und still. Ich habe all meinen Mut zusammengenommen und geklingelt. Aber es ist alles dunkel geblieben. Erst viel später ist mir das Konzert wieder eingefallen und dass ihre Freundin Juli die nächsten Tage bei ihr sein würde. Ich bin zwar kein ausgewiesener Frauen-Experte, aber dass die beiden mich in Stücke reißen würden, wenn sie mir über den Weg liefen, war sogar mir klar.

Also bin ich spontan ein paar Tage zu einem Kumpel nach London gefahren. Wir waren in Pubs, Bars und Clubs, haben Mädels ausgecheckt, aber ich konnte mich auf nichts einlassen. Am Ende musste mein Kumpel mich immer nach Hause bringen statt eines der süßen Girls. Nach zwei Tagen, in denen ich nicht sagen konnte, was los war, aber eine ziemlich miese Stimmung verbreitet habe, hat er mich rausgeschmissen.

»Jake!« Shit, ich habe Amy schon wieder nicht zugehört.

»Was denn?!«

„Willst du mir nicht sagen, was eigentlich los ist, oder weißt du es selbst nicht? Hat es vielleicht doch mit einem Mädchen mit dunklen Locken zu tun, das schon lange nicht mehr im Club aufgetaucht ist?

»Emilie und ich sehen uns nicht mehr, lief eben nicht mehr. Sonst noch Fragen?«

»Ein paar Details …«

»Amy! Echt mal! Ich frage dich doch auch nicht über dein Sexleben aus!«

»Kannst du aber gern! Wenn du mir im Gegenzug dann die Sache mit Emilie …«

»Ha! Ich werde dich daran erinnern, wenn du das nächste Mal jemanden datest. Dann können wir juicy Stories tauschen, aber bis du an der Front nichts anzubieten hast, bleibt meine Antwort: Nein!«

Amy schnaubt und schubst mich leicht, sodass ich fast in eine der Auslagen krache, so eng ist es in diesen verdammten Lanes. »Los, holen wir uns ein Pint und ein paar Chips und dann frage ich dich noch mal!«

»Untersteh dich«, lache ich. Und da fällt mir auf, dass ich zum ersten Mal seit meinem Geburtstag wieder so richtig lache. Die Sache mit Emilie macht mir mehr zu schaffen, als ich zugeben will.

Emilie

Statt weiter über mein Beziehungsdesaster mit Jake nachzudenken, stürze ich mich in die Arbeit. Ich bin morgens die Erste in der Backstube und arbeite einfach alles weg, ich bleibe so lange, dass Carol mich ein paar Mal schon nach Hause geschickt hat. Auch heute bin ich wieder weit vor meiner Zeit auf dem Weg zum *Bittersweet*. Man merkt, wie der Herbst langsam sein Ende findet. Morgens braucht man wieder eine Jacke. Ich fröstele und wickle mich in den großen bunten Wollschal, den Polly mir letzte Woche auf mein Bett gelegt hat. Ohne Worte, nur mit einer großen Umarmung.

Wir verbringen gerade oft die Abende gemeinsam in der Wohnung. Polly, weil sie von ihren zwei Jobs total kaputt ist und sich nach einem Wein und einer stupiden Reality Show sehnt, und ich bin froh über jede Art von Ablenkung. Ich bringe oft Kuchen aus der Chocolaterie mit, den essen wir dann abends vor dem Fernseher. Ich habe schon mindestens fünf Kilo zugenommen und wünschte, ich wäre der Typ Frau, der nicht mehr essen mag, wenn er Kummer hat. Oder der, bei dem sich die Kilos einfach ein bisschen mehr an die kurvigen Stellen des Körpers legen. Doch ich bekomme einfach nur einen kleinen Bauch. Ist mir auch egal. Trotzig strecke ich den Bauch vor und wickle mich erneut in den bunten Schal. Während ich die Straße am Churchill Square hinunterlaufe, fällt eines der letzten Blätter von einem der großen Bäume, die die Straße säumen. Es segelt langsam dem Boden entgegen und bleibt vor meinen Füßen liegen. Ich hebe es auf. Die letzten Herbstboten, vielleicht ein Zeichen für Veränderung und einen Neuanfang.

In der Chocolaterie wartet Carol schon auf mich. Sie ist hibbelig und aufgeregt und rutscht auf ihrem Stuhl herum, bis ich endlich meine Jacke in der Kammer abgelegt habe. Sie wedelt mir mit einem Zettel herum. »Emilie, weißt du, was das ist?«

Ich schüttele wahrheitsgemäß den Kopf, denn ich habe wirklich keine Ahnung, was das für ein Blatt Papier ist, das mir Carol jetzt in die Hand drückt. Verwundert lese ich vor:

> Ihr seid dabei. Eine geheime Jury hat auch in diesem Jahr ihre Secret Testers losgeschickt und sich in London und Umgebung auf die Suche nach den kreativsten Bäckern und Konditoren des Landes gemacht. Wir dürfen euch mitteilen, dass eure Chocolaterie *Bittersweet* zu den Finalisten gehört.

Ich lasse den Zettel sinken und starre Carol an. »Lies weiter,« drängt sie ungeduldig.

»Die Kreation, mit der ihr uns überzeugt habt, war eine Pfirsich-Thymian-Tarte. Well done!«

Ich kreische auf. Das ist mein Kuchen! »Ist das echt?«

Carol nickt. »Lies noch weiter!«

»Für den Award müsst ihr eine neue Kreation präsentieren, die ihr bisher noch nicht in eurem Laden angeboten habt. Wir wünschen viel Erfolg und sehen uns auf der großen Präsentation am 2. November in London. The Royal Bakery Association.«

Wieder lasse ich den Brief sinken und blicke in Carols strahlendes Gesicht. »Was? Wie? Hä?« Die Worte, die sonst aus meinem Mund nur so herauspurzeln, stecken fest. Mein Kopf kommt gar nicht hinterher. Was ist hier gerade passiert?

Carol nimmt mir den Brief aus der Hand. »Das, meine liebe Emilie, heißt, wir haben viel zu tun! Dieser Wettbewerb ist eine große Sache! Die Tester sind bisher noch nie bis nach Brighton gekommen, und dass wir uns hier präsentieren dürfen, ist eine Riesenchance.«

Ich nicke. Und schlucke. »Und meine Tarte hat wirklich …«

Carol zwinkert mir zu und lacht. Sie lacht! Ich habe Carol noch nie lachen gehört. »Verrückt, oder? Bei all den Meisterstücken war es ausgerechnet deine Tarte, die sie überzeugt hat. Den Testern geht es in diesem Jahr um junge, moderne Aromen. Und das könnte unsere Chance sein. Denn das ist etwas, das du kannst. Aber darauf dürfen wir uns jetzt nicht ausruhen. Dieser Award wäre eine große Auszeichnung für uns. Die Kreation muss neu sein, frisch, und es darf sie so bei uns noch nicht gegeben haben. Das wird nicht einfach.«

In meinem Kopf überschlagen sich die Gedanken. Carol guckt mich erwartungsvoll an. »Und?«

»Und?«, wiederhole ich und sehe wahrscheinlich ziemlich dämlich dabei aus.

»Hast du schon eine Idee? Für die neue Kreation?«

»Ich … habe ja noch gar keine Zeit gehabt, mir Gedanken zu machen.«

»Sicher, entschuldige. Ich bin nur so aufgeregt. Nimm dir die Zeit. Vielleicht hast du ja morgen schon mal einen ersten Ansatz, mit dem wir arbeiten können.«

Den ganzen Tag rasen meine Gedanken, aber nichts bleibt haften. Alles so generisch. So schon tausendmal gesehen. Ich starre in den Ofen, in dem sich meine Tiefkühlpizza im fahlen Licht auftaut. Als der Ofen das Signal gibt, nehme ich mir die fertige

Pizza mit ins Bett. Polly arbeitet heute in der Bar und ich fühle mich wie erschlagen. Eigentlich war das eine tolle Nachricht, aber ich kann an nichts anderes denken, als dass ich jetzt mit einer kreativen neuen Kreation aufwarten muss. Und das setzt mich so sehr unter Druck.

In meinem Zimmer stolpere ich fast über etwas auf dem Fußboden. Schnell mache ich Licht und kicke die roten Chucks mit einem wütenden Tritt unters Bett. Die haben mir gerade noch gefehlt. Die dämlichen Schuhe erinnern mich immer an den Tag vom *Taylor-Swift*-Konzert, beziehungsweise an die Stunden davor. Ich habe noch sehr genau vor Augen, wie ich mir vor dem Tonstudio fast draufgekotzt habe.

Bilder drängen durch mein Unterbewusstsein. Jake, wie er hinter dem Schlagzeug sitzt und mit einem Stöhnen den Kopf zurücklegt, wie er aufspringt, sein entsetzter Blick. Nein, nein, nein. Die Pizza dampft, als ich mir ein heißes Stück nehme. Der Käse zieht lange Fäden und ich verbrenne mir den Gaumen, als ich hineinbeiße. Aber wenigstens denke ich jetzt an etwas anderes.

Am nächsten Morgen wache ich voll angezogen neben dem leer gegessenen Pizzateller auf und werfe einen schnellen Blick auf die Uhr. Scheiße. Ich bin zu spät. Ich habe verschlafen. Ausgerechnet heute. Im Eiltempo springe ich ins Bad, putze mir die Zähne und lasse mir kaltes Wasser über das Gesicht laufen. Die Haare binde ich mir zu einem Zopf und bin schon an der Tür. Zeit sich umzuziehen oder für ein Frühstück bleibt nicht.

Als ich bei der Chocolaterie ankomme, wartet Carol bereits auf mich. Sie sieht not amused aus. Und der Blick ändert sich auch nicht, als ich meine spärlichen Ideen vortrage. »Da ist einfach nichts Brauchbares dabei, da muss mehr kommen! Ich überlege auch selbst noch mal. Aber ich würde dir natürlich gern die Chance geben, dein Können zu präsentieren. Emilie, das ist eine echte Gelegenheit. Ich hoffe, du bist dir dessen bewusst.«

Ich schlucke. Klar ist mir das bewusst. Es ist nur der denkbar schlechteste Zeitpunkt. Ich beiße mir auf die Lippe, ziehe mir meine Schürze an und starte mit einem Mürbteig, der noch in die Kühlung muss. Dabei versuche ich an Geschmackskombinationen zu denken, an irgendwas, das so noch nicht da war, etwas anderes. Vielleicht etwas mit Früchten oder Schokolade? Karamell oder Sahne? Ich schüttele den Kopf und malträtiere den Teig mit meinen Fäusten. »Hey Emilie, lass den Teig bitte leben, hörst du? Ich glaube, er kann in die Kühlung.«

»Klar, sorry!«, sage ich und werde rot.

Ich bin froh, als der Arbeitstag vorbei ist. Schnell schnappe ich mir meine Jacke aus der kleinen Kammer, in der wir uns immer umziehen, ziehe mein Handy hervor und gebe »Inspiration finden« in die Suchmaschine ein. Es kommt jede Menge Kram, den ich nicht gebrauchen kann, aber ein Tipp bleibt hängen:

> Such dir ein Gefühl aus und schreibe es dir auf die Hand oder male ein Zeichen darauf, das für das Gefühl steht. Für Liebe kann das ein kleines Herz sein, für Inspiration ein Blitz usw. Achte an diesem Tag mal darauf, wann du dieses Gefühl spürst. So schaffst du mehr Raum dafür.

»Emilie, ich will zumachen, kommst du?«

»Sorry Carol, ich komme schon«, beeile ich mich zu sagen und stecke eilig das Handy ein.

An diesem Abend male ich mir einen kleinen Blitz auf die Hand, mein Zeichen für Inspiration, die ich mir wirklich doll wünsche. Schaden kann es ja schließlich nicht!

Jake

Es ist alles ein einziger Blur. Ich versuche mit meinen Sticks die Drums zu treffen, aber es will mir nicht mehr so richtig gelingen. In meinem Kopf herrscht Nebel. Welchen Song spielen wir eigentlich gerade? Ich versuche mich zu konzentrieren. Malek am Mikrofon vorn an der Bühne verschwimmt.

»Verflucht Jake, jetzt reiß dich mal ein bisschen zusammen.«

Ich versuche Malek scharf zu stellen, der sich vor mir aufgebaut hat. Keine Chance. Es sieht aus, als ob zwei Maleks sich über mich beugen.

»Scheiße, das macht keinen Sinn. Der ist total besoffen.«

Ich will protestieren. Ich hatte vielleicht ein paar Pints, aber ich bin doch nicht besoffen. Dann falle ich nach vorn auf meine Drums.

Ich wache auf und liege auf einem Sofa. Keine Ahnung, wo ich bin, aber mir ist unglaublich übel, mein Kopf schmerzt. Ich glaube, ich muss mich übergeben. Ich rolle mich hoch und schwanke. Der Raum dreht sich. Wortlos hält mir Malek einen Blecheimer hin. Ich entleere meinen Magen und setze mich dann hin. Ich kneife die Augen zusammen und stelle einen Fuß auf den Boden, damit der Raum endlich aufhört, sich zu drehen. Neben Malek und Liam höre ich noch eine weitere Stimme, ist das Bash? Bash ist der Besitzer des *Tide Night Club* und ich habe ihn das letzte Mal getroffen, als er uns für die Wochenendgigs gesignt hat.

»Entweder ihr tretet morgen mit einem anderen Drummer auf oder gar nicht. Your Choice. Das ist mein letztes Wort. Jake braucht seinen Hintern hier erst einmal nicht mehr reinzubewegen. Was für eine Scheiße!«

In meinen Ohren rauscht es. Ich glaube, Bash hat mich gerade rausgeworfen. Ich höre eine Tür zuknallen. So langsam erkenne ich, wo wir sind. Wir sind in dem Personalraum, in dem wir uns immer umziehen. Seit wann steht hier denn ein Sofa? Mann Jake, konzentrier dich! Du hast gerade andere Sorgen als die Einrichtung. »Entweder tretet ihr morgen mit einem anderen Drummer auf …«, hallen Bashs Worte in meinem Kopf.

»Malek! Ihr könnt nicht ohne mich auftreten«. Leider kommen die Worte sehr undeutlich aus meinem Mund. Ich räuspere mich. »Mann, echt! Wir sind *B.Heights*. Wir drei. Ihr könnt nicht ohne mich auftreten.«

Malek zuckt die Schultern. »Sorry Mann, ich glaube, uns bleibt nichts anderes übrig. Du warst heute so daneben. Bash ist zu Recht sauer. Was hast du dir auch dabei gedacht, dich so abzuschießen?«

»Aber …«

»Es wäre ja nur für ein paar Wochen. Bis dahin kriegst du deinen Scheiß auf die Reihe, und dann ist Bash ganz sicher auch wieder milder gestimmt und lässt dich zurück auf die Bühne.«

»Jungs … Wir sind doch eine Band.« Ich bin fassungslos. Aber wenn man es mal nüchtern betrachtet, kann man Liam und mich recht leicht ersetzen. Malek ist das Gesicht der Band, der Sänger, die Stimme. Ob ich oder jemand anders hinten trommelt, ist am Ende egal. Scheiße.

Ich versuche mich hinzustellen. Ich muss hier raus. Dieser ganze Club erinnert mich daran, was ich mal hatte. Hier habe ich Emilie zum zweiten Mal geküsst. Damals hatte ich noch eine Band und habe ein Mädchen geküsst, das ich wirklich mochte. Fühlt sich an wie ein anderes Leben.

Mir wird schon wieder schlecht und ich verlasse fluchtartig den Raum, dränge mich an den Mädchen vorbei, die auf die Mitglieder der Band warten. Und noch nie war mir das so egal wie heute. Der einzige Name, der sich gerade wie eingebrannt anfühlt, ist ihrer. Aber ein Mädchen wie sie würde sich von so einem Loser, der betrunken auf seinen Drums zusammenbricht, wahrscheinlich auch abwenden. So wie Malek und Liam, so wie Bash, so wie alle. Ich schwanke und versuche den Ausgang zu fixieren. Dieser dämliche Club soll endlich aufhören, sich so zu drehen. So komme ich hier nie raus. Da spüre ich, wie jemand mich vorsichtig, aber bestimmt am Ellenbogen packt. »So Jakey, wir gehen jetzt mal an die frische Luft.«

Amy. Mir steigen Tränen der Erleichterung in die Augen. Reiß dich zusammen, Jake! Echte Kerle weinen nicht. Und schon gar nicht in diesem verdammten Laden, in der jeder dein verdammtes Gesicht kennt.

Amy führt mich mit sicherem Griff durch die tanzende Menge die Treppenstufen hinauf. Sie stößt die schwere Metalltür des

Clubs auf und schiebt mich hindurch. Schnaufend lehnt sie sich und mich gegen die Steinwand neben der Tür. Die Wand ist kühl, der Wind hier draußen salzig und frisch. Der Nebel vor meinen Augen lichtet sich ein wenig. Amy drückt mir wortlos eine Flasche Wasser in die Hand. »Trink. Und dann holen wir uns da vorne einen fettigen Burger.«

Ich trinke und nicke. Und dann essen wir schweigend einen Burger an einer der Beachbars, die auch nachts noch geöffnet haben und ihr fettiges Fast Food an die Clubbesucher oder Pubgänger verkaufen. Ich starre in die Dunkelheit, während ich in die Masse aus Fleisch, Käse und Brötchen beiße und mir die Senf-Ketchup-Soße über das Kinn läuft.

»Scheiße.«

»Mhhh«, antwortet Amy mit vollem Mund und starrt mit mir in die Dunkelheit, aus der lediglich der grell beleuchtete Pier aus dem Meer aufragt. »Was ist eigentlich los, Jake?«

»Ich weiß es nicht. Es ist alles ein Riesenchaos. Die Sache mit der Uni, Mom und Dad, ich weiß einfach nicht, was ich mit meinem Leben anstellen soll. Und jetzt haben sie mich auch noch aus der Band geschmissen. Fuck. Was habe ich nur getan? Kein Wunder, dass Emilie weg ist.«

»Emilie?«, fragt Amy.

»Nicht so wichtig. Ich muss mein Leben auf die Reihe kriegen.« Ich schüttele den Kopf, um die Erinnerung an zwei schokoladenbraune Augen zu vertreiben, die sich gerade wieder in meinen Kopf stehlen.

»Vielleicht ist es dann ja gar nicht so eine blöde Idee, nicht mehr jeden Abend hinter einer Bar zu stehen und Shots mit den Gästen zu trinken, oder besoffen hinter dem Schlagzeug zu hängen«, sagt Amy vorsichtig und nimmt einen großen Schluck der Cola Light, die sie sich zu ihrem Burger und den Pommes bestellt hat. Eine Eigenart, die ich noch nie verstanden habe. Als ob es auf den Zucker in der Cola bei so einem Menü noch ankommen würde. Aber so ist Amy eben. Und sie ist hier. Als Einzige sitzt sie mit mir und meinem vollgekotzten Shirt in einer

Beachbar und isst Burger, statt Deppen weiter billigen Fusel auszuschenken.

»Musst du nicht zurück?«, fällt mir ein. Ich will nicht, dass Amy auch noch wegen meiner bescheuerten Aktion ihren Job verliert.

»Keine Sorge, ich mache nur eine verlängerte Pause. MIR kann Bash nichts abschlagen«, sagt sie und zwinkert mir zu.

Emilie

Als ich morgens aufwache, streiche ich als Erstes über den kleinen schwarzen Blitz auf meinem Handrücken. Mit Schwung landen meine nackten Füße auf den kalten Holzdielen. Ich schlüpfe in die warmen Lammfellpuschen, die mir meine Mama in einem Herbst-Care-Paket letzte Woche geschickt hat, und dann mache ich mir einen Kaffee. Sie hat wohl gespürt, wie enttäuscht ich über ihre Absage für einen Besuch bei mir war. Ich verstehe ja, dass sie arbeiten muss, trotzdem hätte ich ihr natürlich gerne mal alles hier gezeigt. Immerhin habe ich jetzt warme Füße und eine Dose mit meinem Lieblingsmüsli im Schrank.

Während das Wasser in der Espressokanne auf dem Herd langsam hochkocht, setze ich mich auf die Bank am Fenster. Die haben Polly und ich letzte Woche auf dem Flohmarkt gefunden und gemeinsam nach Hause geschleppt. Jetzt steht sie direkt unter unserem Wohnzimmerfenster, ein Fell liegt darauf und wenn man sich anstrengt, kann man von hier sogar ein kleines Stückchen Meer entdecken. Vor dem Fenster segelt eine besonders große weiße Möwe vorbei, streckt ihre Flügel und rast dann im Sturzflug nach unten. Wahrscheinlich hat sie gerade eine Pommes entdeckt, die sie zu ihrer Beute erklärt hat.

Nach drei Kaffee und einer großen Schüssel Müsli bummele ich in Richtung *Waterstones*. Hier gibt es so viele Koch- und Backbücher, hier werde ich ganz sicher eine Inspiration finden. Irgendeinen ersten Impuls, auf dem ich dann meine eigene Kreation aufbauen kann. Ich öffne die schwere schwarze Holztür. Sofort umfängt mich der Duft von Büchern, Kaffee und frisch gebackenen Scones. Ich steige die knarzende Holztreppe nach oben. Der Duft der Scones wird mit jeder Minute stärker und mir läuft das Wasser im Mund zusammen. Auf jeden Fall werde ich mir nachher noch eine dieser butterigen Köstlichkeiten mit Clotted Cream und Marmelade gönnen. Aber zuerst will ich mich ein wenig umschauen.

Ich gehe zu dem großen schwarzen Regal mit den Backbüchern, die mit ihren bunten Covern einen wunderbaren Kontrast zu den dunklen Regalböden bilden. Immer wieder ziehe ich eines der Bücher heraus, blättere es durch, aber keines der Rezepte oder Bücher spricht mich an. Ich seufze frustriert.

»Emilie! Na, ärgern dich die Bücher?«, fragt eine dunkle Stimme. Als ich aufblicke, sehe ich direkt in die dunklen Augen von Kobe, der mich anlächelt. Wenn er lächelt, bildet sich ein Grübchen neben seinen vollen Lippen. Er hat schöne Lippen. »Nicht?«, hakt er nach, weil ich ihn nur anstarre, und grinst mich inzwischen breit an.

»Ich, äh, was?«, frage ich, denn ich habe wirklich keine Ahnung, was er gesagt hat. Verdammt, sah der Mann schon immer so gut aus? Die dunkle Haut, die schwarzen kurzen Haare, sein aufmerksamer Blick. Also wirklich Emilie, jetzt reiß dich aber mal zusammen.

»Ich hatte gefragt, ob die Bücher dich heute ärgern oder warum du sie sonst mit einem so unzufriedenen Gesicht zurück ins Regal stellst.«

»Ach so, ich suche nach Ideen für ein neues Rezept.« Etwas verlegen streiche ich über den kleinen Blitz auf meinem Handrücken.

»Klingt spannend. Bist du Bäckerin?«

»Ich arbeite in der Chocolaterie *Bittersweet* in der Vine Street. Wir nehmen an einem Wettbewerb teil und ich soll ein ganz besonderes Rezept entwickeln, aber mir fehlt die richtige Idee. Ich hatte gehofft, dass ich hier eine Eingebung habe.« Ich zeige unbeholfen auf das Regal hinter mir. Was plappere ich denn hier? Ich quatsche den armen Kerl total zu, ermahne ich mich in Gedanken. Wir kennen uns doch eigentlich gar nicht. Erzähl ihm doch gleich noch die Geschichte, wie du mit drei Jahren auf der Bananenschale ausgerutscht bist oder von deinem Fahrradunfall mit sieben. Ich bin von mir selbst genervt und meine Finger schnappen sich eine meiner Locken. Ich ziehe etwas zu fest daran und lasse sie dann nach oben aufspringen. Sicher denkt er, ich bin irre.

»Mhh, ich liebe Kuchen. Wenn ich dir helfe, eine gute Idee zu entwickeln, qualifiziere ich mich dann als Testesser?«

Ich kneife meine Augen zusammen, als müsse ich mir das Angebot gut durch den Kopf gehen lassen, und grinse ihn dann herausfordernd an: »Wenn du mir wirklich hilfst, backe ich dir mehr Kuchen, als du essen kannst.«

»Deal?«, fragt Kobe und hält mir seine Hand hin.

»Deal«, sage ich und schlage ein. Seine Haut ist weich und der Handschlag fest.

»Dann los!« Kobe zieht mich an der Hand, mit der ich gerade eingeschlagen habe, sanft in Richtung Treppe.

»Warte, wo wollen wir denn hin?«, frage ich. Meint er das ernst? Ich dachte, wir plänkeln hier ein bisschen herum.

»Du musst raus ins Leben. Hier zwischen all den Büchern kommst du doch nicht weiter, du brauchst unbekannte Gerüche, Geschmäcker, neue Eindrücke. Das ist Inspiration!«

Er hat recht, das spüre ich genau, und was habe ich zu verlieren? Genau, nichts! Warum also nicht einfach mal machen, statt alles immer nur zu zerdenken?

Ich lasse mich von ihm mitziehen und spüre ein Kribbeln in meinem Bauch, wie es nur völlig unerwartete Abenteuer in einem verursachen können. Keine Ahnung, wo mich dieser Nachmittag hinführt. Aber ich bin bereit, mich einfach mal auf etwas Neues einzulassen. Kobe und ich verlassen die Buchhandlung.

»Und jetzt?«, frage ich vor der Tür.

»Warte ab, ich habe da schon eine Idee.« Wir laufen die Straße entlang, Richtung Seafront. Heute ist ein goldener Herbsttag.

Frisch, aber sonnig. Die Blätter an den Bäumen strahlen in Orange-, Rot- und Brauntönen. Die Menschen tragen Sonnenbrillen und viele nutzen die letzten warmen Sonnenstrahlen, um in den zahlreichen Cafés draußen zu sitzen. Kobe läuft ganz entspannt neben mir. Wir plaudern über dies und das, über meine Arbeit, über das Wetter, lachen über eine dicke Möwe, die Startschwierigkeiten hat. Alles fühlt sich ganz leicht an.

An dem langen Pier, der von der Seafront bis ins Meer reicht, hält Kobe kurz an. »Bist du bereit für ein bisschen Spaß?«, fragt er und seine Augen blitzen.

Ich bin zwar schon ein paar Mal über den langen Holzsteg geschlendert, habe mir die kleinen Buden mit Süßigkeiten bisher aber nur angeschaut, ebenso die Spielhalle mit den vielen Greifautomaten und Gaming Tools. Mir sind solche Orte zu laut und ich hoffe stark, Kobe will nicht mit mir eine Runde virtuelles Golf spielen oder eines dieser schrecklichen Ballerspiele. Aber ich nicke und er nimmt meine Hand, um mich durch das dichte Gewusel zu ziehen. Er führt mich an der Spielhalle vorbei weiter den Pier entlang. Der Ausblick von hier ist einfach nur der Wahnsinn. Unter uns schwappen die Wellen in Richtung Strand, die Sonne scheint, das Wasser leuchtet in verschiedenen Blau- und Grüntönen.

Bei einer kleinen weiß gestrichenen Bude machen wir halt. »Der beste Fudge in ganz Brighton«, kündigt Kobe an und zeigt auf verschiedene Blöcke einer festen Süßigkeit. Aus der Bude kommt ein karamelliger Duft und vor den Blöcken stehen Schilder mit Sorten wie Butterscotch, Dark Chocolate, Vanilla und Sea Salt. »Fudge ist eine Art sahniger Karamell, süß, weich und sehr lecker«, erklärt Kobe.

»Hast du einen Favoriten oder versuchen wir einfach alle?« Mir läuft schon bei dem Geruch das Wasser im Mund zusammen und so entscheiden wir uns für eine Mischung der vielen angebotenen Sorten. Ich habe von Fudge schon gehört, es aber bisher noch nie probiert. Bei dem Aromafeuerwerk, das aus der Tüte aufsteigt, bin ich jetzt schon froh, das heute einmal nachzuholen.

Mit der Tüte in der Hand machen wir uns auf den Rückweg, als Kobe am Eingang der Spielhalle noch einmal anhält. »Einmal Greifarm spielen gehört bei einem Pierbesuch für mich dazu. Es geht auch ganz schnell«, verspricht er. Ich zucke mit den Schultern. So wie er lächelt, kann ich ihm das nicht abschlagen. Und ich will mich ja auf etwas Neues einlassen. Wir betreten die Halle, um uns toben Kinder, es ist laut, alles piept und summt, die Kids versuchen ihr Glück an einem der zahlreichen Automaten und irgendwo klirren Billardkugeln gegeneinander. Kobe geht entschlossen auf einen der transparenten Kästen zu und steckt ein Pfund hinein. Mit einem kleinen roten Steuerknüppel bewegt er den Greifarm zielgerichtet auf eines der kleinen Kuscheltiere, die in einem Haufen auf ihre Rettung warten. Er ruckelt noch einmal nach links, einmal nach vorn und dann senkt sich der Greifarm ab, taucht ein und mit einer kleinen Plüschgiraffe mit sehr großen Augen wieder auf. Gespannt halte ich die Luft an. Der Greifer hält die Giraffe weiter umklammert. Sekunden ziehen sich wie Bonbonmasse. Und dann fällt das kleine Stofftier direkt in den Ausgangsschacht. Kobe beugt sich vor und zieht sie heraus. »Für dich«, grinst er.

»Wie hast du das gemacht? Ich habe noch nie jemanden bei einem dieser Dinger wirklich etwas herausholen sehen!«

»Ich habe ziemlich viele Nichten, für die ich zum Superhelden werde, wenn ich ihnen eines dieser bunten Viecher angele.« Kobe zuckt die Schultern. »Aber diese hier ist für dich. Ein kleiner Glücksbringer. Vielleicht hilft sie dir ja, wieder zu deiner Kreativität zurückzufinden.«

Ich schlucke. Das ist so nett. Und ich habe keine Ahnung, wie ich damit umgehen soll. Aber Kobe lässt keine Chance für ein komisches Gefühl. Nach einem Blick auf seine Uhr zieht er mich weiter. »Wir müssen uns beeilen, sonst ist der Bus weg!«

Wir rennen den Pier entlang, meine Jacke flattert um mich herum und ich fühle mich so frei, wie ich mit wehenden Haaren über den Steg auf dem Wasser laufe, Slalom um die Menschen, Haken um die Kinder schlage und völlig außer Puste an der Straße neben

Kobe zum Stehen komme. In dem Moment taucht auch schon einer der großen roten Doppeldeckerbusse an der Ecke auf. Kurz denke ich an einen starken Arm, der mich zurückhält, an grüne Augen und schöne Lippen. An unsere erste Begegnung. Aber dann steigen wir auch schon ein und die Erinnerung an Jake verblasst.

Ich kann nicht mehr erkennen, welches Ziel der Bus hat, denn schon klettert Kobe mit mir die schmale Treppe im Bus hinauf und wir lassen uns auf den Platz ganz vorn fallen. Der Bus setzt sich stöhnend in Bewegung und wir ruckeln die steile Straße in Richtung Marina, dem neu gebauten Hafen von Brighton. Kobe holt die Tüte mit Fudge heraus und hält sie mir wortlos hin. Ich hole mir ein Bonbon heraus, öffne das knisternde Papier und lasse die weiche Süßigkeit auf der Zunge zergehen. Ich habe salziges Karamell erwischt. Einige Minuten kauen wir in stiller Eintracht, dann siegt meine Neugier.

»Verrätst du mir, wohin wir fahren?«

»Zu einem meiner absoluten Lieblingsplätze, wir besuchen die *Seven Sisters.*«

Kurz bin ich enttäuscht, ich habe eigentlich keine Lust, jetzt irgendwen zu besuchen und neu kennenzulernen, angestrengte Konversation zu betreiben.

Kobe deutet mein Schweigen richtig. Feixend fragt er: »Hast du schon einmal von den *Seven Sisters* gehört?«

Ich schüttele den Kopf.

»Sie sind ein Teil der berühmten Kalksteinküste vor Brighton. Wilde Natur, das Meer, es wird dir gefallen!«

»Klingt toll!«, sage ich jetzt ehrlich begeistert und entspanne mich sofort. Den Rest der Fahrt essen wir Fudge und Kobe erzählt mir ein bisschen was über das, was am Fenster an uns vorbeizieht. Alte englische Dörfer, weiße Kreidefelsen, weite grüne Weiden, Pubs, mitten im Nirgendwo. Es ist herrlich. Als wir aussteigen, bin ich total gespannt. Wir laufen ein paar Meter über eine grüne Rasendecke, dann steigen wir die Grasfläche hinauf, die sich vor uns auftürmt. Oben angekommen, muss ich erst einmal wieder zu Atem finden.

»Kobe, das ist der absolute Wahnsinn!« Wir blicken über den Rand einer abfallenden Küste, während wir auf einem grünen Plateau stehen, ragen unter uns die weißen Kalksteine ins Meer. Ein Stück weiter oben sehe ich einen Leuchtturm.

»Können wir da hin?«, frage ich und zeige in die Richtung.

»Wenn du das noch schaffst«, grinst Kobe und knufft mich in die Seite. Das lasse ich mir nicht zweimal sagen und renne den kleinen Abhang hinunter, von der es dann zur nächsten *Sister* hinaufgeht, auf der der Leuchtturm steht.

»Warte Emilie, nicht so schnell, das ist ganz schön steil hier«, höre ich Kobe noch und dann merke ich, wie sich meine Beine verselbstständigen. Der Abhang ist deutlich abschüssiger als gedacht und meine Füße trommeln so schnell auf den Grasboden, dass ich das Gefühl habe, meine Beine würden jeden Moment den Rest meines Körpers überholen. Kurz vor dem Ende stolpere ich, plötzlich ist oben unten und ich drehe mich immer wieder um mich selbst, rolle den restlichen Abhang hinunter und komme schließlich völlig dreckverschmiert zum Liegen. In einem kurzen Moment der Stille höre ich Kobes Stimme.

»Emilie, ist alles okay? Ich bin gleich bei dir!«

Und dann bricht ein Lachen aus mir heraus. Ich kriege mich gar nicht mehr ein vor Lachen, sitze im Dreck, über und über mit Gras bedeckt und lache so sehr, dass mir nach kurzer Zeit der Bauch wehtut. Kobe ist inzwischen bei mir angekommen und lässt sich neben mir ins Gras fallen. Wir lehnen uns an den Rücken des Hügels, mein Lachen ebbt langsam ab und wir schauen einträchtig in den Himmel. »Das war das Beste, was mir seit Langem passiert ist«, sage ich und streiche über meinen Blitz. Ich habe mich frei gefühlt und mich so sehr gespürt, meine Haare, die hinter mir her geweht sind, und meine Beine, die mich so sicher getragen haben, und schließlich dieses Lachen, das etwas in mir gelöst hat.

»Das freut mich«, sagt er und drückt kurz meine Hand. Ein Kribbeln entsteht unter meiner Haut. Es fühlt sich schön an, fremd, aber irgendwie schön. Eine andere Hand taucht vor meinem inneren Auge auf. Eine Hand, die mir Meringue von der Lippe wischt, Jakes grüne Augen, in denen ich versinke, dieses Gefühl, ihn unbedingt küssen zu wollen. Schnell ziehe ich die Hand zurück und stemme mich aus dem Gras hoch. Ich reiche Kobe die Hand, um ihn hochzuziehen. Er ergreift sie und hält sie erneut kurz fest. »Und was hat es damit auf sich?«, fragt er und fährt mit dem Zeigefinger über den kleinen Blitz. Mir läuft eine Gänsehaut den Rücken hinunter, als er meine Hand mit seinem Finger berührt.

»Sorry Kobe, ich kann das nicht,« sage ich und ziehe meine Hand erneut zurück. Er sieht mich überrascht an.

»Ist es ein Geheimnis, was es mit dem Blitz auf sich hat?«

»Ich meine nicht den Blitz«, sage ich leise. »Ich muss gerade jemanden loslassen, den ich sehr mochte, und ich kann gerade keine neuen Gefühle aushalten, ich kann nicht noch mehr Unordnung in mein inneres Chaos bringen. Ich mag dich wahnsinnig gern und verbringe gern Zeit mit dir, aber mehr … mehr geht gerade einfach nicht.«

Ich traue mich gar nicht, ihn anzusehen. So etwas habe ich noch nie getan. Ich habe gerade ganz ehrlich gesagt, was ich fühle, habe keinen Umweg über eine Ausrede gemacht, die einfacher wäre, um Kobe kein blödes Gefühl zu geben. Wahrscheinlich lässt er mich jetzt gleich hier an diesem gottverlassenen Ort stehen.

Doch Kobe legt mir vorsichtig die Hand unter das Kinn und bringt mich so dazu, zu ihm hochzuschauen.

»Weißt du, Emilie, ich mag dich auch. Aber ich bin eher nicht so von der schnellen Sorte. Wie wäre es, wenn wir einfach eine gute Zeit zusammen haben und mal schauen, wo uns das ganze am Ende hinführt?« Ich hebe zu einer Erwiderung an, doch er unterbricht mich. »Aber fürs Erste könnte ich mit ›Freunde‹ als Label sehr gut leben.« Er grinst. »Verrätst du mir jetzt, was es mit dem Blitz auf sich? Ich würde auch noch einen Fudge herausrücken.«

»Bloß nicht«, stöhne ich lachend. »Mir ist schon ganz schlecht von dem ganzen Zuckerzeug.«

Einvernehmlich stapfen wir den Berg zum Leuchtturm hoch und genießen erneut den Blick über die Weite der englischen Landschaft. Als wir uns schließlich erschöpft um die letzte Biegung der *Seven Sisters* schleppen, kommt genau in dem Moment der rote Doppeldeckerbus um die Ecke gebogen. Wir steigen ein und schaffen es wieder, uns den Platz ganz vorn an der Scheibe über dem Fahrer zu sichern.

»Glückskinder«, sagt Kobe und hält mir seine Hand zum Einschlagen hin.

»Glückskinder«, erwidere ich und erzähle ihm auf der Rückfahrt von meiner Kreativblockade und dem Blitz. Ich höre gar nicht auf zu reden und berichte von meiner Zeit hier in Brighton und merke, wie schön es sich anfühlt, einfach und frei mit jemandem quatschen zu können, ohne zu flirten. Ohne meine Worte auf Coolness zu überprüfen, ohne die Angst, etwas Falsches zu sagen. Ich möchte Kobe nicht unbedingt gefallen. Er muss mich nicht witzig oder sexy finden. Er ist in diesem Moment einfach ein Freund. Ein Freund mit sehr schönen Lippen, wie ich zugeben muss. Aber eben einfach ein Freund, der nicht dafür sorgt, dass meine Welt stehen bleibt oder mir schwindelig wird vor Aufregung. Kobe ist ruhiger, gelassener – und er ist nicht Jake.

Jake

Ich wache mit Kopfschmerzen aus der Hölle auf. Mein Schädel platzt gleich. Schlaftrunken taste ich auf meinem Nachtisch nach meinem Handy, um auf die Uhr zu sehen, doch ich finde es nicht. Fluchend schalte ich die kleine Lampe neben meinem Bett ein. Auf dem Nachttisch liegen Kopfschmerzpillen, eine Vitamin-Brausetablette und daneben steht ein großes Glas Wasser. »Danke Amy«, denke ich und werfe die Tablette in das Glas. Sprudelnd verwandelt sich das Wasser in eine orangegelbe Flüssigkeit. Ich schnappe mir zwei Kopfschmerzpillen und spüle sie damit hinunter.

Unter der Dusche ploppen Fetzen des gestrigen Abends auf: Amy, die mich betrunken in ein Taxi setzt, Malek und Liam, die mir enttäuscht nachsehen. Bashs Worte: »Entweder sucht ihr euch einen anderen Drummer oder ihr braucht gar nicht mehr zu spielen.«

Ich schlage mit der Faust gegen die kalte Badezimmerwand. Ich wusste, es läuft gerade nicht besonders gut, aber so eine Scheiße habe ich wirklich nicht erwartet. Jake Albright, was machst du bitte mit deinem Leben? Ich lasse weiter heißes Wasser über meinen Körper rauschen und so langsam werden die Kopfschmerzen besser.

Als ich mit nassen Haaren in der Küche vor der Kaffeemaschine darauf warte, dass diese meinen Cappuccino fertigstellt, kommt Amy rein. Aber nicht aus ihrem Schlafzimmer, sondern durch die Haustür. Sie trägt Joggingklamotten und in der Hand eine Brötchentüte, aus der es verdächtig nach frischen Croissants riecht. Mein Magen knurrt.

»Schnapp dir gern schon eins, du wirst die Stärkung brauchen, bevor wir nachher bei Mom und Dad zum Mittagessen eingeladen sind – und sie sicherlich nicht nur den Braten rösten werden. Überleg dir lieber schon mal, was du ihnen erzählen willst, wie deine weiteren Pläne jetzt aussehen.«

Shit. Mir wird heiß und kalt. Ich habe dieses bescheuerte Mittagessen total vergessen. Sofort kehren die Kopfschmerzen zurück und sie sollten auch den Rest des Tages nicht mehr verschwinden.

Das Essen mit meinen Eltern lief erwartungsgemäß nicht gut. Enttäuschung stand in großen Lettern auf der Stirn meines Vaters geschrieben. Ich habe mein Studium versaut, wurde aus meiner Band geschmissen und habe das einzige Mädchen vergrault, mit dem ich über all diese Dinge sprechen konnte. Selbst mein dummes Herz ist verdächtig still.

Als ich am nächsten Tag im Tonstudio ankomme, ist Sam noch nicht da. Als Erstes mache ich einen Kaffee und dann setze ich mich an die Drums. Ich muss irgendwie meine Energie rauslassen. Snare Drum, Bass Drum, Floor Tom, langsam wird aus dem wahllosen Auf-die-Trommeln-Schlagen eine Melodie. Ein Beat, der mir gefällt. Ich lasse mich weiter hineinfallen und versuche, den Rhythmus zu halten. Es ist lange keine Melodie mehr so aus mir herausgeflossen.

Ich ziehe mein Handy aus der Tasche, drücke auf Aufnahme und versuche mich an die Reihenfolge der Noten zu erinnern. Es wird nicht genau die Melodie, ich spiele einfach nacheinander weiter Abfolgen ein und je länger ich spiele, desto mehr wird daraus ein Beat, fast schon ein Song.

»Gar nicht schlecht, ist der neu?«, fragt mich Sam, als er das Studio betritt.

Ich nicke.

»Solltest du mal weiter dran arbeiten, das könnte was sein!«

Ein Kribbeln macht sich in mir breit, das ich schon echt lange nicht mehr gespürt habe. Nicht mehr seit ... seit ich *This is Now* geschrieben habe. Der Song ist damals über den Text entstanden und ich habe mit Malek an der Melodie gearbeitet, an den Lyrics gefeilt und den Song so zu dem gemacht, was er am Ende geworden ist, der einzige selbst geschriebene Song der Band. Einer Band, in der ich nicht mehr willkommen bin, in der ich nicht mehr spielen darf. Weil ich mich wie ein absoluter Vollidiot aufgeführt habe. Und wenn ich ganz ehrlich zu mir bin, weiß ich das auch. Aber die Enttäuschung darüber, wie leicht sich die anderen von Bash in die Enge drängen ließen, wie schnell die Entscheidung fiel, mich zu ersetzen, bleibt.

Seufzend lege ich die Sticks zur Seite und gehe mit Sam den Plan für den Tag durch. Über den Vorfall im Tonstudio mit Isla haben wir nie wieder gesprochen. Mir steigt noch immer die Röte ins Gesicht, wenn ich daran denke, wie ich wie ein kleiner Junge mit heruntergelassener Hose dastand. Isla hat uns beiden schön vor Augen geführt, wie austauschbar wir für sie waren – und mir hat es klargemacht, wie austauschbar viele Mädels sich wohl bei mir gefühlt haben. Ich schüttele den Kopf. Schluss mit diesen Gedanken, es gilt, ein paar Demobänder zu sortieren.

Nach der Arbeit bleibe ich noch ein wenig im Studio und probiere mit der Gitarre ein paar Akkorde aus. Langsam fügt sich das Ganze zusammen. Wieder nehme ich auch diese Passagen auf. Ich wünschte wirklich, ich könnte mich mal mit jemandem zum Songwriting austauschen. In der Band war das nie ein großes Thema. Ich wäre gern mal in ein Studio gegangen und hätte an Songs getüftelt oder mich mal einen Nachmittag mit Malek und Liam hingesetzt, aber die beiden haben Jobs und machen die Band als Side Project. Ich bin der Einzige, der noch immer völlig ohne Plan dasteht. Gedankenverloren gebe ich »Songwriting Brighton« in meine Suchleiste im Handy ein und bleibe bei einem Eintrag hängen, der mich neugierig macht.

»In dem sehr praktisch orientierten Studiengang *BA Songwriting* lernst du nicht nur alle Skills für eine zukünftige Karriere in der Musikindustrie, wir arbeiten am renommierten *Institute of Contemporary Music Performances* in London mit zahlreichen Plattenfirmen direkt zusammen, um die Talente zu fördern und ihnen erste und wichtige Kontakte in die Musikbranche zu vermitteln.«

Ich starre auf mein Handy. Mein Herz rast. Ein Bachelor of Arts in Songwriting. Das wäre wie ein Sechser im Lotto, das wäre die Erfüllung eines Lebenstraumes.

Aufgeregt klicke ich auf den Link. Während ich lese, kribbelt es in meinen Fingern und in meinem Bauch. Songs schreiben, mit anderen Künstlern arbeiten, Einblicke in Produktion und Musikindustrie, das klingt alles so großartig, ich kann kaum glauben, dass dies wirklich ein Studiengang sein soll. Ich klicke mich durch die verschiedenen Reiter der Website, lese alles. Was angeboten wird, welche Module dazu gehören. Und schließlich, welche Voraussetzungen man erfüllen muss, um bei dem Studiengang angenommen zu werden. Die meisten sind ähnlich wie bei anderen Studiengängen. Doch dann wird es spannend:

Wichtigster Bestandteil für die Aufnahme ist eine Arbeitsprobe. Wir bitten um die Einsendung eines Songs. Der Text sollte selbst geschrieben sein, bei der Komposition ist Hilfestellung von anderen Musikern möglich. Das Demo des Songs sollte mit den Bewerbungsunterlagen bis zum 15. November eingereicht werden. Eine Entscheidung ist bis zum Start des Frühjahrsemesters im Januar zu erwarten.

Nervös springe ich auf und setze mich wieder, wippe nervös mit den Beinen. Ein Song. Ein neuer Song. Keiner der *B.Heights*. Ein Song von mir. Ich will es mir und allen anderen beweisen, dass ich das Zeug zu diesem Studium habe, zum Songwriter, dass es etwas gibt, in dem ich wirklich gut bin.

Emilie

»Das war sehr schön«, sage ich. Kobe und ich stehen uns an der Bushaltestelle gegenüber. Der Ausflug ist vorbei, aber ich mag noch nicht nach Hause gehen. »Hast du noch Lust auf ein Pint?«, frage ich.

Kobe lächelt mich an. »Klasse, dass du fragst, ich habe große Lust! Wie wäre es mit dem *Tide Night Club*? Die haben um diese Zeit die Bar am Strand geöffnet und später spielt noch eine echt gute Band, wenn wir noch Lust auf ein bisschen Musik haben.«

Bei dem Namen des Clubs zieht sich in meinem Magen alles zusammen. Jake. Das Schlagzeug, die Frau, die vor ihm auftaucht. Mein erster Instinkt ist abzulehnen, einen anderen Ort vorzuschlagen, aber dann entscheide ich mich um. Seit Wochen schleiche ich durch die Stadt mit dem mulmigen Gefühl, ich könnte ihm irgendwo zufällig über den Weg laufen. Nein! Jake soll nicht mehr diese Macht über mich haben. Heute sehe ich gut aus, ich fühle mich großartig und ich bin mit einem richtig heißen und verdammt netten Kerl unterwegs. Wenn nicht heute, wann soll ich mich sonst dem Feind stellen? Er wird auf der Bühne hinter seinen Drums sitzen und ich stehe mit Kobe an der Bar. Eine kleine Stimme in meinem Kopf mahnt: »Du willst ihn doch nur eifersüchtig machen!« Ach, selbst wenn. Verdient hätte er es nach der Shit Show, die er abgezogen hat.

»Super Idee!«, sage ich entschlossen und hake mich bei Kobe unter.

Was soll schon passieren, Jake ist auf der Bühne, ich bin mit Kobe da. Er kann mir gar nichts und ich kann jederzeit wieder gehen. Ich muss nicht einmal mit ihm reden. Ich muss ihn nicht einmal angucken, wenn ich nicht will.

Nachdem wir den Türsteher passiert haben, verschwinde ich noch schnell auf die Toilette. Ich ziehe meinen Lippenstift nach, wuschle mir noch einmal durch meine Locken, mein Kleid hat unten ein paar Grasflecken und meine Schuhe sind noch immer schlammig, aber das sieht in dem dunklen Club ja keiner. Dafür strahlen meine Wangen von der frischen Luft und dem vielen Lachen. Es geht mir gut. Und das kann er ruhig sehen. Ich atme noch einmal tief durch, dann verlasse ich die Toilette und betrete mit Kobe den *Tide Night Club*.

Meine Augen müssen sich erst an das Dunkel gewöhnen, aber dann erkenne ich die Bühne, das Schlagzeug ist aufgebaut, der Bass und die Gitarre lehnen wie immer daran, aber irgendwas ist anders. Ich ziehe Kobe an der Hand hinter mir her durch die Menschen, merke sofort, wie viele Mädels sich zu ihm umdrehen. Er ist einfach ein wahnsinnig attraktiver Kerl, groß, gut aussehend. Und er hat nicht einen einzigen Blick für eines der Mädels über. Anders als Jake, scheint er sich seiner Wirkung gar nicht bewusst zu sein. Oder sie ist ihm egal.

An der Bar kommt Amy direkt auf uns zu. »Emilie! Dich habe ich ja schon lange nicht mehr gesehen. Wie schön! Und das ist …?« Amy starrt Kobe an. Ich muss lachen. »Amy, das ist Kobe. Kobe, das ist Amy.«

»Hi«, sagt Kobe und reicht Amy seine Hand über die Theke. Amy strahlt ihn an.

»Hi! Also, was kann ich euch beiden Hübschen denn bringen? Ich schmeiße eine Runde!«

»Du bist wohl öfter hier?«, fragt Kobe mit einem Seitenblick, den ich nicht deuten kann.

»Ja, früher schon«, weiche ich aus. »Ist eine längere Geschichte. Aber in letzter Zeit war ich nicht mehr hier.«

Kobe sieht mich mit diesem wissenden Blick an und nickt. Wir bestellen beide ein weiteres Pint Bier und ich merke, wie ich lockerer werde. Das hier ist leichter als gedacht. Es ist nicht sein Club, verdammt!

Auf einmal schlägt hinter mir jemand seine Hand auf die Schulter. Mein Herz bleibt fast stehen. Ich drehe mich um und erwarte schon fast, in ein paar grüne Augen zu blicken. Doch vor mir steht Álvaro und fällt mir um den Hals.

»Emilie! Was machst du denn hier? Und in so … illustrer Gesellschaft?!«

»Kobe, das ist Álvaro, Álvaro, das ist Kobe«, stelle ich die beiden einander vor. Auch Álvaro zieht Kobe praktisch mit den Augen aus. Die spinnen doch alle. Klar, Kobe ist ein attraktiver Typ, aber deshalb muss man ihn doch nicht direkt behandeln, als wäre er, keine Ahnung, Freiwild oder so. Unbewusst schiebe ich meine Hand in seine, als würde ich ihn beschützen wollen. Oder um einen Punkt klarzumachen. So genau weiß ich das nicht. Kobes Hand ist angenehm kühl und er drückt meine Hand wie zur Bestätigung, dass alles okay ist.

Ich werfe Álvaro noch einen warnenden Blick zu, aber bevor ich etwas sagen kann, setzt die Musik ein, die Band beginnt zu spielen. Und dann weiß ich, was nicht stimmt: Hinter den Drums sitzt eine rothaarige Frau. Wilde Dreadlocks stehen von ihrem Kopf ab, sie hat schwarz umrandete Augen und jede Menge Piercings im Gesicht. »Wo ist Jake?«, brülle ich Álvaro gegen die Musik ins Ohr.

»Wusstest du das nicht, Schätzchen? Ich dachte, darum hast du dich heute mal wieder hergetraut. Sie haben Jake aus der Band geschmissen.«

Ich starre ihn an.

»Du wusstest es also nicht. Was machst du dann hier? Wolltest du ihn etwa eifersüchtig machen mit diesem Schnuckelchen? Oh Darling!« Er wirft mir einen mitleidigen Blick zu.

»Nein, klar, hatte ich wohl kurz vergessen«, stottere ich. Natürlich werde ich rot und Álvaro glaubt mir kein Wort. Mir ist plötzlich unerträglich heiß.

»Ich muss mal kurz raus«, sage ich zu Kobe und schiebe mich durch die Menge Richtung Ausgang. Ich brauche frische Luft, ganz schnell. Warum nimmt mich das so mit? Es ist ja nicht so, dass ich ihn unbedingt treffen wollte. Oder? Mit einem kräftigen Ruck stoße ich die schwere Clubtür auf. Davor stehen noch viele Menschen in der Schlange und warten auf Einlass.

Ich merke, wie mir Tränen in die Augen schießen, als ich mich an ihnen vorbeidränge. Ich kann nicht wieder rein. Aber da drin ist noch meine Jacke mit meinen Schlüsseln, meinem Portemonnaie. Und da drin ist Kobe. Kobe, der so lieb zu mir ist. Der mir alle Zeit gibt, der keine bescheuerten anderen Girls auf irgendwelchen Toiletten oder in Tonstudios vögelt. Eine Träne stiehlt sich aus meinem Augenwinkel. Aber er ist eben nicht Jake. Und an den kann ich schon wieder nur denken. Endlich habe ich mich getraut, mich ihm zu stellen, ihn zu sehen, und dann taucht dieser Arsch einfach nicht auf. Scheiße!

Die Metalltür öffnet sich und Amy kommt heraus. Sie schnippt sich eine Zigarette aus dem Softpack und hält es mir hin. »Auch eine?«

Wortlos ziehe ich mir eine Zigarette aus dem Pack und lasse mir von ihr Feuer geben. Ich rauche eigentlich nicht. Ich ziehe an der Zigarette und huste prompt. Amy sieht mich mitleidig an und klopft mir sacht auf den Rücken.

»Es geht mich ja nichts an, was zwischen dir und meinem Bruder vorgefallen ist, aber vielleicht solltet ihr mal miteinander reden?«

»Es gibt nichts mehr zu bereden«, sage ich traurig und ziehe noch mal an der Zigarette. Dieses Mal treibt mir der Rauch die Tränen in die Augen. Schnell wedele ich mit der Hand, um ihn zu vertreiben. »Jake hat sehr klar gemacht, was er will.«

»Jake hat keine Ahnung, was er will. Der Kerl hat sein Studium geschmissen, ist aus der Band geflogen, sein ganzes Leben explodiert gerade vor seinen Augen und trotzdem spricht er von dir, weißt du?«

Ungläubig blicke ich sie an. »Er spricht von mir?«

»Na ja, so wie Jake eben spricht. Er schüttet mir jetzt nicht gerade über einer Packung *Ben & Jerrys* sein Herz aus, aber er hat seit seinem Geburtstag kein anderes Mädel mehr angesehen. Ich weiß nicht, was da passiert ist, aber er hat völlig das Interesse an dem ihm ach so heiligen Spaß verloren. Stattdessen hat er sich so abgeschossen, dass Bash ihm Hausverbot erteilt hat, und als er so richtig am Boden war, ist dein Name gefallen. Ich glaube, du bedeutest ihm wirklich was, weißt du?« Sie pustet den Rauch in die Luft.

»Das hätte er sich vielleicht überlegen sollen, bevor er sich vor meinen Augen von einer anderen einen blasen lässt«, sage ich bitter.

Amy pustet erneut Rauch in die Luft. »Em, ich will hier keine Partei ergreifen und das klingt auch echt nicht okay, aber wenn ich es richtig verstanden habe, hattet ihr euch doch auf was Lockeres geeinigt. No Strings attached hat Jake es mir einmal beschrieben. Ist das nicht genau das, was diese Abmachung beinhaltet?«

Diesmal puste ich den Rauch aus, bevor ich antworte. »Irgendwie schon. Aber es hat einfach verdammt wehgetan. Und ich konnte mir nie vorstellen, mit einem anderen … Für mich hat sich einfach irgendwann etwas geändert.«

»Hast du ihm das auch mal gesagt?«

»Ja! An seinem Geburtstag, als er mit der Tussi … du weißt schon.«

»Und hatte er auch eine Chance, darauf zu antworten? Es mal kurz sacken zu lassen? Weißt du, du hast ja vorher Zeit gehabt, darüber nachzudenken.«

»Er hat sofort gesagt, dass er das nicht kann und nicht will. Das brauche ich nicht zweimal von ihm zu hören«, sage ich trotzig. Ich trete die Zigarette mit Wucht aus. »Danke für die Zigarette, Amy. Ich glaube, ich gehe jetzt lieber mal nach Hause.«

Als ich die Tür zum Club gerade wieder aufziehen will, öffnet sie sich. Vor mit steht Kobe und trägt meine Jeansjacke über dem Arm, deren Rückseite komplett mit Grasflecken und Schmutz von unserem Nachmittag bedeckt ist. »Alles in Ordnung mir dir, Emilie?«, fragt er und blickt ruhig zwischen Amy und mir hin und her.

»Ja, ich bin nur müde. Ist es okay, wenn wir gehen?«

Kobe nickt Amy zum Abschied zu. Ein paar Meter laufen wir still nebeneinanderher, dann verabschieden wir uns. Wir müssen in unterschiedliche Richtungen und ich schlage Kobes Angebot, mich nach Hause zu bringen, dankend aus. Ich brauche jetzt ein bisschen Zeit für mich, um meine Gedanken zu sortieren. Wir haben Nummern ausgetauscht und ich verspreche, mich morgen bei ihm zu melden.

Auf dem Heimweg höre ich *Seaside* von *The Kooks* auf voller Lautstärke und versuche nicht mehr an das Gespräch mit Amy zu denken.

Jake

»Was ist eigentlich dein fucking Problem?« Amy steht in meiner Schlafzimmertür und hat die Hände in die Hüften gestemmt.

»Jetzt gerade? Dass du mich mitten in der Nacht weckst, um mich anzuschreien?«, knurre ich und drehe mich wieder um. »Hau ab, Amy.«

Doch die denkt gar nicht daran. Mit ein paar langen Schritten ist sie an meinem Bett und versucht mir die Decke wegzuziehen.

»Dein Scheißernst, oder was?« Jetzt reicht es mir aber echt mal. Was ist denn ihr Problem? Seufzend setze ich mich im Bett auf. An Schlaf ist jetzt sowieso nicht mehr zu denken. Dabei bin ich seit Ewigkeiten mal wieder ohne Gedankenkarussel eingeschlafen, mit einem guten Gefühl. Mit einem Plan.

»Ich dachte mir ja schon, dass du es mal wieder verbockt hast, aber echt Jake, dich im Tonstudio von einer anderen befriedigen zu lassen, während Emilie dumm dasteht, das ist jawohl sogar unter deinem Niveau.«

Moment mal. Wovon redet sie denn bitte? »Kannst du mir mal sagen, was eigentlich los ist?«

»Ich habe Emilie heute im *Tide Night Club* getroffen.«

»Oh.«

»Ja, oh! Das hast du aber mal ordentlich verbockt, mein Lieber.«

Trotzig verschränke ich die Arme und fühle mich dabei wie ein kleines Kind, das ungerecht behandelt wird. »Wieso denn ich? Sie ändert einfach die Spielregeln, ohne mir Bescheid zu geben, und dann bin ich der Arsch, oder was?«

»Hat sie oder hat sie dir nicht an deinem Geburtstag gesagt, dass sie mehr als nur so eine lockere Sache will?«

»Mag sein«, knurre ich.

»Und hast du daraufhin einen Vortrag gehalten, warum du darauf keinen Bock hast, blablabla?«

»Ist ja auch so! Ich bin einfach nicht so der Beziehungstyp«, sage ich trotzig.

»Ach ja, und was bist du dann so für ein Typ?«, fragt Amy zynisch. »Typ einsamer Vollarsch, oder was?«

Ich schmeiße ein Kissen nach ihr. Ich treffe nicht, aber sie trifft irgendwie einen wunden Punkt bei mir. Vielleicht vermisse ich Emilie und die Zeit, die wir zusammen verbracht haben, doch ein bisschen mehr als bisher angenommen …

»Melde dich doch mal bei ihr. Schreib ihr. Vielleicht könnt ihr ja noch mal reden. Aber ich glaube, du musst da jetzt ein bisschen was gutmachen, du hast ihr echt weh getan.«

Amy macht das Licht aus und zieht die Tür hinter sich zu. Und ich kann nicht mehr schlafen. Meine Hand greift zum Handy. Unschlüssig drücke ich darauf herum. Soll ich ihr schreiben? Was würde ich sagen wollen? Ich lasse die Hand sinken. In meinem Kopf dreht sich alles. So bringe ich keinen klaren Gedanken zustande. Ich lege das Handy auf den Nachttisch und lösche das Licht. Schlafen kann ich trotzdem lange nicht.

Emilie

Ich liege in meinem Bett und kann nicht schlafen. Gerade habe ich Juli eine Sprachnachricht geschickt und ihr alles erzählt. Zum Glück ist sie eine Nachteule. Ihre Antwort war kurz und klar:

JULI
🎙 Girl! Vergiss Jake! Blockier seine Nummer und konzentrier dich auf Kobe. Er klingt nach einem echt hotten Typen, der sich noch dazu nicht wie ein absoluter Vollidiot aufführt. Jake muss endlich aus deinem System. Blockier die Nummer, dann wartest du auch nicht immer darauf, dass er sich bei dir meldet. Lösch ihn aus deinem Leben. Er ist es nicht wert!

Unschlüssig halte ich mein Handy in der Hand. Ich drücke auf den Chatverlauf mit der unbekannten Nummer, die Jake inzwischen in meinem Telefon nur noch ist, seit ich seine Nummer nach seinem Geburtstag auf Julis Anraten direkt gelöscht habe. Als ich die letzten Nachrichten lese, kommen sofort wieder alte Gefühle in mir hoch. Ich schalte den Chat auf Stumm und archiviere ihn. Blockieren bringe ich nicht übers Herz. Das fühlt sich kindisch an. Auch wenn er es wahrscheinlich nie merken würde, da er sich ja auch die letzten Wochen nicht ein einziges Mal bei mir gemeldet hat. Na ja, falls er es doch noch tut, landen seine Nachrichten in meinem Archiv, wo sie einstauben können. Ich werde sie jedenfalls nicht mehr lesen.

Dann schreibe ich Kobe eine Gute-Nacht-Nachricht, lege das Telefon zur Seite, lösche das Licht und schlafe ein.

Mitten in der Nacht werde ich wach. Ich bin ganz kribbelig vor Aufregung. Um 5 Uhr gebe ich auf, ziehe mich an und gehe durch die noch dunklen Straßen in Richtung Chocolaterie.

Wenige Stunden später geht die Tür zur Backstube auf und vor mir steht eine verschlafene Carol. »Emilie? Was machst du denn schon hier?«, fragt sie und gähnt. Sie mustert mich. Ich bin über und über mit Mehl und anderen Zutaten bestäubt, habe offensichtlich mit Schokolade hantiert, wie die Spuren an meiner Schürze verraten. Dann schnüffelt sie. »Wonach duftet es denn hier so verführerisch?«

»Ich hatte heute Nacht eine Idee für den Kuchen.« Ich strahle. »Pass auf. Ich wollte den Geschmack von Brighton einfangen, etwas von der Stadt zeigen, ohne in offensichtliche Motive zu verfallen. Was sieht man auf jeder Postkarte von Brighton?« Ich lasse ihr keine Zeit zu antworten. »Richtig! Den Pier und das Meer. Diese beiden Elemente sind sozusagen die Hauptzutaten.«

Vorsichtig hole ich den Kuchen aus der Kühlung. »Man kann am Strand doch diese kleinen Softeis-Tüten an jeder Ecke kaufen. Dieses Softserve bilden wir aus Baiser nach, auf dem grobe Meersalzflocken die Beziehung zu der salzigen Luft des Meeres herstellen. Unter dem Softserve lassen wir eine herrliche Schokoladen-Fudge-Soße herunterlaufen. Der Duft von frisch gemachtem Fudge beamt mich sofort an den Pier, ich habe das Gekreische der Kinder auf der Achterbahn in den Ohren. Jetzt brauche ich nur noch etwas, das diese Süße ein wenig einfängt. Wir brauchen schließlich süß, salzig und sauer, um das perfekte Geschmackserlebnis zu erzeugen. Also suche ich gerade noch nach etwas, das die Säure in den Kuchen bringt und mit den salzigen Flakes und der Süße von Fudge und Baiser harmoniert.« Ich hole Luft, so schnell habe ich meine Idee heruntergerattert.

»Emilie«, unterbricht Carol mich und hält mich an beiden Armen fest, damit ich ihr in die Augen schaue. »Das klingt großartig! Wirklich, ich mag die Idee und bin gespannt auf die Umsetzung. Was meinst du, schaffst du es, mir Anfang nächster Woche einen Probekuchen zu backen?«

»Das schaffe ich«, sage ich und denke: Das muss ich einfach schaffen, ich bin auf einem guten Weg, jetzt fehlt nur noch der letzte Feinschliff, der finale Gedankenblitz sozusagen. Ich fahre mit dem Finger über den kleinen Blitz auf meiner Hand. Und weiß plötzlich, was ich jetzt tun muss. Entschlossen gehe ich in die Umkleide und hole mein Handy.

EMILIE
Kobe! Danke dir noch mal für unseren Ausflug, ich bin ganz inspiriert zurückgekommen. Ein kleines Stück zum perfekten Kuchen fehlt mir jedoch noch. Du sagtest doch, du hättest vielleicht noch eine Idee ... steht das noch? Lieben Gruß, Emilie

Er antwortet sofort.

KOBE
Emilie, wie schön, von dir zu lesen. Hast du am Samstag schon etwas vor? Sonst sei doch um 7 Uhr startklar, ich hole dich ab.

Sieben?

EMILIE
Du meinst 7 Uhr morgens?

KOBE
Genau.

EMILIE
Okay, ich hoffe, da kommt was Tolles auf mich zu, schließlich ist das der Tag, an dem ich sonst endlich mal ausschlafen kann. Freu mich!

Ich lege das Handy in meinen Schrank, schnappe mir eine saubere Schürze und gehe zurück in die Backstube. Dort wartet Hefeteig auf mich. Ich ziehe das feuchte Tuch von der Schüssel und greife mit beiden Händen in den samtigen Teig. Mit einem

Klatsch landet er auf der Arbeitsfläche und meine Hände finden wie von selbst die richtigen Griffe, um die schwere Masse zu bewegen und durchzukneten. Der Teig fühlt sich fest und warm an. Je länger ich knete, desto besser wird die Konsistenz.

Meine Gedanken schweifen ab. Ich fühle nicht mehr den Teig, sondern warme weiche Haut unter meinen Fingern, unter denen feste Muskeln zu spüren sind. Muskeln, die durch das Schlagen auf Drums gut trainiert sind. Jake hat einen muskulösen Rücken, meine Hände kneten seinen Rücken und dann dreht er sich plötzlich mit einem Ruck um und wirft mich auf die Matratze. Ich liege unter ihm und er hält mit seinen Händen meine Arme in das Bett gedrückt. Er sieht mir tief in die Augen, beugt sich vor und küsst mich …

»Emilie, ich glaube, der Teig ist genug geknetet. Teilst du ihn bitte ab?« Carols Stimme wirkt wie ein Eimer kaltes Wasser. Ich blicke auf meine Hände, die voller Hefeteig sind. Mir ist heiß. War es schon immer so warm in dieser Backstube? Ich puste mir eine vorwitzige Strähne aus der Stirn und trenne mit dem metallenen Teigschaber die Portionen Hefeteig für die Zimtschnecken ab, die wir heute für den Verkauf backen wollen. Warum muss ich immer wieder an Jake denken? Er soll aus meinem Kopf verschwinden!

Rumms, fährt das Stück Metall durch den Teig. Ich will nicht an ihn denken. Rumms, ein weiteres Stückchen Hefeteig findet seinen Platz auf dem Blech, wo die einzelnen Stücke erneut aufgehen werden. Konzentrier dich lieber auf Kobe, das ist ein netter Kerl. Rumms. Rumms. Rumms. Die monotone Arbeit löst die Gedanken an Jake und seine verdammte weiche Haut langsam in Luft auf.

Jake

Abwechselnd starre ich auf mein Handy und auf den Bildschirm meines Laptops. Der Curser auf dem Laptop blinkt auf einer vollkommen blanken Seite. Blink. Blink. Blink. Seit zwei Stunden sitze ich hier und versuche einen Anfang für den Song zu finden. Aber mein Kopf ist völlig leer.

Ping! Ich fahre vor Schreck zusammen. Endlich! Eine Nachricht. Vielleicht ist es Emilie. Ich entsperre das Handy und lege es nach einem Blick auf die Nachricht enttäuscht zurück auf den Tisch. Eine Benachrichtigung über meine Bildschirmzeit. So wird das hier nichts. Mit etwas zu viel Schwung klappe ich den Laptop zu und stehe auf. Ich muss hier raus. Spazieren gehen, irgendwas tun. Da ich am Wochenende nicht mehr mit der Band auftrete, sind die Samstage zäh und frustrierend. Ich weiß absolut nichts mit mir anzufangen, habe sogar Sam schon um Extraschichten im Tonstudio gebeten, aber er will am Wochenende frei haben. Und braucht mich daher auch nicht. Seit ich ihm von dem Studiengang und der Aufnahmeprüfung erzählt habe, liegt er mir stattdessen damit in den Ohren, ich solle meine Zeit doch lieber dafür nutzen.

Möchte ich ja. Aber ich habe einfach keine Idee, worum es in dem Song gehen soll. Mein Handy leuchtet erneut auf und wieder bleibt mein Herz fast stehen. Doch es ist nur Sam, der mir mitteilt, dass ich heute gern im Studio an dem Song arbeiten kann, es sei niemand da. Ich zögere … warum eigentlich nicht? Vielleicht kommt mir der zündende Einfall, während ich den Song noch mal spiele. Mein Blick fällt auf meine letzte gesendete Nachricht.

JAKE
Hey. Ich weiß nicht, was ich sagen soll. Vielleicht: Es tut mir leid? Es tut mir leid, dass ich dich verletzt habe. Ich wollte dir nie wehtun. Wir hatten einen Deal, und ich habe wohl nicht mitbekommen, wann du dich verändert hast. Wann ich mich verändert habe. Wann wir uns verändert haben.

Die beiden Haken hinter der Nachricht sind grau. Ungelesen sagen sie. Schreien sie, ganz laut. Sie hat die Nachricht nicht einmal geöffnet. Ich fahre mit einer schnellen Bewegung über das Display des Handys und die Nachricht verschwindet. Mein Sperrbildschirm taucht auf. Ein Bild von mir am Schlagzeug. Andere Menschen haben ein Foto von ihren Haustieren, Kindern oder Partnern auf ihrem Handy. Mein Sperrbildschirm bin ich selbst. Ob das etwas über mich aussagt?

Bevor ich weiter darüber nachdenken kann, packe ich Laptop und Handy in meinen Rucksack und verlasse die Wohnung. Draußen strahlt die Sonne. Das passt überhaupt nicht zu meinem Gemütszustand. Fast fühlt es sich an, als ob sie mich auslachen würde. Haha, was bist du für ein Idiot, Jake Albright! Ich habe den kurzen Impuls, einen Stinkefinger gen Himmel zu recken, kann mich aber gerade noch zusammenreißen. Stattdessen setze ich meine dunkle Sonnenbrille auf und schwinge mich auf mein Fahrrad.

Der Fahrtwind tut gut. Ich schließe meine Lederjacke, man merkt, der Herbst schickt seine kühlen Seewinde und ich stemme mich gegen eine Böe, die mir von vorn entgegenschlägt.

Am Tonstudio schließe ich mein Rad an, öffne die Metalltür und trete ein. Es ist still im Studio. Umso lauter dröhnen meine Gedanken. Schnell schmeiße ich die Kaffeemaschine an, die mit einem lauten Gurgeln zum Leben erwacht. Die braune Flüssigkeit tropft in meine Tasse und ich verfolge wie gebannt, wie sie sich füllt. Mit dem letzten Tropfen erstirbt auch das Geräusch und damit kehrt die Stille zurück.

Ich schlendere zu dem Schlagzeug, mit einem Finger bringe ich die Drums zum Schwingen. Fahre anschließend mit den Fingern über die Saiten der schwarzen Gitarre von Sam, die daneben an der Wand lehnt. Wie soll man in dieser Stille bloß einen klaren Gedanken fassen?

Emilie

Pünktlich um 7 Uhr stehe ich vor meiner Haustür. Es ist noch ziemlich frisch draußen und außer mir ist keine Menschenseele unterwegs. Ich höre das leise Knattern schon bevor ich ihn sehe, dann kommt sein Motorroller mit quietschenden Reifen vor mir zum Stehen.

Kobe trägt eine dunkelbraune Lederjacke und einen schwarzen Helm. Als er ihn abzieht, fährt er sich mit den Fingern durch die dunklen Locken. Kurz kribbelt es in meinem Bauch. Er sieht toll aus. Anders kann man es nicht beschreiben. Er schwingt ein Bein über den Roller, öffnet die Klappe unter dem Sitz, holt einen zweiten Helm heraus und reicht ihn mir.

»Hi Emilie, steig auf, wir können direkt losfahren.«

Ich setze den Helm auf und klettere hinter Kobe auf den Roller. Meine Arme schlingen sich um seinen Oberkörper und ich kann spüren, wie sich seine Bauchmuskeln anspannen, als er den Motor startet und wir mit einem kleinen Hopser losfahren. Wieder kribbelt es ein bisschen in meinem Bauch. Ich bin noch nie auf einem Roller mitgefahren, aber mit Kobe fühlt es sich ganz natürlich an. Er ist so groß, dass ich hinter ihm fast verschwinde und er den Fahrtwind abfängt. Als er mehr Gas gibt, drücke ich mich enger an seinen Rücken, um nicht das Gleichgewicht zu verlieren. Dabei nehme ich den Geruch des Leders seiner Jacke wahr, aber auch seinen Duft, ich rieche herbes Rasierwasser und einen Hauch Kokosnuss, die er wahrscheinlich wie ich zum Bändigen seiner lockigen Haare benutzt.

Wir fahren etwa eine halbe Stunde, längst haben wir Brighton hinter uns gelassen und sind auf Feldwegen unterwegs. Als ich Kobe gerade fragen möchte, was denn nun das Ziel ist, biegt er auf einen großen Bauernhof ab. Und mir bleibt der Mund offen stehen. Auf dem Hof reihen sich Holzstände nebeneinander. Jeder hat ein kleines Dach mit einer rot-weiß gestreiften Plane darauf. Der Bauernhof ist ein wunderschönes altes Gebäude aus rotem Backstein, um das Haus herum sind nur Wiesen und Weiden, auf denen verschiedene Tiere grasen. Auf den ersten Blick entdecke ich Kühe, Schafe und Ziegen. Über das Kopfsteinpflaster des Hofes laufen gackernd ein paar Hühner.

Wir steigen ab und ich ziehe den Helm vom Kopf. Sofort steigt mir ein Duft von frischem Heu, Obst und Gemüse in die Nase. Kobe schließt den Roller ab, nimmt meine Hand und steuert mit mir den ersten Stand an. Dort türmen sich verschiedenste Sorten Blumen. Sie stehen in Wassereimern auf dem Boden, liegen in der Auslage und duften einfach herrlich. Diese Farbenpracht. Gladiolen, pinkes Schleierkraut, gelbe Trommelstöcke, ich kann mich gar nicht sattsehen.

Der Stand daneben quillt über vor Tomaten, Kürbissen, roten, lilafarbenen und gelben Karotten, verschiedenen Bete- und Kohlsorten.

»Kobe! Wo sind wir hier?«, frage ich mich leuchtenden Augen.

Er lacht. »Das, meine liebe Emilie, ist das bestgehütete Gastrogeheimnis dieser Gegend. Ich komme gern hierher, wenn ich eine neue Idee brauche.«

In dem Moment fällt mir auf, dass ich Kobe noch nie gefragt habe, was er eigentlich beruflich macht. Ich war so mit mir und meinen Themen beschäftigt. Ist es zu spät, ihn jetzt noch zu fragen? Ich komme mir dämlich vor.

»Ich arbeite als Sommelier in einem der Hotels unten an der Seafront.«

Wieder einmal scheint Kobe meine Gedanken lesen zu können. Ich bin erleichtert, dass er von sich aus mit dem Thema angefangen hat.

»Was für ein spannender Job! Machst du das schon lange?«

»Nur neben dem Studium. Ich bin im letzten Jahr, darf aber schon bei den Mittagsgästen mein Können ausprobieren.« Er grinst. »Und hier«, er zeigt mit einer ausladenden Geste auf den Hof, »hier komme ich gern her, um verschiedene Aromen, Welten und Kombinationen zu testen. Ich möchte gerne im Bereich Food Pairing arbeiten, wenn ich mit dem Studium fertig bin.«

Kobe weiß so genau, was er will. Da ist kein Zögern. Er macht einen Plan und geht seinen Weg. Das beeindruckt mich. Er beeindruckt mich. Ich mustere ihn erneut von der Seite. Und ein paar winzig kleine Schmetterlinge flattern in meinem Bauch herum, als er sich zu mir umdreht und sich unsere Blicke treffen.

In der nächsten Stunde schlendern wir gemeinsam von einem Stand zum nächsten, probieren herrlich frische Früchte, bestaunen die Vielfalt an Kräutern und in meinem Kopf summt es. Meine Geschmacksknospen sind auf Empfang und ich habe so große Lust, mit dem neuen Wissen und den Ideen in die Backstube zu gehen. Ich kaufe eine Tüte zuckersüßer bunter Minitomaten, feurige Chilis, frischen Thymian und eine ganze Tüte Äpfel. Dann stoppt Kobe mich, da wir sonst nicht alles auf dem Roller mit nach Hause bekommen. An einem der Stände trinken wir einen Cappuccino und essen einen Schokoladenkuchen, aus dem ein würzig-herber flüssiger Kern herausfließt. Während meine Gabel in den Kuchen sticht, legt sich in meinem Kopf ein Schalter um. Ein flüssiger Kern! Aber einer, den man nicht erwartet. Mit völlig überraschendem Geschmack, weil er in einem Kuchen sonst nichts zu suchen hat. Mein Blick fällt auf meine Tüte mit den kleinen, süß-aromatischen Cherrytomaten.

»Wäre es total verrückt, Tomaten für den Kuchen zu verwenden?«, frage ich Kobe.

Er kräuselt die Nase und legt die Stirn in Falten, während er nachdenkt. »Dunkle Schokolade und Tomaten funktionieren tatsächlich gut zusammen. Ich hatte letztens erst ein Tomatenrisotto, das ich mit einem Rotwein mit starken Schokoladennoten kombiniert habe«, murmelt er. »Aber wie stellst du dir das vor? Du kannst ja schlecht Tomaten in den Teig einbacken.«

»Ich dachte an einen Kern, vielleicht ein Tomatenmus … Obwohl etwas Flüssiges, das beim Anstechen herausläuft, noch besser wäre …«

»Hast du schon mal ein Tomatenwasser gemacht?«, fragt Kobe. Ich schüttele den Kopf.

»Das ist praktisch die Essenz aus Tomaten. Du zerdrückst sie und lässt sie durch ein Tuch abtropfen, dann hast du eine ganz klare, aber super geschmacksintensive Flüssigkeit.«

„Kobe, das ist es! Ich mache ein Tomatenwasser mit Chilis und kombiniere es mit dunkler Schokolade, sodass es dick und saftig aus dem Kuchen fließen kann.

Er nickt langsam. »Das klingt richtig gut, Emilie. Ein echt interessantes Geschmackspairing.«

Ich springe auf und falle Kobe um den Hals. »Danke! Danke, dass du mich an diesen magischen Ort gebracht hast, danke, dass du mich so unterstützt. Einfach danke!«

Er hebt mich kurz hoch. Ich spüre seine kräftigen Arme, die mich so sicher halten. Unsere Blicke bleiben aneinander hängen, ich sehe in Kobes dunkle Augen, er hat lange Wimpern und der Kreis um seine Iris ist dunkler als der Rest. Langsam lässt er mich wieder auf die Erde sinken. Kobe beugt sich ganz langsam zu mir herunter. Er hält mich noch immer im Arm und ich spüre, wie schnell sein Herz klopft. Ich schließe die Augen. Als Kobes weiche Lippen auf meine treffen, kriecht ein Schluchzer meinen Hals hinauf. Schnell mache ich einen Schritt zurück. Ich schlucke die aufsteigenden Tränen runter. Ich kann das nicht. Mein Körper reagiert einfach nicht auf dieselbe Weise. In dem Moment, in dem Kobe mich geküsst hat, habe ich Jakes grüne Augen gesehen und mir vorgestellt, wie er mich küsst. Ich habe gespürt, wie seine Lippen sich angefühlt haben. Das ist Kobe gegenüber nicht fair. Ich sollte nicht an jemand anders denken, wenn er mich küsst.

»Alles okay, Emilie?«, dringt Kobes besorgte Stimme an mein Ohr.

»Ich, ja. Sorry. Das tut mir leid. Ich bin einfach noch nicht so weit. Ich kann das nicht.«

»Hey, das macht doch nichts. Es ist doch gar nichts passiert.« Er nimmt mich in den Arm und hält mich fest. »Alles okay. Wir fahren jetzt nach Hause und du machst dich an die Kreation deines Kuchens. Alles andere findet sich schon, ja?« Er hebt mit einem Finger mein Kinn nach oben und sieht mir in die Augen. Wie kann ein Mensch nur so verständnisvoll sein?

Ich nicke, schnappe mir die zwei Cappuccino-Tassen, bringe sie zum Stand und gehe langsam zum Roller, wo Kobe schon auf mich wartet. Ich setze meinen Helm auf und steige hinter ihm auf. Während der Rückfahrt versuche ich möglichst viel Abstand zu ihm zu halten und mich nicht zu sehr an ihn zu pressen.

Als wir bei mir zu Hause ankommen, nehme ich meine Einkäufe aus dem kleinen Fach unter dem Sitz und lege stattdessen meinen Helm hinein. »Danke Kobe, das war toll«, sage ich und umarme ihn noch einmal.

»Jederzeit wieder«, sagt er und setzt seinen Helm auf. »Und Emilie? Ich bin schon sehr gespannt auf das Ergebnis!«

Jake

JAKE
Hey. Du hast meine letzte Nachricht nicht gelesen. Darum macht es eigentlich keinen Sinn, dir noch mal zu schreiben. Aber es ist so viel ungesagt zwischen uns. Die Sache an meinem Geburtstag, wie ich dich behandelt habe, tut mir leid. Ich habe wohl nicht mitbekommen, wie sich deine Gefühle verändert haben und habe auch einfach keine Rücksicht darauf genommen. Ich wollte einfach mein Ding durchziehen. Und jetzt liest du nicht einmal meine Nachrichten mehr und es sollte mir nichts ausmachen. Aber das tut es. Es macht mir etwas aus, Emilie

Seit ich im Tonstudio bin, drehen sich meine Gedanken wie ein Kreisel nur um Emilie. Um diesen bescheuerten Vorfall an meinem Geburtstag und darum, wie es ihr wohl geht. Ich würde mir wirklich wünschen, dass sie meine Nachrichten liest. Doch auch hinter der letzten sind zwei graue Haken. Grau, grau, grau. Was ist, wenn sie mich geblockt hat?, fällt mir plötzlich ein. Nein, dann wäre nur ein Haken zu sehen. Zwei Haken heißt zugestellt, aber nicht gelesen.

Ich springe auf und laufe wie ein Tiger in dem Studio herum. Ich muss an die Luft, muss mich bewegen. Mit einem verdammt traurigen Gefühl im Bauch verlasse ich das Tonstudio. Ich kriege keine Lyrics hin, Emilie ignoriert mich, nichts ist gerade gut. Mein Fahrrad lasse ich stehen und laufe ziellos durch die Straßen. Erst als ich fast vor ihrem Haus stehe, merke ich, wo ich hingelaufen bin. Das hier ist Emilies Straße. Da vorn ist Emilies Haus. Und das Mädchen, das gerade bei diesem Kerl vom Motoroller steigt … das ist Emilie! Schnell verdrücke ich mich in den erstbesten Hauseingang. Ich will ihr jetzt auf keinen Fall begegnen.

Vorsichtig blicke ich um die Ecke: Sie holt etwas aus dem Sitz des Rollers und legt ihren Helm hinein. Dann lässt sie sich von dem Typen umarmen. Richtig fest hält sie ihn. Mir wird schlecht. Wenn er sie jetzt küsst, muss ich mich übergeben. Aber sie lösen sich aus der Umarmung. Glück gehabt. Er zieht seinen Helm auf und sagt etwas zu ihr. Ich bin zu weit weg, ich kann nicht verstehen, worum es geht. Aber er streicht ihr noch einmal mit der Hand über die Wange, bevor er losfährt. Scheiße, die beiden wirken total vertraut. Das kann doch nicht ihr Ernst sein, meine Nachrichten liest sie nicht einmal und ihn zieht sie mit ihren Blicken förmlich aus. Was für ein Riesenmist!

Der Kerl fährt ab, Emilie schließt die Tür auf und schiebt sich und eine große Papiertüte hindurch. Ich bleibe in meinem Versteck stehen und atme tief durch. In meiner Magengegend hat sich ein stechender Schmerz breitgemacht und ein bitterer Geschmack sammelt sich in meinem Mund. Mein Herz rumpelt. Es ist, als ob mir jemand den Boden unter den Füßen wegzieht. Verdammt, sie fehlt mir. Sie fehlt mir so sehr. Und ich habe eine Heidenangst, dass es zu spät ist, dass ich zu spät bin. Aber für was? Was willst du denn, Jake? Genau! Du hast keine Ahnung.

Emilie

Ich lege die Tüte mit dem Einkauf auf dem Küchentresen ab. In dem Moment kommt eine sehr verschlafen aussehende Polly in die Küche. Ihre roten Haare liegen wie ein riesiges Vogelnest um ihren Kopf, unter ihren Augen sammelt sich noch die Wimperntusche von gestern Abend.

»Wo kommst du denn jetzt her?«, fragt sie mit rauer Stimme. Sie schlurft zum Herd, füllt Wasser und Espressopulver in die Kaffeekanne und stellt die Gasflamme an.

»Ich war mit Kobe unterwegs.«

»Wie, du warst!? Hast du mal auf die Uhr geschaut?«

»Im Gegensatz zu dir war ich gestern Abend nicht feiern«, sage ich und wuschle ihr grinsend durch die wilde Mähne.

»Das war sehr weise von dir«, stöhnt Polly und hält sich den Kopf. »Dreht sich unsere Küche oder sollte ich noch mal ins Bett gehen und meinen Rausch ausschlafen?«

»Leg dich wieder hin, ich bring dir gleich deinen Kaffee ans Bett.«

»Kannst du zwei draus machen? Ich habe da eventuell gestern jemanden kennengelernt …«

»Und der ist jetzt da oben?«, flüstere ich mit hochgezogenen Brauen und deute in Richtung Pollys Schlafzimmer. Sie bringt eigentlich nie jemanden mit nach Hause. Sie nickt schwach und zuckt bei der Bewegung ihres Kopfes zusammen. In dem Moment kocht der Kaffee hoch. Ein Glück. Dann kann sie ihn ja doch direkt selbst mitnehmen. Polly und ihrem Lover Kaffee ans Bett zu bringen, hätte sich jetzt auch wirklich komisch angefühlt.

Während Polly mit zwei Tassen Kaffee abzieht, blicke ich auf meine Errungenschaften vom Morgen. Eigentlich wollte ich heute in der Küche ein wenig experimentieren, aber jetzt fühle ich mich nicht so richtig wohl, hier mit Zutaten zu hantieren, während die beiden oben im Bett liegen und wer weiß was treiben.

In dem Moment höre ich das Quietschen von Pollys Metallbett. Ein rhythmisches Quietschen. Okay, das reicht. Ich schnappe mir meinen Schlüssel und die Handtasche, stopfe die Einkäufe rein und verlasse fluchtartig das Haus. Draußen atme ich die frische Herbstluft ein. Die letzten Blätter an den Bäumen sind herrlich rot-orange eingefärbt. Die Farben sind toll, ich wirbele ein bisschen Laub mit meinen Füßen auf. Aus meinem Kopfhörer kommt einer meiner liebsten Songs von den *Kooks* und ich stelle die Musik lauter. Summend schlendere ich weiter in Richtung Seafront, als mich jemand von hinten am Arm festhält. Ich weiß, wer es ist, bevor ich ihn sehe. Ich rieche den Duft seines Duschgels und mein Herz fängt an zu rasen.

Ich atme noch einmal tief ein und dann drehe ich mich um.

Jake

Ich wollte sie gar nicht ansprechen, aber als sie dann so direkt an mir vorbeigelaufen ist, konnte ich nicht anders. Sie wirkt verändert. Geht anders, irgendwie selbstbewusster. Sie trägt eines ihrer geblümten Kleider mit einem dicken Wollpullover und einer Jeansjacke mit Fellkragen. Klar, sie saß ja auch gerade noch auf einem Motorroller, da war es sicherlich kalt. Bei dem Gedanken an den Lederjacken-Kerl und wie Emilie ihn umarmt hat, steigt erneut ein bitterer Geschmack in mir hoch.

Jetzt dreht sie sich zu mir um, ihre wilden Locken sind länger geworden, aber ihre braunen Augen sind noch genauso dunkel, wie ich sie in Erinnerung habe. Sie nimmt die Kopfhörer aus den Ohren und sieht mich herausfordernd an. Dann steckt sie die Hörer in ihre Hülle und das Zittern ihrer Finger verrät, wie unangenehm ihr die Situation wirklich ist. Als ob sie sich vor einer Begegnung mit mir fürchtet.

»Hi«, sagt sie mit rauer Stimme und räuspert sich.

»Hey Curly«, antworte ich. Wie von selbst verwende ich wieder ihren Spitznamen. Ich sehe, wie sie kurz zusammenzuckt. »Wie geht es dir?«

Sie sieht mich an, als käme ich vom Mars. Was denn? Sie ist doch diejenige, die meine Nachrichten nicht mal liest. Da wird man jawohl mal fragen dürfen, wie es ihr geht.

»Ganz toll, danke«, sagt sie mit einem bitteren Unterton.

»Das habe ich gesehen.«

Scheiße, warum habe ich das gerade gesagt?

»Was meinst du?«

Die Frage stellt sie zu Recht. Also, Jake, was meinst du damit, sage ich sarkastisch zu mir selbst. Hilft nichts, jetzt muss ich mich wohl erklären. »Ich habe vorhin gesehen, wie du bei dem Kerl vom Motorroller gestiegen bist. Da schien es dir blendend zu gehen …«

Sie guckt mich völlig fassungslos an. »Ich glaube, es geht dich so gar nichts an, mit wem ich wann auf welchem Motorroller sitze. Und du? Mal wieder im Tonstudio gewesen? Da sind deine Sorgen anscheinend wie weggeblasen.«

Zynismus steht ihr. Ich muss gegen meinen Willen kurz schmunzeln, weil das Wortspiel witzig war und ich vielleicht auch immer noch hoffe, die Situation könnte sich ein wenig entspannen.

»Oh, du findest das also komisch, ja? Ganz ehrlich Jake, für mich war nichts daran auch nur einen Moment lang komisch. Du hast mir einen der schönsten Tage meines Lebens so richtig versaut. Du hast mir mein fucking Herz gebrochen, verdammt! Ich musste meine roten Chucks wegschmeißen, weil sie mich für immer daran erinnert hätten, wie ich völlig würdelos neben dem Tonstudio auf den Boden kotze, nachdem dir irgendeine Alte gerade einen Scheiß-Blowjob verpasst hat. Jake, ganz ehrlich, nichts, aber auch gar nichts daran ist für mich zum Lachen. Ich habe keinen Bock mehr auf dich. Und jetzt lass mich verdammt noch mal in Ruhe!«

Sie wirft ihre Haare nach hinten und haut ab. Ich stehe wie angewachsen da und versuche zu verarbeiten, was gerade passiert ist. Sie hat es deutlich gemacht, deutlicher ging es nicht, das war's. Sie gibt mir nicht noch eine Chance. Ich habe es verbockt. Und zwar so richtig. Mir ist plötzlich eiskalt. Ich schließe meine Jacke, aber gegen diese Art von Kälte kann eine Jacke leider auch nicht viel ausrichten.

Emilie

Mein Herz rast. Ich renne schon fast die West Street hinunter, während mir meine schwere Handtasche immer wieder ein wenig von der Schulter rutscht. Hastig wische ich mir die Tränen von den Wangen, die wie kleine Verräter aus meinen Augen kullern. Ich will jetzt nicht heulen. Er hat nicht eine Träne mehr verdient, dieser Vollidiot. Bricht mir das Herz und findet das auch noch lustig. Ich glaube, ich spinne. Wie er sich wegen Kobe aufgeplustert hat. Dabei sind wir nicht mal mehr zusammen. Oder waren es nie. Wir sind ein … ein Garnichts. Nicht einmal Freunde. Ich kann tun und lassen, was ich will und mit wem ich es will. Das geht Jake einen feuchten Dreck an. Soll er sich doch mit irgendeinem seiner Groupies trösten. Ach nee, das geht ja nicht mehr, jetzt, wo er aus der Band geworfen wurde. Ist mir egal. Er ist mir egal! Völlig egal.

»Emilie, hey Em, jetzt warte doch mal!« Wieder höre ich Schritte hinter mir. Aber diesmal ist es Álvaro, der versucht, mich einzuholen. Ich bleibe stehen. »Darling, was ist denn los? Wie siehst du denn aus?« Er nimmt mich in den Arm und ich schluchze an seiner Brust. Álvaro riecht nach seinem schrecklich süßen Männerparfüm, das mich gerade irgendwie tröstet. Ich weine, bis keine Tränen mehr kommen. Er hält mich, stellt keine Fragen und macht beruhigende Geräusche.

»Warte.« Ich löse mich von ihm. »Du zerdrückst meine Tomaten.« Álvaro wirft mir einen Blick zu. Eindeutig fragt er sich, ob ich jetzt endgültig den Verstand verloren habe. In meinem Bauch bildet sich ein Glucksen, das schließlich zu einem herzlichen Lachen wird. Ich schütte mich aus vor Lachen über Álvaros Gesicht, als ich die Tüte mit den Tomaten vom Markt aus meiner Tasche ziehe.

»Will ich wissen, warum du tütenweise Tomaten in der Handtasche mit dir herumträgst? Bist du *Mary Poppins* und ziehst gleich noch ein Zelt und zwei Feldbetten daraus hervor?« Er guckt mich neugierig an.

Ich atme durch. Die Sache mit Jake ist vorbei. Abgehakt. Es gibt einen netten Mann, der mit mir frühmorgens auf einen entfernten Markt fährt, mit dem ich über Food Pairing philosophieren kann. Und ich habe jemanden wie Álvaro, der mich und meine Tomaten mitten auf der Straße mit seinem großen Herz nahezu zerdrückt. Ich hake mich bei ihm ein.

»Vielleicht willst du das wirklich wissen. Es hat mit einem sehr attraktiven Mann zu tun, mit dem ich eventuell heute Morgen ein Date hatte.«

Er bleibt ruckartig stehen und dreht mich zu sich herum. »Kobe? Bitte sag mir, du hattest ein heißes Date mit Kobe! Ich will alles wissen. Habt ihr euch geküsst? Ohh Mann, und wir verschwenden Zeit damit, über Tomaten zu sprechen.«

Jetzt muss ich wieder lachen. Álvaro ist aufgeregt wie ein kleines Kind im Süßigkeitenladen.

»Ich erzähle dir alles, aber du musst mir dabei ein wenig beim Arbeiten zusehen. Ich würde auch einen Kaffee springen lassen.«

Álvaro sieht mich mit schräg gelegtem Kopf an. »Ich habe zwar keine Ahnung, warum du an diesem wunderschönen Tag arbeiten willst, aber wenn du eine Flasche Prosecco draus machst, schaue ich dir bei allem zu. Hauptsache, du lässt kein juicy Detail von deinem Date aus!«

Im nächsten kleinen Supermarkt kaufen wir zwei Flaschen Prosecco und ich lotse Álvaro zur Chocolaterie. Dort hole ich den Schlüssel aus dem Versteck unter der Fußmatte hervor und schließe den Laden auf. Staunend blickt er sich in dem dunkel gestrichenen Verkaufsraum um. »Oh wow, so sieht es hier aus. Wahnsinn.« Er läuft von einer Torte zur nächsten und hebt schon die Hand, um sich einen Macaron aus der Auslage zu stibitzen.

»Das würde ich lassen«, lache ich. »Die sind nur noch Deko, hart wie Stein. Die frischen liegen hinten, komm mit, ich zeig dir alles.« Ich ziehe Álvaro an der Hand am Verkaufstresen vorbei in die helle Backstube. Wir haben gestern alles geputzt, also strahlen die Chromarbeitsplatten. Ich lege meine Handtasche ab, gehe zu unserer Kühlung und fische ein paar Macarons heraus. Rosa mit Pfeffer, hellblau mit Lavendel, grün mit Pistazie, Schokolade und Salted Caramel. Dann nehme ich zwei Wassergläser aus dem Schrank und stelle alles auf der Arbeitsfläche ab.

»Ich war noch nie in einer Backstube«, staunt Álvaro. Er öffnet die Prosecco-Flasche und gießt uns beiden ein. Dann nimmt er mit den Beinen baumelnd auf der Arbeitsfläche Platz und schnappt sich einen Macaron. Genüsslich beißt er hinein und murmelt mit vollem Mund. »Das ist ein Stück vom Himmel.«

Ich binde mir eine Schürze um und zwirble meine Locken zu einem engen Dutt auf meinem Kopf zusammen. Während ich Töpfe und Schüsseln aus dem Schrank hole, erzähle ich Álvaro von meiner Begegnung mit Jake.

»Honey, der Kerl ist eifersüchtig! So was von!«

»So ein Quatsch«, entgegne ich, während ich einen Red-Velvet-Teig anrühre und gleichzeitig die Tomaten für das Wasser in einem kleinen Topf zusammen mit ein paar Chilis zum Kochen bringe. Ich wende mich wieder dem Teig zu. Die Eier zerbrechen in meiner Hand, als ich sie etwas zu fest auf der Schüssel aufschlage. »Er ist einfach ein Arsch. Der hat wahrscheinlich drei andere am Laufen und macht mir Vorwürfe, weil ich mich von Kobe auf dem Motorroller mitnehmen lasse. Und überhaupt geht es ihn gar nichts an.«

»Jetzt kommen wir endlich zu dem spannenden Teil! Was genau geht ihn denn eigentlich nichts an, Em? Was läuft da mit dem Hottie auf dem Motorroller?«

Da ich mich für Mini-Kuchen entschieden habe, wähle ich kleine runde Formen, verteile sie auf ein Blech und befülle sie gleichmäßig mit dem Teig. Anschließend schiebe ich das Blech in den Ofen und nehme die Tomaten vom Herd. Diese gebe ich in ein dünnes Stofftuch, das ich über eine Schüssel lege, und dann lasse ich den Saft durch das Tuch in die Schüssel abtropfen. Ich habe Álvaro fast vergessen, so sehr konzentriere ich mich auf meine Arbeit.

»Emilie. Em. EMILIE!«

Ich zucke zusammen. »Sorry, wenn ich backe, vergesse ich manchmal alles um mich herum. Ähm … nichts läuft da.«

Ich hole den Zucker für das Baiser aus dem Schrank. Wieder geht ein Ei in meiner Hand zu Bruch. Mist.

Álvaro guckt mich streng an und schenkt sich das Glas noch einmal randvoll. »Und jetzt noch mal mit mehr Überzeugung bitte.«

»Na schön, vielleicht hat er heute versucht, mich zu küssen.« Ich schlage Eiweiß und Zucker mit der Hand zu einer stabilen Masse auf.

»Wait, what?! Alles zurück auf Anfang! Emilie!«

Der Ofen piepst, die Böden sind fertig. Ich stelle sie zum Auskühlen auf ein Rost. Dafür wandern meine Baiser-Softeis in den Ofen. Ich zerdrücke Fudge mit den Fingern in einem Topf.

Álvaro ist von seinem Platz auf der Arbeitsfläche runtergesprungen und steht mit den Händen in den Hüften neben mir. »Jetzt lass doch mal den dämlichen Kuchen! Ich will wissen, was passiert ist, und zwar en detail!«

»Schön«, seufze ich.

Álvaro nimmt sich einen weiteren Macaron und steckt ihn sich in den Mund, als wäre er Kino-Popcorn, während er sich an die Arbeitsplatte lehnt.

»Wir sind heute zusammen zu einem Markt gefahren, er hat mich schon ganz früh auf seinem Motorroller abgeholt, hat mir gar nicht verraten, wo es hingeht. Und dort haben wir uns wirklich gut verstanden, wir haben so viele Gemeinsamkeiten. Dieser Kuchen ist zu großen Teilen sein Verdienst!«

»Uuuund? Jetzt mach es doch nicht so spannend!«, quengelt Álvaro und schenkt sich schon wieder sein Glas nach.

»Fein! Wir hatten einen ganz besonderen Morgen und irgendwie war es dann eben so, dass er mich geküsst hat. Oder eher küssen wollte, hätte ich ihm nicht fast in den Mund geheult.«

Álvaro kreischt auf. »Waaaas?!«

Der Fudge ist fertig geschmolzen, ich stelle den Topf beiseite und widme mich meinen Tomaten. Vorsichtig drücke ich das Tuch an, damit die restliche Flüssigkeit heraustropfen kann.

»Ich konnte es nicht. Als ich die Augen geschlossen hatte, tauchte Jake davor auf. Es war, als würde ich Kobe und Jake gleichzeitig küssen und das fühlte sich absolut falsch an und Kobe gegenüber nicht fair.«

Ich werfe einen Blick in die Schüssel und probiere die Tomatenessenz mit einem Löffel. Mhhh. Süß, sauer, scharf! Ich stelle ein Wasserbad auf und temperiere dunkle Schokolade. Einen Teil davon gebe ich zu der Tomatenessenz und verrühre beides zu einer sämigen Masse.

»Oh Mann, du hängst immer noch an Jake«, stellt Álvaro fest, zieht sich erneut auf die Arbeitsfläche, schlägt seine Beine übereinander und nimmt einen großen Schluck aus seinem Glas.

Ich zucke mit den Schultern. »Nach der Aktion heute schon ein bisschen weniger«, murmele ich und rühre ein Frischkäse-Frosting an.

»Puh, was für ein Chaos«, stöhnt Álvaro. »Kobe will dich, du hängst noch an Jake und was der will, weiß nur der Himmel.«

»Könnte man wohl so zusammenfassen«, sage ich und hole vorsichtig die Baiser-Eis aus dem Ofen. »Was mache ich denn jetzt, Álvaro?«

»Vielleicht musst du es einfach mal drauf ankommen lassen? Kobe eine Chance geben und herausfinden, ob da nicht doch mehr sein könnte?«

»Aua!« Ich stecke den Finger in den Mund, den ich mir gerade an dem heißen Backblech verbrannt habe. Dann stapele ich vorsichtig meinen Probekuchen. Zunächst ein Boden, dann Frischkäsecreme, wieder ein Boden. Der obere wird mit der Schokoladen-Chili-Infusion gefüllt. Darauf platziere ich das Baiser-Eis, lasse den Fudge Dripple drum herum herunterlaufen und streue etwas Meersalz auf die Spitze des Eises.

Ich trete einen Schritt zurück und mache mit meinem Handy ein Foto. Es sieht perfekt aus. Ich balle die Fäuste und strecke sie in die Luft. »Yes!«

»Yes, Honey, genau, teste den hotten Typen mal, so gefällst du mir.«

»Ach, Álvaro«, lache ich. »Ich habe mich über mein Törtchen gefreut. Aber die Sache mit Kobe lasse ich mir durch den Kopf gehen, versprochen.«

Ich nehme den kleinen Kuchen hoch und stoße damit an sein Prosecco-Glas. »Ich glaube, ich nenne ihn *Sweet Revenge*. Passt doch, oder?« Ich grinse und beiße in die kleine Köstlichkeit, die sogar noch ein bisschen besser schmeckt, als ich es mir erhofft hatte.

»Hört, hört!« Álvaro nimmt mir die süße Rache aus der Hand und beißt genüsslich ein Stück ab. »Mhhhhhhh.«

WIN
TER

Jake

Nach dem Vorfall auf der Straße habe ich Emilie nicht mehr gesehen. Ich habe ihr auch nicht mehr geschrieben, ich habe nichts dergleichen gemacht. Nach einigen Tagen mit wirklich schlechter Laune hat Sam mich heute schließlich angesprochen, was eigentlich mit mir los sei.

Irgendwas an der Art, wie er mir dabei die Hand auf die Schulter legt, wie er mich ansieht, irgendetwas löst sich bei mir und ich erzähle ihm alles. Wie ich versucht habe, erst mal meinen Kram auf die Reihe zu kriegen, wie ich gemerkt habe, dass Emilie mir immer wichtiger wird und mir das eine Scheißangst gemacht hat. Wie ich die Nähe auf der einen Seite genossen habe und auf der anderen Seite fast daran erstickt wäre. Wie ich das Gefühl hatte, allen nicht zu genügen, meinen Eltern, Emilie … Und dann ist irgendwie eine Sicherung durchgeknallt und ich habe mich auf die Sache mit Isla eingelassen – und es sofort bereut. Seitdem ist das schlechte Gewissen mein steter Begleiter. Und ich erzähle ihm von den Nachrichten an Emilie, von dem Lederjacken-Kerl und davon, wie sehr sie mir fehlt. Das alles einmal auszusprechen, tut so verdammt gut.

Sam hört mir geduldig zu und sieht mich dann mit einem väterlichen Blick an. »Was Besseres kann dir doch gar nicht passieren!«

Ich glaube, ich habe mich gerade verhört. Hat der Mann eine masochistische Ader oder ist ihm heute Morgen der Kaffee nicht bekommen? Auf meinen zweifelnden Blick hin schlägt Sam mir lachend auf die Schulter.

»Für deinen Song natürlich. Die besten Songs in der Geschichte der Musik sind schließlich aus Liebeskummer entstanden!«

»Ich habe doch keinen Liebes…«, setze ich an, aber dann stocke ich. Doch es stimmt. Ich habe Liebeskummer. Das erste Mal. Langsam sickert die Erkenntnis zu mir durch. Ich habe Liebeskummer. Und dafür muss man jemanden schon richtig gernhaben. Verdammt, ich habe mich verliebt. Ich wollte mich nicht verlieben. Und schon gar nicht in jemanden, der meine Gefühle nicht erwidert. Zumindest nicht mehr. Oh Mann, Scheiße. So eine verdammte Scheiße. Ich blicke Sam hilflos an.

»Sag ich doch, Liebeskummer, mein Freund«, grinst er. »Solltest du nutzen.«

Vielleicht hat Sam recht … Ich nehme mein Handy in die Hand und scrolle zu den Nachrichten an Emilie.

> JAKE
> Hey. Ich weiß nicht, was ich sagen soll. Vielleicht: Es tut mir leid? Es tut mir leid, dass ich dich verletzt habe. Ich wollte dir nie wehtun. Wir hatten einen Deal, und ich habe wohl nicht mitbekommen, wann du dich verändert hast. Wann ich mich verändert habe. Wann wir uns verändert haben.

Und plötzlich weiß ich, was ich zu tun habe.

Meine Finger fliegen nur so über die Tasten, während ich den Text für meinen Song schreibe.

Emilie

»Hiermit präsentieren wir die Einreichung der Chocolaterie *Bittersweet* aus Brighton. *Sweet Revenge* besteht aus einem Red Velvet Cake mit Tomaten-Chili-Chocolate-Filling, einem Baiser Soft Serve und dripping Fudge.«

Der Applaus ist laut, aber ich höre ihn kaum durch das Dröhnen in meinen Ohren. Ich bin so aufgeregt, wie vielleicht noch nie zuvor in meinem Leben. Mit angehaltenem Atem beobachte ich, wie die Jury die Gabeln durch den Kuchen fahren lässt. Bitte, bitte lass den Kern noch flüssig sein.

Yes! Erleichtert atme ich aus. Sämig läuft die Tomaten-Chili-Infusion aus dem Kuchen. Ein Raunen geht durch den Raum. Carol neben mir hibbelt herum. Sie sieht ungewohnt aus, so schick gemacht. Sie trägt einen dunklen Anzug und hat ihre Haare streng nach hinten gebunden. Zur Feier der Verleihung hat sie sich sogar etwas geschminkt und kleine goldene Kreolen zieren ihre Ohren. Carol streckt sich, um besser sehen zu können.

Wir befinden uns in einem pompösen alten Theater und die Jury ist mitten auf der Bühne platziert. Als ob die ganze Sache nicht schon einschüchternd genug wäre! Ich kann gar nicht mehr hinsehen. Schnell senke ich den Blick nach unten. Ich trage ein elegantes rotes Kleid mit einem weit fallenden Rock im Fünfzigerjahre-Stil. Ich habe mir die Haare in elegante Wellen gelegt und meine Lieblingskette umgebunden. Meine Finger fahren wie automatisch zu der schmalen Goldkette, die ich von meiner Mutter zu meiner Meisterprüfung bekommen habe, daran baumelt ein zarter goldener Cupcake. Wenn der mir heute kein Glück bringt, weiß ich auch nicht.

Eine angenehm kühle Hand drückt meine. »Es wird alles gut«, raunt Kobe mir zu. Ich werfe ihm einen schnellen Seitenblick zu. Wie gut er aussieht in seinem dunkelgrünen Samtanzug. Das Einstecktuch passt zu meinem Kleid und so schick gemacht wirkt er noch mehr, als wäre er direkt aus einer Folge *Bridgerton* gefallen. Applaus brandet noch einmal auf und ich lenke meinen Blick wieder zu der prächtigen Holzbühne. Da kommen die ersten Bewertungen.

»Was für eine exquisite Kombination. Überraschend gut. Zehn Punkte!«

Ich drücke Kobes Hand so fest, dass ich sie ihm fast zerquetsche, so aufgeregt bin ich.

»Ich liebe den Mut, den dieser Kuchen mitbringt. Zehn Punkte!«

Die Worte des dritten Judge gehen im ohrenbetäubenden Jubel aus unserer Reihe unter. Das ist dreimal die Bestnote! Die beste

Bewertung, die es heute gab! Wir haben gewonnen, wir haben tatsächlich gewonnen. Mit einer Kreation die von mir stammt. Ich bin unfassbar stolz.

Erst falle ich Carol in die Arme und drehe mich dann zu Kobe um und drücke ihn. Es fühlt sich so gut an, dass er mitgekommen ist. Tagelang hat er die Kreation bis zum Erbrechen mit mir durchgetestet und jetzt ist er hier. Ich atme noch einmal tief durch, dann ziehe ich ihn zu mir hinunter und küsse ihn. Als sich unsere Lippen treffen, taucht diesmal kein Bild von Jake auf. Kobes Lippen sind voll und weich. Wir küssen uns ganz zart. Er ist vorsichtig, hält mich behutsam fest, als wäre ich etwas Zerbrechliches, das jeden Moment kaputt gehen könnte. Der Kuss ist schön. Aber … noch immer kribbelt in meinem Bauch nichts. Keine Leidenschaft flammt auf, ich habe nicht das Gefühl, ihn sofort mit Haut und Haaren verschlingen zu wollen. Da ist kein Verlangen. Es ist einfach schön. Weil ich Kobe mag, weil ich ihm vertraue. Aber eine kleine Stimme in meinem Hinterkopf fragt sich, ob es anders wäre, wenn ich statt Kobe Jake geküsst hätte.

Wir lösen uns voneinander. Kobe sieht mich mit diesem Blick an, der mir sagt, dass der Kuss bei ihm auf jeden Fall ganz andere Gefühle geweckt hat. Ich habe zum Glück keine Zeit, mir darüber Gedanken zu machen. Schon stürmen die anderen Teilnehmerinnen und Teilnehmer auf uns zu und beglückwünschen Carol und mich. Ich schüttele viele Hände, Kobe ist aufgestanden und wartet am Rand. Ich schaue zwischendurch immer wieder zu ihm. Er ist keinen Moment ungeduldig oder genervt, obwohl wir wirklich lange brauchen. Vielleicht braucht Leidenschaft auch Zeit, um sich zu entwickeln. Verlange ich zu viel? Nur weil es mit Jake so aufregend war, heißt es ja nicht, dass es mit jedem Mann so sein muss.

Jake. Da ist er wieder. Schnell gehe ich zu Kobe und küsse ihn noch einmal. Diesmal öffnen sich unsere Lippen leicht, seine Zunge berührt ganz vorsichtig meine, spielt mit ihr und ja, vielleicht brauchen wir einfach nur ein bisschen Zeit.

Jake

Hey, I don't know what to say,
Maybe, »I'm sorry«, in some way
We had a deal, but I messed it up,
You tried so hard to make me stop.
When did you change, or was it me?
Why did we lose our melody?

Ich singe Sam die ersten Lyrics vor, begleite mich dabei am Schlagzeug. Ich habe noch nie vor jemand anderem als Malek und der Band gesungen. Ich bin kein Sänger. Aber diesen Text fühle ich so sehr, wie ich noch nie einen Song zuvor gefühlt habe. Die erste Strophe basiert auf der ersten Nachricht, die ich Emilie geschickt habe. Ich wusste plötzlich, dass es funktionieren würde.

»Alter, das ist richtig gut!« Sam nickt anerkennend. »Wenn du damit die Aufnahmeprüfung für den Songschreiber-Studiengang nicht schaffst, fresse ich einen Besen.«

Erleichtert lasse ich die Sticks sinken. »Meinst du wirklich?«

»Klar, du musst jetzt natürlich das Tempo und die Qualität auch für den Rest halten, aber dann wird es richtig gut! Hast du dir schon überlegt, wie du den Song für das Demo einspielen willst?«

Das ist mein wunder Punkt. Ich habe immer in einer Band gespielt. Ich bin Drummer und beherrsche die anderen Instrumente nur bedingt. Ein Gedanke schießt durch meinen Kopf: Aber wer sagt denn eigentlich, dass ich die Band nicht mehr habe? Klar, ich darf nicht mehr mit ihnen auftreten und unser letztes Aufeinandertreffen war nicht gerade herzlich, aber ich habe diese Band mit aufgebaut, da können sie ja wohl zumindest diesen Song mit mir einspielen.

»Ich werde Liam und Malek fragen«, sage ich mit fester Stimme. Fester, als sich der Entschluss tatsächlich anfühlt.

»Ihr könnt den Song gern hier aufnehmen, du weißt ja, samstags ist das Tonstudio frei. Sag einfach vorher Bescheid. Und jetzt musst du erst mal den Song fertig bekommen!« Sam nickt mir zu, zieht sich die verschlissene Lederjacke über und fährt sich mit der Hand durch seine schwarze Haartolle. »Ich hole mir Lunch, möchtest du auch was?«

Emilie

Wahrscheinlich sollte ich auf Wolke Sieben schweben, aber ich fühle mich eher wie in einer leeren Luftblase. Ich habe die letzten Wochen auf diesen einen Moment hingearbeitet, mich voll reingehängt. Jetzt ist die Awardverleihung vorbei und eine ganz andere Deadline rückt näher. Mein Jahr in Brighton ist in wenigen Wochen um. Bleibe ich hier? Gehe ich zurück nach Bremen? Gerade fühle ich mich hier so wohl.

Carol und ich sind ein tolles Team, womit ich zu Beginn nie und nimmer gerechnet hätte, ich habe Polly und Álvaro, die mir echte Freunde geworden sind, und dann ist da noch Kobe. Tja, Kobe … Der Gedanke an ihn sorgt wie immer für gemischte Gefühle. Er ist so liebevoll und der beste Freund, den man sich vorstellen kann. Freund. Er hat sich selbst vor ein paar Tagen bei Carol als mein Boyfriend vorgestellt, einfach so. Ohne Drama. Einfach: »Hey, ich bin Kobe, Emilies Boyfriend.« Und natürlich klingt das wie Balsam auf die Seele nach der ganzen Kiste mit Jake und seinen bescheuerten Spielchen. Und ich mag Kobe wirklich gern. Aber ob ich in ihn verliebt bin, da bin ich mir einfach nicht sicher.

Wenn wir uns küssen, ist es schön, keine Frage. Trotzdem habe ich immer noch nicht das Bedürfnis, einen Schritt weiterzugehen. Er ist so ein attraktiver Mann, wenn ich mit ihm Hand in Hand die Straße entlangspaziere, drehen sich die Mädels reihenweise nach ihm um. Und er sieht keine Einzige auch nur an. Alles an Kobe ist perfekt. Nur meine Gefühle nicht. Ich will so unbedingt in ihn verliebt sein.

Ping! Die Türklingel unterbricht meine dunklen Gedanken. »Emilie Michels?« Ein Mann in einem grauen Anzug steht in der Tür der Chocolaterie.

»Äh, ja, das bin ich«, antworte ich schnell und wische die Finger an meiner Schürze ab.

»Mein Name ist Jackson Plank aus dem *Hotel Planketon* in London.«

»Guten Tag«, sage ich. *Planketon* ... *Planketon* ... Irgendwas rattert da in meinem Kopf.

»Vielleicht haben Sie ja schon einmal von uns gehört. Unsere Patisserie gilt als eine der besten im ganzen Land.«

Klar! Das *Planketon* ist DER Laden, wenn man sich als Patissier einen Namen machen möchte.

»Wir haben auf jeden Fall von Ihnen gehört«, fährt er fort. »Glückwunsch zu der Auszeichnung.«

»Danke«, stottere ich. Noch immer überfordert, was Jackson Plank von mir will. Und wo ist Carol eigentlich? Müsste sie nicht schon längst hier sein?

»Haben Sie sich schon Gedanken darüber gemacht, wo es jetzt als nächste Station für Sie hingehen wird?«, fragt Plank in meine Gedanken hinein.

»Ich, äh, nein. Noch nicht so im Detail.«

In dem Moment geht die Tür erneut auf und Carol tritt ein. »Kann ich Ihnen helfen«, fragt sie und blickt verwirrt von Jackson Plank zu mir und zurück.

»Ich wollte nur zu dem großen Erfolg gratulieren«, sagt Plank und drückt mir eine Visitenkarte in die Hand. »Rufen Sie mich an, wenn Sie mal über die neuen Möglichkeiten sprechen wollen, die sich mit diesem Preis jetzt eröffnen.« Er nickt uns beiden noch einmal zu und schließt die Tür mit einem etwas zu lauten Knall hinter sich. Die Türklingel bimmelt. Ansonsten herrscht Stille.

Carol sieht wie versteinert von der Karte zu mir. »Was war das denn? Ist der Kerl gerade in meinen Laden marschiert, um dich abzuwerben? Hat der noch alle Tassen im Schrank?!« Sie ist richtig aufgebracht. So habe ich Carol noch nie gesehen. Wir haben bisher noch nicht wirklich über das Thema Zukunft gesprochen. Ich habe mich nicht getraut und Carol hat von sich aus noch nichts gesagt.

»Willst du denn weg?«, fragt sie mich geradeheraus.

»Ich, nein! Ich habe mir noch keine Gedanken gemacht, der Kerl ist hier einfach so aufgetaucht. Aber das *Planketon Hotel* wäre natürlich eine krass große Chance …«

Carol schnaubt. »Klar, superkrass. Also Emilie, arbeite mal an deiner Ausdrucksweise.«

Ist sie sauer? »Habe ich was Falsches gesagt?«

»Nein, schon gut, es ist ja dein gutes Recht, dich umzuschauen.« Carol bindet sich die Schürze um und geht in die Kühlkammer, um Butter zu holen. Mit einem Rumms landet die Palette mit Butter auf der Arbeitsfläche. »Was dem Kerl einfällt«, höre ich sie murmeln. Dann sticht sie mit einem Messer die Butter in kleine Würfel. Mit deutlich mehr Gewalt, als nötig gewesen wäre. Mir schwirrt der Kopf.

»Carol, ich habe mich nicht umgeschaut, der Typ ist einfach so hier reinmarschiert. Aber so langsam muss ich mir tatsächlich Gedanken machen, wie es für mich weitergeht.« Ich atme tief durch. »Eigentlich würde ich gern hierbleiben. Also in Brighton … Und dass sich da jetzt eine solche Chance auftut, ist schon irgendwie kr… äh, toll oder nicht?«

»Klar, das *Planketon* ist sehr angesehen. Ich dachte nur …«, höre ich ihre Stimme dumpf aus der Kühlkammer. »Ich hatte gehofft, du würdest vielleicht hierbleiben. Natürlich kann ich dir nicht so viel zahlen, aber ein bisschen mehr wäre schon drin.«

Ich schlucke, genau das war die ganze Zeit mein großer Traum. Aber da stand auch noch nicht diese irre Chance im Raum. Und Carol hat von sich aus nie etwas gesagt. Wenn dieser Plank nicht hier aufgetaucht wäre, hätte sie mir dann auch das Angebot gemacht? Was soll ich denn jetzt tun? Sollte ich nicht wenigstens einmal mit den Leuten vom *Planketon* sprechen?

Carol kommt mit mehreren Eierpaletten zurück. »Du musst jetzt auch nichts dazu sagen, überleg es dir bis Ende des Monats. Sonst muss ich deine Stelle neu ausschreiben«, sagt sie und drückt mir die Paletten in die Hand. »Und jetzt trennst du die hier erst mal alle für das Baiser.«

Ich nicke erleichtert darüber, jetzt keine finale Entscheidung treffen zu müssen, und mache mich ans Werk. So eine eintönige Aufgabe kommt mir gerade recht, ich kann mich eh auf nichts konzentrieren.

Eine Stunde später verlasse ich die Chocolaterie früher als sonst. Carol hat mich nach Hause geschickt, um mich auszuruhen, nachdem ich eine Packung Mehl und vierzehn Eier auf den Boden fallen gelassen habe. Ich bin einfach nicht wirklich bei der Sache.

Ich schließe die Tür der Chocolaterie hinter mir und ziehe schnell den Reißverschluss meiner dicken Winterjacke hoch. Es ist kalt geworden. Der Winter hat erst begonnen und es ist jetzt schon deutlich frostiger, als ich es aus Bremen gewohnt bin.

Ping!

KOBE
Hey Emilie, sehen wir uns später noch auf einen Film und eine Ladung *Ben & Jerrys*? XX Kobe

Ich drücke die Nachricht weg und stattdessen auf den Namen meiner besten Freundin. Nach kurzem Klingeln hebt Juli ab.

»Hey Hey Girl, wenn das mal nicht meine Star-Bäckerin ist!« trällert mir Juli entgegen. Ich muss lächeln.

»Hey Juli, was macht Bremen?«

»Wartet auf dich! Ich kann es gar nicht erwarten, dir den neuen Coffeeshop zu zeigen, und wusstest du, dass der *Meat Grill* pleite ist? Da ist ein neuer Laden drin – rein vegan! Witzig, oder?«

Ich schlucke. »Mhhh.«

»Hey, was ist denn los, Emmi? Ist alles okay?«

»Ich weiß auch nicht, ich weiß gerade gar nichts.«

»Hat es mit Kobe zu tun?«

»Ja, nein. Ach, keine Ahnung. Es ist mehr alles zusammen. Kobe ist toll. Aber irgendwie fehlt mir das Kribbeln, die Aufregung. Ich weiß es doch auch nicht. Er hat mich gerade zu einem Film und Eis eingeladen. Und ich habe die Nachricht weggedrückt.«

»Aber warum? Ist das was Schlechtes? Gemütlich zusammen auf der Couch abhängen, Netflix und was Geiles snacken klingt für mich jetzt nicht gerade wie der Beginn eines Horrormovies.«

»Ich weiß.« Ich atme tief aus. »Ich benehme mich dämlich. Aber es fehlt einfach was. Kobe und ich, da fehlen die Funken. Mir ist es fast zu viel, was er von mir will. Er ist immer da und so unglaublich aufmerksam, aber trotzdem ist da keine Spannung, kein Kribbeln. Reicht das trotzdem fürs Erste? Ich habe keine Ahnung.«

Ich mache eine kurze Pause und sage dann: »Und heute war da noch so ein Kerl in der Chocolaterie und hat mir einen Job angeboten.«

»Ein Kerl hat dir einen Job angeboten?«, fragt Juli alarmiert.

»Keine Sorge«, lache ich. »Ganz seriös. In einem Hotel in London, das wäre eine tolle Chance, weißt du. Aber Carol will auch, dass ich bleibe, und jetzt schwirrt mir der Kopf vor lauter Möglichkeiten. Ich muss mich einfach langsam mal entscheiden.«

Auf der anderen Seite des Handys ist es still.

»Juli? Bist du noch da?«

»Hmmm.«

»Ist alles okay?«

»Ach, weißt du«, sagt sie und ich kann an ihrer Stimme hören, wie sie ihre Tränen zurückhält, »ich dachte irgendwie, England wäre nur so eine Phase und du würdest danach wieder nach Bremen zurückkommen. Ein Jahr und alles ist wieder wie früher. Aber … es wird nicht mehr wie früher, oder?«

Jetzt muss auch ich meine Tränen zurückhalten. »Ich weiß es nicht, Juli. Es hat sich so viel verändert. Ich habe mich so verändert.«

Stille.

»Juli?«

»Ich nicke«, sagt Juli durch das Telefon und ich höre, wie sie im Hintergrund ihre Nase putzt. »Girl, ich muss jetzt auflegen. Wir hören uns wieder. Drück dich!«

»Drück dich auch«, sage ich noch, aber da höre ich schon das Tuten. Juli hat aufgelegt. Und ich bleibe mit einem ganz miesen Gefühl zurück.

Einmal mehr bin ich froh, heute Abend noch meinen Coachingtermin mit Isabelle zu haben. Den letzten Coachingtermin. Wie sich das anhört. Meine Zeit hier geht dem Ende zu und ich habe überhaupt keine Ahnung, wie es danach weitergehen soll.

Zu Hause mache ich mir schnell ein Sandwich in der Küche. Polly ist bei der Arbeit in der Bar – oder bei dem mysteriösen Kerl, den sie seit Neustem dated, so genau weiß ich das nicht, ich bekomme sie in letzter Zeit immer weniger zu Gesicht.

Ich nehme meinen Teller mit Käsetoast und ein paar Crackern mit in mein Zimmer, schließe die Tür und atme durch. Was für ein Tag.

Isabelle ist wie immer pünktlich in unserem virtuellen Coachingraum. Es ist verrückt, noch Anfang des Jahres konnte ich mit dem Thema Persönlichkeitsentwicklung so gar nichts anfangen und inzwischen weiß ich, was People Pleasing ist, und freue mich sogar auf unsere Treffen.

»Hallo Emilie, wie geht es dir heute?«, klingt da auch schon Isabelles warme Stimme aus dem Lautsprecher meines Laptops. Sie trägt einen dicken Wollpullover und neben ihr dampft eine Tasse Tee.

»Hallo Isabelle, gerade ist viel los«, antworte ich ausweichend.

»Deine Zeit in Brighton neigt sich dem Ende zu, nicht wahr? Wie fühlt sich das für dich an?«

Wie immer trifft Isabelle den Nagel auf den Kopf.

»Ich weiß es nicht. Ich weiß nicht, was ich fühlen oder was ich machen soll. Ich habe noch immer keine Entscheidung getroffen. Juli und meine Mom wollen, dass ich nach Bremen zurückkomme. Und Carol hat mir heute ein Angebot gemacht. In der Chocolaterie und in Brighton zu bleiben, wäre ein Traum. Aber heute kam auch noch jemand von einem Hotel, der mir einen Patissier-Job in London anbieten wollte, und jetzt weiß ich gar nicht mehr, was ich will oder tun soll. Ich bin überfordert.«

»Das verstehe ich. Aber es klingt doch, als wenn du ein paar tolle Möglichkeiten hast.«

»Das ist ja das Problem. Davor musste ich mich nur zwischen Bremen oder Brighton entscheiden, und jetzt ist noch eine Option dazugekommen.«

„Lass uns das Ganze doch mal gemeinsam aufschlüsseln. Stell dir vor, wir treffen uns in einem Jahr wieder und du erzählst mir, dass du zurück nach Bremen gegangen bist. Wie fühlt sich das an?

Sofort schnürt etwas meinen Hals zu. Ich merke, wie eng es in meiner Brust wird. »Nicht gut. Es fühlt sich nicht gut an. Ich habe das Gefühl, ich habe eine Emilie in Bremen zurückgelassen, die ich nicht mehr bin, die ich nicht mehr sein möchte.«

»Und was würdest du mir vermutlich über das Jahr in Bremen erzählen?«

Ich zögere, denke nach. »Ich würde vermutlich erzählen, dass ich wieder zu meiner Mutter gezogen bin. Vielleicht habe ich mich bei dieser tollen Weiterbildung beworben, wegen der ich ursprünglich das Auslandsjahr machen wollte. Und ich würde wahrscheinlich mit Juli in die üblichen Läden gehen und die Dinge tun, die wir immer gern gemacht haben. Es fühlt sich sicher an, aber auch sehr eng und ein bisschen, als ob es nicht mehr zu mir passt.«

»Gut, dann stellen wir uns jetzt mal vor, wir treffen uns in einem Jahr wieder und du erzählst mir, dass du die Stelle in London angenommen hast. Wie fühlt sich das an?«

Sofort krabbeln aufgeregte Ameisen durch meinen Körper. Mein Herz schlägt schneller und ich merke, wie ich angespannt werde. »Ich würde erzählen, dass ich wieder einen kompletten Neuanfang gewagt habe, erst mal keine Freunde hatte und wieder von vorne beginnen musste, um mich in einer neuen Stadt einzugewöhnen. Aber hoffentlich würde mir der Job Spaß machen und mich fordern. Ich habe aber ein bisschen Angst bei dem Gedanken, schon wieder ganz neu anzufangen. Das ist mir zu viel neu: neuer Job, neue Stadt, neue Wohnung.«

Isabelle nickt ruhig und lächelt mir ermunternd zu: »Und jetzt erzähl mir von deinem Jahr, wenn du in Brighton bleiben und mit Carol zusammenarbeiten würdest.«

In meinem Bauch tanzen Schmetterlinge. »Ich würde dir erzählen, dass ich weiter mit Polly zusammenwohne. Álvaro, Timothy, Polly und ich unternehmen ganz sicher immer noch viel gemeinsam. Ich habe mit Carol neue Ideen entwickelt und manchmal zwar ein bisschen Heimweh, aber ich besuche meine Mutter und Juli regelmäßig.« Ich atme aus.

Isabelle schmunzelt. »Fühlt es sich an, als ob du etwas mehr weißt, wofür du dich entscheiden möchtest?«

Ich nicke. Das ist es. Diese Version meines Lebens möchte ich erzählen, plötzlich ist alles viel klarer.

»Wir sind ja heute in unserem letzten Termin. Ich möchte dir aber noch ein paar Tipps mit auf den Weg geben, die du anwenden kannst, wenn dich das schlechte Gewissen mal wieder überrollt und du ins People Pleasing rutschst, also kurz davor bist, etwas nur zu tun, weil du einem Konflikt aus dem Weg gehen willst oder es der vermeintlich leichtere Weg für den anderen ist.

Selbstfreundlichkeit: Wenn du merkst, dass du in den Strudel gerätst, in dem du dir Vorwürfe machst, versuch dich einmal in die Situation einer Freundin hineinzuversetzen. Würde sie auch so mit dir sprechen, wie du es gerade tust? Würde sie dich nicht deutlich wohlwollender, freundlicher, liebevoller betrachten? Versuche dich kurz mit ihren Augen zu sehen und beruhige dich so, wie es eine Freundin jetzt für dich tun würde.

Verbundenheit: Erinnere dich dran, dass auch andere Menschen nicht alle Vorsätze umsetzen, jeder mal sauer auf einen geliebten Menschen ist oder etwas tut, mit dem ein anderer nicht einverstanden ist. In dem Moment, in dem du

dir das klarmachst, wirst du dich weniger allein mit deinen Gefühlen fühlen.
Achtsamkeit: Du darfst jetzt das fühlen, was du fühlst, und das ist okay. Es mag in zehn Minuten wieder anders aussehen. Aber jetzt gerade ist es okay, sich so zu fühlen, und du brauchst dich nicht dafür fertigzumachen, etwas ›wieder nicht hinbekommen zu haben‹.

Emilie, ich hoffe, diese Tipps helfen dir und ich würde mich sehr freuen, wenn du mich ein wenig über dein weiteres Leben in Brighton auf dem laufenden hältst.«

Ich bedanke mich bei Isabelle für alles. Erst als ich das Meeting verlassen habe, fällt mir auf, dass ich Kobe mit keinem Wort erwähnt habe. Carol ist für mich ein Faktor, hierzubleiben, und Kobe habe ich nicht mit einem Satz erwähnt. Nicht einmal an ihn gedacht habe ich in dem Moment.

Jake

I'm sorry for the words I didn't say,
For the moments that just slipped away.
We had a deal, but I failed to see,
The change in you, the change in me.
Now you're gone, we are apart,
Now you're gone and it breaks my heart.

Malek und Liam stehen in der Regie des Tonstudios hinter der Scheibe und klatschen. Sie sind tatsächlich gekommen. Ich habe nach meinem Gespräch mit Sam all meinen Mut zusammengenommen und Malek angerufen. Wir haben geredet und uns ausgesprochen. Er war zunächst recht abweisend. Und rückte nach einer Weile mit der Sprache heraus, dass sie mit ihrer neuen Drummerin tatsächlich sehr happy seien.

Ich unterbrach ihn direkt. »Weißt du, Malek, mir ist auch so einiges klar geworden. Ich will gar nicht in die Band zurück. Ich habe andere Pläne. Aber ich brauche euch für einen Song, den ich gerade schreibe, und wenn er fertig ist, möchte ich ihn mit euch einspielen. Ich werde mich damit an der Musikhochschule in London für den Studiengang Songwriting bewerben.«

Ab diesem Moment war Malek Feuer und Flamme. Er versprach, möglichst bald mit Liam im Studio vorbeizukommen und sich meinen Song anzuhören.

Und heute ist es endlich so weit. Die Tür zur Aufnahmekabine geht auf und die beiden kommen herein. Wir schlagen laut unsere Hände gegeneinander und drücken uns. Die Anspannung der letzten Treffen ist weg.

»Jake, Mann, die Strophe ist echt gut! Fehlt nur noch ein geiler Chorus und das Ding steht!«

Ich bin erleichtert. Maleks Meinung bedeutet mir viel. Wir haben schon an meinem ersten Song *This is Now* gemeinsam gearbeitet, und dass er jetzt hier ist und sich meine Idee anhört, obwohl wir als Freunde und Band gerade aus der wohl schwierigsten Zeit kommen, ist mir wichtig.

»Wie heißt denn das gute Stück eigentlich?«, fragt Malek.

»Ich bin mir noch nicht sicher. Ich glaube, *Half-Hearted* passt ganz gut.«

Malek nickt. »Und für wen ist der Song?« Er grinst mich an. Ich werde rot.

»Ach komm schon Alter, ich bin doch nicht blöd. Erst diese Aussetzer, das ständige down sein, der Alkohol und jetzt so ein deeper Love Song. Du bist doch verknallt!«

Ich räuspere mich und hole die Gitarren aus ihren Ständern hervor. »Wollen wir mal versuchen, den Song zusammen zu spielen?«

Malek grinst noch breiter. »Also habe ich recht! Aber hey, jedem seine Geheimnisse. Dann gib mal her und lass uns mal ein bisschen herumprobieren.«

Als Malek und Liam die Noten anspielen, die ich für die Verse geschrieben habe, läuft mir eine Gänsehaut über den Rücken. Ich drücke Malek den Songtext in die Hand und setze mich hinter das Schlagzeug.

Ein paar Stunden später sind wir fertig. Fast. Fehlt nur noch der Refrain.

Emilie

Kobes Hand streicht sanft über meinen Rücken. Er ist natürlich trotzdem noch vorbeigekommen, obwohl ich mich erst Stunden später auf seine Nachricht gemeldet habe. Wir liegen wieder einmal auf meinem Bett und schauen einen Film. Einen Film, den ich ausgesucht habe. Er ist nicht wirklich gut, aber Kobe sagt nichts dazu. Er hält mich im Arm und streicht mir über den Oberarm. Ich kann seine Berührung heute kaum ertragen. Er hat sein Parfum aufgelegt, das ich am Anfang so gern mochte und jetzt nur noch aus Fehlnoten zu bestehen scheint. Mich hat es aufgeregt, wie er sein Eis gegessen hat, wie er sich hingesetzt hat, einfach alles. Ich bin unfair und das merke ich selbst.

Alles in mir sträubt sich dagegen, hier als Paar mit ihm zu sitzen. Ich bin nicht in Kobe verliebt. Aber das kann ich ihm doch nicht sagen. Wie sollte ich es ihm auch erklären? Er macht alles richtig, ist der absolute Vorzeige-Boyfriend. Und je mehr er richtig macht, desto weniger kann ich seine Nähe ertragen. Als seine andere Hand jetzt vorsichtig nach vorne zu meinem Bauch fährt, rutsche ich mit einem Ruck von ihm ab. »Kobe! Sorry, ich kann das nicht.«

Er sieht mich mitfühlend an. »Emilie, ich habe dir gesagt, wir haben alle Zeit der Welt, du musst nichts machen, was du nicht magst.«

Ich platze gleich. Wenn er noch einmal so verständnisvoll antwortet, raste ich aus. Ich kann mich doch nicht weiter zu einer Beziehung zwingen! »Kobe, ich kann das nicht mehr. Du. Ich. Wir. Das funktioniert einfach nicht. Ich … Ich fühle einfach nicht so wie du. Ich mag dich wirklich gern, aber …«

»Schon klar!« Er ist aufgesprungen und sammelt mit hastigen Bewegungen seinen Pulli und seine Schuhe zusammen. »Wie immer! Ihr Mädchen seid doch auch alle gleich. Ihr erzählt, was ein Mann alles machen und mitbringen soll, und wenn man genau das tut, wird man gefriendzoned. Am Ende wollt ihr doch alle nur scheiße behandelt werden.«

»Sag mal, spinnst du?« Ich verstehe ja, dass er sauer ist, aber das geht jetzt doch ein bisschen zu weit. »Meine Gefühle für dich reichen einfach nicht. Ich habe es echt versucht …«

»Oohhhh, du hast es echt versucht! Wie schmeichelhaft. Weißt du, Emilie, Gefühle muss man nicht versuchen oder sich einreden oder darauf warten, dass sie auftauchen. Die sind einfach da. Und wenn ich mich einfach mal nicht gemeldet hätte oder dich, wie in diesen Romanzen, die du so gern guckst, einfach an die Wand gedrängt hätte, ohne darauf zu warten, ob es für dich okay ist, wäre es dir dann ein bisschen leichter gefallen?«

Ich werde rot. Tatsächlich fehlt mir bei all dem Liebsein die Leidenschaft. Es ist, als ob man einen Golden Retriever daten würde. Er ist wie ein Teddybär, mit dem ich gern kuschele, aber mehr eben auch nicht. Und mit beiden Händen an die Wand gedrückt zu werden, finde ich tatsächlich sexy, aber nur beim richtigen Mann zur richtigen Zeit. Und allein mir Kobe dabei vorzustellen, gleicht einer miesen Showeinlage.

»Dachte ich mir. Ich bin raus. Mach doch deinen beschissenen Beziehungskram allein. Vielleicht erbarmt sich der Drummer ja noch mal und nimmt dich mal ordentlich ran. Das ist es doch, was du dir die ganze Zeit wünschst, oder?«

Autsch. Das hat gesessen. Das Kobe so fies wird, ist echt unnötig. Ich habe die ganze Zeit versucht, fair zu sein.

Er stürmt aus meinem Zimmer, ohne sich noch einmal umzublicken. Dann höre ich die Haustür ins Schloss fallen. Und ich kann wieder atmen. Schnell öffne ich das Fenster, um auch den letzten Rest seines Parfums zu vertreiben, und wechsele meine Bettwäsche.

Dann wähle ich die Nummer von Álvaro. Ich muss heute unter Leute, raus, was erleben. Irgendwas.

Jake

Chorus:
I want to be attached, give me all the strings,
Wrapped up in your love, with all that it brings.
No more half-hearted, no more in-between,
Just you and me, I am all in.

Hinter meinen Drums zu sitzen, fühlt sich fremd an. Als Malek das Intro zu *Half-Hearted* einzählt, erwache ich aus meiner Trance. Er singt den Song mit so viel Gefühl.

Wir nehmen heute das Demo für die Aufnahmeprüfung auf und ich bin entsprechend nervös. Dreimal mussten wir schon von vorne anfangen, weil ich gepatzt habe. Als ich gerade richtig gut drin bin, höre ich ein Rumpeln und Stimmen aus der Regie. Ich breche den Song ab, um zu sehen, was da los ist. Sams Stimme schallt über den Lautsprecher zu uns in die Kabine. »Sorry Jungs, mein Neffe Timothy und sein Freund Álvaro sind gerade hier hereingeplatzt, sie waren in der Gegend und wollten ›hi‹ sagen. Jetzt wollen sie nicht wieder gehen. Sie sagen, sie kennen dich, Jake.«

Mir bleibt fast das Herz stehen. Álvaro ist Emilies bester Freund, seit der Konfrontation nach dem Gay Festival sind wir uns aus dem Weg gegangen. Und seit ich nicht mehr in der Bar arbeite, haben wir uns gar nicht mehr gesehen. Was will er ausgerechnet heute hier? Die beiden sind noch nie im Studio vorbeigekommen.

Malek und Liam drehen sich zu mir um. »Hey Mann, ich muss in einer halben Stunde zu meinem Job, lass uns das Ding fertig machen, okay?«, brummt Liam. Ich nicke Sam zu und mache das Daumen-hoch-Zeichen dafür, dass es weitergehen kann. Wir spielen den ganzen Song einmal durch. Die Aufnahme sitzt, keiner verspielt sich, Maleks Stimme klingt butterweich und kratzt an den richtigen Stellen.

Als wir die Kopfhörer abnehmen, klatschen wir drei ab.

»Der Song ist echt der Hammer, Jake! Der Text haut mich jedes Mal um. Richtig deeper Lovesong.« Liam nickt mir anerkennend zu.

Ich werde rot und versuche zu erkennen, ob Timothy und Álvaro noch immer in der Regie stehen. Als die Tür aufgeht, beantwortet sich meine Frage von selbst.

»Alter! Was für ein geiler Song. Glückwunsch! Ich habe Gänsehaut an Stellen, wo man keine Gänsehaut haben sollte«, plappert Álvaro los. »Spielt ihr den Song morgen Abend im *Tide Night Club*? Ihr müsst! Die Leute werden ihn lieben.«

Die Jungs schauen mich fragend an. »Ey, es ist dein Song. Wenn du Bock hast, komm doch für den Song zu uns auf die Bühne und wir spielen ihn gemeinsam noch einmal live ein, dann kannst du das mit auf dein Demotape für die Uni packen.« Malek nickt mir zu.

Eigentlich keine blöde Idee. »Ja, lass uns das machen, dann kann ich am Wochenende noch alles abmischen und es einschicken.«

Álvaro zieht mich zur Seite. »Sag mal, wenn du den Song geschrieben hast, ist er dann über ... Emilie?«

Ich atme tief ein und antworte dann: »Ja. Ist er. Mir ist inzwischen klar geworden, was für ein Arsch ich war. Und auch, wenn sie wahrscheinlich noch immer happy mit dem Motoroller-Kerl ist und ich jede Chance bei ihr verspielt habe ... der Song gehört ihr. Vielleicht habe ich irgendwann mal die Gelegenheit, ihn ihr zu zeigen.«

»Ja, vielleicht«, murmelt Álvaro in Gedanken. »Auf jeden Fall Glückwunsch, das Ding wird ein Hit!«, prophezeit er, schlägt mit mir ein und schnappt sich anschließend Timothy, um zu gehen.

Ich bin erleichtert, zumindest hier scheint kein Bad Blood mehr zu fließen.

Kaum sind auch die anderen gegangen, höre ich mir unsere Aufnahme noch einmal in Ruhe an. Ein Kribbeln durchzieht meinen Bauch. Der Song ist wirklich gut.

Emilie

Nach gefühlten Stunden nimmt Álvaro meinen Anruf entgegen und nuschelt irgendwas von schlechtem Empfang. Als ich ihm trotzdem von meinem Nachmittag mit Kobe erzähle, weil ich unbedingt loswerden muss, wie alles plötzlich total aus dem Ruder gelaufen ist, reagiert er zwar immer mal mit einem kurzen »ah« oder einem mitfühlenden »oh no«, aber er scheint nicht ganz bei der Sache zu sein.

»Álvaro! Jetzt hör mir doch mal richtig zu. Ich brauche jetzt echt einen Freund. Die Nummer mit Kobe war richtig unschön. Was er mir an den Kopf geknallt hat! Ich bin froh, dass es vorbei ist. Aber ich bin total unruhig, ich muss hier raus. Viel zu lange habe ich nur auf der Couch gesessen und Filme geguckt.«

»Sorry Darling, heute wird es leider nichts, aber morgen ziehe ich mit dir los. Und wenn du willst, drucken wir dir vorher noch ein T-Shirt: ›Not a Dog-Person‹ oder so, damit du nicht noch einen Golden Retriever an Land ziehst.«

Bei dem Gedanken daran muss ich lachen. Wir verabreden uns für den nächsten Abend.

Dann fühle ich in mich hinein und bin froh über die Entscheidung, die ich getroffen habe. Ich bleibe in Brighton. Und das werde ich am Montag auch Carol endlich mitteilen. Entscheidungen zu treffen, ist nicht leicht, fühlt sich aber ziemlich gut an.

Jake

Samstag. Der Tag, an dem wir den Song auf einer Bühne spielen werden. Meinen Song. Wenn es nicht so traurig wäre, würde ich über mich selbst lachen. Ich stehe ernsthaft seit einer halben Stunde vor meinen Schrank und starre meine schwarzen T-Shirts an. Amy huscht in ihrem flauschigen Bademantel mit den Tieröhrchen an meiner angelehnten Tür vorbei und ein ganzer Sog ihres Parfums zieht hinter ihr her. »Hast du heute was Bestimmtes vor?«, rufe ich laut, damit sie mich auch in ihrem angrenzenden Zimmer verstehen kann.

»Wieso?« Ein verstrubbelter blonder Haarschopf steckt sich durch den Spalt meiner Tür.

»Weil du das große Beauty-Programm auffährst und außerdem riechst wie eine ganze Parfumabteilung.« Ich rümpfe die Nase.

Amy lacht. »Das sagt genau der Richtige. Stehst du nicht seit einer halben Stunde hier und starrst in deinen Kleiderschrank? Was erwartest du, dass der Schrank zu dir spricht?«

»Ich weiß nicht, was ich anziehen soll.«

Amy prustet los, sie kriegt sich gar nicht mehr ein vor Lachen. Ich schnappe mir ein Kissen von meinem Bett und werfe es nach ihr. Knapp vorbei.

»Nein, ernsthaft, Jake.« Amy hält sich die Seite, die nach dem Lachanfall anscheinend schmerzt. Geschieht ihr recht. »Seit wann schert es dich, welches deiner schwarzen Shirts du aus dem Schrank ziehst?«

»Keine Ahnung. Ich bin nervös, wegen dem Auftritt mit der Band.«

»Du bist doch schon so oft mit den *B.Heights* aufgetreten, und diesmal kommst du doch sogar nur für einen einzigen Song auf die Bühne.«

»Aber es ist mein Song. Und der bedeutet mir echt was.«

Amy schaut mich mit einem Blick an und wird ernst. »Dir ist dieses Studium wirklich wichtig, oder?«

»Mmmhhh«, antworte ich ausweichend. Und ich gestehe in dem Song Emilie praktisch meine Liebe. Aber das kann Amy natürlich nicht wissen. Sie hat den Song ja noch nie gehört. Ob sie kapiert, um wen es darum geht, wenn wir ihn heute Abend im Club spielen?

»Na komm, ich helfe dir. Nimm das Shirt mit der Jeans. Die Hose steht dir gut und das Grün in dem Bandaufdruck auf dem

Shirt passt gut zu deinen Augen. Und jetzt wuschle dir deine Haare durch und mach dein cooles Geht-mir-alles-am-Arsch-vorbei-Gesicht. Dann läuft das schon.« Sie wirft mir das T-Shirt zu und verschwindet in ihr Zimmer.

Ich atme durch und ziehe das Shirt über den Kopf. Noch drei Stunden bis zum Auftritt, und ich war lange nicht mehr so nervös.

Emilie

Wir verabreden uns um 19 Uhr in der Bar, in der Polly arbeitet, um noch ein paar Drinks zu nehmen, bis wir dann in den *Tide Night Club* weiterziehen. Ein kleiner Teil von mir hofft, Jake könnte aus unerfindlichen Gründen auch da sein. Auch wenn er nicht mehr dort arbeitet und nicht mehr in der Band spielt. Aber das ist natürlich Blödsinn. Was sollte er auch da? Doch Amy mal wieder zu sehen, wird nett. Ich mochte sie immer gern. Und sie kann ja nichts dafür, dass ihr Bruder ein solcher Idiot ist.

Polly schmeißt eine Runde Drinks für uns und Álvaro zappelt nervös neben mir auf dem Stuhl herum. Immer wieder sieht er auf die Uhr.

»Wartest du noch auf irgendwen?«, frage ich ihn schließlich.

»Was?«, fragt er mich abwesend.

»Ob du noch auf jemanden wartest! Du starrst die ganze Zeit auf die Uhr und bist so hibbelig. Man könnte denken, du hast heute noch ein Date.« Entsetzt blicke ich ihn an. »Bitte sag mir, dass du kein Date hast! Ich mag Timothy! Ich bin Team Timothy und möchte nicht schon wieder Scheidungskind sein.« Melodramatisch hebe ich meine Hand an die Stirn.

Álvaro lacht glucksend. »Keine Sorge, ICH habe heute kein Date«, sagt er. Gerade will ich ihn fragen, was er damit meint, als er mir meine Jacke in die Hand drückt und mich mit sich zieht. »Sorry Polly, ich habe dir ja erzählt, was los ist, I keep you posted«, ruft er noch über die Schulter, und schiebt mich Richtung Ausgang. Ich kann meiner Mitbewohnerin gerade noch einen entschuldigenden Blick zu werfen, da schließt sich schon die Pubtür hinter uns.

»Sag mal, was ist denn heute los mit dir?«, frage ich, während ich meine Locken unter meinen Schal stopfe und eilig die Jacke schließe. Es ist wirklich verdammt kalt. Vor meinem Mund bilden sich kleine Atemwölkchen und auch Álvaro reibt seine Hände aneinander.

»Ja, sorry, heute wird es besonders voll und ich will bei der Kälte nicht ewig in der Schlange stehen.«

Álvaro ist ein schlechter Lügner. Aber ich habe keine Lust, weiter mit ihm zu diskutieren, also machen wir uns auf den Weg zum *Tide Night Club*.

Jake

Noch eine Stunde bis zum Auftritt und ich bin total durch den Wind. Ich stehe bei Amy an der Bar und sehe ihr dabei zu, wie sie die Gläser poliert. In einer halben Stunde werden die Türen geöffnet. Malek, Liam und die neue Drummerin Paula starten das Set mit drei Songs, dann komme ich auf die Bühne. Ein Gastauftritt. Ich kriege schon schwitzige Hände, wenn ich nur daran denke.

Amy blickt mich kritisch an. »Sag mal, was ist denn los mit dir? So kenne ich dich gar nicht. Bist du so nervös? Du hast doch schon tausendmal auf dieser Bühne gestanden.«

Ich schlucke. Klar, Amy hat recht, ich habe schon tausendmal auf dieser Bühne gestanden. Aber eben nicht mit meinem Song. Dem Song. Es ist etwas ganz anderes, so viel von meinem Herzen, von meinen innersten Gefühlen, preiszugeben. Mir wird schlecht bei dem Gedanken. Der Song ist so intim, so privat. Vielleicht sollte ich doch noch alles abblasen. Ich habe doch die Aufnahme aus dem Studio …

»Jake?«

»Sorry, was war deine Frage?«

»Never mind. Brauchst du einen Schnaps oder kommst du klar?«

»Danke, geht schon.« Bloß nicht! Bilder von meinem letzten Auftritt mit der Band tauchen vor meinem inneren Auge auf. Ich fahre mir mit der Hand an die Stirn, wo ich von meinem betrunkenen Zusammenbruch beim letzten Mal noch immer eine kleine Narbe von dem Cut habe.

»Jake, kommst du einmal?«, höre ich Maleks Stimme aus dem Mikrofon. Es wird ernst. Ein letztes Mal proben wir den Song und dann verschwinde ich hinter der Bühne.

Emilie

Álvaro tritt von einem Fuß auf den anderen, die Schlange vor dem *Tide Night Club* ist ungewöhnlich lang. »Geht das nicht schneller?«, fragt Álvaro und versucht sich an einem Pärchen vor uns vorbeizudrängeln.

Ich halte Álvaro am Arm zurück. »Ganz ruhig! Es kommt doch auf eine Viertelstunde nicht an, oder?«

»Doch!«, folgt seine prompte Antwort. »Heute schon.«

Ich zucke die Achseln und lasse ihn weiter neben mir rumzappeln. Die crowd sieht aus wie immer, die meisten Mädels stehen trotz der winterlichen Temperaturen in hohen Sandalen in der Schlange, sie tragen keine Strümpfe und maximal eine dünne Jacke über den Kleidern. Ich schüttele den Kopf und krieche weiter in meine dicke Winterjacke.

Als wir uns endlich am Türsteher vorbei in Richtung des Clubinneren schieben, ist die Tanzfläche im vorderen Teil bereits gut gefüllt. Aus den Boxen dröhnt ein Pop Banger, zu dem es auf Tik Tok anscheinend eine Choreografie gab, die ich verpasst habe, wie Álvaro mich aufklärt. Ich muss meine Jacke ausziehen, so warm ist es hier unten. Mit der Jacke über dem Arm schieben wir uns durch die tanzende Menge in Richtung des zweiten Raumes. Hier ist es immer ein wenig ruhiger und vor allem ist hier die Garderobe.

Noch während ich in der Schlange warte, vernehme ich aus dem kleineren Clubzimmer eine Durchsage. Die Stimme von Malek. Die würde ich überall heraushören. Also spielen die *B.Heights* heute.

Mein Herz pocht schneller. Obwohl ich weiß, dass Jake nicht mehr in der Band spielt, ist die Musik in meinem Herzen so eng mit ihm verknüpft. Ich schiebe meine schwarze Winterjacke über den Tresen und nehme meine Marke entgegen. Álvaro neben mir ist inzwischen mehr menschliches Jo-Jo als irgendwas sonst.

Ungeduldig zieht er an meinem Arm, zerrt mich hinter sich her. Wir öffnen die schweren roten Vorhänge, die den Raum von der Garderobe trennen und ich bleibe wie angewurzelt stehen. Maleks Stimme dröhnt durch die Lautsprecher. »Heute darf ich einen besonderen Gast bei uns begrüßen. Unser lieber alter Bandkollege Jake hier hat einen Song geschrieben, mit dem er sich bei einer der renommiertesten Songwriter-Unis im Land bewirbt. Und wir haben die große Ehre, dieses Lied heute mit ihm für sein Demotape einzuspielen. Macht mal Lärm für: JAKE!«

Mit einem langen Sprung landet er auf der Bühne und tritt zu Malek ans Mikrofon. Er sieht wie immer umwerfend aus. Ich habe fast vergessen, wie gut er aussieht. Während er den Blick über die Menge schweifen lässt, bleiben seine Augen an mir hängen.

Jake

Mein Herz! Ich schwöre, ich stehe kurz vor einem Herzinfarkt oder einem Schlaganfall oder was auch immer mit dem Körper passiert, wenn das Herz einfach aus der Brust springt. Das Blut rast mit deutlicher Tempoüberschreitung durch meine Venen und ich schwitze. Mit einem Zittern in der Hand übernehme ich das Mikrofon von Malek. Ich soll etwas sagen, das hatten wir abgesprochen.

Ich lasse den Blick über die Menge schweifen, und dann sehe ich sie. Emilie. Sie hat sich gerade durch den Vorhang geschoben. Sie starrt mich an wie ein Reh im Scheinwerferlicht. Neben ihr steht Álvaro und grinst zufrieden. Er zwinkert mir zu und hält den Daumen hoch. Ich blicke wieder zu Emilie und bin mir sicher, sie hatte keine Ahnung. Sie wusste nicht, dass ich heute hier sein würde. Sie weiß nichts von dem Song.

Mir rutscht fast das Mikro aus der Hand. Mein Hals ist wie zugeschnürt. Ich weiß nicht mehr, was ich sagen wollte. Alles, was ich mir vorher zurechtgelegt hatte, ist weg. Hilfesuchend blicke ich zu Malek rüber.

Der schlägt mir auf die Schulter. »Der gute alte Jake ist echt nervös, wie ihr vielleicht merkt. Also lasst ihn nicht hängen und make some noise für *Half-Hearted* von Jake Albright!«

Jubel brandet erneut auf. Wie in Trance nehme ich meine Sticks und setze mich an meine Drums. Meine Ex-Drums. Die Drums, an denen ich die letzten zwei Jahre so oft gesessen habe. Kurz flackert mein Blick in die erste Reihe. Sie ist vollständig von Mädels belegt. Die meisten von ihnen tragen tief ausgeschnittene Shirts und kurze Röcke, sie werfen mir Blicke zu, die ich früher heiß gefunden hätte, bei denen ich mich jetzt frage, was ich jemals daran mochte. Was hat mich nur daran gereizt, eine von ihnen herauszupicken, willkürlich herauszufischen? Denn eigentlich war es mir total egal, ob es die Rothaarige mit dem engen Paillettenkleid oder die Blonde mit dem tief ausgeschnittenen weißen Top wird. Es war mir gleichgültig. Ich wollte einfach Spaß haben.

Mein Blick wandert zum Ende des Raumes. Emilies wilde Locken stechen heraus. Sie lehnt mit verschränkten Armen an der Wand neben dem Vorhang und schaut mit starrem Blick zur Bühne.

Malek zählt den Takt und ich setze mit den Drums ein.

Emilie

Meine Beine zittern und mir ist schwindelig. Ich kann kaum stehen, daher habe ich mir einen Platz an der Wand gesucht und lehne mich an. Ist das alles wahr? Jake hat sich an einer Uni beworben, einen Song geschrieben, er ist offiziell kein Mitglied der Band mehr ... und offensichtlich hat er für die Girls in der ersten Reihe, die ihn wie immer anhimmeln, nicht mehr als einen flüchtigen Blick übrig. Ist das wirklich mein Jake, der da oben steht? Mein Jake? So ein Blödsinn, weise ich mich selbst zurück. Er ist nicht mein Jake, ist er nie gewesen und wird er nie sein.

Malek zählt den Song ein und Jake spielt die ersten Takte auf den Drums. Dann beginnt Malek zu singen, und wenn mein Herz bisher schnell geschlagen hat, legt es jetzt einen Stepptanz hin.

Hey, I don't know what to say,
Maybe, »I'm sorry«, in some way
We had a deal, but I messed it up,
You tried so hard to make me stop.
When did you change, or was it me?
Why did we lose our melody?

Ich glaube, mir wird schlecht. Ist der Song ... etwa über uns? Hat er unsere Geschichte genommen, um daraus ein Demo für die Uni zu machen? Singt Malek hier gerade allen vor, was ich für eine Idiotin war und wie scheiße Jake sich benommen hat? Álvaro neben mir stupst mich an und lächelt. Mir bricht der kalte Schweiß aus und ich schaue Álvaro schockiert an. Kapiert er es nicht? Jake macht sich über mich lustig und alle, wirklich alle, können dabei zuhören!

Chorus:
I want to be attached, give me all the strings,
Wrapped up in your love, with all that it brings.

No more half-hearted, no more in-between,
Just you and me, I am all in.

Ich kann kaum glauben, was er da singt. Wie gern hätte ich diese Worte von ihm gehört. Wie sehr hätte ich das gebraucht. Stattdessen packt er sie in einen Song, um besser dazustehen. »All in« von wegen. Nicht ein einziges Mal hat er auch nur versucht, sich bei mir zu melden, in der ganzen der Zeit! »All in«, dass ich nicht lache!

I'm sorry for the words I didn't say,
For the moments that just slipped away.
We had a deal, but I failed to see,
The change in you, the change in me.
Now you're gone, we are apart,
Now you're gone and it breaks my heart.

Chorus:
I want to be attached, give me all the strings,
Wrapped up in your love, with all that it brings.
No more half-hearted, no more in-between,
Just you and me, I am all in.

Verdammt, das ist doch nicht sein Ernst. Wie kann er mir das antun? Tränen steigen mir in die Augen. Ich will nicht heulen. Nicht wegen diesem Kerl. Nicht wegen diesem Song, auch wenn er mir das Herz bricht. Die Worte sind so gut gewählt, sie berühren mich auf einer Ebene, von der ich gar nicht wusste, dass sie da ist. Und eine kleine Stimme in meinem Kopf fragt mich ganz leise: »Und wenn er es so meint? Wenn er den Song für dich geschrieben hat?«

Schnell verdränge ich den Gedanken. Jake hat diesen Song als Demo geschrieben und er ist wirklich gut. Die Menge tobt, Zugabe-Rufe werden laut, während ich noch immer wie erstarrt dastehe. Als Jake sich unter tosendem Applaus von seinen Drums erhebt und seine Augenbraue hochzieht, worauf die Mädels in der ersten Reihe zu kreischen anfangen, halte ich es nicht mehr aus. Ich muss hier weg. Mit einer schnellen Bewegung drehe ich mich um, verheddere mich dabei in dem dämlichen Vorhang und höre Álvaro nach mir rufen. Und dann höre ich eine andere Stimme. Seine Stimme. Jake. »Emilie, warte bitte. Bleib hier!«

Doch ich will keine Erklärungen, ich will hier raus. Will nicht auch noch von allen Leuten angestarrt werden. Das Mädchen mit dem halbherzigen Deal. Mit dem man eben mal so rummacht und die sich dann verknallt. Das kann sich doch jeder aus dem Song zusammenreimen. Mist, jetzt fange ich doch an zu weinen, tränenblind schiebe ich mich durch die tanzende Menge. Ellenbogen landen in meinem Gesicht, während ich mich panisch Richtung Ausgang drängele. Ein Beat hämmert und die Menge schreit begeistert auf. Wieder ein Hit. Wieder eine Choreografie. Wieder meine ich hinter mir jemanden meinen Namen rufen zu hören. Aber ich drehe mich nicht um. Wenn ich nicht gleich an die frische Luft komme, falle ich um oder übergebe mich auf die Glitzersandalen eines der Mädchen.

Endlich! Die Treppe. Ich renne die fünf Stufen zum Ausgang hoch und stoße die schwere Eisentür auf. Draußen schlägt mir der kalte Wind entgegen. Fröstelnd schlinge ich die Arme um mich. Es war eine dämliche Idee, ohne Jacke hier rauszukommen. Aber jetzt ist es auch zu spät.

Jake

Mit einem großen Satz springe ich von der Bühne. »Emilie, warte bitte. Bleib hier!« Ich dränge mich durch die Mädels. Als mich eine von ihnen am Shirt festhält, mache ich mich sofort von ihr los. Von allen Seiten bedrängen mich jetzt Menschen. Ich versuche sie zu ignorieren, mich durchzuschieben, ich muss zu Emilie! Ihre Locken verschwinden gerade hinter dem Vorhang. Ich drücke mich weiter durch die Menge und sehe gerade noch, wie sie die Treppen zum Ausgang hinaufstürzt.

»Jake, was für ein Song, was für ein Auftritt!« Bash zieht mich mit eisernem Griff in die Arme. Über seine Schulter sehe ich nur noch, wie die Tür hinter Emilie zufällt. Ich will mich aus seinem Griff befreien, aber er lässt mir keine Chance.

»Mein Lieber, schön, dass es dir besser geht. Lass uns doch direkt mal über ein Comeback sprechen, was meinst du?« Er schiebt mich an die Bar. »Amy, zwei Pint, bitte!«

Ergeben lasse ich die Schultern sinken und nehme das Bier entgegen. Bash redet auf mich ein, fuchtelt mit den Armen, stößt mit mir an. In meinem Kopf rauscht es und ich halte in der Menge nach Álvaro Ausschau. Immer wieder kommen Leute zu mir und schlagen mit mir ein, drücken mich oder gratulieren mir zu dem Song. Ich habe schon drei Telefonnummern zugesteckt bekommen und immer wieder blitzen Handys um mich herum auf. Irgendwann schaffe ich es, mich von Bash loszueisen und schiebe mich durch die Feiernden, um Álvaro und hoffentlich auch Emilie zu finden.

An der Garderobe erwische ich Álvaro, als er gerade seine Jacke abholt. »Hey Mann«, sage ich vorsichtig.

»Jake! Geiler Song, ich wusste, der würde live noch mal ordentlich zünden. Nur Emilie scheint er nicht so gefallen zu haben. Hat sie einen Grund, so aufgebracht zu sein?«, fragt er mich und nimmt eine weitere Jacke entgegen. »Sie ist fluchtartig verschwunden und hat nicht einmal ihre Jacke mitgenommen …« Wie zum Beweis hält er die zweite Jacke in die Luft. »Keine Ahnung, was los ist. Ich hatte gehofft, nach der Trennung von Kobe würdet ihr vielleicht … Ach, never mind.«

»Du hast sie hergebracht, weil du wusstest, dass ich heute auftrete? Aber sie hatte keine Ahnung davon, richtig?«

»Sorry Mann. Hätte ich ihr gesagt, dass du heute hier bist, wäre sie nie im Leben mitgekommen. Ich sehe ja, wie du dich verändert hast, und ich glaube dir die Worte in deinen Lyrics sofort. Ich hätte nicht gedacht, dass ich das noch mal sage, aber ich shippe euch!« Er legt seine Hand auf meine Schulter und schaut mich ernst an. »Aber Emilie ist 'ne harte Nuss. Sie hat ziemlich an sich gearbeitet in letzter Zeit. Nur ein Song wird da nicht reichen. Warum hast du dich auch nie bei ihr gemeldet?«

Hinter uns hat sich eine Schlange an der Garderobe gebildet. Ich will das nicht hier vor allen ausdiskutieren. Für heute stand ich lange genug im Rampenlicht. »Kannst du mir versprechen, ein gutes Wort für mich einzulegen? Sie soll sich melden, hörst du?«

Álvaro nickt und verabschiedet sich mit einem Winken von mir.

Emilie

Ich liege auf dem Bett und die Tränen wollen nicht versiegen. Was für eine Riesenscheiße. Erst im Taxi habe ich gemerkt, dass ich auch mein Portemonnaie in meiner Jacke hatte. Zum Glück kann man inzwischen auch das mit dem Smartphone bezahlen. Ich wollte nur noch weg und ohne Jacke wäre ich wahrscheinlich selbst auf dem kurzen Heimweg erfroren. Die Fahrt ist nur so an mir vorbeigerauscht.

Es klopft leise an meine Zimmertür. »Kann ich reinkommen?« Polly steckt ihren Kopf durch den Türspalt. »Ich bringe milde Gaben.« Lächelnd hält sie einen Becher mit Eiscreme in der einen und zwei Löffel in der anderen Hand. Es ist das Eis, das Kobe für unseren Filmabend mitgebracht hatte und ich muss schon wieder heulen. Was für eine Riesenmist das alles ist. Den netten Kerl stoße ich vor den Kopf und der, den ich will, macht sich öffentlich über mich lustig. Was ist eigentlich in meinem Leben schiefgelaufen? Ohne meine Antwort abzuwarten, ist Polly mit einem großen Satz auf mein Bett gesprungen und kuschelt sich zu mir unter die Decke. »Erzählst du mir, was los ist?«

Ich wische mir mit dem Ärmel die Tränen weg, schnappe mir einen Löffel und fahre damit durch das cremige Schokoladeneis. »Ach Polly, es ist alles so verfahren.« Und dann erzähle ich ihr von meiner Trennung von Kobe, von dem Abend im *Tide Night Club*, und schließlich von dem Song.

»Und es besteht nicht die kleinste Chance, dass er den Song geschrieben hat, um dir damit etwas zu sagen? Wäre doch romantisch, oder?«

Ich seufze. »Das wäre es. Aber noch romantischer wäre es, wenn er mir den Song allein vorgespielt hätte, er sich mal irgendwann bei mir gemeldet hätte …«

Jetzt ist es an Polly zu seufzen. »Du hast recht. Aber allein die Vorstellung, dass ein Mann mir einen Song schreiben würde, lässt mich dahinschmelzen wie der Rest Eis in unserer Packung *Ben & Jerrys*. Hach. Na gut. Ich muss jetzt ins Bett und das Eis ins Gefrierfach. Kommst du klar, Süße?«

Ich nicke und drücke Polly noch einmal fest.

Jake

Mein Bett hat sich noch nie so leer angefühlt. Kaum berührt mein Kopf das Kissen, setzt sich mein Gedankenkarussell in Gang. Ich sehe wieder Emilie, ihren Blick, wie sie sich abwendet und geht. Sie muss mir zuhören. Wir sollten wirklich reden.

Ich schaue auf die Leuchtanzeige meines Handys. Kurz nach Mitternacht. Unschlüssig drücke ich auf unseren Chatverlauf. Zwei graue Haken. Sie hat die Nachrichten immer noch nicht gelesen. Was ist, wenn sie die Nachrichten nie liest? Unruhig wälze ich mich in meinem Bett hin und her. Dann fasse ich einen Entschluss. Ich schnappe mir meine Jeans, die ich achtlos vor meinem Bett auf den Fußboden geworfen habe, ziehe mir meinen Hoodie über den Kopf und schlüpfe in die Jacke. Vor der Haustür schließe ich mein Rad auf und trete in die Pedalen.

Immer schneller fahre ich, um es mir nicht wieder anders zu überlegen, um keinen Rückzieher zu machen. Mein Herz klopft gegen meine Brust, als ich mein Fahrrad wenig später gegen einen Laternenpfahl lehne. Dann drehe ich mich dem Haus entgegen, es ist alles dunkel. Kurz überlege ich zu klingeln, aber es ist weit nach Mitternacht. Ihre Mitbewohnerin schläft ganz sicher. Und ich will mit Emilie allein reden. Auf keinen Fall will ich die Gefahr eingehen, direkt an der Tür abgewimmelt zu werden. Ich blicke mich um und greife nach ein paar Kieseln, die auf dem Boden liegen. Emilies Fenster ist das zweite von unten. Die ersten Kiesel prallen mit einem leisen »Klack« von der Scheibe ab.

Emilie

Klack. Klack. Klack. Immer wieder ertönt das Geräusch. Ich sitze aufrecht im Bett und versuche es zuzuordnen. Es scheint von draußen zu kommen. Klack. Klack. Klack. Vorsichtig schiebe ich mich näher an die Fensterscheibe, um zu sehen, was da los ist. Klack! Ein kleiner Punkt fliegt gegen meine Scheibe und der Aufprall macht das Geräusch. Verwundert trete ich noch näher. Unter meinem Fenster steht jemand. »Hey, was soll das denn?«, frage ich, während ich das Fenster weit öffne und mich hinauslehne.

In dem Moment tritt die Gestalt in das Licht der Straßenlaterne vor meinem Haus. »Jake?«, frage ich ungläubig. Was will er hier?

Jake

Sie steht am Fenster. Und jetzt? Ich weiß plötzlich nicht mehr, was ich sagen soll, was für eine blöde Idee.

»Was willst du hier, Jake?«

»Ich … ich will mit dir reden!«

»Jetzt willst du mit mir reden? Super! Erst machst du mich vor allen Leuten zum Gespött, machst dich über mich lustig, schreibst einen Song über mich und jetzt willst du reden? Danke, ich verzichte!«

»Ich habe mich nicht über dich lustig gemacht! Ich meine jedes Wort ernst!« Aber da hat sie das Fenster mit einem Rumms schon wieder geschlossen. Wie ein begossener Pudel stehe ich da. »Dann lies doch wenigstens meine Nachrichten«, rufe ich dem geschlossenen Fenster entgegen. Ich meine eine Gardine rascheln zu sehen, aber sonst bleibt alles ruhig.

So eine verdammte Scheiße. Wütend trete ich gegen den Laternenpfahl. Dabei kippt mein Rad mit einem lauten Krach um. In den Fenstern eines Nachbarhauses gehen die Lichter an. Schnell schwinge ich mich auf meinen Sattel, bevor noch irgendjemand die Polizei holt, weil er denkt, ich wäre ein Einbrecher.

Emilie

Mein Herz rast. Ich stehe hinter der Gardine und sehe dabei zu, wie Jake gegen die Laterne tritt, schließlich sein Rad nimmt und mit einem letzten Blick zu meinem Fenster losfährt. Ich drücke mich mit dem Rücken gegen die Wand neben dem Fenster und versuche ruhig weiter zu atmen. Ich will mir keine blöden Ausreden anhören. Wenn Jake mit mir reden will, hätte er das schon vor Wochen tun können. Er hätte mir schreiben können, hätte mich fragen können, ob ich möchte, dass er unsere Geschichte in einem Song verbrät. Jetzt brauche ich seine lahme Entschuldigung auch nicht mehr. Wahrscheinlich wollte er sich nur meine Einwilligung einholen, damit ich ihm keinen Ärger mache, wenn er das Lied einreicht. Aber da braucht er sich nicht sorgen. Für mich ist das Kapitel Jake Albright abgeschlossen.

Wenn nur mein Herz nicht immer noch so schnell klopfen würde, wenn ich an ihn denke. Wenn ich mich daran erinnere, wie es war, als er mich das letzte Mal geküsst hat, als seine Hände … »Emilie! Stopp, es reicht«, schimpfe ich mit mir selbst. Und jetzt ab ins Bett. Morgen ist ein neuer Tag.

Jake

Nach einer sehr unruhigen Nacht fällt mir morgens als Erstes mein peinlicher Auftritt vor Emilies Fenster ein und ich ziehe mir die Decke über das Gesicht. Schon bald wird es mir zu stickig. Ich tauche auf, gähne und strecke mich zu meinem Handy. Als ich es entsperre, frage ich mich kurz, ob meine Social Media Accounts gehackt wurden. Hunderte Benachrichtigungen auf TikTok und Instagram. Freundschaftsanfragen, Nachrichten. Was zum Teufel ist hier los? In dem Moment wird die Tür zu meinem Schlafzimmer aufgerissen, Amy springt mit Schwung auf mein Bett und dann direkt auf mich drauf. »Jakey!! Du bist berühmt«, brüllt sie und fuchtelt mit ihrem Handy vor meinem Gesicht herum.

Mit einem Grunzen schiebe ich sie von mir hinunter. »Amy, echt mal, so ein bisschen Privatsphäre wäre schon schön …«

»Jaja, das können wir später besprechen, jetzt hör mir doch mal zu!«

»Mache ich, sobald ich geduscht habe und ein Kaffee vor mir steht.«

Mit den Worten befördere ich sie aus dem Zimmer und stelle im Bad das heiße Wasser der Dusche an. Während ich darauf warte, dass die alten Rohre statt kaltem endlich warmes Wasser durch die Leitungen rauschen lassen, klicke ich auf Instagram und kann kaum glauben, was ich da sehe.

»Was für ein Song! Ich bin Fangirl! #Halfhearted«

»Girls! Wie heiß ist denn bitte der Drummer,? Stimmt es, dass er den Song geschrieben hat? #Halfhearted«

»Stell dir vor, Jake Albright schreibt dir einen Song! Hach! #Halfhearted«

»Weiß jemand, wer das Mädchen ist, für das er den Song geschrieben hat? #DieHoffnungStirbtZuletzt #Halfhearted«

»I want to be attached, give me all the strings. Heiß, Heißer, Jake Albright! #Halfhearted«

»Sag mal, weiß jemand, wo ich den Song auf *Spotify* finde?«

AW: »Der Song ist noch gar nicht releaesed, die Band hat ihn nur für den Drummer gespielt, damit er ein Demo für eine Aufnahmeprüfung an der Uni hat.«

AW: »Krass! @B.Heights ihr müsst den Song rausbringen! #Halfhearted«

Ich starre auf meinen Handybildschirm. Das Wasser ist inzwischen heiß. Aber das merke ich gar nicht. Völlig perplex setze ich mich auf den Klodeckel und schaue meine Chatnachrichten durch, unzählige von Nummern, die ich nicht kenne. Außerdem drei Anrufe in Abwesenheit von Malek, zwei von Sam. Ich schüttele den Kopf und lege das Handy auf dem Waschbeckenrand ab. Dann steige ich unter die Dusche und stelle den Regler auf eiskalt. Ich brauche jetzt einen klaren Kopf.

Emilie

Es ist Montag und ich fühle mich wie von einem Bus überfahren. Was für ein Wochenende. Ich habe den ganzen Sonntag damit verbracht zu analysieren, was Jake von mir wollte. Nur um mir immer wieder zu versichern, dass es mir ganz egal ist, was er von mir wollte, schließlich bin ich über ihn hinweg.

In der Backstube mache ich mich zunächst daran, den Teig für die Kuchen anzumischen, die heute in die Auslage sollen. Ich siebe Mehl, gebe Butter und Eier hinzu. Während aus den Zutaten langsam eine geeignete Masse entsteht, werfe ich einen Blick auf die große Uhr über der Tür. Es ist bereits fast 10 Uhr und von Carol ist nichts zu sehen. Ich schiebe die ersten Böden in den Ofen und beginne dann, die Pflaumen zu waschen und zu entsteinen. Carol hat wie immer eine Übersicht für die Woche an die Pinnwand gepinnt, welche Kuchen bestellt sind, welche in die Auslage sollen. Ich arbeite mich nach und nach durch die Rezepte.

Es ist inzwischen 13 Uhr. Langsam wird es Zeit, den Verkaufsraum für den Nachmittag herzurichten, und mein Magen knurrt. Wo bleibt Carol? Ich gehe in die kleine Kammer, in der meine Jacke und Tasche ordentlich in meinen Schrank hängen, und werfe einen Blick auf das Display. Zehn verpasste Anrufe von ihr. Hektisch wische ich die Hände an meiner Schürze sauber und höre die Nachricht auf meiner Mailbox ab.

»Emilie? Hier ist Carol. Ich hatte einen Unfall. Nichts Dramatisches, keine Sorge. Aber ich liege im Krankenhaus. Sie checken noch ein paar Sachen und ich kann heute nicht in den Laden kommen. Es tut mir total leid, dich so mit allem allein zu lassen. Kannst du bitte den Kunden, die Kuchen und Torten vorbestellt haben, absagen? Da sind ein paar Feiern dabei, die Leute werden sauer sein. Aber lass dich auf nichts ein. Sie kriegen ihr Geld zurück und dann ist es gut. Ich melde mich wieder.«

Ich lasse das Handy sinken. Im selben Moment klingelt es an der Tür. Das ist der Bote für die bestellte Geburtstagstorte, die ich den ganzen Morgen gebacken habe. Schnell laufe ich nach vorn und biete Luke, dem Boten, einen Kaffee an. In der Zwischenzeit packe ich eine Schachtel mit unseren Macarons und schreibe eine Karte. Mit extra Glückwünschen und einer kleinen Erklärung, dass die Torte nicht aus Carols Meisterhänden stammt, aber hoffentlich trotzdem gefällt.

Als ich abends die Tür der Chocolaterie zuschließen will, piept der Anrufbeantworter. Ich habe alle Calls direkt auf die Maschine umgelenkt, weil ich es allein eh nicht geschafft hätte, auch noch ans Telefon zu gehen. Stattdessen habe ich den Verkaufsraum für die zwei Stunden Peakzeit von 15 Uhr bis 17 Uhr geöffnet und in der gesamten restlichen Zeit gebacken. Ich habe mich außerdem auf die Torte vorbereitet, die für morgen bestellt ist. Es geht wohl um ein Firmenjubiläum. Wäre doch schade, wenn wir den Kunden verlieren.

Vielleicht ist es eine weitere Nachricht von Carol? Ich gehe noch einmal in den Verkaufsraum zum Tresen und höre die Bandansage ab.

»Liebe Emilie, vielen Dank für die wunderschöne Torte und die kleine Überraschung. Wir haben uns sehr gefreut und das Meisterstück ist bei dem Geburtstagskind super angekommen. Gerne jederzeit wieder. Richte Carol einen Gruß aus, sie wird nicht mehr gebraucht, wie es scheint.« Lachen tönt aus der Box und ein Klicken zeigt an, dass die Kundin aufgelegt hat.

Beschwingt verlasse ich den Laden. Ich habe nicht nur eine Entscheidung getroffen, ohne sie zehnmal zu hinterfragen, ich habe auch einfach mal an mich geglaubt. Daran, dass meine Kuchen gut genug sind. Yes! Zufrieden schicke ich Carol eine Sprachnachricht, dass sie sich keine Sorgen machen soll, sich aufs Gesundwerden konzentrieren kann. Ich habe alles im Griff.

Jake

Mir ist nicht so ganz klar, was hier gerade passiert. Ich sitze neben Sam und Malek im Tonstudio und Worte wie »royaltys« und »Abtretung von Rechten« schwirren durch den Raum. Wir verhandeln über die Rechte an meinem Song. Was für ein völlig verrücktes Gespräch. Ich wollte doch nur mein Demo für die Uni zusammenstellen. Sam hat sich angeboten, mein Management zu übernehmen. Mein Management! Ich könnte mich noch immer ausschütten vor Lachen. Malek und die *B.Heights* wollen den Song so schnell wie möglich rausbringen. Und da kommt die Demoaufnahme ins Spiel.

Malek würde sie gerne abmischen und sofort auf allen gängigen Streamingdiensten hochladen. Er erhofft sich so, dass eine Plattenfirma auf die Band aufmerksam wird. Mir soll das recht sein, ich weiß seit gestern ganz sicher, dass ich so gar keine Lust auf diesen ganzen Zirkus habe. Ich will Songs schreiben. Auf der Bühne können gerne andere stehen. Alleine, was heute auf meinen Social-Media-Kanälen los ist, überfordert mich schon total.

»Für Jake ist wichtig, dass er sich mit dem Song weiter bei der Universität bewerben kann. Wir würden heute die Abmischung machen. Dann könnt ihr ihn theoretisch haben. Wir müssen nur mal über die Beteiligung sprechen.«

Wie absurd das alles ist. Sam spricht über mich, als wäre ich gar nicht hier. Wie eine dritte Person. Ich zucke mit den Schultern und lehne mich in meinem Stuhl noch weiter zurück. Sollen die sich mal was überlegen. Hauptsache, wir können mein Demo endlich fertigstellen.

Irgendwann schlagen Sam und Malek ein. Beide blicken mich erwartungsvoll an. Ich habe keine Ahnung, worum es geht, ich bin vor etwa einer halben Stunde aus dem Gespräch ausgestiegen. Schnell strecke ich den Daumen in die Luft. »Klasse, dann können wir jetzt das Demo machen.« Malek drückt mich an seine Brust. »Danke Mann, du wirst es nicht bereuen. I'll make you famous!«

»Reich würde mir schon genügen«, lache ich und schiebe ihn von mir weg.

Dann machen wir uns endlich an die Aufnahmen und am Abend werde ich mit einem fertigen Demo in der Tasche und einem Royalty-Vertrag für meinen ersten Song ins Bett fallen. Leben, ey. Total verrückt.

Zu Hause treffe ich auf Amy, die in unserer gemeinsamen Küche auf mich gewartet hat. Neugierig blickt sie mich an.

»Und?«

»Was und?«, frage ich betont gleichgültig und öffne mit einem vernehmlichen Plopp eine Flasche Bier und schließe mit der anderen Hand die Kühlschranktür.

»Jake! Mann ey, du weißt genau, was ich wissen will!«

»Die haben mir einen Deal angeboten, wollen den Song rausbringen«, sage ich und proste ihr zu.

»Das ist doch der Hammer! Dein Song wird womöglich ein Hit! Hast du gesehen, was in den Social Networks los ist? Der Wahnsinn!«

»Mhhh«, antworte ich und nehme einen großen Schluck Bier.

»Was sagt denn Emilie dazu? Ich meine, du hast ihr einen Song geschrieben!« Schwärmerisch legt sie den Arm über ihre Stirn und tut so, als würde sie in Ohnmacht fallen.

Ich schnaube. »Das sieht Emilie leider ganz anders. Sie denkt, ich wollte mich mit dem Song über sie lustig machen.«

»What? Warum? Hast du ihr nicht gesagt, dass du sie zurückwillst? Das ist es doch, was du willst, oder?«

»Ich weiß es nicht, Amy. Ich glaube, ich bin wirklich verliebt, aber der Gedanke an eine Beziehung macht mir noch immer Angst. Und es ist jetzt schon so kompliziert und verworren. Was, wenn ich es nicht hinkriege?«

»Jake, nun hör mir mal gut zu.« Amy ist von der Arbeitsplatte heruntergerutscht und steht genau vor mir. Sie legt ihre Hände auf meine Arme und schaut mir fest in die Augen. »Du bist ein toller Typ, ein klasse Bruder, du hast einen wunderschönen Song geschrieben, in dem du dich so sehr öffnest. Hab keine Angst mehr vor deinen Gefühlen. Oder davor, verletzt zu werden. Du wirst es mehr bereuen, es nicht versucht zu haben, als bei dem Versuch zu scheitern. Und du magst sie doch, oder?«

Ich nicke. Dann umarme ich meine Schwester und wir halten uns für einen Moment ganz fest. »Danke Amy. Hast du schon mal überlegt, Psychologie zu studieren?«

Sie lacht. »Also sprichst du noch mal mit ihr?«

Ich nicke. Ich werde mit Emilie reden. Ein kleines Lächeln stiehlt sich auf meine Lippen und ich nehme noch einen großen Schluck, wie um den Deal mit mir selbst zu besiegeln.

Emilie

Die Woche fliegt nur so an mir vorbei. Ich habe so viel zu tun, dass ich weder an die holperige Trennung von Kobe noch an die Aktion von Jake denken kann. Fast jeden Abend bleibe ich einige Stunden länger, um die Bestellungen fertig zu machen. Carol hat mir noch einmal angeboten, die Vorbestellungen einfach zu verschieben, aber mir tut es gerade unheimlich gut, beschäftigt zu sein.

Ich stehe gerade in der Backstube und habe meine Hände tief in einem Hefeteig vergraben, als das Telefon klingelt. Ich lasse den Anrufbeantworter anspringen. Mit einem Ohr höre ich zu: »Ähm, hallo, dies ist eine Nachricht für Emilie …« Dann folgt eine Pause, bestimmt für drei lange Sekunden, dann ein Räuspern, bis die Person endlich weiterspricht. »Hör zu Curly, ich weiß, ich habe Mist gebaut, aber ich möchte es dir so gern erklären. Wenn du schon nicht mit mir sprechen willst, dann sieh doch wenigstens meine Nachrichten an. Dann wirst du hoffentlich verstehen.«

Das laute Piep am Ende der Nachricht löst mich aus meiner Erstarrung. Ich stürme zum Waschbecken, um den Teig von meinen Händen zu waschen. Dann renne ich nach vorn in den Verkaufsraum, um mir die Nachricht noch einmal anzuhören. Als ich gerade beim Anrufbeantworter angekommen bin, fällt mein Blick zum Eingang. Dort steht Carol auf Krücken und mit einem eingegipsten Bein. Ich bleibe wie angewurzelt stehen und starre sie an.

Sie blickt sich staunend im Verkaufsraum um. »Emilie! Was ist das hier alles?«

Ich werde rot und versuche mich ganz auf Carol zu konzentrieren. Welche Nachrichten hat er nur gemeint, dröhnt es in meinem Kopf, als ich Carol antworte: »Ich konnte die Kunden doch nicht hängen lassen. Also habe ich die Bestellungen trotzdem fertiggestellt.«

Carol öffnet den Mund.

»Bevor du etwas sagst, ich habe jeder Bestellung ein paar Macarons beigelegt und eine Karte, in der ich erklärt habe, dass nicht du deine Zauberhände im Spiel hattest. Warte mal, hier, hör mal!« Und dann spiele ich ihr die zahlreichen Nachrichten auf dem Anrufbeantworter vor, die in der vergangenen Woche eingegangen sind. Nur die letzte Nachricht lasse ich aus. Jakes Nachricht. Wieder dreht sich alles in meinem Kopf. Doch Carol lässt mir keine Zeit, ins Grübeln zu geraten. Sie wischt sich mit der Hand über die Augen. Weint sie etwa?

»Carol?«, frage ich und trete näher an sie heran.

»Emilie, du hast keine Ahnung, was es mir bedeutet, dass du das hier so weitergeführt hast. Ich bin schon so lange selbstständig, immer auf mich allein gestellt. Immer in der Angst, dass ich mal ausfalle. Immer in der Angst, was passiert, wenn ich mal krank bin. Und dann kommst du und schmeißt den Laden einfach ohne mich.«

Kurz entschlossen gehe ich zu ihr und nehme sie in den Arm. Zunächst ist Carol ganz steif. Doch dann drückt sie mich zurück.

»Emilie, setz dich mal«, sagt sie und schließt die Ladentür ab. »Es wird Zeit, dass wir mal ganz ernsthaft über deine Zukunft sprechen.« Bevor ich irgendetwas erwidern kann, spricht Carol auch schon weiter. »Ich weiß, dass du andere Angebote hast. Gute Angebote. Aber ich will dich dauerhaft hier. Auf jemanden wie dich habe ich seit Jahren gewartet. Jemanden, der mir ebenbürtig ist, der genauso viel Leidenschaft und Freude für diesen Beruf mitbringt.« Sie atmet noch einmal tief ein. »Könntest du dir vorstellen, bei mir mit einzusteigen? Als Partnerin? Die Kredite sind so weit getilgt. Ich bräuchte also erst einmal keine Beteiligung von dir. Wir würden das Ganze zunächst ausprobieren und wenn du dann mit in den Gesellschaftervertrag aufgenommen werden willst, finden wir eine Lösung, wie wir das mit der zu leistenden Einlage dafür hinkriegen.«

»Carol!«, unterbreche ich sie. »Ich kann mir nichts Schöneres vorstellen. Die letzten Tage hier waren wie die Erfüllung eines

Traumes. Ich konnte so kreativ sein und ich liebe die Kunden. Was soll ich denn in einem fancy Hotel in London, wenn ich hier mit dir in der Backstube stehen kann? Ich hätte nur eine Bedingung …«

»Ja?«, fragt Carol.

»Wegen dem Handyverbot in der Backstube … Ich habe in den letzten Tagen immer über meine Kopfhörer Hörbucher beim Backen gehört und das würde ich auch gerne weitermachen. Können wir da einen Kompromiss finden? Ich verspreche auch, ich werde es nur dafür nutzen.«

»Du bist dann gleichwertige Partnerin, Emilie. Du kannst deine eigenen Regeln aufstellen. Wer bin ich denn, dir vorzuschreiben, wie du deine Arbeit machst. Aber die neue Praktikantin, die nächste Woche anfängt, die lässt ihr Handy weiter in der Kammer!«

Ich lache. »Deal.«

Wir geben uns die Hand und ich war selten in meinem Leben so glücklich.

Abends im Bett möchte ich eigentlich nur einer Person sofort davon erzählen. Jake. Aber das geht nicht. Weil er ein Arsch ist. Aber eben ein Arsch, an dem ich doch noch hänge, den ich noch immer so verdammt vermisse. Wovon hat er bloß auf seiner Message auf dem Anrufbeantworter gesprochen? Welche Nachrichten hat er gemeint? Ich kuschele mich unter meine Decke und schließe die Augen.

Es ist mitten in der Nacht und ich sitze kerzengerade in meinem Bett. Mir ist gerade etwas eingefallen. Mit zitternden Fingern nehme ich mein Handy in die Hand und klicke auf mein Chatprogramm. Wie war das? Ich habe Jake nicht blockiert, sondern nur in ein Archiv verbannt, wo ich seine Nachrichten nie sehen würde, wenn er denn welche schreiben würde.

Ich drücke auf den Ordner Archiv. Darin ist der Chat, mit einer unbekannten Nummer. Jakes Nummer. Das weiß ich auch, ohne dass ich sie noch unter seinem Namen eingespeichert habe. Mein Herz pocht zum Zerspringen. Dann klicke ich auf den Chatverlauf.

JAKE
Hey. Ich weiß nicht, was ich sagen soll. Vielleicht: Es tut mir leid? Es tut mir leid, dass ich dich verletzt habe. Ich wollte dir nie wehtun. Wir hatten einen Deal und ich habe wohl nicht mitbekommen, wann du dich verändert hast. Wann ich mich verändert habe. Wann wir uns verändert haben.

JAKE
Hey. Du hast meine letzte Nachricht nicht gelesen. Darum macht es eigentlich keinen Sinn, dir noch mal zu schreiben. Aber es ist so viel ungesagt zwischen uns. Die Sache an meinem Geburtstag, wie ich dich behandelt habe, tut mir leid. Ich habe wohl nicht mitbekommen, wie sich deine Gefühle verändert haben. und habe auch einfach keine Rücksicht darauf genommen. Ich wollte einfach mein Ding durchziehen. Und jetzt liest du nicht einmal meine Nachrichten mehr und es sollte mir nichts ausmachen. Aber das tut es. Es macht mir etwas aus, Emilie.

JAKE
Hey. Ich liege wach und weiß, du liest meine Nachrichten nicht, aber ich habe heute einen Studiengang für Songwriting gefunden und die erste Person, der ich davon erzählen wollte, warst du. Die erste Person, die ich anrufen möchte, wenn etwas wirklich Schönes passiert, bist du. Du gehst mir einfach nicht mehr aus dem Kopf. Ich vermisse dich so. Ich weiß, dass ich es verbockt habe. Aber ich würde so gern noch einmal mit dir reden.

JAKE

Sam hat mir gesagt, ich solle meinen Liebeskummer in einen Song packen. Erst als ich meine Nachrichten an dich noch einmal durchgelesen habe, wusste ich, was ich in dem Song sagen will. Es war alles da. Alles, was ich dir sagen wollte, alles, was ich fühle, und ich hoffe so sehr, dass du ihn irgendwann einmal hörst und dass er dir gefällt. *Half-Hearted* ist dein Song.

Hey, I don't know what to say,
Maybe, »I'm sorry«, in some way
We had a deal, but I messed it up,
You tried so hard to make me stop.
When did you change, or was it me?
Why did we lose our melody?

Chorus:
I want to be attached, give me all the strings,
Wrapped up in your love, with all that it brings.
No more half-hearted, no more in-between,
Just you and me, I am all in.

I'm sorry for the words I didn't say,
For the moments that just slipped away.
We had a deal, but I failed to see,
The change in you, the change in me.
Now you're gone, we are apart,
Now you're gone and it breaks my heart.

Chorus:
I want to be attached, give me all the strings,
Wrapped up in your love, with all that it brings.
No more half-hearted, no more in-between,
Just you and me, I am all in.

Ich starre auf mein Handy, scrolle noch einmal durch die Nachrichten, um mich zu versichern, dass das alles wirklich da steht. Die erste Nachricht hat Jake mir wenige Wochen nach seinem Geburtstag geschickt, die letzte Nachricht mit dem Song einen Tag vor seinem Auftritt mit den *B.Heights*. Obwohl er wusste, dass ich seine Nachrichten nicht bekomme. Ein Schniefen bahnt sich den Weg von meinem Herzen zu meinem Kopf. Tränen kullern aus meinen Augen und ich lese die Worte erneut. Während ich weine, muss ich lächeln. Er hat mir einen Song geschrieben! Und ich habe alles falsch verstanden. Als ich den Song im Club gehört habe, hätte ich nie gedacht, dass er ihn für mich geschrieben hat, um mir zu sagen, dass … Ja, was eigentlich? Ich klicke auf den Button der Suchmaschine auf meinem Handy und gebe »Jack Albright« und »Half-Hearted« in die Suchleiste ein. Ich muss den Song noch einmal hören.

Im Netz kursieren einige Videos von dem Auftritt. Ich sehe, wie Jake an das Mikro tritt, wie Malek ihn ankündigt, wie er sich ans Schlagzeug setzt und Malek mit seiner rauchigen Stimme den Song anstimmt. Mir läuft ein Schauer den Rücken hinunter. Der Song ist noch viel schöner, als ich ihn in Erinnerung habe! Ich höre ihn wieder und wieder an. Dann schreibe ich Jake.

Jake

Zwei blaue Haken hinter meinen Nachrichten an sie. Eine WhatsApp. Drei Worte. Drei Worte, die alles verändern.

EMILIE
Können wir reden?

Immer wieder lese ich sie durch und überlege mir eine gute Antwort, eine, die sie dazu bringt, sich mit mir zu treffen. Bloß nicht telefonieren, bloß keine Nachrichten mehr oder Songs, die falsch verstanden werden. Ich will vor ihr stehen und ihr sagen, was ich fühle.

JAKE
Ja! Lass uns reden. In unserem Café? Um 14 Uhr?

EMILIE
Okay. Ich bin da.

Vier Worte, zwei Satzzeichen und ein Herz, das mir bis zum Hals klopft. Sie will mich sehen.

Emilie

Ich stehe von dem Spiegel und zupfe an meinen Locken herum. Soll ich sie offen tragen oder einen Zopf machen? Was passt besser zu meinem Outfit? Ich habe mich bereits dreimal umgezogen, am Ende ist es mein Lieblingskleid geworden, ein kurzes schwarzes Latzkleid mit einem gestreiften Shirt darunter, eine dicke schwarze Strumpfhose und meine derben Boots. Als ob es eine Rolle spielen würde. Aber ich bin so verdammt nervös. Wie wird es sein, wenn wir uns wiedersehen? Wir haben so lange nicht mehr miteinander gesprochen. Und beim letzten Mal hat es so verdammt wehgetan. Wird es komisch? Wie soll ich mich verhalten, nach den Nachrichten, nach dem, was ich jetzt weiß? Meine Hände werden schon schwitzig, wenn ich nur daran denke.

Die Haare gehen auch so. Das ist kein Date. Wir wollen nur reden. Er soll reden. Ich will mir anhören, was er mir zu sagen hat. Ich putze mir die Zähne, zweimal. Dann schminke ich mich sorgfältig, schnappe mir Schlüssel, Portemonnaie und Handy und stopfe alles in meine Tasche. Ein Spritzer Parfum hinter die Ohren und noch einmal tief durchatmen. Jacke an, dann gehe ich los.

Jake

Ich weiß nicht, wann ich das letzte Mal so aufgeregt war. Dieses Gespräch, dieses Treffen, ist verdammt wichtig für mich. Ich habe wirklich das Gefühl, etwas kapiert zu haben, ich will mich ändern und ich will Emilie. Ich hoffe einfach nur, dass ich die richtigen Worte finde, damit sie mir das glaubt.

Ich fahre mir vor dem Spiegel durch die Haare. »Wird schon«, sage ich meinem Spiegelbild, schnappe mir meine dicke Jacke und setze die dunkle Wollmütze auf. Der Weg zum Café kam mir noch nie so lang vor.

Emilie

Vor dem Café schaue ich auf die Uhr. Natürlich bin ich mal wieder zu früh. Unschlüssig blicke ich die Straße hoch und runter. Soll ich hier warten? Reingehen? Oh Mann, genau diese Situation hatten wir vor fast einem Jahr schon einmal. Damals war es deutlich wärmer, mein Herz noch intakt und ich wollte dem heißen Schlagzeuger einfach nur seinen Brief wiedergeben.

Kurz flackern Bilder an meinem inneren Auge vorbei. Jake, wie er mir mit dem Finger über die Lippen fährt, seine grünen Augen, mein Wunsch, ihn zu küssen. In meinem Bauch kribbelt schon bei dem Gedanken daran eine ganze Armee Ameisen. Doch dann schiebt sich ein anderes Bild davor. Jake, wie er den Kopf nach hinten legt, das schwach beleuchtete Tonstudio. Sein heiseres Stöhnen. Mein Magen krampft sich schlagartig zusammen. Ich schließe die Augen, um die Gedanken abzuwehren. Das hier ist etwas anderes. Er hat sich verändert. Oder? Ich bin völlig durcheinander und weiß gar nicht mehr, was ich fühle.

Da landet etwas auf meiner Nase. Noch etwas. Ich öffne die

Augen und schaue nach oben. Über mir wirbeln weiße Flocken in der kalten Luft. Es schneit! Ich halte meine Handflächen auf und fange einige der glitzernden Eiskristalle auf.

Jake

Sie sieht bezaubernd aus, wie sie da inmitten der tanzenden Flocken steht und ihre Handflächen ausstreckt.

Und plötzlich kenne ich die richtigen Worte.

Emilie

»I smell snow«, sagt eine tiefe Stimme an meinem Ohr.

Meine Lieblingsstelle aus den *Gilmore Girls*. Eine Gänsehaut rieselt mir über den Rücken. Bilder von einem Abend in meinem Schlafzimmer rauschen an mir vorbei. Wie Jake meinen Laptop aufgeklappt hat und noch die letzte Folge der amerikanischen Serie in meinem Browser geöffnet war. Wie ich versucht habe, ihm die Faszination des Mutter-Tochter-Gespanns zu erklären. Wie ich ihm davon erzählt habe, dass Lorelai Gilmore Schnee riechen kann. Und wie er mich erst gekitzelt und dann geküsst hat.

Ich schließe die Augen und drehe mich um. »Hi Jake«, sage ich mit rauer Stimme.

Und dann sehe ich ihn vor mir. Einige Schneeflocken haben weiße Flecken auf seiner Mütze und der dunklen Jacke gebildet. Ich kann nicht anders, wie magnetisch wird mein Blick zu seinen Augen gezogen. Er hat sie leicht zusammengekniffen, damit keine Flocken hineinfliegen. Sie sind noch genauso grün, wie ich sie in Erinnerung hatte. Er steht einfach da. Die Hände in den Jackentaschen, nah genug bei mir, dass ich seinen typischen Duft aus Männer-Duschgel und seinem Waschmittel wahrnehme, aber zu weit, um ihn zu berühren. Immer schneller fallen die dicken Flocken vom Himmel.

»Hey Curly«, antwortet Jake nach einer Ewigkeit, die vielleicht auch mir nur so vorgekommen ist. Eine weiße Wolke bildet sich beim Sprechen vor seinem Gesicht. Er zieht die Hände aus den Taschen und reibt sie unsicher aneinander. Ich trete, wie von einem Magneten angezogen, einen Schritt auf ihn zu. Jake kommt mir langsam entgegen und plötzlich sind sich unsere Gesichter ganz nah. Zu nah. Ich halte den Atem an. Die Türglocke läutet, jemand verlässt das Café und wir fahren wie ertappt auseinander.

»Sollen wir?«, fragt Jake und zeigt in Richtung der offenen Cafétür.

»Sicher«, antworte ich mit belegter Stimme. Seine Nähe macht mich verrückt. Am liebsten würde ich alle Bedenken über Bord werfen und ihn hier im Schnee direkt küssen. Einfach hoffen, dass schon alles gut wird. Und aufhören, mir Gedanken zu machen, aber dann höre ich in meinem Kopf wieder sein kehliges Stöhnen und ich schiebe den Gedanken an etwas anderes als Reden bewusst weit weg von mir.

Jake

Oh Mann, wie blöd kann man sein, statt sie zur Begrüßung einfach nur zu umarmen, küsse ich sie fast. Echt, Jake, jetzt reiß dich doch mal zusammen.

Ich lasse sie zuerst das Café betreten. Hier drinnen ist es warm, die Scheiben beschlagen von innen und wir bekommen noch einen der wenigen Tische direkt am Fenster. Vor dem Fenster tanzen Schneeflocken im Wind, hinter dem Fenster an unserem Tisch tanzt nur mein Herz.

Ich räuspere mich. »Was möchtest du? Ich gehe kurz vor an die Theke und bestelle etwas für uns.«

»Einen Flat White, bitte.«

Ich bin froh, dass ich irgendetwas tun kann, stehe auf und gehe zum Tresen. Die Barista lächelt mich breit an. »Na mein Hübscher, was kann ich dir bringen?«

»Zwei Flat White, einen Schokoladenkuchen und ein Stück von dem mit Meringue«, sage ich einer Eingebung folgend.

Mit dem Kuchen beladen komme ich wieder an dem kleinen Holztisch an, an dem Emilie die Schneepracht vor dem Fenster bewundert.

»Ich liebe Schnee«, sagt sie mit leuchtenden Augen und dreht sich zu mir um. Ihre wilden Locken umrahmen ihr Gesicht und sie lächelt. Ein echtes, herzliches Emilie-Lächeln. Sofort wird mir warm. Ihr Blick fällt auf den Kuchen und sofort wird das Lächeln noch breiter. »Du hast den gleichen Kuchen genommen wie …?«

»Wie bei unserem ersten Treffen«, ergänze ich und schiebe ihr den Schokoladenkuchen hin. In dem Moment bringt die Barista die zwei Kaffee und wieder schweigen wir.

Emilie sticht mit ihrer Gabel in den Kuchen und verdreht genießerisch die Augen, als der Schokoladenkuchen ihren Gaumen berührt. »Nicht so gut wie unserer, aber himmlisch schokoladig«, sagt sie mit vollem Mund. Kleine Krümel landen auf dem Tisch und ich muss grinsen. Wie habe ich diese Frau vermisst. »Was gibt es denn da zu lachen?«, fragt Emilie gespielt empört und schiebt mir den Kuchen rüber. »Kannst ja selbst probieren, wenn du mir nicht glaubst.«

Als ich den Teller zu mir hinüberziehe, berühren sich kurz unsere Fingerspitzen. Ich streiche mit einem Finger über ihre, doch sie zieht sie schnell weg.

»Ich habe deine Nachrichten bekommen«, sagt sie, ohne mich dabei anzusehen. Sie zieht mit ihrem Finger kleine Kreise um die Krümel auf der Tischplatte. »Gut, dass du mir auf den Anrufbeantworter gesprochen hast, sonst hätte ich sie nie gesehen. Hatte deine Nummer gelöscht.«

»Oh. Okay«, sage ich. Weil ich nicht weiß, was ich dazu sagen soll. Natürlich hat sie meine Nummer gelöscht. Ich habe mich auch wie ein Riesenarsch benommen. »Kann ich verstehen. Hör zu, Emilie, ich hab echt Scheiße gebaut.«

Sie nickt. Ihr Finger wickelt sich um eine ihrer Locken. »Das hast du wirklich. Jake, du hast mir das Herz gebrochen. Ich war so traurig und wütend.«

»Ich … ich weiß auch nicht. Mir war das plötzlich alles zu viel. Meine Gefühle für dich. Je mehr ich mich zurückgezogen habe, desto mehr bist du auf mich zugekommen. Und dann war da eben Isla und sie wollte einfach nichts von mir, keine Verpflichtungen, kein Druck. Gar nichts. Ich …«

Emilie springt auf. »Willst du etwa sagen, es ist meine Schuld, dass du mit dieser Tussi rumgemacht hast? Weil ich dich zu sehr eingeengt habe?« Ihre Stimme ist laut geworden, die Leute schauen uns an. Ihr Stuhl rutscht mit einem lauten Quietschen über den Boden, als sie aufsteht. »Ist das dein Scheißernst?« Sie will sich gerade die Jacke vom Stuhl ziehen, aber ich halte ihren Arm fest.

»Bitte Emilie, geh nicht. Ich war doch noch gar nicht fertig!«

»Oh, na da bin ich ja gespannt, was ich noch alles falsch gemacht habe«, zischt sie und zieht weiter an ihrer Jacke.

»Emilie, bitte. Mir hat das alles so Angst gemacht, weil …«

»Ja?«, fragt sie und verharrt in der Bewegung.

Los, sag es, feuere ich mich selbst an. Aber ich bewege nur die Lippen, wie ein Fisch auf dem Trocknen.

»Oh wow, das sind natürlich schlagende Argumente«, sagt Emilie zynisch und befreit ihre Jacke vom Stuhl.

»Weil ich mich in dich verliebt habe!«, sage ich laut.

Sie bleibt wie eingefroren stehen. Die Jacke hängt halb über ihrem Rücken und sie starrt mich an.

Emilie

»Weil ich mich in dich verliebt habe.« Die Worte hallen in meinem Kopf nach. Ich kann sie nicht greifen. Kann nicht fassen, dass er das gerade gesagt hat. Könnte er es wirklich ernst meinen? Hat er sich wirklich so verändert? Seine Worte klingen aufrichtig. Und diese grünen Augen bringen mich noch immer dazu, ihm einfach alles zu glauben. Mein Herz klopft.

»Nur damit ich es richtig verstehe, du hast mit einer anderen Frau rumgemacht, weil du dich in mich verliebt hast?« Ich stehe immer noch mit meiner halb angezogenen Jacke am Tisch und schaue ihn perplex an.

»Das klingt total bescheuert, aber lass mich doch wenigstens versuchen zu erklären, was los war.« Er sieht mich bittend an. Und ich kann nicht anders, ich muss wissen, ob er die Wahrheit sagt. Langsam setze ich mich zurück auf meinen Stuhl. In dem Moment wird mir klar, dass uns die Leute am Nachbartisch neugierig mustern.

»Aber nicht hier«, sage ich. Ich halte Jake seine Jacke hin, ziehe mir meine über und kurz darauf stehen wir im immer stärker fallenden Schnee.

Jake

Ich muss etwas sagen, erklären. Aber ein Blick in ihre Augen und ich bin verloren. Sie schauen mich mit so viel Gefühl, Zerrissenheit und Liebe darin an.

»Ich glaube nicht, dass sich irgendetwas verändert hat«, sagt sie leise.

»Emilie, es hat sich alles verändert. Ich habe mich verändert. Ich brauche die Bühne nicht mehr, nicht den Applaus und die Mädels. Ich weiß endlich, was ich will. Und Mädchen wie Isla gehören ganz sicher nicht dazu.«

»Aber es wird immer wieder so ein Mädchen geben. Es fühlt sich nicht so an, als ob ich dir vertrauen kann. Für mich ist so eine lockere Geschichte nichts. Ich habe in meinen Coachingstunden so viel über mich gelernt, und ich weiß, ich mache es anderen nicht leicht, zu erkennen, was ich eigentlich möchte, weil ich es mit meinem People Pleasing eben zuallererst für alle anderen richtig machen möchte.« Schneeflocken landen auf ihren dunklen Locken, sie zieht den Reißverschluss ihrer Jacke hoch. »Wie es zwischen uns gelaufen ist, hat verdammt wehgetan und ich will das nicht noch einmal fühlen. Ich brauche diesmal mehr. Ich will etwas Echtes, Verbindliches.«

In meinem Kopf rasen die Gedanken und mein Magen knotet sich zusammen. Ich sehe Emilie im Schnee stehen, wie sie mich mit ihren dunklen ernsten Augen anschaut, und mir wird klar, wenn ich es mit einer Frau versuchen möchte, dann mir ihr.

»Danke für den Kaffee, Jake. Ich glaube, wir wollen einfach noch immer unterschiedliche Dinge«, sagt sie und dreht sich um.

»Warte!«, sage ich und halte sie am Arm fest. »Ich will dich, Emilie. Und wenn es all das braucht, um dich haben zu können, bin ich bereit.«

Sie sieht mich traurig an. »Das reicht mir aber nicht, Jake. Ich möchte, dass du all das auch willst, nicht, dass du dich aus einem falschen Kompromiss darauf einlässt. Mein Freund soll mit mir zusammen sein wollen und nicht das Gefühl haben, er muss es tun, obwohl er eigentlich lieber eine lockere Nummer vorziehen würde. Ich will mich nicht an jedem Abend, an dem du unterwegs bist, fragen, ob du es dir vielleicht doch gerade anders überlegst. Ich brauche Gewissheit. Und die kannst du mir einfach nicht geben.«

Sie macht sich los und geht. Dicke Flocken fallen vom Himmel und Emilie ist schon bald in der weißen Wand verschwunden.

Emilie

Ich schaffe es gerade noch, mich umzudrehen, bevor die Tränen kommen. Sturzbachartig rauschen sie meine Wangen hinunter und vermischen sich mit den Schneeflocken. Weitergehen, einen

Fuß vor den anderen, obwohl mein Körper nichts mehr will, als sich wieder umzudrehen und ihm in die Arme zu springen. Aber ich kehre nicht um. Ich gehe weiter, Schritt für Schritt. Mein Herz schlägt so laut, dass ich mir zweimal einbilde, ihn hinter mir zu hören. Ein Teil von mir wünscht sich so sehr, dass er mir hinterherkommt. Mir nachläuft, endlich die richtigen Worte findet, die mir genug Vertrauen schenken, dass ich ihm glauben kann. Ich möchte ihm so gern glauben, möchte darauf vertrauen, dass er es ernst meint. Aber heute konnte er mir dieses Gefühl nicht vermitteln. Vielleicht will er das alles auch, aber ich muss es von ihm hören. Brauche diese eine große Geste, die klar macht, sie gehört zu mir – und ich gehöre zu ihr. Keinen anonymen Song, ein echtes Bekenntnis. Ich will kein Half-Hearted mehr, ich brauche ein ganzes Herz. Meins und seins.

Als ich mir sicher bin, dass er mir nicht folgt, bricht das Schluchzen aus mir heraus, meine Schultern schütteln sich und ich bleibe stehen. Es ist inzwischen fast dunkel, die Straßenlaternen springen gerade an und ich lehne mich an eine dunkle Hauswand, um meinen Tränen freien Lauf zu lassen. Unter der Beleuchtung wirbeln die Schneeflocken wie Motten um das Licht.

Jake

Ich bin wie erstarrt. Sag was!, brüllt mein Kopf. Tu was!, schreit das Herz. Und mein Körper bleibt einfach stumm. Ich laufe ihr nicht nach. Ich bleibe einfach stehen und blicke ihr hinterher, wie sie in den Flocken verschwindet. Als die Straßenbeleuchtung mit einem Surren anspringt, erwache ich wie aus einer Trance.

Ping!, macht mein Handy. Ich ziehe es aus der Tasche, ein nicht kleiner Teil von mir hofft, dass es Emilie ist. Doch es ist nur eine weitere Benachrichtigung, dass mich irgendjemand in diesem TikTok-Beitrag markiert hat, in dem es wieder einmal um die Frage geht, für wen ich *Half-Hearted* geschrieben habe.

Ich habe ihr einen Love Song geschrieben! Die ganz große Geste, und trotzdem glaubt sie mir nicht, dass ich es ernst meine. Als ich gerade frustriert das Handy wieder wegstecken möchte, ploppt eine weitere Nachricht unter dem Post auf.

> @JakeAlbright: Wie ging es weiter? Was ist aus dir und dem Mädchen aus dem Song geworden?! Lass uns hier nicht hängen! #Halfhearted

Das ist es, das ist die Idee.

Emilie

Nach einigen Minuten beruhige ich mich allmählich. Die Schluchzer werden weniger und ich kann wieder durchatmen. Mit der Hand wische mir die Tränen von den Wangen und straffe den Rücken. Dann greife ich zu meinem Handy. Ich muss Juli anrufen, mit irgendjemandem reden.

Da sehe ich die Benachrichtigungen. Ich wurde unglaublich oft auf einem Beitrag markiert. Oder wurde mein Social-Media-Kanal gehackt? Bitte, das nicht auch noch! Schnell klicke ich auf den Beitrag.

> So viele von euch haben mich gefragt, für wen ich *Half-Hearted* geschrieben habe, wer das Mädchen aus dem Song ist. Ihr Name ist Emilie, sie ist die warmherzigste, witzigste und smarteste Frau, der ich je begegnet bin. Sie ist die Frau, neben der ich jeden Tag aufwachen möchte, die ich bei jedem Abenteuer an meiner Seite haben will, der mein Herz gehört und in die ich mich verliebt habe. Darum, liebe @Emiliebakes, möchte ich dich hiermit und ganz offiziell fragen, ob du meine feste Freundin sein möchtest. Give me all the strings, I am all in.

Über fünfzig Menschen haben schon unter dem Post kommentiert.

> Wow, das ist so süß. @Emiliebakes #sayyes
> You are one lucky girl @Emiliebakes
> Wie könnte man bei einer solchen Nachricht bitte Nein sagen. #EmilieUndJake #Halfhearted

Meine Hände zittern, fast rutscht mir das Handy aus der Hand. Er hat den Beitrag erst vor wenigen Minuten geteilt. Padong, padong, padong, schlägt mein Herz gegen die Rippen. Er hat der ganzen Welt seine Gefühle gestanden, mir öffentlich geschrieben, was er für mich empfindet. Ist das die große Geste, auf die ich gewartet habe?

Ich blicke von meinem Handy auf und fühle den Schnee, der um mich herumschwebt, und dann denke ich nicht mehr. Ich drehe mich um und renne. Renne zurück zum Café. Sehe ihn schon aus der Ferne unter der Laterne stehen. Abwartend, nervös. Den Blick auf das Handy geheftet. Ich glaube zu fliegen, so schnell renne ich auf ihn zu. Als ich fast bei ihm angekommen bin, dreht er sich zu mir um, zieht seine Augenbraue nach oben, auf seinem Gesicht breitet sich ein Lächeln aus und er öffnet die Arme. Nur noch ein paar Meter und ich lande genau dort. Seine Jacke ist nass vom Schnee. Trotzdem drücke ich mein Gesicht hinein und lasse mich fest von ihm umarmen.

Jake

Ganz langsam beuge ich mich zu ihr hinunter. »Hey Curly«, flüstere ich. Mein Herz schlägt wie verrückt. Sie ist da, sie ist zurückgekommen. Sie ist bei mir in meinem Arm.

Ich möchte sie nie wieder loslassen, doch da zieht sie sich ein kleines Stück aus meiner Umarmung zurück, hebt den Blick, sieht mir fest in die Augen und sagt: »Natürlich will ich deine Freundin sein, du verrückter Kerl.«

Dann schlingt sie die Arme um meinen Hals und zieht mich zu sich herunter. Als sich unsere Lippen treffen, explodiert etwas in meiner Magengegend. Ich sauge alles an diesem Moment in mich auf. Den kalten Schnee, der auf unseren Gesichtern landet, ihre langen Wimpern, ihren typischen Emilie-Duft. Wie weich ihre Lippen sind.

Ein Zittern geht durch Emilies Körper. Ganz zart küssen wir uns, bis sich unsere Zungen treffen und zu einem leidenschaftlichen Kuss verschmelzen. Ich seufze. Wie habe ich das vermisst. Wie habe ich sie vermisst.

Emilie

Als unsere Lippen sich treffen, fühlt es sich so vertraut an. Mein ganzer Körper ist in Aufruhr. Ich will nie wieder aufhören, Jake zu küssen. Zwischen uns steht so viel Unausgesprochenes, so viel Ungesagtes, aber jetzt gerade will ich nichts mehr, als Jake zu küssen. Meine Haut kribbelt. Langsam lasse ich eine Hand unter sein Shirt fahren. Ich muss seine Haut spüren, will mich versichern, dass das hier wirklich passiert. Dass er echt ist. Seine Haut ist warm, meine kühlen Finger sorgen für eine Gänsehaut auf seinem Oberkörper. Immer mehr Schnee fällt auf uns herunter.

»Lass uns hier abhauen«, flüstert Jake zwischen zwei Küssen. »Wir werden total nass.«

Ich nicke. Mehr kann ich gerade nicht sagen. Jake winkt ein Taxi herbei und gibt seine Adresse durch. Erneut setzt mein Herzschlag kurz aus. Ich war noch nie bei ihm. Noch nicht einmal. Im Taxi hält Jake meine Hand. Sie liegt schwer auf meiner und ich kann meinen Blick kaum davon abwenden. Unsere Finger sind verknotet und passen erstaunlich gut ineinander. Mein Herz klopft wie wahnsinnig. Passiert das alles hier gerade wirklich?

Am Fenster des Taxis zieht die Seafront vorbei, es ist inzwischen früher Abend, ich habe gar nicht mitbekommen, wie viele Stunden bei unserem Treffen vergangen sind. Die Leuchtreklamen der Bars ergeben ein einzigen Blur. Das Meer rauscht auf der anderen Seite dunkel an den Kieselstrand. In der Ferne sieht man die blinkenden Lichter des Piers. Jake drückt meine Hand. Jetzt biegt das Taxi in die noble Gegend von Brighton ab. Statt kleiner Wohnungen stehen hier größere Häuser, reihen sich farbige Fronten und gepflegte Vorgärten aneinander.

Als das Taxi vor einem villenartigen Anwesen zum Stehen kommt, blicke ich Jake überrascht an. Er zahlt die Fahrt und wir stehen einen Moment auf dem Bordstein und schauen den Scheinwerfern des fahrenden Wagens hinterher.

Jake nimmt erneut meine Hand. »Kommst du?«, fragt er.

Jake

Mein Magen vollführt einen Salto nach dem anderen und ich kann mein Blut in den Ohren rauschen hören, so aufgeregt bin ich. Ich werde Emilie mit zu mir nach Hause nehmen. Ich habe noch nie ein Mädchen mit nach Hause genommen. Aber ich bin all in.

Als das Taxi in unsere Straße einbiegt, sehe ich Emilie unauffällig von der Seite an. Die Lichter der Straßenlaternen legen ein warmes Licht auf ihre dunklen Locken. Meine Hand liegt auf ihrer. Unsere Finger sind verhakt und es fühlt sich schön an. Fremd. Aber schön. Wie etwas, das ich gerne kennenlernen möchte. Wir halten vor unserem Haus. Staunend schaut sie durch das Fenster, und auch als wir schon ausgestiegen sind, wirkt sie irritiert.

»Kommst du?«, frage ich und ziehe sie vorsichtig an der Hand mit mir. Emilie sagt nichts. Als ich die Tür zu unserer Einliegerwohnung aufschließe, sieht sie beruhigt aus. »Hier wohne ich mit Amy«, sage ich, unschlüssig, was ich jetzt tun soll.

Sie tritt ein und blickt sich in unserer Wohnküche um. Es ist komisch, plötzlich betrachte ich unsere Wohnung mit ihren Augen. Ich sehe die luxuriöse Ausstattung, die elegante, chromglänzende Kaffeemaschine und mir wird klar, wie anders das hier alles im Vergleich zu ihrem Zimmer in der gemütlichen WG mit Polly ist. Was macht man in so einem Moment? Soll ich ihr die Wohnung zeigen, soll ich ihr etwas zu trinken anbieten? Ich bin so awkward. Auf keinen Fall soll sie den Eindruck haben, dass ich sie nur hierhergebracht habe, um sie ins Bett zu kriegen. Obwohl ich nichts mehr will, als sie endlich wieder zu spüren. Allein schon ihr Duft, der in unserer Küche schwebt, in der wir gerade unsicher voreinander stehen, treibt mir das Blut eine Etage tiefer.

Auch Emilie steht etwas verloren neben der Küchenzeile und lässt immer noch den Raum auf sich wirken. »Schön habt ihr es hier«, sagt sie schließlich.

Ich nicke. Ein dicker Kloß hat sich in meinem Hals gebildet. Etwas betreten ziehe ich meine Jacke aus und lege sie auf einem der Küchenstühle ab. Da dreht sie sich endlich zu mir um und kommt mit langsamen Schritten auf mich zu. Alles an mir will sie einfach nur wieder in die Arme ziehen, da weitermachen, wo wir eben im Schnee aufgehört haben. Ich will nur nichts überstürzen, keinen Fehler machen. Da lächelt sie mich an. Dieses strahlende, ehrliche und herzliche Emilie-Lächeln.

»Wo waren wir vor dem Café stehen geblieben?«, fragt sie verschmitzt, zieht auch ihre nasse Jacke aus und tritt noch einen Schritt näher an mich heran. Ich hebe sie in einer schnellen Bewegung auf unsere Küchenzeile. Dann küsse ich sie. Sie ist erst überrascht, dann reagiert ihr Körper. Unsere Zungen finden sich. Sie schmeckt nach einem süßen Getränk, ihre Lippen sind weich von ihrem Lip Balm, ihre Zunge fordernd. Mir entweicht ein Stöhnen.

»Ich habe das so vermisst. Ich habe dich so vermisst, Emilie«, flüstere ich ihr ins Ohr.

»Ich kann nicht glauben, dass das hier echt ist«, antwortet sie mit zitternder Stimme. Und dann hören wir endlich auf zu reden. Ihre Hände fahren mit einer schnellen Bewegung unter mein Shirt und nur Sekunden später landet es neben mir auf dem Boden. Sie küsst meinen Hals, fährt mit ihrer Zunge die Kuhlen an meinem Schlüsselbein entlang. Ich will sie so sehr. Mit einem Ruck ziehe ich sie zu mir heran, ihre Beine schlingen sich um meine Hüften, während sie überrascht aufkeucht. Schnell verschließe ich ihren Mund mit meinen Lippen. Dann trage ich sie in mein Schlafzimmer. Ich werfe sie aufs Bett und bin nur eine Sekunde später über ihr. Meine Hände drücken ihre Arme auf meine Matratze und mit meinem Knie schiebe ich fordernd ihre Beine auseinander. Emilie windet sich unter mir vor Erregung. Ein Blick in ihre Augen genügt und ich ziehe ihr mit einer schnellen Bewegung die Strumpfhose aus, nur um sofort nach ihrer feuchten Mitte zu tasten. Als ich mit dem Finger an dem zarten Spitzenstoff ihres Höschens entlangfahre, stöhnt Emilie auf.

»Ich will dich«, flüstert sie. »Ich will dich so sehr.«

Ich öffne meine Hose und ziehe Hose und Boxershorts mit einem Ruck nach unten. Während ich mich lang mache, um ein Kondom aus meiner Nachttischschublade zu angeln, dreht sie sich und damit auch mich mit einer Bewegung um. Nun werde ich mit dem Rücken in die Matratze gedrückt und sie sitzt auf mir. Mit einem Lächeln langt sie nach dem Kondom und öffnet die Verpackung mit einer schnellen Bewegung. Dann zieht sie es mir mit ein paar gekonnten Handgriffen über und öffnet anschließend mit einem verführerischen Lächeln langsam die Knöpfe ihres Kleides.

Emilie

Ich will ihn so sehr. Und ich will ihm endlich zeigen, was ich mag. Wie ich ihn gerne spüre. Langsam lasse ich mich auf ihn sinken und führe ihn ganz langsam in meine feuchte Mitte ein.

Jake entweicht ein Keuchen. »Emilie!«

Als er meinen Namen stöhnt, beginne ich, mich auf ihm zu bewegen. In Wellen schiebe ich mein Becken vor und zurück, biege meinen Kopf nach hinten. Meine langen Haare fallen mir über den Rücken. Er umfasst meine Brüste, fährt mit den Daumen über den hauchdünnen Spitzenstoff, der über meinen Brustwarzen liegt. Ich erhöhe das Tempo und fahre mit der Hand zu meiner Mitte. Im Rhythmus meiner Bewegung streichle ich mich.

Jake stöhnt auf. »Du bist so heiß. Hör nicht auf, ich komme gleich.«

Auch ich spüre die erste Orgasmuswelle auf mich zurollen. Ich erhöhe das Tempo noch einmal, spüre Jake in mir, seine Hände überall auf mir und dann sehe ich kleine Blitze vor meinen Augen. Ich schreie auf, so sehr übermannt mich diese Wucht der Leidenschaft. Auch Jake stöhnt meinen Namen. Ermattet lasse ich mich neben ihm auf das weiße Bettlaken fallen.

»Emilie, das war der absolute Wahnsinn«, keucht Jake atemlos. Er dreht sich auf die Seite und wir schauen uns beide auf der Seite liegend in die Augen. Eine Weile sagt keiner von uns ein Wort. Als ob wir den Moment noch ein wenig festhalten könnten, wenn wir nichts sagen, nichts an- oder aussprechen, was den Zauber verfliegen lassen könnte. Jake streicht mit einer Hand eine Locke aus meinem Gesicht. Da ist so viel, das gesagt werden muss, so viel, worüber wir sprechen müssen. Aber gerade möchte ich nichts mehr, als hier neben ihm zu liegen und den frischen Duft seiner Leinenbettwäsche einzuatmen.

Schließlich ist es Jake, der als Erstes ins Bad geht und mit einem Handtuch um die Hüften geschlungen zu mir zurückkommt. »Ich hole uns mal ein Wasser. Und dann reden wir. Okay?«

Ich nicke und verschwinde in der Zeit ebenfalls ins Bad. Im Spiegel sehe ich, wie zerzaust meine Haare sind, wie rot meine Wangen leuchten und wie meine Augen funkeln. »Bist du jetzt glücklich, Emilie?«, frage ich mich selbst. Und muss ein bisschen lachen. Weil ich genau das bin. Glücklich.

Jake

Ich kehre mit einer Flasche Wasser und zwei Gläsern in mein Schlafzimmer zurück. Was für ein Tag, ich bin so glücklich, ich könnte zerspringen. Erst jetzt merke ich, wie sehr ich Emilie vermisst habe. Aber ich möchte meine Fehler nicht wiederholen. Auch wenn ich gerade sehr gerne noch eine zweite Runde durch die Laken drehen würde, wir müssen jetzt reden.

Emilie kommt in meinen Bademantel gehüllt aus dem Bad. »Ich hoffe, das ist okay …?«, fragt sie.

Mein Herz macht einen kleinen Hüpfer, ich nicke. Verstohlen blicke ich auf den Boden, dort liegen ihr Kleid, ein Spitzen-BH und ein Höschen. Sie ist unter meinem Bademantel nackt. Sofort zieht es wieder zwischen meinen Beinen. Durchatmen, Jake. Tief durchatmen.

Als ob ihr gar nicht bewusst ist, was sie gerade bei mir auslöst, lässt sie sich aufs Bett fallen. Ihre Locken umspielen ihr Gesicht und der Bademantel springt ein kleines Stück auf. Noch mal tief durchatmen, Jake. Emilie wickelt eine Strähne ihrer Locken um ihren Zeigefinger und sieht mich ganz ruhig an.

Ich räuspere mich. »Emilie, ich meine jedes einzelne Wort in meinem Song. Ich will mit dir zusammen sein, ich will dich ganz. Lass es uns versuchen, lass uns einfach gemeinsam ausprobieren, was da möglich ist. Ich … ich liebe dich und nur dich. Ich will dich nicht noch einmal verlieren. Wenn du überhaupt noch willst …?«

»Und wie ich will!«, sagt sie lachend und küsst mich leidenschaftlich. Als dabei erneut ihr Bademantel verrutscht, kann ich meine Lust auf sie nicht mehr zurückhalten. Wir haben noch so viel Zeit zu reden. Jetzt will ich sie nur fühlen. Mein Kopf findet seinen Weg zwischen ihre Beine und ein kleines Stöhnen sagt mir, dass ich auf genau dem richtigen Weg bin.

Nach der zweiten Runde kuscheln wir uns erschöpft aneinander, atmen im gleichen Rhythmus. Das Zimmer liegt inzwischen in völliger Dunkelheit, nur durch die Fenster scheint etwas Mondlicht auf mein Bett. Ich halte meine Freundin im Arm, was für ein verrücktes Gefühl. Da fängt Emilie neben mir an sich zu bewegen. Ich will nicht, dass der Moment aufhört. »Hey, wo willst du denn hin?«, flüstere ich.

»Ich bin so müde, ich schlafe gleich ein«, murmelt Emilie und angelt mit der Hand nach ihrem BH.

Ich könnte mir nichts Schöneres vorstellen, als wenn sie heute in meinem Arm einschläft. »Bleib doch einfach hier, mein Bett ist groß genug für zwei und ich lass dich heute bestimmt nicht mehr los«, sage ich und warte mit klopfendem Herzen auf ihre Antwort.

Statt etwas zu sagen, lässt sie den BH wieder fallen, kuschelt sich zu mir unter die Decke und legt ihren Kopf in die kleine Kuhle zwischen meinem Schlüsselbein und meinem Arm. Er passt perfekt hinein, als ob er dort hingehören würde.

Emilie

Tageslicht dringt durch die Fensterscheibe. Das ist nicht mein Zimmer. Ich bin nicht zu Hause. Kurz schließe ich die Augen wieder, um ein kleines bisschen länger in diesem unglaublichen Traum zu verweilen. Da tastet eine Hand nach mir und zieht mich in eine Umarmung. Jake. Er liegt wirklich neben mir. Ich öffne blinzelnd die Augen.

»Guten Morgen, Curly«, brummt es und Jake drückt sich noch ein bisschen enger an mich. Die Haare auf meinen Armen stellen sich auf, als ich seine Stimme höre. Guten Morgen. Wir kennen uns nun fast ein Jahr und haben uns noch nie einen guten Morgen gewünscht. Weil Jake nie über Nacht geblieben ist. Aber heute ist alles anders. Wir sind anders. »Möchtest du einen Kaffee?«, fragt er und gähnt.

»Gern«, sage ich, immer noch ein wenig sprachlos. Knappe Antworten müssen für den Moment reichen. Ich kann gerade nichts in Worte fassen, möchte lieber fühlen als alles zu zerreden. Jake schwingt sich aus dem Bett. Er trägt eine Boxershorts mit kleinen Pinguinen, die eine Eisscholle herunterrutschen und dabei einen Stinkefinger hochhalten. Ich muss grinsen. Noch etwas, das ich nicht von Jake Albright wusste: Er steht offensichtlich auf lustige Boxershorts. Bevor er in die Küche verschwindet, beugt er sich noch einmal vor und küsst mich zart auf die Wange. »Schön, dass du noch da bist.« Die Schmetterlinge flattern schon wieder in meinem Magen auf, ich ziehe mir die seidenweiche Decke über den Kopf und beiße mir auf die Lippe, um nicht laut aufzuschreien vor Freude.

Wenige Augenblicke später balanciert Jake ein Tablett ins Zimmer, auf dem zwei Becher Kaffee und ein ganzer Stapel frische Waffeln thront.

»Hast du die gerade gebacken?«, frage ich. Jake war vielleicht zehn Minuten in der Küche. Wenn er nicht einen geheimen Zaubertrick beherrscht, war das auf jeden Fall nicht genug Zeit, um so viele Waffeln zu backen. Er wird rot. Jake Albright wird rot! Heute ist ein wirklich merkwürdiger Tag.

»Die macht unsere Haushälterin Matilda immer am Wochenende für uns und stellt sie in die Küche.«

Ich bin verblüfft. Eine Haushälterin?

Jake hebt seine Augenbraue und ergänzt: »Ich weiß schon, rich kid. Mein Dad hat Kohle, das habe ich dir doch schon mal erzählt, weißt du noch?«

Ich schnappe mir eine Strähne von meinen Locken und wickle sie mir um den Finger. »Ja, klar. Ich wusste nur nicht, dass wir dabei von Villa-und-Hausangestellten-viel-Geld sprechen.«

»Ist das ein Problem?«, fragt Jake und klingt etwas verunsichert.

»Nein, Quatsch«, beeile ich mich zu sagen. »Ist nur einfach ungewohnt.«

Während wir genüsslich im Bett frühstücken, sehe ich im Augenwinkel immer wieder Jakes Handy aufblinken. Kurz macht sich ein blödes Gefühl in meiner Magengegend breit. »Willst du nicht mal schauen, wer dir da so dringend schreibt?«, frage ich.

»Nicht zwingend, nein«, grinst Jake mich an. »Und egal, wer es ist, dieser Jemand muss erst einmal warten, bis du mit mir unter die Dusche gesprungen bist.« Mit den Worten nimmt er mir den Becher aus der Hand, zieht mir die Decke weg, wirft mich kurzerhand über seine Schulter und trägt mich ins Bad. Bye-bye blödes Gefühl. Der Mann gehört jetzt mir. Und da kann sein Handy so viel blinken, wie es will.

Jake

Wir haben den ganzen Morgen wie in einem Raum-Zeit-Kontinuum verbracht, in dem es nur uns beide gibt. Am liebsten würde ich es auch niemals verlassen. Aber leider ruft die Realität. Sam und Malek haben es den ganzen Vormittag bei mir versucht und auch auf meinen Social Networks ist wieder einiges los. Seufzend stehe ich auf. »Ich rufe jetzt mal diese beiden Nervensägen zurück und dann bestelle ich uns was zu essen, okay?«

Emilie nickt schläfrig und rekelt sich wie eine Katze. »Solange ich das Bett dafür nicht verlassen muss, kannst du tun und lassen, was du willst«, grinst sie.

Ich drücke ihr einen Kuss auf die Stirn und wähle als Erstes Sams Kontakt.

»Lebst du noch? Atmest du?«, bellt er ins Telefon, als er nach zweimal klingeln abhebt. Er klingt gehetzt, um ihn herum ist Stimmengewirr zu hören. Im Augenwinkel sehe ich Emilie nach dem Wasserglas auf meinem Nachttisch angeln, dabei verrutscht die Bettdecke und gibt ein Stück ihres nackten Körpers frei. Ich kann meinen Blick kaum abwenden. Mir ist völlig egal, was die anderen von mir wollen, ich möchte nichts mehr als zurück zu ihr ins warme Bett.

»Sam, ich muss dich zurückrufen. Mir ist gerade etwas ganz Wichtiges dazwischengekommen. Ich melde mich morgen bei dir.«

Und dann mache ich das Telefon aus. Kein Ping für eingehende Nachrichten, keine Anrufe, kein Social Media. Nur Emilie und ich. Full-Hearted und all in.

Epilog

Liebe Juli,

ich schicke dir die liebsten Grüße aus Schottland! Jake und ich machen einen kleinen Roadtrip. Unser erster gemeinsamer Urlaub! Es ist alles sehr aufregend, wir trinken Whisky, schlafen in kleinen Pensionen und erholen uns ein wenig von dem Stress der letzten Wochen. Das Album der *B.Heights* ist dank *Half-Hearted* durch die Decke gegangen und Jake und ich wurden immer wieder für Interviews angefragt. Ein paar haben wir auch gemacht, was wirklich lustig war. Letzte Woche kam seine Zusage für die Uni, er beginnt im Sommer das Studium. Und bei mir geht nach dem Urlaub der Rummel um den Valentinstag los. Wir werden im *Bittersweet* eine große Social-Media-Aktion machen und Herzen backen, bis uns die Arme abfallen.

Es war so schön, dass du deinen Urlaub hier bei mir in Brighton verbracht hast und Jake und du euch endlich einmal richtig gut kennengelernt habt. Bring das nächste Mal deinen Freund mit, dann machen wir so richtig cheesige Couple-Sachen! Zu Ostern sehen wir uns bei unserem traditionellen Brunch in Bremen. Vielleicht kommt Jake mit und lernt dann sogar meine Mom kennen. Aber jetzt muss ich los, der Whisky und die Schafe rufen.

Es umarmt dich eine sehr glückliche Emilie.

Dripping Chocolate Scones

ERGIBT: 8 GROSSE SCONES

ZUTATEN

- 1 2/3 Tassen (200 g) Mehl
- 1/3 Tasse (30 g) ungesüßtes Kakaopulver
- 1/2 Tasse (100 g) Kristallzucker
- 2 1/2 Teelöffel Backpulver
- 1/2 Teelöffel Salz
- 1/2 Tasse (120 g) ungesalzene Butter, gefroren
- 1/2 Tasse + 1 Esslöffel (135 ml) Sahne
- 1 Ei (groß)
- 1 1/2 Teelöffel reiner Vanilleextrakt
- 170 g Zartbitterschokolade, grob gehackt

GLASUR & TOPPING

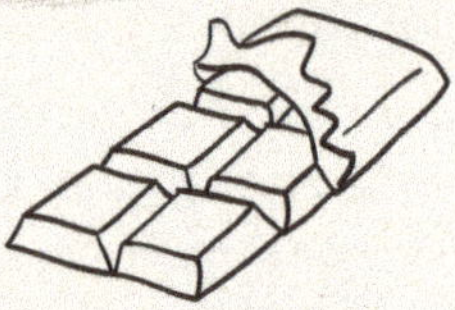

- 1 Tasse (120 g) Puderzucker
- 1 Teelöffel reiner Vanilleextrakt
- 2 Esslöffel (30 ml) Wasser
- eine 115-g-Tafel Zartbitter-Kuvertüre-Schokolade, grob gehackt

1. TEIG HERSTELLEN

- Mehl, Kakaopulver, Zucker, Backpulver und Salz in einer großen Schüssel vermischen. Die gefrorene Butter mit einer Kastenreibe raspeln. Zur Mehlmischung hinzufügen und mit den Fingern vermengen, bis die Mischung krümelig wird. Im Kühlschrank oder Gefrierschrank aufbewahren.
- Sahne, Ei und Vanilleextrakt in einer kleinen Schüssel verquirlen. Zur Mehlmischung geben, die 170 g gehackte Schokolade hinzufügen und alles vermischen.

2. SCONES FORMEN

- Den Teig in 8 Teile unterteilen und auf einer bemehlten Arbeitsfläche zu flachen Bällen formen.
- Scones mindestens 15 Minuten kühlen.

3. OFEN VORHEIZEN

- In der Zwischenzeit den Ofen auf 200° C vorheizen.

4. BACKEN

- Ein großes Backblech mit Backpapier auslegen. Nach dem Kühlen die Scones 5–8 cm voneinander entfernt auf das vorbereitete Backblech legen.
- 22–25 Minuten backen oder bis die Ränder und die Oberseiten fest sind. Die Schokoladenscones sind fertig, wenn ein Zahnstocher in die Mitte gesteckt wird und sauber herauskommt. Aus dem Ofen nehmen und einige Minuten abkühlen lassen, während die Glasur vorbereitet wird.

5. DIE GLASUR HERSTELLEN

- Puderzucker, Vanille und Wasser zusammen verrühren. Warme Scones in die Glasur tauchen und auf einem Rost abtropfen lassen. Die Glasur wird nach einigen Minuten fest. Vor dem Servieren die 115 g Zartbitterschokolade in der Mikrowelle oder in einem Wasserbad schmelzen und über die Scones träufeln.

Pfirsich-Thymian-Tarte

ZUTATEN FÜR DEN BODEN

- 200 g Mehl
- 50 g Mandeln
- 1 ganzes Ei, groß
- 80–100 g Zucker
- 125 g Butter, kalt
- 1 Prise Salz
- ½ Mark einer Vanilleschote und Orangen oder Zitronenschale
- 1 Eigelb
- Hülsenfrüchte zum Blindbacken

FÜR DIE FÜLLUNG

- 5–6 reife Pfirsiche, geschält, entkernt und in dünne Scheiben geschnitten
- 2 Esslöffel Zucker (oder mehr, je nach Süße der Pfirsiche)
- 1 Esslöffel frischer Thymian, gehackt
- 2 Esslöffel Ahornsirup
- Saft einer halben Zitrone
- 2 Esslöffel Mehl
- Eine Prise Salz

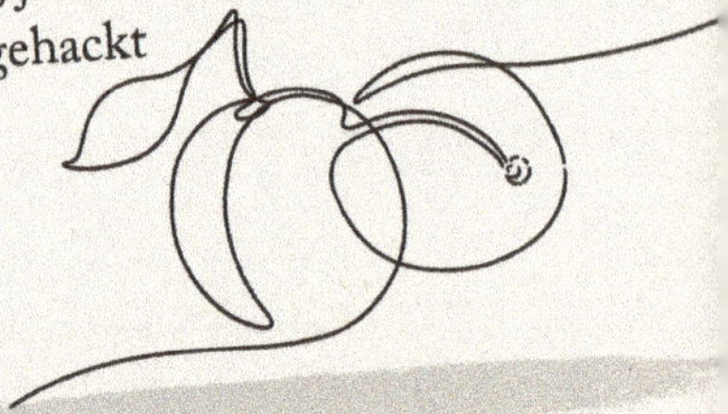

1. TEIG ZUBEREITEN

- Das Mehl mit den Mandeln, Salz und dem Zucker mischen. Ein Ei hinzufügen. Die kalten Butterstücke gewürfelt dazugeben und mit den Fingerspitzen einarbeiten, bis die Mischung bröselig wird.
- Den Teig zu einer Kugel formen, in Frischhaltefolie wickeln und für mindestens 30 Minuten in den Kühlschrank stellen.

2. OFEN VORHEIZEN UND PFIRSICHFÜLLUNG VORBEREITEN

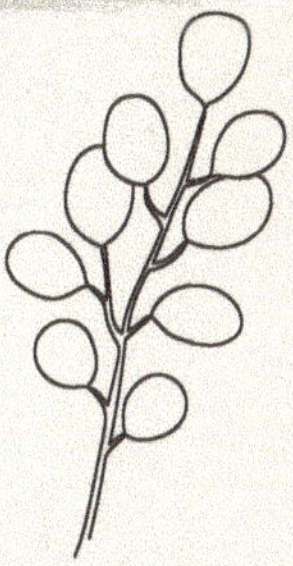

- Den Ofen auf 180° C vorheizen.
- Die Pfirsiche schälen, entkernen und in dünne Scheiben schneiden. In eine Schüssel geben und mit Zucker, Ahornsirup, Zitronensaft, gehacktem Thymian, Mehl und einer Prise Salz vermengen. Beiseitestellen und ziehen lassen, während der Teig ruht.

3. TEIG AUSROLLEN UND FORM AUSKLEIDEN

- Den Teig aus dem Kühlschrank nehmen und auf einer leicht bemehlten Oberfläche dünn ausrollen. Eine Tarteform einfetten und mit dem Teig auskleiden, dabei den überstehenden Rand abschneiden.

4. BLINDBACKEN

- Den Teig mit einer Gabel gleichmäßig einstechen, dann mit Backpapier abdecken und mit getrockneten Hülsenfrüchten oder Back-Tonkugeln befüllen. Im vorgeheizten Ofen bei 180–190 Grad ca. 15 Minuten backen, nach der Zeit vorsichtig das Backpapier und die Linsen entfernen und den Tarteboden noch 3–4 Minuten backen.

5. BEFÜLLEN UND BACKEN

- Die vorbereitete Pfirsichmischung gleichmäßig auf den Teigboden verteilen. Die Pfirsich-Tarte für ca. 35–40 Minuten backen oder bis der Teig goldbraun ist und die Pfirsiche weich sind.

6. SERVIEREN

- Die Tarte aus dem Ofen nehmen und leicht abkühlen lassen. Vor dem Servieren mit frischem Thymian garnieren. Kann warm oder bei Raumtemperatur serviert werden.

Emilies Sweet Revenge

ERGIBT: 4 DREISTÖCKIGE MINITORTEN

ZUTATEN FÜR 12 BÖDEN

- 2 1/2 Tassen (300 g) Mehl
- 1 1/2 Tassen (300 g) Zucker
- 1 Teelöffel Backpulver
- 1 Teelöffel Salz
- 2 Esslöffel ungesüßtes Kakaopulver
- 1 Tasse (240 ml) Buttermilch, bei Raumtemperatur
- 1/2 Tasse (120 ml) Pflanzenöl
- 2 große Eier, bei Raumtemperatur
- 2 Teelöffel weißer Essig
- 1 Teelöffel Vanilleextrakt
- 2 Esslöffel rote Lebensmittelfarbe (flüssig)

ZUTATEN FÜR DAS FRISCHKÄSE-FROSTING

- 450 g Frischkäse, bei Raumtemperatur
- 1 Tasse (230 g) ungesalzene Butter, bei Raumtemperatur
- 4 Tassen (480 g) Puderzucker, gesiebt
- 1 Teelöffel Vanilleextrakt

ZUTATEN FÜR DIE TOMATEN-CHILI-SCHOKOLADEN-INFUSION

- 1 kg frische Tomaten
- 5 Chilis (oder nach gewünschten Schärfegrad weniger)
- 200 g Bitterschokolade

ZUTATEN FÜR DAS BAISER SOFT ICE

- 8 Eiweiß
- 400 g Zucker
- Etwas Zitronensaft
- 200 g Fudge nach Wahl

1. TOMATEN-CHILI-WASSER HERSTELLEN

Tomaten grob klein schneiden und mit den Chilis im Mixer pürieren. Ein nasses Baumwolltuch (Geschirrhandtuch) in ein Sieb legen, mit einer passenden Schüssel darunter. Anschließend das Tomatenpüree hineingießen und abtropfen lassen (am besten über Nacht).
Es entsteht ein klares Tomatenwasser.

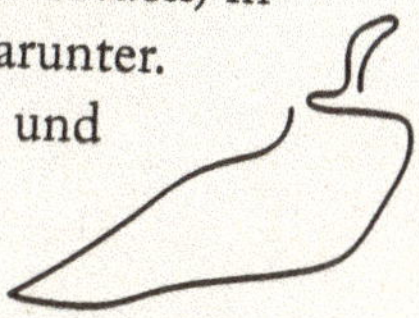

2. OFEN VORHEIZEN UND BLECH VORBEREITEN

Den Ofen auf 180° C vorheizen. Ein Kuchenblech einfetten und mit Mehl bestäuben oder mit Backpapier auslegen.

3. TROCKENE ZUTATEN MISCHEN

In einer mittelgroßen Schüssel Mehl, Zucker, Backpulver, Salz und Kakaopulver vermischen.

4. FEUCHTE ZUTATEN MISCHEN

In einer anderen Schüssel Buttermilch, Pflanzenöl, Eier, Essig, Vanilleextrakt und rote Lebensmittelfarbe gut vermischen.

5. TEIG HERSTELLEN

Die trockenen Zutaten nach und nach zu den feuchten Zutaten geben und gut vermischen, bis ein glatter Teig entsteht.

6. BACKEN

Den Teig gleichmäßig auf das Backblech gießen und glatt streichen. Im vorgeheizten Ofen etwa 25–30 Minuten backen oder bis ein Zahnstocher, der in die Mitte des Kuchens gesteckt wird, sauber herauskommt.

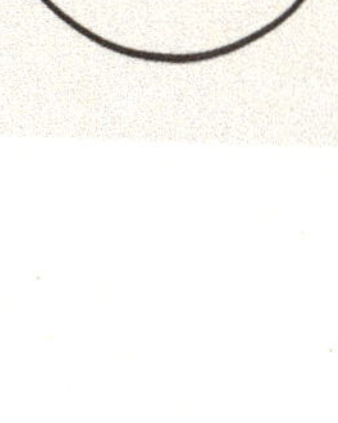

7. ABKÜHLEN LASSEN UND FROSTING ZUBEREITEN

Den Kuchen aus dem Ofen nehmen und gut auskühlen lassen. Wenn die Zeit reicht, kann er auch über Nacht eingefroren werden, so lassen sich die runden Böden noch leichter ausstechen. Beispielsweise ein Wasser- oder Weinglas zum Ausstechen gleichmäßig 12 runder Miniböden verwenden.

Während der Kuchen abkühlt, das Frischkäse-Frosting zubereiten: In einer großen Schüssel Frischkäse und Butter mit einem Handmixer cremig schlagen. Vanilleextrakt hinzufügen und langsam den gesiebten Puderzucker hinzufügen, bis ein glattes und cremiges Frosting entsteht.

8. TOMATEN-CHILI-FÜLLUNG HERSTELLEN

200 Gramm Bitterschokolade schmelzen und die gewünschte Menge Tomaten-Chili-Wasser hinzugeben, sodass eine sämige Konsistenz erreicht wird. Die Masse abschmecken und nach Geschmack noch Salz hinzugeben.

9. BAISER HERSTELLEN

Das kalte Eiweiß zu sehr steifem Schnee schlagen, dann ein paar Tropfen Zitronensaft unterschlagen. Das gibt besondere Standfestigkeit.

Die Hälfte des Zuckers nach und nach unter kräftigem Schlagen einrieseln lassen, weiterschlagen, bis die Masse schnittfest ist. Rest der Zuckermenge auf einmal unterheben, kräftig weiterschlagen, bis die Masse sehr steif, glatt und glänzend ist.

Sofort mit einem Spritzbeutel hohe Eistürme auf ein mit Backpapier ausgelegtes Backblech spritzen.

Mit schwacher Hitze bei 100–120 Grad Ober-/Unterhitze im vorgeheizten Backofen langsam trocknen lassen, je nach Größe 60–90 Minuten. Die Baisers dürfen NICHT braun werden.

10. FUDGE SCHMELZEN

Den Fudge in einem Wasserbad oder in der Mikrowelle schmelzen, bis eine cremige Konsistenz erreicht ist.

11. AUFBAU DER KUCHEN

Als Erstes legst du einen der Red-Velvet-Böden auf eine gerade, stabile Unterlage, z. B. ein großes Holzbrett. Nun streichst du etwas von dem Frosting auf den Boden und lässt etwas Schokoladen-Chili-Infusion darüberlaufen. So verfährst du mit drei Böden und endest mit dem Frosting. Darauf kommt nun der geschmolzene Fudge (Achtung, abkühlen lassen!). Und obendrauf kommt das Baiser Soft Serve. Noch ein paar Flocken Meersalz. Fertig!

Danksagung

Als Erstes möchte ich mich bei der wunderbaren Ariane Hug bedanken. Ohne dich und unseren Austausch, die vielen Plotting-Sessions und deine Ideen wäre *Love Song* heute nicht das, was es ist. Danke auch an meine wundervollen Testleserinnen: Nina Bretzke, Anja Kurz und meine liebe Freundin Janne Trompf, danke an Pia Kabitzsch für deine großartige fachliche Beratung, an Lilly Lucas für Zeit und Rat, an Eva Dotterweich und dem GU-Team für das Vertrauen. Und nicht zu vergessen danke Katrin Fillies, meiner fantastischen Lektorin. Last but never least: Danke an meine Familie und meine Freunde, die mich lange mit diesem Buch geteilt haben. Und danke, Brighton, für all die Inspiration, die du mir geliefert hast!

Hilfsangebote

Wenn du dich von dem Thema People Pleasing angesprochen fühlst und du dir Hilfe holen möchtest, kann dir ein Coaching mit einem zertifizierten Coach weiterhelfen. Eine Liste mit ausgebildeten Coaches findest du über den Deutschen Bundesverband Coaching e.V.

https://www.dbvc.de/

Ist die Belastung für dich größer, kann dein Hausarzt eine erste Anlaufstelle sein, dieser kann mit dir eine erste Einordnung vornehmen, ob vielleicht auch eine Therapie sinnvoll sein könnte.

Möchtest du in das Thema noch einmal tiefer reinlesen, empfehle ich dir die Bücher:

- People Pleasing von Ulrike Bossmann. Raus aus der Harmoniefalle und weg mit dem schlechten Gewissen, 2023.
- Hailey Magee: STOP PEOPLE PLEASING and find your Power. Stop people-pleasing, get what you need and stand in your power, 2024.
- Natalie Lue und Sabine Thiele: Du musst nicht allen gefallen. Im richtigen Moment Nein sagen und gesunde Grenzen setzen. 2023.

Auf eine humoristische Weise wird sich dem Thema angenommen in:

- Heike Abidi „Ab heute mach ich´s mir selber recht. Warum wir People Pleaser mehr an uns selbst denken müssen.

Auch den »People Pleaser Podcast« kann ich empfehlen.

Schon ausgelesen?

Lies direkt weiter in unserem New-Adult-Programm. Sienna und Alick aus *Will you hold my hand?* warten in Glasgow auf dich!

Prolog

Ich hab den Regen immer gemocht. Früher. Seine Nostalgie und seine Fähigkeit, Neuanfänge zu bringen. Tausende an einem Tag. In Fort Augustus können es auch mal Tausende und einer sein.

An den meisten Tagen sogar.

Nein, mir ist der Regen nie zu viel gewesen. Auch nicht das Grau, das mit ihm kommt, wenn die Wolken den Himmel verhängen, als hätten sie sich gemeinsam gegen die Welt verschworen. Eigentlich fand ich den Regen immer beruhigend. Als Kind habe ich geliebt, wie er auf die Kapuze meines Regencapes prasselte und fröhlich eine eigene Melodie trommelte. Mit meinen Gummistiefeln sprang ich in seinem Takt durch die Pfützen, glückselig. Wann hört es eigentlich auf, dass wir durch Pfützen hüpfen? Unsere Nasen dem Himmel zuwenden und mit der Zunge die Regentropfen auffangen?

Ich weiß, wann es bei mir aufgehört hat.

Aber das erzähle ich euch ein anderes Mal.

Ich muss jetzt umsteigen.

Liebe für euch,

Sienna

Ich klappe mein Notebook zu und packe es in meinen Rucksack. Der Busbahnhof in Inverness begrüßt mich in seinem dunkelsten Grau. Es nieselt und ich ziehe meine Kapuze ins Gesicht. Um mich herum springen Schirme auf, und alles, was jetzt noch von den Menschen übrig bleibt, sind Beinpaare, die in die Bahnhofshalle und zu ihren Anschlusszügen eilen. So hastig, man könnte meinen, das Wasser, das vom Himmel fällt, sei giftig. Dabei verdanken wir doch nur ihm die saftigen Moosteppiche, die die Hügel und Täler vom schottischen Hochland bis hinab in den Süden in ewiges Grün kleiden.

Mein Anschlusszug fährt von Gleis zwei. Ich setze mich ans Fenster und stecke mir meine AirPods in die Ohren, ohne Musik oder Podcasts anzuschalten, einfach nur, um den Krach der Welt abzudämpfen. Der Sitz neben mir bleibt zum Glück frei. Und so stelle ich meinen Rucksack dort ab und nehme mein Handy heraus.

Ich öffne Instagram und mache ein Video von den Regentropfen an meiner Fensterscheibe, die der Fahrtwind unermüdlich zu einem Wettrennen antreibt. *Wer gewinnt?*, schreibe ich dazu. Anschließend verlinke ich noch den Blogbeitrag, den ich vorhin geschrieben habe, in meiner Story. Mein Blog ist ein bisschen wie ein Tagebuch, nur dass andere mitlesen. Ziemlich viele andere, weshalb ich ihn nie aufgegeben habe, ganz gleich, welche Social-Media-Plattform in den letzten Jahren mal mehr und mal weniger angesagt war. *Siennas Journal* ist nicht nur für mich, sondern auch für meine Leser eine Art Kummerkasten geworden.

Manchmal ist eine anonyme Kommentarbox eben der einzige Raum für Schamgefühle. Für Frust und Schmerz. Für Gespräche mit Gleichgesinnten und das Gefühl, nicht alleine dazustehen. Der einzige Trost, der einem zuteilwird, wenn die Tage so schwarz sind, dass sie an Nächte erinnern. Nächte, in denen man glaubt, es wäre egal, wenn kein Morgen mehr käme.

Im vergangenen Jahr hatte ich viele dieser Tage, die sich wie endlose dunkle Nächte angefühlt haben und an denen ich mich nur noch in meinem Bett verkrochen habe. Die Dunkelheit unter meiner Steppdecke hatte sich mit der Dunkelheit meiner Gedanken vermischt und gegenseitig aufgehoben. So wie Minus und Minus Plus ergibt.

Zumindest stundenweise funktionierte das mit dem Verstecken vor den bedrückenden Gedanken. Denn wenn sie zu laut geworden waren und ihr Radau mich derart erschöpft hatte, dass ich tatsächlich mal einschlief, hatte ich wenigstens im Schlaf für ein paar Stunden Erlösung gefunden. Im Schlaf spürt man keine Traurigkeit, keine Schuldgefühle und nicht diese endlose Leere. Und die Grübelei pausiert. Außer natürlich, all diese Gefühle schleichen sich in Albträume hinein, das ist dann ganz besonders fies, weil man im Traum ja nicht mal weglaufen kann. Für diese Fälle bräuchte ich ein Bett im Bett, wenn das irgendwie Sinn ergibt. Eine rettende Insel auf meiner rettenden Insel.

Ich seufze und murmle gedankenverloren: „Wahrscheinlich werde ich langsam wirklich verrückt."

„Spielt nicht die ganze Welt verrückt?", fragt mich der Schaffner, der plötzlich neben mir aufgetaucht ist.

Ich blicke zu ihm auf. Seine Wangen sind rot und seine Augen freundlich. Aber ich fühle mich nicht danach, mich in eine Diskussion über die globale Weltuntergangsstimmung verwickeln zu lassen. Ich habe genug damit zu tun, in meiner eigenen kleinen Welt zu überleben. Darum murmle ich bloß irgendwas Unverfängliches und zeige ihm meine digitale Fahrkarte, damit er den Code auf meinem Handydisplay scannen kann.

„Glasgow", stellt er fest und betrachtet mein Gepäck. Zwei Koffer, ein Rucksack und eine übergroße Handtasche. Dann mustert er mich. „Du siehst nicht aus wie Glasgow, Love." Seine Stimme klingt rau und kratzig. „Ein Mädchen wie du gehört doch nach Edinburgh. Das ist die Liebliche, die Schöne, von der Natur und der Architektur bevorzugte der beiden konkurrierenden Schwestern." Er hustet, ehe er fortfährt. „Glasgow hingegen ist die Unansehnliche. Rau. Kantig. Auf eine Weise wild und ungebändigt, ja, beinahe selbstzerstörerisch, dass sie einem Angst machen kann, wenn man die Stadt nicht kennt."

Meine Brust zieht sich zusammen. Meine beste Freundin hat schon letztes Jahr mit dem Studium angefangen, und sie bezeichnet Glasgow als *cool* und *kreativ. Pulsierend* und *spannend.* Aber wenn ich ehrlich bin, dann brauche ich nichts von dem, was alle über diese Stadt sagen. Ich brauche weder wild und ungestüm noch spannend und pulsierend.

Mag sein, dass ich das vor einem Jahr gesucht habe, als ich es kaum erwarten konnte, das verschlafene Sechshundertseelenkaff zu verlassen, in dem ich aufgewachsen bin. Aber dann ist eben diese Sache passiert, die alles verändert hat. Die Sache mit dem Regen, und warum er mich plötzlich traurig macht.

„Alles okay mit dir, junge Lady?", fragt mich der Schaffner und holt meine Aufmerksamkeit wieder in den Zug, der unaufhaltsam dem entgegenfährt, was meine Großeltern „meinen Neuanfang" nennen.

Nach zwölf Monaten im Bett waren sie der Meinung, es sei an der Zeit für mich, zurück ins Leben zu finden. Und weil ich mein Stipendium nicht noch um ein weiteres Jahr aufschieben kann, sitze ich nun also hier und nicke stumm. *Ja, alles okay mit mir.*

„Na, dann ist ja gut. Angenehme Fahrt noch." Er lupft seine Uniformmütze und geht weiter, während ich über meine ungesagten Worte nachdenke. Was sonst soll ich auch tun, außer mir einzureden, dass alles gut ist? Oder gut werden wird. Mir bleibt nichts anderes übrig, als *weiterzumachen*, wie alle immer so schön sagen. Dabei fühle ich mich an den meisten Tagen wie gelähmt. Zu schwach. Zu kraftlos. Zu ausgelaugt. Ich habe wahnsinnige Angst vor all dem Unbekannten: die Uni, meine neue Wohnung. Ach, eigentlich habe ich Angst vor tausend Dingen. Mein einziger Anker ist Hailey, die mich später am Bahnhof abholt.

Du und ich in einer WG, das wird spitze!, hat sie mir heute Morgen geschrieben. *Ich liebe es hier, und ich bin mir sicher, du wirst dich auch verlieben …*

Obwohl ich mir das gerade nicht mal annähernd vorstellen kann, habe ich ihr ein Herz-Emoji zurückgeschickt. Meine Zweifel daran, dass ich zu all diesen hellen, schönen und extremen Gefühlen wie Begeisterung oder gar Liebe je wieder einen Zugang finden werde, behalte ich für mich. Ständiges Jammern kann man niemandem zumuten. Das hält nicht mal die allerbeste Freundin der Welt aus. Ehrlich gesagt, ertrage ich es selbst kaum noch. Für einen Moment überlege ich, mir zur Ablenkung einen Film oder eine Serie auf meinem Handy anzuschauen, aber dann blicke ich einfach wieder aus dem Fenster.

Die Wiesen und Wälder, die sich hier unten entlang des Schienennetzes durch die Central Lowlands erstrecken, sind jetzt, wo der Sommer schon vorüber ist, nicht mehr ganz so satt und auch nicht mehr ganz so hübsch anzuschauen. Aber für die Schafe reicht es allemal. Wie weiße Wattebausche stehen sie in der Landschaft, die über Meilen hinweg ihren Anblick kaum verändert. Die Tiere scheinen sich nicht an dem leichten Regen zu stören. Dabei habe ich mal gehört, dass Schafe Wasser nicht mögen. Vielleicht ertragen sie ihr Schicksal demnach still. So wie ich.

Ich schließe die Augen. Will jetzt keinen Regen mehr sehen und auch nicht mehr daran denken, was er mir angetan hat. Wenn ich erst mal in Glasgow bin, wird mich der Tapetenwechsel ablenken. Zumindest versprechen mir das alle immer. Ich hingegen bin mir nicht so sicher, wie das gehen soll, an einem Ort, an dem an zwei von drei Tagen riesige Wolkenberge vom Nordatlantik über die Stadt rollen …

KAPITEL 1

Sienna

„Ich hab extra den Regen für dich abbestellt!“, verkündet Hailey strahlend. Und tatsächlich schieben sich hoch oben über den Dächern des Bahnhofs *Queen Street* leuchtend weiße Zuckerwattewolken über den blauen Himmel. Das orange Licht der Septembersonne, das durch die Lücken fällt, wärmt mein Gesicht und bringt sämtliche Sorgenfältchen zum Schmelzen. Zumindest spüre ich, wie meine Poren das Vitamin D aufsaugen, während wir uns in den Armen liegen.

„Endlich bist du da! Ich hab die Tage gezählt“, sagt sie vergnügt und drückt mich noch ein bisschen fester an sich. Ich vergrabe den Anflug eines Lächelns in ihrer Umarmung und inhaliere ihren vertrauten Geruch. Dann löst sie sich von mir und schaut mich an. „Du siehst gut aus, Süße! Wieder viel besser.“

Wahrscheinlich kommen mir gerade die Sommersprossen zugute, die das helle Licht herauskitzelt. Alle finden dann immer, dass ich *so gesund ausschaue.*

„Danke.“ Ich räuspere mich. „Du siehst auch gut aus. Richtig toll sogar“, schiebe ich noch hinterher und meine jedes Wort. Sie trägt jetzt einen dieser unfrisierten Bobs mit Curtain Bangs und wirkt erwachsener.

„Bist du gewachsen?", frage ich und kneife ihr in die Wange, wie nervige alte Tanten es tun würden.

Sie lacht. „Nur mental, Babe!" Dann schnappt sie sich zielstrebig meine beiden Koffer und blickt mich erwartungsvoll an. „Bereit für dein neues Leben?"

„Nicht wirklich." Ich schnaufe leise, aber Hailey hört mich schon nicht mehr.

„Wir müssen zur Subway", ruft sie mir über ihre Schulter zu. „Du hättest den Ausgang zur Dundas Street nehmen können, das wäre schneller gewesen."

Sie redet schon wie ein richtiges Großstadtmädchen und bewegt sich auch genauso durch die Straßen. Kreuzungen überquert sie dann, wenn keine Autos kommen, und wartet nicht darauf, dass die Ampeln grün werden. Ein vorbeifahrender Doppeldeckerbus hupt. *City Sightseeing Glasgow* steht in großen Lettern darauf und meine Blicke fliegen ihm hinterher, scannen Gebäudekomplexe, die er passiert. Mir erscheinen sie, als wären sie über die Jahrhunderte und Jahrzehnte hinweg wahllos zusammengewürfelt worden. Rötlicher Sandstein, reich verziert mit Skulpturen und Säulen, wechselt sich völlig ohne Konzept mit klaren, geraden Glasfassaden moderner Architektur ab. In jeder Himmelsrichtung erheben sich hohe Gewölbe und Spitzbögen zu Türmen, deren einziges Ziel es zu sein scheint, die Wolken aufzuspießen. Und dann gleich daneben wiederum die Schaufenster von *H&M* und die Ladentheken von Zeitungskiosken und Dönerbuden.

In der Buchanan Street nehmen wir die Rolltreppe hinab zur U-Bahn. Tiefer und tiefer befördern uns die fahrenden Stufen in den Keller der Stadt.

Großstädte und ihr Leben unter der Erde. Irgendwie poetisch. Wie eine eigene Welt, in der sich die Metropolen vor sich selbst verstecken. So ein bisschen wie der Effekt, den meine Bettdecke hat, legt sich der Asphalt über die Stadt.

„Du schuldest mir übrigens für den Rest unseres Studentenlebens Drinks", unterbricht Hailey meine Gedanken, als wir durch die Schiebetüren in ein überfülltes Bahnabteil steigen. Ähnlich wie ich wuchten unzählige andere Freshers ihre Koffer und Taschen durch die Gänge. Hailey lässt sich erschöpft auf einen Vierersitz plumpsen, auf dem schon zwei andere Fahrgäste sitzen.

„Kannst du dir vorstellen, wie oft ich mit Dylan von der Hausverwaltung ausgehen musste, damit wir in der South Woodside Road eine Wohnung bekommen?“ Sie klopft sich stolz auf die Schulter. „Aber dank mir musst du nun keines der abgeranzten Erstsemesterquartiere mit Toilette und Dusche auf dem Gang beziehen. Wir wohnen schön im Grünen, und das mitten in der Stadt. Aus unserer Wohnung kann man über den Kelvingrove Park bis rüber ans andere Flussufer schauen. Das West End ist super! Du wirst schon sehen! Zur Uni laufen wir nur zehn Minuten, und es gibt tolle Cafés, eines davon direkt neben uns, alles veggie und organic. Gleich um die Ecke tummeln sich supersüße Boutiquen und Vintage Stores. Mindy findet da immer die coolsten Teile! Du erinnerst dich an Mindy, oder? Meine Freundin von der School of Art?! Sie war schon öfter dabei, als wir gefacetimt haben und …“

„Ja, ich weiß, wer Mindy ist“, unterbreche ich Hailey, weil ich plötzlich das dringende Bedürfnis verspüre, für sie Luft zu holen.

Cafés, Boutiquen, Vintage Stores – ich sehe meinen Studienkredit schon explodieren und mein Gehirn ebenfalls. Reize über Reize, die auf mich einströmen. Die U-Bahn rauscht durch den Untergrund, grauer Beton fliegt an den Fenstern vorbei, hell, dunkel, hell, dunkel. Leute strömen rein und raus, und ich fühle mich plötzlich wie überrollt von einer Sturmflut.

„Oh, entschuldige, Süße, ich überrenn dich total. Und *so eine* will Therapeutin werden! Unsensiiibel“, flötet Hailey albern, aber entlockt mir damit kein Schmunzeln, nicht mal ein winziges. Es tut mir schrecklich leid, dass ich ihr gerade nicht die Art von bester Freundin sein kann, die ihre Euphorie teilt. Die mit schrillen Freudenschreien hier ankommt und nach Party und flirten lechzt – so, wie wir es uns immer ausgemalt haben.

„Sorry, dass ich momentan so ätzend bin."

„Na, na, na, wie reden wir über uns selbst?", fragt Hailey.

Ich zitiere wie ein konditionierter Papagei, was sie mir eingebläut hat: „Wohlwollend und liebevoll."

„So ist es. Und? War das eben wohlwollend und liebevoll?"

„Nein."

„Dann sprich mir nach: Ich mache gerade eine schwere Phase durch und das ist in Ordnung." Abwartend sieht sie mich an und ich verdrehe die Augen.

„Wir sind in der Bahn", murmle ich peinlich berührt.

„Glaub mir, die sind alle mit sich selbst beschäftigt." Hailey winkt ab, und wenn ich mich so umsehe, hat sie offensichtlich recht. Jeder steckt mit der Nase in seinem Smartphone.

Ich atme durch. Dann wiederhole ich leise ihre Worte: „Ich mache gerade eine schwere Phase durch und das ist in Ordnung."

Hailey lächelt zufrieden, dann sagt sie mit liebevoller Stimme: „Ich bin genau richtig, wie ich bin."

Wieder fliegen meine Blicke quer durch die U-Bahn, bevor ich ihr nachspreche: „Ich bin genau richtig, wie ich bin."

„Ich darf jedes Gefühl annehmen. Es gibt keine richtigen und keine falschen Emotionen." Ihr Ton wird mit jedem Satz ruhiger und gleichmäßiger. „Ich erlaube mir, hier anzukommen."

Brav wiederhole ich, was sie sagt, und gebe mir Mühe, alles, was mich ablenkt, auszublenden. Eine Herausforderung für einen Menschen wie mich, der sich immerzu das Gehirn zermartert. Ich glaube, mein Kopf ist zu keiner Sekunde völlig leer. Irgendwas passiert immer da oben drin. Ich denke und denke, bis ich alles zerdacht habe. Stolpere so oft über meine eigenen Gedankenstränge, bis ich nicht mehr aufstehe.

Bevor ich mich jetzt allerdings in einem Negativstrudel verlieren kann, dringt Hailey wieder zu mir durch. „Ich werde hier eine gute Zeit haben und erlaube mir, fröhlich zu sein. Und am allerwichtigsten: Meine beste Freundin ist supersüß und megaheiß!"

Ich höre das Lachen in ihrer Stimme. Immerhin schafft sie es nun mit ihrem Humor, meine Mundwinkel, die schon fast chronisch herunterhängen, ein klitzekleines bisschen zu kitzeln.

„Na, geht doch", sagt sie happy und sieht mich dann noch einmal nachdrücklich an. „Ich bin bei dir, Sienna! Du musst das nicht allein durchmachen, okay?"

Sie hält mir ihren kleinen Finger für den Beste-Freundinnen-kleiner-Finger-Schwur unter die Nase, und ich hake meinen ein. Hand in Hand verlassen wir die U-Bahn und finden zurück ans Tageslicht, wo uns nur drei Stationen vom Zentrum entfernt das wilde Rauschen von Wasser begrüßt. Überrascht sehe ich mich um. Hinter mir liegt der Eingang zu einem Park und vor mir ein Parkplatz. Ich gehe ein paar Schritte um den Ausgang der Subway herum, um den Kelvin zu finden, der ungestüm durch das Flussbett strömt. Unter einer Brücke hindurch macht das Ufer einen Knick. Eine wunderschöne Brücke übrigens. Beinahe majestätisch erhebt sie sich über den Park und den Fluss, abgefangen von massiven Sandsteinpfeilern. Grün, gusseisern, verschnörkelte Brüstung. Eine Treppe mit elegant geschwungenen Geländern und mächtigen Steinstufen führt an einer Hauswand entlang, zur Brücke hinauf. Nur wenige Meter neben dem Treppenaufgang erblicke ich das kleine Café, das Hailey erwähnt hat. *Kelvin Pocket* lese ich über dem Eingang.

„Da oben wohnen wir!" Hailey deutet auf die Hauswand, an der die Treppe zur Brücke verläuft. „Siehst du das Fenster mit den hellen Vorhängen und der Lichterkette? Das ist dein Zimmer." Ich zähle die Stockwerke und komme bei fünf an, das letzte unterm Dach. Naht an Naht, wie die Objekte eines Scherenschnitts, grenzt hier eine gleichaussehende Hauswand an die nächste, der gelbe Sandstein verwittert. Die Farbe an den Gartenzäunen ist abgesplittert. Wildblumen und Sträucher ragen wie Unkraut auf die Straße und in die Nachbargrundstücke.

Hailey kramt unterdessen heftig in ihrer Jackentasche. „Oh ne! Ich hab meine Schlüssel vergessen!"

„Dein Ernst?“ Unmittelbar steigt Gereiztheit in mir auf, und Hailey kennt mich gut genug, um das zu wissen.

„Pass auf“, sagt sie. „Alles halb so wild. Ich habe Ersatzschlüssel bei Mindy deponiert, sie wohnt nicht weit von hier.“ Sie zeigt auf die Straße, die oben auf der Brücke verläuft. „Ich muss nur hoch auf die Great Western Road. Dann eine halbe Meile geradeaus und schließlich …“ Hailey unterbricht sich selbst, als sie erkennt, dass ich ihr kein bisschen folgen kann. „Weißt du was, setz du dich doch ins Café, bestell dir was Leckeres, und ich bin gleich wieder da, okay?“

Ohne mein Einverständnis abzuwarten, schiebt Hailey mich durch die Ladentür und parkt meine Koffer neben dem Verkaufstresen.

„Hey, Paul“, grüßt sie den Mann hinter der Theke. „Ich vertrau dir mal meine Bestie an, ja?“ Sie schenkt ihm ihr breitestes Grinsen und erklärt mir: „Paul ist der Inhaber.“ Dann tätschelt sie versöhnlich meinen Arm und verschwindet rückwärts durch die Tür.

„Hey, Bestie“, heißt Paul mich willkommen. „Ich wette, du kannst einen Kaffee gebrauchen.“

Er lacht und ich frage mich, wie gut er Hailey kennt, wenn ihm das klar ist.

„Bitte den stärksten, den ihr habt“, sage ich resigniert.

„Und ich empfehle noch eine hiervon.“ Eine junge Bedienung, schätzungsweise so alt wie ich, verweist auf eine Zimtschnecke in der Auslage.

Obwohl ich keinen Appetit habe, kann ich ihr Angebot nicht ausschlagen, denn ihr Gesicht sieht so hoffnungsvoll aus. Es sagt: *Diese Zimtschnecke hat Superkräfte und ist genau das, was du jetzt brauchst.* Und vielleicht hat sie recht. Ein klitzekleiner Zuckerrausch wirkt schon mal temporäre Wunder, und wie mir scheint, versteht man sich hier auf diese.

Ich lasse meinen Blick durch das Café streifen. *Kelvin Pocket* ist wirklich nicht viel größer als eine Hosentasche, vollgestopft mit Seelenstreichlern. Pasteten und Buns, Quiches und Toasts. Ich rieche Zimt und Orange, Lemon und Ginger, Goat Cheese und Pumpkin Seeds. Die Wände sind rosa und mintgrün gestrichen, bunte Glühbirnen hängen an einer Kette hinter der Theke. In einem Holzregal neben der Kasse stehen frische Eier und Milch, Kaffeebohnen und Tee, hausgemachte Marmeladen und Limonaden zum Kauf bereit. Es gibt gerade mal sieben Tische, und auf den Stühlen und der Sitzbank, die einmal komplett über die Länge einer Wand verläuft, liegen farbige Kissen. Ein Gefühl von Wärme überkommt mich, das ich nur von zu Hause kenne. *Von meinem früheren Zuhause*, verbessert mein inneres Korrektiv sofort, und in meinem Kopf wollen sich sogleich wieder die nächsten Regenwolken zusammenbrauen, da unterbricht Paul meine Gedanken.

„Setz dich ruhig schon, Tara bringt dir gleich alles."

Dankbar schnappe ich mir den letzten freien Tisch in der Ecke, und ganz plötzlich bin ich froh, einen Moment für mich zu haben. Ich fühle mich total erschöpft und muss gedanklich ordnen, was in den letzten Stunden auf mich eingeströmt ist. Ich krame mein Notebook aus meiner Tasche und beginne einen Blogbeitrag.

Hey Leute!
Ich bin jetzt angekommen. Glasgow ist … na ja, nicht so hässlich, wie ich dachte. Eigentlich ist es sogar ganz hübsch hier. Trotzdem fühle ich mich aktuell noch ziemlich lost. Andererseits, wo fühle ich mich derzeit nicht lost? Mein Gefühl von Verlorensein ist praktisch nicht ortsgebunden. Und das wiederum ist ziemlich unpraktisch, denn sonst könnte ich es einfach zurücklassen.
Wäre das nicht ein krasser Gamechanger? Oder denkt ihr, wir würden uns damit nur selbst betrügen, weil man Heilen nicht abkürzen kann? Apropos Heilen: Wisst ihr, was mir wieder mal begegnet ist, als ich hier ankam? Our all-time favourite: „Du siehst gut aus!" Genau genommen sagte meine beste Freundin (No offense, Hailey, you know, I love you!): „Du siehst wieder viel besser aus."
Hört dieser Satz jemals auf zu triggern? Ich weiß, dass sie es nicht böse meint. Menschen benutzen diese Phrasen einfach. Doch sollten

wir nicht von unseren engsten Vertrauten erwarten können, dass sie hinter die Fassade blicken?
An manchen Tagen lächle ich nur, um nicht zu weinen. Ich funktioniere, wenn ich es muss. Ich atme, weil ich keine Kraft habe, diesen Automatismus abzustellen, und ich schreibe, weil all die Gedanken sonst in mir zerbersten und mein Herz in noch kleinere Teile zersprengen würden. Dabei liegt es doch schon in so winzigen Stücken, dass es wohl zu Staub zerfällt, sobald auch nur noch die kleinste Verletzung dazukommt.
Wann verstehen die Leute endlich, dass man gebrochene Herzen nicht sehen kann? Seelisches Leid ist unsichtbar. Das ist das Tückische daran. Es ist nicht wie bei gebrochenen Armen oder Beinen, die eingegipst ganz deutlich sagen: Hier ist was kaputtgegangen. Gebrochene Herzen sieht man nicht.
Vielleicht sollten wir ein Pflaster erfinden, das sich jeder aufkleben kann, der eine verwundete Seele hat?! Wie fändet ihr die Idee? Ich glaube, wir würden feststellen, dass wir alle weniger allein sind, als wir immer denken.

Ganz viel Liebe für euch,
Sienna

Ich atme auf. Es fühlt sich gut an, wenn diese Dinge ausgesprochen sind. Für einen kleinen Moment ist es, als hätte ich mir einen riesigen Stein vom Herzen geschrieben. Auf einmal verspüre ich sogar einen Anflug von Appetit auf die herrlich duftende Zimtschnecke, die Tara mir gerade bringt. Sie hat sie frisch für mich aufgewärmt, und der Zuckerguss verklebt instant meine Fingerspitzen. Beherzt vergrabe ich meine Zähne in dem weichen Teig und auf meiner Zunge bitzelt warmer Zimt. Süß und würzig. „Oh mein Gott!" Ich schließe die Augen. Die Zuckerglasur schmilzt zart in meinem Mund und hinterlässt einen Hauch von Vanille. Ein kehliges „Mmmhhh" rollt durch meinen Hals. Meine Geschmacksnerven sind überwältigt, und für den Bruchteil einer Sekunde habe ich das Gefühl von heiler Welt. Alles ist gut. Alles ist warm. Ich möchte hier und jetzt die Zeit anhalten, für immer in diesem Rausch aus Zimt verloren gehen.

Doch vom süßen Geschmack ist schon bald nichts mehr übrig und ich komme zurück in die Realität, in der mich ein halbes Dutzend Gesichter anstarren, kaum dass ich meine Augen wieder öffne. Die Leute an den Nachbartischen grinsen. Bis auf einen Vater und seinen schätzungsweise zehnjährigen Sohn. Meine Wangen werden schlagartig heiß, und ich spüre, wie mir die Röte in den Kopf steigt.

„Klassischer Fall von Foodgasm. Das haben wir hier öfter", sagt die junge Bedienung amüsiert, und ein Typ, der ihr gegenüber an der Ladentheke steht, mustert mich unverblümt. Um seine Mundwinkel zuckt ein Schmunzeln. Lacht er mich an? Lacht er mich aus? Gott, ist das peinlich! Ein Reflex in mir will wegsehen, aber ich kann nicht. Meine Augen sind wie gefesselt an seine, die auffällig unter der Kapuze seines dunklen Pullovers hervorstechen. Ein verwaschenes Blau, eher Grau, das mich an einen wolkenverhangenen Himmel erinnert. Und an die Farben meiner Welt.

„Lass dich von dem bloß nicht ärgern", sagt Tara laut genug, dass ich sie hören kann. Sie grinst ihn frech an. Aber seine Blicke ruhen auf mir, und das macht mich langsam nervös.

U of G steht auf seinem Kapuzenpulli. *Sport.* Das gleiche Emblem finde ich auch auf seiner Trainingsjacke. Dunkle Tattoos wandern seinen Hals hinauf, und erst als der Cafébesitzer zwei Becher über die Ladentheke schiebt, wendet der Typ seinen Blick von mir ab.

„Dank dir, Kumpel", sagt er zu Paul und seine Stimme klingt ein wenig rau, aber warm. So wie Zimt süß und würzig zugleich ist. Dann legt er sein Handy zum Bezahlen auf das Kartenlesegerät, und ich entdecke eine weitere Tätowierung auf seinem Handrücken. Ich kann nichts Genaues erkennen von meinem Platz aus, nur schwarz, viel schwarz.

Während ich ihn mustere, beugt er sich über die Ladentheke, um irgendetwas mit Paul zu besprechen, das ich nicht verstehen kann. Denn er redet jetzt deutlich leiser als eben. Die beiden wispern sich ein paar Sätze zu, auf seinem Gesicht breitet sich ein zufriedener Gesichtsausdruck aus, und er sagt laut und deutlich: „Weißt du was, Paul? Pack mir doch noch eine Zimtschnecke ein."

Mit diesen Worten fliegt sein Blick wieder zu mir, und das Schmunzeln von eben wächst zu einem Lächeln heran. Dann greift er seine Bestellung.

„Bye, Cinna-Bun!" Er zwinkert mir noch zu, bevor er verschwindet.

Während die Tür hinter ihm zufällt und ich darüber rätsle, ob ich es nun übergriffig finde, dass mir ein Fremder einen Kosenamen gibt, oder aus unerklärlichen Gründen niedlich, steckt Hailey ihren Kopf herein. Fröhlich rasselt sie mit dem Schlüssel in ihrer Hand. „Hey ya! Zeit, dein neues Zuhause kennenzulernen!"

KAPITEL 2

Alick

„Fuck, Mann!“

Ich ziehe meine Kapuze tief ins Gesicht und die Ärmel meiner Jacke über meine Hände. Der Wind hier unten am Flussufer ist heftig. Obwohl die Sonne sich heute Vormittag endlich mal wieder blicken lässt, sitzt die Kälte der vergangenen Nacht in jedem einzelnen meiner Knochen. Es ist deutlich zu spüren, dass die Temperaturen langsam fallen. Der Herbst lauert schon an jeder Ecke, und mit ihm kommt noch mehr Regen. In der dunklen Jahreszeit verändert die Welt ihr Gesicht. Ganz besonders auf der Straße. Die Tage und Nächte werden noch hässlicher.

Ich schaue hinüber zum alten Everett. Er sitzt wie ein Sack, der in sich zusammengefallen ist, mit dem Rücken gegen die Brücke gelehnt. Die Augen fest zusammengekniffen. Sogar im Schlaf. Sein schwacher Körper ist in eine graue Filzdecke eingepackt, und sein Hund liegt neben ihm.

Die Whiskeyflasche in seiner Hand ist fast leer, und in einem aufgeweichten Pappbecher sammelt sich ein wenig Kleingeld, das die Leute im Vorbeilaufen hineingeworfen haben. Er bewegt sich nicht. Nicht mal dann, als Hunter ihn winselnd mit seiner Schnauze anstupst.

Für einen Moment denke ich, er ist tot. Abwegig wäre es nicht. Eigentlich rechne ich sogar jede Minute damit. Jeder hier weiß, dass der Tod in Glasgow früher kommt. Genau genommen mit dreiundfünfzig. Das erheben zumindest diverse Statistiken aus den Armenvierteln der Stadt. Everett ist irgendetwas um die Fünfzig. Mir ist klar, dass ihn nicht diese Zahl dahinraffen wird, sondern der Alkohol, die Zigaretten, und akut vermutlich die unbehandelte Lungenentzündung. Aber er will sich partout nicht von mir ins Krankenhaus bringen lassen. Ein heftiges Keuchen schüttelt den abgemagerten Kerl.

„Bloody shite", flucht er. „Mein Hals ist scheißtrocken. Ich könnte ein Bier vertragen." Er hustet. „Gibt's noch Bier?"

Ich sehe mich um, die Dosen sind leer.

„Bloody hell! Nichts ist einem rechtschaffenen Mann vergönnt", nuschelt er undeutlich und ich kann sehen, dass er im Delirium ist. Seine Stirn ist schweißnass vom Fieber, und durch seine Adern fließt ein Vollrausch.

„Vielleicht sollte ich wieder in irgendein Männerwohnheim gehen", grummelt er. „Damals, drüben im Bellgrove …" Mit drüben meint er am östlichen Rand der Stadt, er hat mir schon öfter davon erzählt. „… da sind wir morgens um zehn in die Kneipe und haben mit unseren beschissenen Ärschen im Warmen gesessen. Und jetzt? Was machen wir hier?" Er sieht den Hund an. „Wir sitzen in diesem gottverdammten Tunnel unter dieser Schickimickibrücke, in einem Stadtteil, in dem wir nichts zu suchen haben, und verrotten. Erschrecken mit unserem Anblick die Mädchen und Jungs, die brav mit ihren Rucksäcken zur Uni marschieren, und die hübschen Mamis, die mit ihren Kinderwagen in den Park kommen. Bloß weil sie uns hier drüben mehr Pence in unsere Tasse werfen." Er hustet wieder. „Verdammte Technologie, verdammte Globalisierung, verdammte Politik! Margaret Thatcher was a bloody witch, ye know?" Er beäugt mich. „Ach, was weißt du schon! Du warst nicht mal geboren in den Achtzigern, als hier alles den Bach runterging. Alles haben sie uns genommen! Die

Arbeit! Echte, harte Arbeit. Und was haben sie uns gebracht? Alkohol und Drogen! Kriminalität! Armut! An den Stadtrand haben sie uns gedrängt, weil wir nicht in ihre neue, vornehme Welt gepasst haben. Wir haben alles verloren. Sieh mich doch an!" Schlagartig verstummt er und sackt wieder in sich zusammen. Er wirkt schwächer als sonst, noch verwirrter. Und auch Hunter verhält sich anders. Everett kann einem leidtun. Er mag recht damit haben, dass ich noch nicht geboren war, als in den Siebzigern und Achtzigern die Werften, Stahlwerke und Kohleminen dichtmachten und Tausende Menschen ihre Jobs und ihre Perspektiven verloren. Das hat mir allerdings nicht erspart, mit dem Trauma einer ganzen Gesellschaftsschicht aufzuwachsen …

Ich muss durchatmen, meine eigenen Gedanken bremsen. Denn ich spüre, wie sie Gefühle an die Oberfläche bringen, die ich nicht dort haben will.

„Ich hol Tee", sage ich, weil ich plötzlich dringend wegwill. Schon seit halb fünf in der Früh bin ich hier. War zuerst joggen, weil ich nicht mehr schlafen konnte, und dann hat mir Everetts Zustand so große Sorgen gemacht, dass ich ihn nicht allein lassen wollte.

„Bring Rum mit", brummt Everett, und der Versuch zu sprechen lässt ihn erneut heftig husten.

„Du solltest endlich zum Arzt gehen. Du brauchst bestimmt Antibiotika."

Aber Everett keucht bloß: „Bloody doctor can't do a thing 'bout my bloody lung!"

Mit dem Fuß kickt er den leeren Hustensaft weg, sodass die kleine Flasche, die ich ihm mitgebracht habe, gegen eine andere kullert. Der helle Klang von Glas gegen Glas lässt Hunter wieder aufhorchen. Er legt den Kopf schief, und ich sage zu ihm: „Deinem Herrchen ist nicht zu helfen – aber dir. Dich kann ich retten."

Ich streichle über sein hellbraunes Fell, das dringend mal wieder eine Wäsche nötig hätte, dann verlasse ich die Unterführung am Flussufer entlang.

In diesem Teil des Parks ist nie viel los. Die Leute, die hier vorbeikommen, nutzen den Weg bloß als Zubringer zur Uni und um von einem Ufer ans andere zu gelangen. Sie nutzen ihn zum Gassigehen mit ihren Hunden oder zum Joggen. Hier gibt es keine angelegten Blumenbeete, sondern nur Sträucher und Bäume, Mauern und Brückenpfeiler, besprüht mit Graffitis, die augenscheinlich keine Kunstwerke sind. Ich mag es, dass die Pflanzen ganz natürlich wachsen und nicht zurechtgestutzt werden, damit sie Stadtplanern und Touristen gefallen. Hier ist alles, wie es ist. Das unangefochtene Monopol auf Schönheit hat seit Jahrhunderten die Kelvinbridge inne, die ihre Rundbögen aus grünem Stahl über den Fluss und die Gehwege spannt.

Ich gehe weiter, bis der Fluss einen Knick macht und ich mein Stammcafé erreiche.

* * *

Schon beim Öffnen der Ladentür sieht Paul zu mir auf und ich halte zwei Finger hoch. „Machst du mir zwei Schwarztees zum Mitnehmen, bitte?“

Sein Gesicht formt sich zu einer Mischung aus Lachen und Stirnrunzeln. „Alter, wie siehst du denn aus?“, fragt er.

Wahrscheinlich denkt er, ich bin irgendwo nach dem Feiern abgestürzt, und auch Tara grinst mich allessagend an.

„Viel Schlaf scheinst du auf jeden Fall nicht bekommen zu haben.“ Dann beugt sie sich über die Ladentheke und flüstert: „Bist trotzdem noch der heißeste Motherfucker in der Stadt!“

Paul schüttelt den Kopf, während er sich daranmacht, meine Bestellung zu bearbeiten. „Kannst du bitte damit aufhören, unsere Stammgäste anzugraben, Tara?“

„Ich grabe so lange, bis er endlich mit mir ausgeht“, sagt sie verschmitzt.

Dabei wissen wir beide, dass das nie passieren wird. …